海岛与故里

和谷

作家出版社

目录

海
岛

1

咸阳原上古冢群之间的航空器在疾驰，突然驻足，发出一阵狮吼，蹬地而起，直冲碧霄。风卷残云之上的天堂阳光炫目。两个时辰之后，腹部活吞了上百人的这只大鸟滑翔于南国边缘的上空，斜侧着羽翼，轻巧而沉重地降落在海南岛老机场。从舷梯口被吐出的华杰与宁平还有小胡随乘客们鱼贯而出，迎面是扑鼻的海腥味，感觉在洗刷肺部沉积久了的黄土尘埃。这是二十世纪九十年代伊始的人间四月天，海南大特区又一届椰子节来临的季候。

华杰一眼就认出了候机厅出口的老弟方文，一种他乡遇故知的兴奋。灯火阑珊，热风拂面，三人坐上了方文的车，驶入坑坑洼洼的马路，两边是灌木丛生的红土丘，长发飘逸的椰子树在招手。车子拐弯时，突然来了个急刹车，差点与迎面驶来的一辆逆行的车子撞上。方文用老陕话骂了一句，对方是海南当地人，用酒话呜哩哇啦不示弱，好在有惊无险，各自离开了。戴大盖帽的宁平忿忿地说，要是在西安，我非扣了他的执照不可！华杰忘了宁平的交警身份，可他要是在这万里之外的海岛上执法，不是蝗虫吃过界了么？方文说，这岛上跑的车多半没牌子，别说执照了，大都是从越南海面上过来的船偷运的走私车，在海边渔民家的草垛里，几千块钱就可以卖一辆市值几十万块钱的车，你看刚才那辆车就是从右边驾驶的，来路不明，可能德国造。宁平说，那就没人管？方文说，管不过来，大特区是自由岛么。

离开西安机场时，戴大盖帽的宁平让人管了一回。平常管马路的人，好像马路是他家的，逮谁是谁，再倔的司机一旦栽到交警手里，就像老鼠见了猫，屁颠屁颠的。是在过安检时，宁平随身携带的电警棍被发现了，尽管他一身警察的行头，说是执行公务，又没有介绍信，人家不管这一套习惯性说辞，飞机上反正禁止携带此类物什。现官不如现管，宁平尿了，那就按规矩寄放在此了。到了海南岛上，他也就只是墙背后的柱子敢怒而不敢言了。

华杰与方文说是老朋友，此话不假。先前，方文还是一个电子厂的宣传干事时，编辑华杰应约采写一个人物的文章，就与诗歌爱好者方文相识了。之后，方文调到航天报西安记者站，上下班路过华杰家门口，时常在一起切磋诗艺。方文在纺织城长大，聪明英俊，会拉小提琴，文艺小青年一个。他恋上青梅竹马的歌舞剧院的女歌手，上门提亲，却被家人撵出门，穷小子一个还想吃天鹅肉，没门儿。娶了门当户对的纺纱女工成家立业后，不安分的方文闯了海南，在证券报谋了一个职位，吆喝同样不安分的华杰过来。这不，只有想不到，没有做不到，华杰来了，相伴的是交警宁平和新娶的二婚妻子小胡。

华杰在古城生活二十年了，近年因所主编的杂志被停刊，无所事事，加之后院起火，因与一女诗人不明不白的绯闻，与妻子同床异梦，因为一个女人心想放弃一个城市。同事美编去了珠海画院，邀他去执掌一家杂志未果，恰好海南来人物色法制文化主编，他是主要人选，在友谊路的一家酒店接了头，却还拿不定主意。这时候的文友宁平，日子过得喜忧参半，因深陷招待所服务员小胡温柔的怀抱，与妻子离异后遭到女儿激烈反对，将谩骂的字写在了交警队院子里，甚至用细铁丝塞了办公室的锁孔。宁平急于逃离，与小胡新婚燕尔。去哪里？海南。当他得知海南来人调华杰去办报刊时，挽着小胡连夜敲开位于莲湖边的华杰编辑室的门，煽呼华杰痛下决心，一起去海南闯荡世事。接着，为华杰用一千元买了驾驶执照，还是 B 照，预订了几日内的海南机票。华杰还是犹豫不决，答应先去看看，带宁平到海南安顿下来，如果不行他再返回西安。这样，华杰自愿地也是被胁迫地上了一辆有去无回的战车。

　　方文开着无牌照的走私车，技术不老练，时而为躲避行人车辆急刹车，戴大盖帽的宁平便在兴奋中一路用陕骂"瓜逼"吆喝着，反正开车的海南仔也听不懂。华杰也被异域的风光所陶醉，灯火迷离中，海水如梦如幻，椰子树修长的身姿和飘逸的枝条，仿佛优雅多情的女子在夹道迎接来自北方黄土地上的汉子。是来淘金吗？是来寻找诗情还是爱情？自由岛是天堂吗？一切皆是未知数。

　　热情的方文为尽地主之谊，宣泄内心真诚的快活，说是为老哥们接风洗尘，径直来到了海岛上最红火的狮子楼，要了一瓶西凤酒，上了一桌子海鲜。这可让来自西安大堡子的土老帽儿开了眼，有着蹄蹄爪爪的海生小动物们，令北方客老虎吃天无处下爪。方文已在海岛上待四年了，成了老海南一个，蹦着琼语的单词与服务员小姐搭讪，好不亲热。刚刚上岛的这几个北方客，面前的桌子上零乱不堪，不是让大虾刺破了指尖，就是让螃蟹壳割了嘴唇，这东西好吃也太麻烦，不如一老碗面解馋。方文在盘子里，艺术品一样将虾皮码得整整齐齐，说吃虾得先吃虾的眼睛，这叫摘灯，高营养，明目壮阳。鲍鱼的壳很精致，说它名贵，是渔民从深海里潜水打捞的。三文鱼和龙虾是生吃的，放在冰块上保鲜。宁平有生头一回吃这玩意儿，不知庞大的白花花的东西是不可以吃的，用筷子使劲捣雪白的冰块怎么也捣不动，让方文差点喷饭，警察叔叔的举动连他自己也尴尬不已。

　　酒足饭饱，今夜下榻何处？慷慨好客的方文觉得他乡遇故知，还没有谝够，说到他家继续倾诉别后之情，便一起来到了证券报家属楼上他的家。好家伙，三室两厅一百多平米，他儿子在做作业，漂亮的妻子在弹钢琴。来到阳台上，可以望见海口万家灯火，浩瀚的大海波光闪烁，这不是人间天堂又是什么呢？方文说，来对了，这里才是真正的人过的日子，这才叫生活，梦寐以求的那个幸福的生活。宁平挽着小胡，亲昵地说，我们终于从那个卫星上看不见的小煤城逃了出来，新的生活开始了。华杰呢，想起了一位西方哲人的话语，说，生活在别处，这话没错。但他是瞒着老婆孩子，说是自己来参加椰子节笔会的，开完会就回去，谁知藏了祸心，出逃到海岛上并且要在这里寻找梦想了。鬼才知道，他的肚子里骚动的是一颗怎样焦虑而似乎看到生活希望的心。

好茶好烟，他们聊得热火朝天，把古城和海岛的新闻以及可以想起的友人和鸡毛蒜皮的趣事，东拉西扯地聊了个遍。时值四月天，海岛上的天气很温和，主人把客人安顿在客厅的长沙发上过夜，鼾声此起彼伏。同卧一室，各人有各人的梦，或喜悦或忧愁或悲戚或欢乐，在各自不同的场合与情景中漫游，上天或下地都可以。

海岛的夜晚很寂静，偶尔有一声轮船的汽笛，或是夜航的飞机起降的轰鸣声隐隐约约传来。华杰在睡梦中回到了渭河北岸的老家，父亲扛着犁吆牛回来，母亲喊着他的小名叫回家吃饭。他哭了，却哭不出声，猛地他一心悸便醒了过来，揩了一下脸上的泪水，缓步走到阳台上，朝着琼州海峡北面的方向眺望。眼前一团漆黑，除了星星点点的灯火，什么也看不清楚。他点燃一支三五牌烟，海风吹来一点凉意，他不由得打了一个寒噤。

喧嚣的明天，悄悄地如期潜入了海岛。

2

海口的三角池，是两条主要街道的交叉路口，所谓的人才集聚地，人满为患，人头攒动，拥挤着观看人才招聘的信息广告。海南当地人习惯称琼州海峡以北的陆地为大陆，因为这里是海岛，一个孤悬海外的岛屿，从大陆来这里闯海的男男女女，均被称为大陆人，或大陆仔，你不是把海南人也叫海南仔么？有点互不敬。以往，台湾岛称台湾海峡西边的陆地为大陆，容易让人想到蒋介石反攻大陆的历史事件。还是美国的神人基辛格聪明透顶，在七十年代初的《中美联合公报》中用了一个妙词：台湾海峡两岸的中国人。一个中国，还是一中一台，不言而喻。有人说，中国原先是一片桑叶，被小日本的蚕给啃食了。外蒙古划分出去，中国的版图成了一只雄鸡，捣死你个小日本的蚕。这只雄鸡有两只脚爪子，自然是台湾岛与海南岛。眼下，在海口的三角池，尽是大陆或大陆人大陆仔的说辞，谁也不忌讳什么政治立场的歧义了。

穿过熙熙攘攘寻找梦想的人群，华杰对宁平和小胡说，我带了一本书，是居留美国的大作家林语堂写的《苏东坡传》，有一章的标题就叫"海外"。海南作为历朝历代谪官的流放地，大文豪苏东坡花甲之岁被谪贬于此，在荒蛮的自然和人文环境中饿得要死，却还乐观地学蛇朝着天空吸食阳光。过了一千年，日本人占据海岛，人民解放军攻打海岛时鲜血把海水都染红了，蒋介石想苟延残喘于两座宝岛的痴心妄想成了泡影。曾几何时，改革开放之春风唤醒了沉睡的海南岛，建省办大特区，几乎包括大陆所有省份的有识之士或者不安分守己者，操着东北、新疆、青藏、四川、两湖、陕甘不同口音的话语，鞍马劳顿，跨过波涛汹涌的琼州海峡，踏上了这座比邻南中国海的沉默了许久的岛屿。可谓十万人才下海南。当然，也不乏杀人犯或负债累累者或逃婚者或私奔者或谋求官位者或财富者还有骗子小偷流氓无赖社会渣子，什么货色一应俱全。一时间，五花八门的公司招牌如雨后春笋，董事长总经理的帽子满天飞，说是有十颗椰子掉下来，砸中的有九个是所谓老总。一个来自江西的漂亮小姑娘，满脸的汗水和泪水，指着远处的一座摩天大厦对伙伴豪情万丈地说，我将来就是这座高楼的女主人！口气真吓人，令旁观者咋舌。突然有人说，早晨在三角池旁边的草木丛中，发现一具女尸，全裸，可能是奸杀。案件正在调查之中，其传闻让人毛骨悚然。百废俱兴，繁荣昌盛，光怪陆离，险象环生，这些词语交织在一起，好比燥热与清风的混搭，酒气与香水的纠结，阳光与雨水的交替，弥漫在这浓郁的椰风海韵的迷人世界里。

我们是什么人呢？华杰和宁平小胡都尴尬地笑不出声来。当然，他们不需要去所谓人才墙寻找出路，相对眼前这些无头苍蝇似的搜索职位的打工者，他们的优越感十足，焦虑中有十拿九稳的去向，应该是幸运儿。他们穿过海府路高大的有阴凉的椰树下，径直走入了省政府的大门，踏上了法制厅办公室的楼层。人事处那位曾在西安面见过的万处长，热情地招呼他们落座喝水，是椰树牌的椰汁，乳汁一样又香又甜。万处长客气地说，来了就好，先在旅馆住下来，在海口转一转，看看骑楼和大海风景，吃吃海鲜，这就开了商调函，等待原单位寄档案手续过来。职位如前所说，筹办特区法制文化报，一切从零开始，得自己创业。好吧，华杰尽管办了多年报刊，当过主编，心里有几分打算，可真要空手套白狼，办好一份报纸，谈何容易？不免有一些胆怯。万处长说，郑厅长认识华杰，等郑厅长出差回来很快通报，安排接见，吩咐工作。下楼时，宁平看出华杰的喜忧参半，说，没问题，车到山前必有路，凭你的本事这就是小菜一碟，再说还有老弟我哩么！挽着丈夫胳膊的小胡说，还有我哩么！宁平说，去去去，你给咱能扯面吃就行了。小胡不依了，甩开丈夫的胳膊说，那你今晚上一个人睡沙发去。要说写，我还是个女诗人呢！宁平说，对对对，你能成，行了么？华杰在一旁看二人打情骂俏，点着烟，仰头吐着烟圈怪怪地笑了。

走，咱逛去！三人这便一路溜溜达达，来到了府城的名胜古迹五公祠。这里古木参天，掩映着几座大殿，所供奉的五位先贤，华杰在书上都读到过，尤其苏东坡是他的最爱，怎么一不留神却步了这位大文豪的后尘，是喜是悲？自己是自愿来海南岛的，是自我放逐，不应该是被流放，何况今非昔比，这里已经不是人烟罕至的荒岛，而是整装待发的祖国的大特区啊，说不定过几年就成深圳甚至香港了。李德裕，是从唐朝长安出发来到这里的，当初如何得势，又如何落寞收场，到这里受罪。人生无常，华杰怎么也想不到，自己会起闯荡海南的心事，像李大人一样，从千年之后的长安出发，不是坐牛车，而是钻入钢铁大鸟的肚子里飞到这孤岛上，将父母和妻与子远远地丢在了大陆北方的黄土原和古城里，自己一个人形单影只地要生活在别处，名乎利乎爱情乎事业乎文学乎？苏东坡至此先做棺，再造屋，宽心地说此地是吾乡，料想自己会终老海岛，毕了还是经不住朝廷召唤，死在了回归故里的路上。一壶酒，一片云，一把琴的浪漫潇洒，只是一种自我慰藉罢了。四十不惑的华杰能终老海岛吗？还是待几年，办几年报刊，挣几个钱，写几本书，再回到故里去？这话题也太沉重了，且不去想它也罢。府城有一位李姓烈士的遗迹，别离妻与子来这里闹革命，让敌人逮捕后致残，是被筐子抬着就义的。他留下了一封令人肝肠寸断的遗书，多年之后他的儿子做了京官。人生不过百年，如梦如幻，怎样的人生才是有意义的，有价值的？这令多少人百思不得其解。被古人称为炎方的这个脚下的孤岛，往事历历，烟消云散，太阳仍炽热地照耀着褐色的大地，疯狂生长的草木散发出熏人的芬芳，虫鸣鸟叫，主人与客人均行色匆匆，红尘滚滚，故事仍然在演绎下去，这个令人沉迷而忧伤的海岛啊！

肚子饿了，胃口唤醒了面食。海岛不生产小麦，面粉的销量跟食盐差不多。通常，南方人吃米，把吃米叫吃饭，面则叫作面条，不像老陕只唤一个字：面。三人进了路边一个卖饺子的饭馆，海南人开的。好吃不过饺子，也算是包肉的面食。要了三份，端上桌来，咬了头一个，我的妈呀，是煮得稀巴烂的薄皮包了一两小块肉，完全没有通常的饺子馅和饺子皮的感觉，吃不得。让老板娘做手工面，不会。这便索要了一斤面粉，小胡动手和了面，没有案板，就用手搓了搓扯了扯揪了揪，下了一锅面片。捞到碗里，尽管没有面的筋道，过期且受潮的面粉黏黏的没有了面的味道，总还是面食。油泼辣子没有，有蒜，当地的辣子有，是尖椒一样的红黄鲜亮的黄辣椒。华杰尝了一口，哎呀，辣得口舌发麻，甚至要抑制了呼吸，眼泪下来了。宁平不信，能有咱老家耀州寺沟的线线辣子辣？他尝了一大口，顿时吐了出来，直接大喘气。海南老板娘在一旁笑得前俯后仰，原来，这辣椒不是地里种的，而是辣椒树上结的。果然，他们看见了饭馆旁的一棵小树，结满了红黄相间的小尖椒，真是开了眼了。

民以食为天，人是铁，饭是钢，一天不吃心发慌。到了海岛上，事没干成，钱没挣着，没面和馍吃，甭饿死在这岛上了。挣钱不挣钱，先混个肚儿圆不是。隔了一天，三人在海航路口终于找到了老陕开的面馆。听老板的口音，没错，老陕一个。宁平热情地上前搭讪，老板陕西哪的？老板并没有老乡见老乡，两眼泪汪汪的亲热，冷着脸说，甭废话，吃啥？华杰说，油泼面三碗，还有面汤，生蒜。端上来的果然是正宗的油泼面，滋啦啦响得睁眼辣子，但数量少得可怜，也就小半碗，六块钱一碗。宁平说，在西安，一大碗油泼面也就两块钱，你就不能多加些面？老板手里提着切面刀，不高兴地说，那你回西安吃去，这是哪儿？海南！这是生意！华杰说，就你这摊摊还叫生意？小胡一见不妙，拉了宁平的手说，走走走！三人有点落荒而逃。回来与方文说起，方文笑了笑说，这就叫老乡见老乡，背后给一枪。

总不能一直借宿在方文家，别打扰了人家过日子，三人便在证券报社旁边的保亭县招待所租了房子，一间一天六十元，还算便宜。招待所正在整修，楼梯上下堆放了沙子砖头水泥，几个衣衫污浊的民工住在楼道里，吃的饭是一大碗米饭，两片肥猪肉，钢丝空心青菜，带鳞的小鱼，吃得狼吞虎咽。一问，一天挣十块钱。一月三百元不少，华杰算是副编审职称，一月工资不过七八百元，怪不得人说这里能淘到金子，炒地皮的可以一夜暴富，成百万元户。大陆多少人还把万元户作为梦想的目标，殊不知那是井底之蛙。

诱惑人的所谓自由岛，蜂拥而至的所谓十万人才，五王八侯，鱼目混珠，泥沙俱下，政客商人文人艺人还有海南人说的烂仔，充斥于炽烈的阳光下，游走于海腥味弥漫的灯红酒绿之中。无怪乎，在海口宾馆坐台的四川小姐给老家的姐妹发电报说：人傻，钱多，速来！一般坐台聊聊天，陪陪酒，可得小费五十元。行话坐高台，打一炮一百元，过夜二三百元不等，包月恐怕少不了三五千上万，看你遇上的是什么主儿。饮食男女，孤男寡女，吃穿温饱之外，性生活处于围猎的焦灼与狂欢中。人说温饱思淫欲，当然荷尔蒙衰退者不在此列，但凡有钱没力的嘴脸，倒是分外的骚情。寻找爱情，是一句冠冕堂皇的文雅而书面的说辞，有，也许有，不多，再说首先得解决下一顿饭吃什么，在哪儿吃，谁来埋单。腰包鼓鼓者好说，对于一时找不到职业挣不到钱而又锦囊羞涩的流浪者来说，怎样才能活着，活下去？

宁平夫妇饭后熄灯入眠,在异域热风的熏陶下男女之欢倍增,毫不顾忌地在隔壁闹出呼吸与床铺的交响来,让独身一人的华杰越发不能入睡。他便起身出门,溜达到了海口宾馆,给眼睛过瘾,瞟着一只只花蝴蝶似的穿着黑袜子的长腿女子漂移而过,打发无聊而孤寂的时光。他貌似正人君子者,对伴舞坐台的小姐劝善说,哪怕去洗盘子刷碗打扫厕所,也是良家女子所为,何必出卖皮肉干这不干净的营生呢?嘴巴抹得血红,像吃了人,眼圈乌黑,脸上涂了一层白粉的小姐会反驳说,唱歌的用嗓门谋生,我用自己的身体器官讨生活,错了吗?自以为自己是位文化人,给寻机而来坐在对面的小姐布道,你可以写写文章,把眼下的情景写成诗散文小说,发表了可以拿稿费,名利双收啊!出乎意料的是,小姐白了他一眼,轻蔑地说,得了吧,我来海南前还是省作协会员呢,出过一本诗集《梦》,这几年应聘了几家广告公司,写了不少文字,没拿到一分钱,全是骗子,我得吃饭,得活下去。原单位辞了职,没脸回去了,就是死也要死在这海岛上。对了,你该不也是个人模狗样骗子吧?小姐一看遇上了一个酸文人,也没那个胆谈高台生意,别耽误老娘的营生,拍拍屁股起身走人,还坏坏地笑着送给他一个飞吻。又回过头来,贴着他的耳朵说,爱情?见鬼去吧!哟呵,他让一个曾经同行眼下滑入色情场合的女子戏弄了一番,讨了个没趣,又灰溜溜地步出宾馆大厅,朝着有海浪声的方向走去。

　　直到半夜三更时分,华杰才转悠回到招待所。听着宁平夫妇此起彼伏的鼾声,羡慕嫉妒,后悔自己当初怎么也不处理好婚姻之事,携带自己的心上人浪漫地远走海岛呢?起先与那位女诗人的绯闻败露,妻子烧掉了所谓妖精的情书,二人断了音讯。古板又执拗的妻子,一向与他家里人关系处得紧张,甚至不让他乡下的父母进家门,这最让他受不了。加之他的绯闻,妻子变本加厉,似乎有了借口,说是还有脸把父母请到家里来?这一回,祖母在老家去世,他想带妻子和儿子回去送葬,又遭到她的断然拒绝。从老家回来,他借此提出离婚,妻子不像上次那么求其次,只要与那个妖精了断,夫妻破镜重圆，好好过日子，他对妻子承诺了的。妻子倒理直气壮，离就离！殊不知背后另有缘由，情种一个的他受不了诱惑，说难听点是狗改不了吃屎，又与一位舞蹈老师小凤一见如故，黏上了。这事妻子还不得而知，要是知晓他又犯了事，说不定会闹成啥样。妻子是嘴硬，未必就死心离婚。但硬话是说出来了，让他有了可乘之机。一不做二不休，他将此情告知了舞蹈情人小凤，却不料她对于自己的离婚犹豫不决。二人含情脉脉，等不到他离开西安远走海南之前办妥婚姻之事，她只是答应他先走一步，等到他安顿下来，再唤小凤前往。也许只是说辞，此一别，时过境迁，也许便终结了一段美好的情事也未必。遗憾有什么用，在这海岛的深夜，他只好以回忆与舞蹈情人小凤的缠绵情景为干粮，细细地咀嚼，暂且抚慰一颗漂泊且无奈的心。

按说招待所是有蚊帐的，但随着呼呼的海风不时掀动蚊帐，硕大的蚊子便趁机钻入，防不胜防，叮咬得他更不能入睡。华杰愤怒地拍打着嗡嗡直叫的蚊子，两只巴掌都是鲜血。是蚊子的血？分明是他自己的血，被蚊子从肌体上吸吮又经过蚊子的躯体，鲜红的散发着腥味的鲜血直至染红了水龙头池子里的水。说是海岛上三个老鼠一麻袋，话虽然有些夸张，但他上楼时的确看见了一只老猫一样肥硕的老鼠，它不怕人，瞧见他上楼，就驻足观望，并礼貌地让出了右边的台阶，举起一只前爪子，仿佛向他这异乡客致敬，一双眼睛充满友好而质疑的光芒。他倒是吓了一跳，定下神来，缓步踏上了台阶。大路朝天，各走一边。回望去，老鼠也回头目送他。

华杰顿时联想到，海岛上铺天盖地的海腥味，是死鱼烂虾的味还是大海里的鱼类生命的气息？抑或是海岛的呼吸，是眼下海岛上一切生命的呼吸。连同苏东坡的呼吸。

华杰与宁平说是外出办事，甩开了小胡，径直约了一辆土著女孩的的士，奔红树林观景。昨天搭乘过这女孩的车，二人被她清秀的面容和纯净的气质吸引住了，加上唱歌一样的语音很可爱，便要了 BP 机号码，约她当向导。女孩戴了洁白的手套，热情有加，但为了以防不测，约了一位闺蜜陪伴。也好，两对男女，如同情侣，在红树林的阴凉处拉开尼龙网床，谈笑风生。二位女子礼貌客气，举止正经，即使二位大陆客有什么男女亲昵甚至不轨的邪念，只好压在心底，不便造次。突然发现，脚下有了潮水，的士女子叫嚷道，不好了，涨潮了！慌忙中，二位女子牵了华杰和宁平的手，穿过红树林，在海滩陡峭的岩石上迂回奔跑，好不容易逃出了海潮的追逐。要是没有向导，两个大陆客无疑葬身大海了，想起来就后怕。两栖植物的红树林，无论陆上还是水里都能生长，这便是适者生存的道理吧。

3

美舍河，从海岛的高处由南向北流入白沙门的海边，看似涌动着的平静的水面，却有着融入大海的力量，诡秘莫测。临近入海的时候，疯长的葫芦草簇拥在窄窄的河道里，与两岸的绿树草莽连成一片。居民的住舍，被高楼的建筑工地吞没，一条刚刚铺设的柏油路，发出呛人鼻息的气味。旁边是时兴不久的证券所，人头攒动的门口散发着躁动的热风。

华杰从 BP 机得到召唤，在路边电话亭与方文通了话，说让下班时和宁平一起到证券所门口。问弄啥？回答说：背钱。方文媳妇秀秀在证券所供职，也捎带买卖股票，方文又是证券报的头儿，内部信息灵通，一般不会失手。这不，又得手了。得了手就赶快提现，见好就收，证券市场就像海岛的天空，刹那间翻云覆雨，晒得要死时会突然被浇成落汤鸡。说不定到明天清早一开盘，又会鬼使神差地跌到谷底，可谓跌停板，哭都来不及。

我的天哪，秀秀笑得合不拢嘴，一天赚了三十万！宁平背着沉甸甸的塞满黄挎包的钞票，几个保镖似的随行，让小胡惊羡得直吐舌头。这要在老家的小城，下一辈子四块石头夹一块肉的煤井也挣不了这么多钱。看来，来海岛是来对了。他们路过一家大酒店，吃了一顿大餐，喝了几瓶洋酒，花了千八百，酩酊大醉地吼着秦腔"十八年老了王宝钏"，旁若无人地穿过街巷。宁平喝得最多，让小胡搀着，东倒西歪，还一个劲地说自己没醉。路上遇到的人，大多是买醉的丰肚肥臀的老板与勾肩搭背的穿黑袜子的长腿浪女。方文背着钱说，人家西方人喝红酒，是用嘴唇轻轻呷一下，让酒浆通过舌尖，然后在口腔里周旋一圈，再慢慢咽下。你是一口一大杯，喝可乐似的灌到肚子里，真是土老帽儿一个。好好的名贵酒，让你糟蹋了不是。路过楼下的水果摊，方文让秀秀给初上海岛的乡党买了椰子解酒，两块钱一枚，摊主抡起砍刀三下五除二，砍去青皮，白花花的头颅似的，扎入一根吸管，抱起来吸吮。乡党们第一次喝到这等纯天然饮品，又甜又清凉，头脑顿时清醒了许多。之后分手，各自回去歇息。

约好第二天到白沙门海边浴场游泳。到了美舍河口，也许是南渡江入海口，方文也没弄明白，只是提醒入海口不可以下水，得到前边的海边浴场，那里安全一些。方文说，前不久从北方来了几个老板，有一个夸口说自己是游泳健将，不听同伴劝说，扑通一下跳入水中，睁眼就没了人影。入海口的涡流不认人，只当你是一个小鱼似的小虫子，很快无情地吞食了。过了几天，远处的海岸边发现一具男尸，果然是那个号称游泳健将的冒失鬼，到海岛还没吃几餐海鲜，怀揣着发财梦白白葬送了年轻的性命。而大海是干净的，纯洁的，它不收留死尸，仍然把它送回陆地，他本是陆地上生存的动物，不属于鱼类。尽管人说人是鱼变的，而人吃鱼，鱼也吃人。

阳光下的海滨浴场，满是着泳衣的男男女女。只有在此场合，人们才剥去西装革履或连衣裙一类伪装，仅留遮羞布，畅快地与沙滩和海水戏嬉。也不乏荷尔蒙亢奋的情侣或色情交易者，在齐胸的海水中随着波浪的起伏和进退，做着光天化日且隐藏其下的交媾。方文说，有个黑话叫"海交汇"，你们土老帽儿不懂。大多孤男寡女背井离乡，来到这海岛上，前景未卜，乐于交朋友，捕捉有权有钱的大鱼，憧憬无比欢乐的生活，也便冒险从事，饮食男女，管不了那么多，豁出去了。也许会找到爱情，这是个羞答答的让人嘲讽的字眼，大多是逢场作戏，得过且过。浴场备有小帐篷，三十元租借一晚，给偷情的色情的男女提供了方便、可筑小爱巢，栖息于这富氧的热岛上，快活了得。方文和宁平在此有家有舍，无须造次于非非之想，华杰在此孤独一人，心里难免痒痒的，却又有几分貌似守正的胆怯。

华杰是旱鸭子一个，在渭北的涝池和小河沟里狗刨过，读中学时的夏天趁午休到小河里玩水，老师训诫时只须在你的肚皮上用指甲划一下，露出白印子，少不了罚站。读大学时上游泳课，蛙游没学会倒是学会了仰泳，仰面朝天，把脖子伸直，四肢放松，两只手臂当桨，就可以游走在水面上了。他三块钱租了一只海绵床，跨了上去，让身体平平地伸展在上面，竟然稳当地漂起来了。他有点忘乎所以，眼睛望着浩瀚的蓝天白云，海风轻轻地滑动，任凭波浪摇篮似的吹奏催眠曲，这才是人间天堂啊！童年老槐树下的秋千，也是这种温暖惬意的感觉吧！似乎做了一个梦，梦醒时分却惊出了一身冷汗。我的妈呀，他侧脸望见四周都是波山浪谷的海水，当漂浮到浪尖上时，才看见了远处的沙滩和人影。这莫不是死到临头了？他定了定神，开始划动手臂的桨，朝回游动。当他听见了沙滩上的喧哗，才意识到脱离了险境，在齐腰的海水里侧身翻下海绵床，用脚尖触到了海底的泥沙，才站直了。而沙滩上的同伴对他的历险记毫无知觉，而他好像走了一遭鬼门关，有惊无险，同伴以为他又在开玩笑。海是浪漫的，汹涌的，博大的，温情的，然而是狞厉的，它会吃人，吃人不吐骨头。他是切实领教了。

一片火烧云从西天燃烧起来，海岛的晚风温柔无比，吹干了从海滨浴场回程的男男女女的头发，人的躯体好像被掏空了似的轻松的，飘飘然的，仿佛一抬足就可以飞起来。这样清爽的风景，在大陆的老城里是体察不到的，那里只有漫天的尘土，灰头土脸的忙忙碌碌疲于奔命的人群，自得其乐或郁郁寡欢或忍气吞声的活着。

接下来，是去吃烧烤，啤酒，歌声。当然是方文埋单，为乐于作为海南建省的第一批闯海人，钱包鼓鼓地犒劳乡党老友，华杰与宁平夫妇也心安理得，回报的日子长着哩！是谁在演奏小提琴，在肝肠寸断地唱一首"流浪的人儿想念你，亲爱的妈妈"，让吃烧烤的主和客不由得神色黯然。

夜深沉。华杰问道，海水的尽头是哪里？方文说，那是北边，海峡的尽头是大陆，是老城。环岛四周是海水，要么为何称其为孤岛。海岛四面低，中间是高高的五指山，那里叫通什，当地人把什叫杂，称通杂。海岛也许是因火山形成的，火山口在最高的山顶，生活在山顶的黎族世世代代刀耕火种住茅草屋，一夜间踏入现代社会了。山腰中间是苗族，四周海边的平地多是从大陆越过海峡来到岛上的汉人，弱肉强食的丛林法则形成了人口地理的变迁。华杰突然问道，海南岛有老虎吗？宁平接着问，有马吗？方文想了想说，大概没有。华杰说，海岛从大陆板块游移开来时，马和老虎可能跑回更安全的大陆了，它们不知道这块土地要游移到哪儿去，南中国海那么广阔，一直伸延到了东南亚，比天边还要遥远。

4

一大早，华杰唤醒了鸳鸯帐里迷糊的宁平，下楼吃早餐，要了一碗牛腩粉。何为牛腩，是牛肉的哪一部分，腩的叫法在大陆北方是没有的。是黄牛还是水牛的肉，不去想它。清水开锅，将新鲜的牛腩剁碎投入开水中，稍事煎煮即用笊篱涮了米粉，放入盐和胡椒，撒点葱花或蒜苗盛入碗中，一股清鲜的咸咸的香气便扑面而至。头一回尝这等吃食，一个字：爽！

呼吸着海腥味的空气，二人踏着海府路上阳光筛落的椰树影子，急匆匆地赶到了法制厅所在地。人事处办公室的门口，有几个闯海人在等待接见，宁平随华杰轻轻将门推开一道缝隙，人事处万处长抬头望见了，便打发走了正谈话的一位女子，笑容可掬地招呼二人进来。万处长说，对方还没有回复商调函的消息，等等吧，甭着急，恰好郑厅长今天在，想见你们。这便带了他们走到楼头第一间办公室，门敞开着，郑厅长正在打电话，示意他们落座，万处长倒了茶水，等郑厅长放下电话，恭敬地说了事由。郑厅长人高马大，气宇轩昂，嚯嚯地朗声笑着站起来，华杰二人忙上前握手。

华杰与郑厅长早先认识，缘于一篇采写老区回忆录的文章，都住在旧城省委家属院，低头不见抬头见。万处长到西安物色人才时，方文就推荐了华杰，郑厅长说这个人我认识，是个笔杆子，来办法制文化报绝对胜任。这就来了。来了就不走了吧？一起在大特区干一番大事。郑厅长诚心诚意，大树底下好乘凉，肯定能在海岛上扎住脚，生活在别处，换一种活法。华杰多日来的犹疑一下子烟消云散，决意告别旧城来海岛闯荡的心事占了上风，有点踌躇满志，跃跃欲试。华杰扭头发现了墙上贴了一张打印的纸条：请讲普通话。万处长讲的是东北话，其余人讲老陕话，请讲普通话的警示是给讲琼语的海南人看的。呜里哇啦的海南当地话，领导听不懂，得讲醋溜普通话才行。郑厅长吩咐万处长晚餐安排为二人接风，在海航路的老马家吃羊肉泡馍。几个人都是好酒量，喝了三瓶西凤酒，各自醉意十足，前合后仰，趁晚风东倒西歪，踉踉跄跄归去。

隔日再到郑厅长办公室，是说法制文化报社的办公场所问题，此事华杰必须求助于上级领导。华杰的体制身份好说，保留相当于副处级的副高待遇，档案放在厅人事处，既然是大特区事业单位的规定，激发创业者的潜能，国家不负担办报经费和人员工资支出，需要在市场化中去寻找生存和发展空间。宁平的警察身份算是科级，需要从公安系统转入法制体制，得费一番功夫。随行来的小胡，只能先按家属对待，可以转入户口和粮油供给关系，做辅助性工作还是可行的。他们得抓紧办理报纸登记审批手续，挂牌开张，钱包里的钞票已经所剩不多，有点囊中羞涩了。郑厅长善解人意，批条子先由主办单位垫付五万元开办费，下来就得靠自个儿去挣了。市场化就这么苛刻，逼迫你去拼命工作，而不是像旧城生活那样，干不干一个样，看报喝茶混日子，工资少不了一分，饿不死也饱不了。在海岛上，要么就发达，要么就穷死或滚回大陆去。郑厅长拨通了一位陕西老板的电话，对方爽快地应承为报社免费提供办公场所。不送，好好干！郑厅长挥挥手。华杰二人走出法制厅大楼,信心满满,这一河水就开了。

二人寻到海甸岛桥头的一处工地,陕西的刘老板拿着一卷图纸,站在一个庞大的地基深坑边,向他们招手。刘老板要在这里建造海岛第一高楼,可谓雄心勃勃。郑厅长说的房子的事小菜一碟,咱就是开发房地产的,任你随便挑就是了。刘老板说着,带他们走到旁边的一处拆迁工地,水塘上漂浮着疯长的水葫芦,一处屠宰场旧址,散发着一股恶臭。房子空着,墙壁有裂缝,门窗破旧,站在里边抬起头,透过瓦片的缝隙能望见蓝天上飘过的白云,倒是一片好风景。刘老板说,收拾收拾还是好地方,办报社合适。法制很重要,要为海南的企业家保驾护航啊!宁平朝华杰使眼色,华杰虽然顿感失望,强忍住一口气,皮笑肉不笑地客气地说,谢谢刘老板关照,祝你发大财!回头见。

他们气鼓鼓地端直回到了法制厅,向郑厅长汇报了刚才的情形。郑厅长是个直性子,操起电话,用陕骂训斥了刘老板一通,不容对方解释,愤然摔了电话。你们先回去,我再想办法。郑厅长显然生气,怎么让乡党给日弄了一回。二人来到人事处,万处长出差了,是一位同样来自陕西的商人在打电话。相互打了招呼,华杰趁机打电话给旧城单位,催问商调函的进展情况,都说不知道内情。起先他给担任副职领导的老同事柏斗写了一封信,恳切请求帮忙回复,把档案寄过来。老同事柏斗怕事,担不了这个放走人才的责任,迟迟没有回信。这阵儿,柏斗接听电话,唯唯诺诺地说,这事还得你回来亲自办为好。回去一趟?来回机票几千块谁给报销?旁边那位陕西商人急火火地等着打电话,埋怨华杰耽搁了他的大事。华杰挂了电话,回敬道,你急什么?对方瞪大眼睛,很不友好地说,我打的是商务电话,商务!你懂不懂?华杰一下愣住了,商务电话?我打的是什么电话呢?那就叫你老商吧!气得转身走人。宁平尾随其后,有点愤愤不平:商务,拿大锤子吓唬瓜女子,啥货么!

也就是这个机灵的老商,听说刘老板为给报社解决房子的事得罪了郑厅长,从中周旋一番,受刘老板之托好不容易请到了郑厅长一聚。郑厅长说，你解决不了就直说，为啥日弄乡党自己人？不讲诚信，还想在海南做生意，趁早收拾摊子。刘老板鸡捣米似的赔了罪，答应让报社华杰他们选地段租房，他来资助出租费，郑厅长才算挽回了面子，消了一口恶气。见机行事的老商，连蒙带哄，从刘老板手里拿到一张十万元的支票，说是供报社租房用。其实，他私下捣鼓，说包括他老商的公司租房费用，还有办公设备。华杰得到消息，先是得感谢老商这个不打不成交的乡党，背后为报社解决了办公场所的难题，还是挺有商务头脑的，自己一介文人太单纯，得好好学习什么叫商务。老商倒是谦让，说自己算什么东西，只是转弯抹角地搭上了郑厅长这个关系，是郑厅长有能耐，自己只是借借光罢了。

在老商的密谋下，法制文化报社顺利入住和平大厦，三室两厅，好不阔气。谁知老商不笨，不仅用十万元支票为报社租了房，还顺手牵羊为自己的商务公司租了同一标准的房子，而且给自己置买了电脑电视冰箱沙发床铺灶具一应俱全的家当。华杰疑惑地问道，说是给报社资助租房，你是商务公司，也敢挪用资金为个人置买家当？老商理直气壮地说，刘老板的钱是我帮你们要的，我白干学雷锋吗？支票在我手里，想怎么花由我，难道由得了你说三道四？华杰说，你这样做不地道。老商说，什么地道不地道，满海岛都是骗子，我也是骗子行了吧？人家刘老板有几个亿，骗他十万八万算个屁。宁平在一旁指着老商的鼻子说，你就是个骗子，大骗子！报社与商务公司成了邻居，老商借助给报社租房的名义，自己得了大好处。华杰也只好忍气吞声，不便给郑厅长和刘老板告知实情，就让老商得个便宜罢了。

有了梧桐树，老商很快招来了一只凤凰，人模狗样地挽着新招来的一位漂亮小姐做秘书，出双入对，让华杰气得翻白眼。不几天，老商的媳妇从西安追杀到海岛上，将自己男人与秘书小姐双双捉拿在被窝里，秘书小姐趁机溜走，老商的一张胖乎乎的猪尿泡脸被媳妇抠得稀巴烂，不便出门见人。在隔壁的报社里，响起一片幸灾乐祸的狂笑声。不能落井下石么！毕竟，用商务的名词吓唬文人的乡党，不管耍的啥手腕，总是给报社弄了一处暂且立足的租房不是？让华杰他们去办，恐怕受到所谓道德的绑架，打死也想不出来这等背后的弯弯绕。之后，华杰遇到的此类事，则有过之而无不及。

5

商场如战场，比起权场情场文场艺场一样险恶，是五十步笑百步，没有什么单纯不单纯、复杂不复杂的高低贵贱之分。凡是有人的地方，二人为从，三人为众，之间的交集和利害关系，稍不留神就能写成一篇胡言乱语、胡编乱造的狗屁小说。正经东西曲高和寡，看不懂是你不懂，那是卡夫卡，是博尔赫斯，是杰克·伦敦的回马枪手法。写下半身的媚俗玩意儿，交媾的场面曝光，最是半夜想你没办法的生理自慰爱好者的意淫食粮，所谓的专家却上升到人性结构解构潜意识之类从西方硬译过来的词汇迷宫里击中你，来欺骗无知盲从的群氓读者，后来演绎为下三烂吃瓜群众。

新挂牌的法制文化报社对门是群艺馆，窄窄的巷子，住着和聚着写不同风格小说和散文诗歌的作家和写作爱好者们。他们有点自娱自乐，戴着灵魂工程师的桂冠，办报办刊或以卖文为生，好像高雅得不得了，却也让路边钉鞋补鞋的臭皮匠不屑一顾，诗，诗人，死人吗？能顶饭吃？饿死你个诗人活该。华杰大概与这一社会人群一样的货色，舆论喉舌，吃轻省饭的。在这里，有一位交情很深的乡党作家肖阳，上岛也快三年了，好不容易做了群艺馆的部门副主任。这一天便约了肖阳，说请客在路边吃鸭肠，一盘惨不忍睹的稀里哗啦的滑溜溜鸭肠子，挑入清汤锅里，翻滚几下就使筷子捞起，蘸了姜蒜黄辣子醋汁，咬起来咯嗞嗞响，也还十分美味。大陆北方缺水，养鸡不养鸭，鸡肠狗肚向来为人不屑，上不了席面，谁还破天荒地吃过鸭肠子呢！说起来让人捂住嘴让尻子笑哩。如果不来海南，恐怕一辈子也不会吃到这道民间美食。当然，也要了两瓶海马酒，说是解毒去湿，壮阳补肾，药味明显，但也好喝。

肖阳带二人进入小巷，一拐弯踏入他栖居的小屋。灶具书桌床榻挤在一处，三几岁的小儿穿来穿去。话不多的妻子漂亮大方，为客人倒了茶水，就又回到窗下的缝纫机前轧衣服了。肖阳当过边防兵，回到陕北小县城，因擅长文字安置在广播站当记者，娶了个师范生的好媳妇，生了个聪明的儿子，按说在小城生活也挺好，他却心气太高，到了旧城办报刊，未能立稳脚跟却又南下海南。妻子只好夫唱妇随，一路漂流至此。肖阳的文笔在旧城是出类拔萃的，越是太能行越是运气不佳。加之脾性耿直，意气用事，动不动就与人一说二骂三上手，拳脚相加，甚至拼命，这便让同事摸不清他的底细，或敬而远之，或想方设法排斥他。肖阳的笔下，也便蕴含着一种机警诗意和锐气，咄咄逼人而柔情似水。华杰和宁平的到来，加盟闯海大军，作为乡党和同行，肖阳自然多了一份乡情的慰藉和同伙的帮衬。彼此彼此，所谓一见如故，多了和方文一样一个异乡的老友，心里总是暖暖的。

问起媳妇怎么没调个正式单位，肖阳说，媳妇在老家时在中学教书，音乐舞蹈在行，跟他到海南来，费了九牛二虎之力，寻情钻眼，请客吃饭送礼，好不容易调到了一所艺校。谁知艺校大多是海南当地人，才能过人的媳妇被无辜挤对，人家在一起挤眉弄眼，说的全是琼语，呜哩哇啦一句也听不懂，骂她脏话她也受着。这么，就辞了职回家相夫教子。丈夫拿的是公务员事业编制工资，养活一家人显然入不敷出。聪明能干的媳妇捡起了老家母亲调教的裁缝手艺，看好市场上好卖的衣服式样，扯了布料来做时令衣服，托付给小服装店去卖了赚钱，倒也找到了一条糊口的活路，收入不比当艺校教师工资低。但就是太辛苦，起早摸黑，讨价还价，讨债欠债，给自己当老板的日子也不好过。也总是一边做衣服赚钱，一边料理家务，把丈夫伺候得妥妥的，小儿子带得好好的，她也心满意足了。

问题是小儿子还不到上幼儿园的年龄，被关在小屋里，整天伴着母亲老是一个旋律的轧衣服的响声，总想小鸟一样飞出笼子，满足一颗好奇的童心。肖阳想了一个办法，在小屋门外的走道留出一小片空地，在通往院子的走道口用砖头垒了一道矮墙，安了一扇铁栅栏门，用锁子锁起来，出入得用钥匙打开。他和媳妇出入不厌其烦地锁门开门，让小儿子在有限的天地间玩耍，小儿子常常扒着铁栅栏门等父母回家。平时父母在家，他也可以观望院子里来来往往的车辆和行人，尤其望见人家小孩子叽叽喳喳蹦蹦跳跳地从眼前经过，就向人家招手呐喊。小孩子也孤独寂寞啊！难题在于隔壁有一间小屋，住着群艺馆一位老同事的智障儿子，出入也得从铁栅栏门经过，有时就忘了锁门，孩子跑到了院子里或大街上，就得火急火燎地满世界找孩子。还有，隔壁没有下水道，脏水是泼在门前的，就顺着墙角向外流淌，有一股恶臭味。他们夫妇忍受得够够的，也不便指责智障者，怕引起老同事的不愉快。

也就在华杰他们从证券报边上的招待所离开，搬到群艺馆边的一家招待所的第二天，一件关乎生死的事情发生了。华杰寄居在招待所二楼楼口，推开窗子可以看见肖阳的小院子，还可以与铁栅栏里的小孩子打招呼。宁平两口住在靠里面的一间屋子里，洗手间在楼道里是公用的，好在是包房，双人床，好做鸳鸯蝴蝶梦，一天六十元。华杰住的房子也是二人间，独独一人，只花三十元，省钱，另一张床空着，但几乎每晚都有人来住宿，当然是男的。华杰萎缩在蚊帐里，为开办报纸的事东跑西颠地累了一天，顾不上有怀乡之忧愁就倒头睡了，半夜三更地常被突然闯入的陌生人惊醒。谁知道来投宿者是什么人，有从大陆来的闯海人，也有从五指山来的黎族干部，也许有杀人犯或盗贼，同室同眠，不免让华杰担惊受怕，也就胡思乱想，久久不便入睡。等到陌生人打起了鼾声，也许是假装的鼾声，这让他更是难以入眠。要命有一条，要钱没有，只剩下几百元也是塞在裤裆里，跟拴在肋子上一样，蝴蝶牌手表值不了三五十元，其他一无所有，怕啥么！这天一早，华杰被急促的敲门声惊醒，是宁平，快快快起来，肖阳和当地人打起来了。

华杰睁开睡眼，听得楼下院子里一阵声嘶力竭的叫骂声，是肖阳的陕北普通话口音，对方是海南普通话，剑拔弩张，甚嚣尘上。华杰出门，小胡吓得直哆嗦，宁平强作镇静，说咱得下去给肖阳壮胆。华杰见宁平穿着白衬衣，说，快去把警服穿上，还有大盖帽，把势扎起！院子里闻声已围拢了不少人围观，喊喊啾啾说三道四，只见肖阳与老同事近在咫尺，肖阳媳妇分外紧张，在拉丈夫回去，海南籍老同事也被老伴扯住，智障儿子在一旁指指点点。陕北普通话与土话脏话混杂，琼语普通话与土话脏话混搭，相互有辩论道理的成分，也有竖中指小拇指的谩骂。听得出，其纠纷的原由是智障者又忘记锁铁栅栏门，让小孩子跑丢了，好不容易才找回来。还有，在小院里泼脏水，甚至屎尿。肖阳开始找老同事劝说管教好自己的智障儿子，话不投机，就吵起来了，继而冲突升级，眼看要动拳脚了。论文斗，双方不分高下，论武斗，老同事曾经也是一个老兵，当然还是敌不过年轻气盛的复员军人。一直站在老同事身后的司机像一座铁塔，敦敦实实，攥着拳头为老同事助威，大喊道，你个大陆仔敢动一下老爷子一手指头，你就死定了！肖阳也不示弱，你的拳脚难道比刀子和枪子厉害？华杰上前拉住肖阳，算了，有话好好说。宁平扶了扶大盖帽檐，要不跟我换个地方说事，大庭广众的，影响多不好！这一招还灵，肖阳知晓内情，老同事蒙在鼓里，双方顿时偃旗息鼓，各自散去。要是真的开打，冲突升级，怕是要闹出人命的。强龙难战地头蛇，华杰安慰了肖阳几句，见肖阳来了一句陕骂，眼泪偷偷流下来了。

6

肖阳这便成了和平路法制文化报刊的常客，毕竟早上岛的，能给华杰提供一些人脉和当地风土人情，还有可以去吃喝玩乐或看风景的地方。华杰看重肖阳的人品和才干，将其聘任为法制文化公司副总，给配备了一架半新旧自行车和一个BP机，有时在杂志社的灶上蹭顿饭，出去吃喝玩乐的费用，肖阳常常也抢着埋单，华杰说是所谓公家单位人，当仁不让，不是还有法制厅垫支的五万元开办费么。至于报酬，大特区的规矩是按效益计算，拉来的广告赞助收入按百分之二十提成，杂志社和公司除了管理和文秘月薪一千到三千不等外，其余人员一律无底薪，只管免费伙食，饿不死就行，收入多少要看你的本事了。法制部门在社会上有优势，那些老板没一个不想靠法制机构保驾护航，记者们仅靠一个记者证，运气好的话，分分钟可以搞定一个几千几万元的理事单位广告赞助合同，能获取一沓子钞票报酬的惊喜。华杰要求每个人一天打三十个电话，有三个有意愿接洽的，其中谈成一个，也就阿弥陀佛了。记者们总在抢电话，成与不成得凭运气，有的撞了狗屎运，毫不费力填了上万元的大单，一个月就能有吃有喝有玩了。肖阳人脉广泛，可能忙于自己的其他事，一直没拉到赞助，心里有点过意不去。

这是个星期天，肖阳提议带华杰几个上火山口游玩，去吃东山羊。小胡平时帮厨做饭，扯面做的好，老陕也不能天天吃面，说要去吃海岛上的美食东山羊，乐得合不拢嘴。几天没下雨，沿途红土灰尘飞扬，眼前出现黑色的火山石，房舍也是火山石垒的，是数万年前的火焰熄灭了，遗留下一大片窒息的石头。上到绿树掩映的山顶，遥看大海和岛屿，好一派壮观的图画。喇叭口的洞穴深不可测，得沿着石阶迂回而下，头上是炽烈的太阳，洞穴里却寒气逼人，有水珠不停地滴落下来。火山会不会再度复活，喷发出怒吼的火焰，作为肉身的人是多么渺小可怜。火山下是一个小动物园，在深深的洞穴里，庞大的鳄鱼在吞食一只羊羔，惨不忍睹。

旁边的饭馆专营东山羊火锅，飘来一股清香。走入火山石垒成的屋子，在火锅边坐定，放有姜片和盐的清汤在翻滚，屠夫正在杀羊，咩咩的惨叫声让人毛骨悚然。海岛上的草木不越冬，四季鲜嫩，吃草的羊也比起北方的羊变种了，长得小巧玲珑。有大陆人初来海岛，说这里的树高，椰子树是够高的。人黑，太阳炽烈，紫外线强，人是比北方人肤色黑。牛大，水牛是够大的。还有就是羊小，说的是这东山羊。案板上的羊不是剥皮，皮毛可能也嫩，不值钱，屠夫竟是操起人用的剃须刀在剃羊毛，羊肉是连皮带肉一起吃的，这让北方的来客惊着了。也是，鳄鱼是生吞活剥地把另一种动物可怜的小羊纳入自己的腹中，人是用锋利的刀子杀死小羊，仔细地剃去毛发，然后剁碎投入翻滚的清汤，等羊肉收缩变色，捞到调料碗里一口一口啄食，还连声赞美说：香，真香！吃腻了，喝椰子汁，还有啤酒、海马酒一起下肚，人便来了精神，海阔天空地吹牛，男女嬉戏，这真是神仙过的日子啊！宁平夫妇乐不思蜀，肖阳的媳妇没空出来游玩，华杰呢，形单影只，一个虚伪的佯装正人君子的家伙，悔不该把那个舞蹈情人小凤丢在了老城里，天各一方空牵念。

　　华杰给妻子留的联系方式，是方文证券报的地址，当方文把一封家书递给华杰的时候，他没及时拆开来看，一直到了夜深人静才掏出来读。落寞的客心似海，别离妻儿有点于心不忍，却已经上路了。说是参加完椰子节就归去，这都过一个多月了，妻子猜他又在骗人，就像当初与那个小妖精诗人鬼混一样的骗子，是否又带了那个小妖精私奔了。殊不知，他与那个女诗人已按照对妻子的承诺分道扬镳了，他这个背叛爱情的家伙遭到了女诗人的怨恨，妻子也谴责他背叛她和家庭，他不知道应该忠于爱情还是忠于家庭妻儿，对谁他也是罪人，无耻之徒。当初怎么鬼迷心窍，在嘉陵江小城结识了小情种，在一个油菜花金黄的季节，一个山寨村落的瓦屋里，让米酒灌得醉如烂泥，死去活来，倒在了温柔之乡的美梦。桦树皮上的情诗，也让察觉绯闻的妻子烧成了灰烬，她还流着泪说，见鬼去吧！耿直的妻子哪里理解她的夫君，在家室得不到温情和亲情庇护的时候仍然会出轨，投入另一个可供相互取暖的女人的怀抱。螳螂捕蝉，黄雀在后，受骗上当，一当与一当不一样，愈合又破裂又愈合又破裂，究竟能责怪哪一个呢？要么在沉默中爆发，要么在忍耐中死亡，也许放纵一下自己，才能得到暂时的心理抚慰。罪过罪过，可怜了妻儿，他同样心如刀绞。伪君子，十足的感情骗子！是吗？他不便给舞蹈情人小凤写信或打电话，一时的确还没稳定下来，又找不到一个合适的差事召唤她离开老城来岛上，走出这一步是有风险的，弄不好会伤及对方，破坏了另一个尚未完全摊牌的家庭。犹豫之下，只好得过且过。

宁平夫妇去了海边游玩，华杰便约了肖阳从和平路朝东蹒跚而去，路过洗发屋时，经不住发廊妖冶女子抛来眉眼，大哥大哥叫得好不亲热，二人便走入了洗发屋。大陆北方老城还少有此等场所，是所谓干洗的洗头方式，你只需要正襟危坐于坐椅上，柔软的涂了红指甲的双手便给头发挤了洗发膏和水汁，凉凉的，香香的，稍时泡沫膨胀起来，云朵一样驻足头顶，异性的手指搔挠你头皮痒痒的，又是按摩颈部肩胛，又滑下背部脊梁，你像一头乖乖的公羊，任凭一双温柔的手揉搓，享受女性的气息与关怀备至的软语笼罩着你，一阵驱散疲惫和烦躁的清爽让周身舒坦多了。华杰抗拒了自己内心的骚动，挣脱了发廊女子的荷尔蒙发酵的臂膀和呼吸，放下二十元钱，唤肖阳赶紧出了发廊的门，有点落荒而逃。

二人坐在海甸大桥的栏杆上，望着暮色中归来的船帆，一轮红日慢慢地沉入了西边波涛起伏的海面。太阳收工了，它不会被海水淹死，洗浴一番，明天早晨又会精神抖擞地从东边海面上露出生气勃勃的脸来。眼下，大桥上人流渐渐稀少下来，白沙门海滩浴场依然进入又一个温情的美梦。华杰和肖阳相互递着烟，一根接一根地抽着，喷出的烟雾很快被海风吹散。二人似乎没有什么话要说，只是享受着这傍晚海边的情景，任凭思接千年，浮想联翩，有憧憬也有担忧，有愉悦也有伤感。忽然有一个骑自行车的人路过身边，唱着流浪的人儿想念你，亲爱的妈妈，歌声被海风卷了去。北方的高原，宽阔而贫瘠，人们为了生存敬神一样祈求老天下雨，雨滴从老槐树的叶片上滑落，集成泥水汇入沟壑，水流流那个千里哟归大海，海水蒸发又向北方奔涌云朵，降水于干渴的土地，如此循环往复。蚂蚁一样的人类，东迁西移，南来北往，朝朝代代，生生死死，究竟为了个啥呀？不想那么玄妙的事了，还是找个地方喂饱肚子要紧。

海滩上灯火明灭，海甸子还是一片建筑工地，到处是垃圾和临时工棚，无智而吃力的底层打工者，善良而老实，带着老婆娃娃生活于此环境中，随遇而安。华杰想到，自己年轻时回乡种地，干的是最繁重最肮脏的农活，不也过来了，那时候尽管彷徨于前途，也不是同样有快活吗？不是也进了城，娶妻生子，端上了轻省的饭碗吗？缘何又要折腾到这遥远的海岛上谋食，又不是苏东坡被迫流放，悔亦不悔？人也是贱，吃了五谷想六谷，向死而生，说什么生活在别处，而终了孤魂野鬼一个，图甚？他和肖阳二人胡乱吃了一碗炒河粉，这里吃不到扯面，反正粉也和面差不多，面粉面粉，垫饱肚子得了。少不了喝几瓶啤酒，扯嗓子唱几句信天游：一对对鸳鸯水上漂，人家那都说是咱们两个好，你和我好来就一辈辈子交，卖了良心就叫鸦雀雀掏。这便醉醺醺地打道回府。过来一辆出租车，肖阳伸手拦下，钻入了车里。华杰跟着坐在后排，等待开车。谁知肖阳与当地毛小伙司机讨价还价，用生涩的海南普通话沟通，几三句就说躁了。肖阳执意要按自己说的价钱让开车，司机火冒三丈，大骂大陆仔快滚回你们大陆去，不然就推到海里淹死！不耐烦地用手摆着让二人下车滚蛋。华杰劝说算了，准备打开车门下车，肖阳却受不了这份窝囊气，也许又勾起前几天与当地老同事争吵对峙所受的委屈，气不打一处来，顿时一句陕骂，与司机拉扯起来。司机一看不妙，恐慌地拿起报话机喂喂地呼叫同伙报警，肖阳上手一把夺下报话机，还想纠结狐群狗党，我让你打你妈的个蛋！几三下揪断了连接线，报话机哑巴了。司机小伙仍不示弱，你他妈个大陆仔，跑到我的地盘上要什么威风，老子叫人弄死你！火上浇了油，肖阳叫了声，华杰快下车，跑！华杰急忙下车，见肖阳拉开车门，回过身去，用脚使劲跺了司机小伙几下，司机连呼饶命，在车里抱着头缩成一团。二人向前跑，司机却开车追了上来，哇哇喊叫着，想用车撞他们。肖阳拉着华杰，慌忙转身跑入路边的草丛，飞快地狂笑着消失在海边的茫茫夜色中。

7

接到法制厅郑厅长秘书电话，华杰匆匆赶到郑厅长办公室，请示办刊的编制人员问题。刊物是内刊，开始筹办特区法制文化报时，说好让华杰担任社长兼总编辑，不料从老城来了一位省级机关的处长张启，曾在司法类报纸当过美术编辑，当过郑厅长的下级，考虑到行政管理方面的经验，郑厅长觉得张处长合适，就跟华杰说，他管理行政，你管业务，行不？华杰尊重领导的安排，但思量凤尾不如鸡头，还是让张处长管报纸，自己独当一面做杂志为妥。报纸是公开刊号，编制好解决，华杰便主动提出让张处长社长总编辑一肩挑，自己做副总编辑兼杂志总编辑，张处长当然何乐不为，华杰只是做好杂志就行。郑厅长这便打电话，唤来在隔壁人事处等候的张处长一起通融。

之前在老城，华杰见过张处长几面，五大三粗，是学美术出身的，文武兼备，是个爽朗又机智过人的角色。二人握手言欢，交流了眼下要办的事情，说是要去报社驻地看看，便准备离开厅长办公室。郑厅长让张处长先走，对华杰说，青海的老领导介绍来一个女干部，在司法部门专门研究打拐，就是打击拐卖妇女儿童和青少年犯罪的，文章写得不错，想到刊物当编辑。华杰说，当然欢迎。这便来到人事处，万处长介绍了在一旁亭亭玉立的女干部说，她叫于丽，属马，领导准备安排她到杂志社当编辑，华总编你看行不？华杰接过万处长递过来的档案资料，一边翻阅，一边质疑地瞅一眼这位兴奋而又胆怯的女子。有写作才能，人也漂亮精干，当编辑能成。万处长说，人家可是个科级干部，能做你的编辑部主任。华杰满意地说，听领导的。万处长用带有某种嬉笑的口吻说，那就把人交给你了，好好关照。

于丽性格开朗，人很活泛，有说有笑，一路走到和平路的报社驻地，二人已经有点一见如故的意思了。于丽也是独身一人从青藏高原南下海南岛的，修长的身材，小脑袋，目光灵敏，齐肩发一甩一甩的，脸蛋上还带有高原紫外线留下的红晕。华杰开玩笑说，你怎么还抹了唐朝女子般的胭脂，很特色。于丽不好意思地说，这就叫高原红，自然美，懂不？之后，在海口每遇到脸蛋上带有红晕烙印的女子，华杰就笑着问，她该也是你的青海老乡吧？于丽假装生气地回答，去你的，就你会嘲笑人！

刊物的大多记者是临时招聘的，天南海北哪儿来的都有，有男有女，多半独身一人，有的是打前站，等扎稳脚跟才举家迁移，有的是单身或逃离家室，也许在同行中能寻找到另一半。有一对从江西来的年轻人聘用了一天，人模狗样，在办公室桌子上蜷曲了一夜，蹭了两顿免费餐，还借了三百元说是到三亚找老板朋友拉赞助，便溜之大吉。一位中年湖北佬，自称为各报刊拉了上百万的赞助，气势汹汹地让华总编把提成给他提高到百分之三十，未能如愿后，竟然给华总编拍了桌子。华杰看似文质彬彬，却也并不好惹，指着门口说，请你出去，滚！编辑部主任于丽坐在总编室门口的外间，进来给华杰添了茶水，商量处理招聘用人的琐碎事，说你貌似文人，脾气还不小。华杰说，要看对谁，我本是农民一个，当过矿工，如今到了司法系统做事，更不用说怕那些流氓无赖。

这天晚上，华杰带了于丽与宁平夫妇一起，约了方文和肖阳，在白沙门海滩吃烧烤。当然先是在浴场游泳，小胡拉于丽下水，于丽说自己在大学游泳池学过，多年不下水了，硬是被小胡缠住换了游泳衣，羞羞答答地下了水。华杰只是瞅了着泳衣的于丽一眼，就让几个男人意识到了什么，调侃说华总编今天的心情不错啊，男女搭配，干活不累，祝贺祝贺！吃罢烧烤，各自归去，于丽让华杰带她到得胜路去逛逛，看看那里的骑楼和老建筑，随便买点日常用的东西。

曾经下南洋发财的当地人，在这里建造了骑楼一类临街建筑，日本人占领这里时也添了日式建筑，有钟鼓楼，有教堂，俨然一座风光秀美的海滨小城。所谓的骑楼，是把临街一层空出来当人行道，便于遮风挡雨，里面是店铺卖场。街道和人行道上人流如织，横冲直撞，各种车辆拥挤不堪，喇叭声和嘈杂声混成一团，热闹而混乱。灯火掩映的建筑与绿树相间，有的榕树竟然把根须扎在建筑的缝隙里，原本白色的墙体经过多年风雨阳光的剥蚀，变得灰灰的，一道道雨水冲刷的痕迹像是这座旧城的泪痕。新建的大厦，则是在旧城外的海滨一带，还有海甸岛，一群密集的高楼大厦正如雨后春笋在疯狂生长。

也就在华杰和于丽在骑楼下的人流中穿梭时，从背后来了一个骑单车的当地小伙子，黑瘦黑瘦的，低矮的个头，光着脊梁，只穿一条小裤头，用脚的大拇指和其他指头夹了一双凉鞋，趺趺撞撞地经过二人的身边。华杰差点让撞了个跟头，气呼呼地说，你慢点！于丽有点打抱不平，叫嚷道，你个浑小子！小伙子听见有人指责他，不高兴了，把单车靠在一边的骑楼柱子上，回身质问道，你他妈的说谁？不想活了！小伙子一蹦三尺高，目光凶狠，就朝于丽冲了过来。于丽是戴大盖帽穿警服习惯了，职业性地对待身边的人和事，殊不知她今天忘记了没有着警服的行头，威风荡然无存，谁还怕你？华杰没有拉住扑上前去的小伙子，一巴掌差点打在于丽的脸上，是她下意识地用手中的小包抡了过去，抵挡住了突如其来的攻击。她用刚刚学会的当地话训斥道，你个烂仔！我是人民警察。气头上的烂仔被小包甩疼了，又耸起身子扑打。华杰慌忙从后面一把抱住了烂仔的细腰，顺势按倒在地，卡住对方的脖子威胁说，别动，你要是不服，我马上卡死你个狗日的！撞了人不道歉还耍彪，什么东西！烂仔一看挣脱不了，大喊：大陆仔打人了！旁边过路人看得明白，纷纷指责小伙子缺理，华杰放开手，小伙子爬起来，跨上单车溜走了。有惊无险，要是对方持有小刀什么的，说不定要出人命了。挤出围观的人群，华杰和于丽二人摆脱也许找人追赶来的烂仔，快步离开现场，穿过一条小巷，曲里拐弯地回到了住处。

报社和杂志社办公场所在和平路，临时雇用人起灶，来的都是客，大伙儿免费用餐，却入不敷出，干脆散了。张处长和先到的华杰及宁平夫妇，还有后到的于丽，都租住在不同的招待所里，花费也高，都是自费，各人都感到撑不住了。不多的赞助费进账，加上节省花销的开办费，可以集体租住在一起了。于是，经过踏勘，选择了锦山里一处整洁又便宜的民房，几个人都搬了过去，相互也有个照应。华杰虽然是报社的副总，但他不想干涉张处长操持的报社事务，只管杂志的事，彼此也各有账号户头，免得是非曲直。张处长搭灶在一起吃饭，饭钱单算，让小胡做饭，一月六百元报酬，也算解决了宁平的后顾之忧，媳妇好歹有个事儿干。张处长见房间少住不过来，就另觅住处了。宁平夫妇一间，另一间让房东在中间扎块板子隔开，华杰与于丽说是同居一室，也是不同空间，各行其是。这样设置，别人都没闲话。再说都是不惑之年的人了，能否处在一起是各人自愿，至于做不做那种男女之间的事，在于双方而与别人无多大干系似的。其实，二人各自心里已经有一头怪兽在躁动不安地跳跃着，心照不宣，但谈不到所谓爱情。那太文绉绉的字眼，在这座同样骚动不宁的海岛上，听起来有点矫情。华杰想到了舞蹈情人小凤，还在老城等待他的召唤的消息，然而远水不解近渴，他有点渴了。灵魂与肉体，有时是一体的，有时是分离的，只能顺着性子行事，已不受所谓道德的约束了。说是逢场作戏，也不是，所谓的缘分是托词吗？

出双人对的二人，华杰与于丽，宁平夫妇，让房东猜成了各自两家人或临时夫妻，也没有像大陆警察那么半夜敲门入室查看结婚证罚款，房东只管收取房费罢了。房东的男人是经营防盗门窗生意的，在一楼有门面，收入不菲，整天把头发梳得光光的，白净的脸庞，显得很文气。闲暇在顶楼吹吹笛子，是红色娘子军的曲调，半生不熟的，算是有点情调。不时会带了漂亮的大陆小妹回来，在顶楼上取乐，似乎名正言顺，毫不掩饰什么。坐在楼下楼梯口的女主人，有点发胖，肤色黝黑，热情地问候租客，也同样亲热地迎送男主人带回的每次都不一样的小妹，负责收取租金，也替男主人支出服务费给大陆小妹。这一切，司空见惯，毫不奇怪。听说当地的一些女人，还认为自己男人能交年轻漂亮小妹是本事，有能耐，只要与原配不离婚，怎么耍是男人的事，女人不去干涉。华杰想到，海南的汉人不少是客家人过来的，信守三从四德，民国时代的妻妾成群也没什么可以指责的，人家有钱有势有能耐，光棍多是穷汉。新中国成立后政府施行的一夫一妻婚姻制度，也许在这山高皇帝远的僻壤鞭长莫及，没有大陆那么动不动用道德绑架人。无怪乎，这里借时代大潮，解放思想，破除一切旧传统道德的框框，不同角度地去理解人性，不然为什么有那么多人挣脱身份情感物质精神禁锢的锁链扑向海岛，而为了什么呢？

日久生情，在一个办公室和住地相处还不到个把月，孤男寡女的华杰与于丽便已经水到渠成，耐不住孤独寂寞，双方压抑着的感情防线终于溃堤了。此时，面对路边的野花，芬芳迷人，不能采还是不采白不采？把那个在老城苦苦期盼的情人小凤，已经忘到了九霄云外，朦朦胧胧，遥不可及。在公务之余的闲谈中，你我都流露出对配偶的不满情绪，也许为达到二人的一拍即合，婚姻的不适或不可忍受成了逃离原地的理由之一。华杰因绯闻加之对亲情的伤害，使他对妻子的背叛有了心安理得的借口，难道于丽也有类似的出轨遭遇，华杰不得而知。他从闲谈中知道，于丽的父母早年在山西当县长，生活在糖罐里似的，日后支援大西北到了青海，在省城的一个部门任职。不料在一场政治运动中受挫，仕途不顺，也给家庭蒙上了一层挥之不去的阴影。于丽的婚姻也算门当户对，干部家庭，受过大学教育，都在政府部门当差，女儿也上初一了。但在她心里，总是怀念在山西的童年生活，对青海的环境不适应，尤其对周围当地人的土气格格不入，影响了她的升迁。丈夫是个古板的角色，不懂得浪漫的生活，也甘于在单位混日子，不求进步，眼看周围同事升官发财或做生意赚了大钱，也毫不动心。为给女儿寻找一个良好的成长环境，于丽不顾丈夫阻拦，独自南下海南了。华杰开玩笑地问道，你那里的街上是不是还有骆驼？她气愤地说，去你的，你们省城才是满街的骆驼呢？

终于在一个暴风雨的夜晚，华杰与于丽二人佯装正人君子礼让着先后在阳台上洗澡，推推搡搡地一个在里面，一个在外面，门是虚掩着，关上再打开，彼此侧耳捕捉着对方的动静。电闪雷鸣后，是倾盆大雨，二人如饥似渴地裸身拥抱在了一起。都是男女之事的过来人，在温热的淋浴冲刷下，光滑的胴体顺利地融为一体，放逐了在连日来升温的空气里骚动不宁的那头怪兽。一对孤独男女假如置身一个逼仄的空间，双方都有亲近彼此的欲望，可能一时顾及不到后果，让动物性占了上风，就会勇敢地冒一次险，放纵异性相吸的肉体欲念，理智和把控力丧失，做出一些即便是后悔当初的事情来。大自然的暴风雨伴随着性爱的暴风雨过后，华杰与于丽慌忙逃离现场，悄悄回到各自的床榻，仰望着窗外透进的依稀灯光的天花板，仍不能平息心跳，是一种满足感呢还是羞愧难耐，便注定是浮想联翩，今夜无眠了。

8

华杰早年曾在青年杂志当编辑时，发表过周至县一个高中生的诗作，笔名大田，后来上了大学，海南建省时就捷足先登，来到了海南岛。华杰与大田多年没有隔断联系，知道大田办了一份投资方面的杂志，很新潮，在海岛上无人不知。华杰得去找他，讨教一些在大特区办刊物的经验。过去是编辑教导作者，如今成了老师向学生请教，当是顺理成章的事。大田开始是调入师范大学任教的，已经从写诗到文学讲师又跳槽到了合作厅，操持一份时尚杂志，如鱼得水。媳妇孩子也随他到了岛上，媳妇在图书馆工作，儿子上学，居住在师范大学的公寓楼上，过上了相对稳定而且有奔头的日子。大田客气地接待了他的所谓恩师，毫无保留地将办刊的思想和动作方式端给了华杰，法制文化是为经济繁荣保驾护航的，那么有钱人也理所应当为法制宣传助力，最便捷的方法是组织理事会，交纳会费，办刊的经费就不用忧愁了。也不能板个脸用法制吓唬人，得有文化品位，读者喜欢看。大特区是走市场经济，报刊不靠政府出钱来办，必须从市场中寻找生存和发展的途径。首先得有饭吃，活下来，扎下根，再说枝繁叶茂。

从大田处打听到，一对与华杰曾在青年杂志的同事也在投资机构，上岛三四年已经大发了，准备离开海南岛去新加坡定居。男同事人高马大，能力过人，关键是有人脉，老父亲是当初解放海南岛的团长，战火中的万泉河曾经被血染红了，如今在省级官场上有人，红二代很快便升官发财，进入了富人之列。女同事的家庭出身不好，有陕北插队多年的经历，在青年杂志社时一直好写，人也长得出色，与老革命的后代结缘，改变了政治命运。但二人站错了队，落了个造反派三种人的阴影，重用他们夫妇的那个红卫兵头头进了监狱，二人只好在被排斥的逆境中南下，在此地大显身手。这么，又要离开海岛，远走高飞前往新加坡的人间天堂了。怪不得，人说乡下人进城，城里人到特区，特区人去美国，美国人呢，上月球了。一步跟不上，步步跟不上，都是五官端正四肢健全的人，两个肩膀扛一个脑袋，差别咋就那么大呢？滚滚红尘，人头攒动，行色匆匆，都在为生存奔波，有力吃力，有智吃智，富人一掷万金，穷人身无分文。人与人的差别，比人与狗的区别还大。小牛看着老牛拉屎，会把肛门撑破了。先来后到，英雄莫问来路，革命不分迟早，全凭个人的造化了。时间就是金钱，能力是硬道理，门道又是取胜法宝。当然，混得不好的，无论男女老幼，在人生的旅途中有的顺顺当当，有的栽了跟头，还有的误了性命。

大田给华杰所传授的先从刊物理事会入手，这一招进展顺利，刊物启动和运作基本走上了正轨。一次老陕乡党在老马家泡馍馆吃饭，酒桌上各路英雄尽显其能，华杰与一位爱好文学的大老板一见如故，二人老家在渭北乡下，相距几十里。他乡遇故人，如同金榜题名时，开了一家融资公司的大老板，一听华杰在办法制刊物，便主动加盟理事会，不做不说，要做就做理事长。华杰毕竟是没有见过大钱的文化人，听说融资公司注册资金几十亿，那简直是天文数字。对方问，做理事长需要出多少钱？华杰脱口而出，二十万。对方爽快地说，那就做这个！二人端起茶杯当酒杯，西凤酒斟满，干杯！不经意间，华杰觉得捡了个天上掉下来的馅饼，醉醺醺地与大老板告辞，在夜晚的微风中惬意地归去。

第二天一大早，华杰挡了一辆出租车奔国际大厦，分分钟签订了二十万的大单，兴奋得想高唱一句秦腔：窑门外拴叫驴连踢带蹶！又有点后悔，怎么只说了二十万，要是说三十万五十万一百万呢？也许在大老板看来也只是小菜一碟，广东人说的洒洒水啦！不过又一想，太贪心了也许事不成，知足便是。在老城时，一月工资也就不到百元，一年千元，十年万元，这一下了光提成也能拿到六万元，等于大半辈子的收入，做梦也想不到。这下子，一河水就开啦！

杂志创刊号的劳改劳教栏目，需要一篇文章，华杰来到少年管教所采访。一个温文尔雅的小孩十五六岁，胸前的牌子上写着姓名年龄，先是向他立正敬礼：报告政府！华杰吓了一跳。小孩说，他家里父母是捉鱼的，自己不爱读书，早早回家跟着父母出海打鱼。邻家的孩子比他大几岁，经常欺负他，骑在他背上让他学狗叫，有几回打得他头破血流。他终于忍无可忍，有一天，他带了一把小刀，想给对方点厉害，没想到在厮打中一失手把人给捅死了。这祸惹大了，没被枪毙就是好的，判了个死缓，这一辈子得在牢里度过了。他说要好好表现，争取立功赎罪，可以从死缓减刑到无期，再从无期到有期，据说最少也得坐二十年牢，才能回家。华杰有点怜惜这孩子，劝说道，到出狱那时候，你也就三十五六岁，还能出海打鱼，娶妻生子，养活可怜的父母，为他们养老送终。小孩微微笑了，泪水止不住地从红扑扑的脸上流下来。

接着，华杰到了女子监狱，采访了一个判处十年徒刑的女子。这女子二十七八岁，论模样，与那些成群结队伫立于歌舞厅入口的舞女毫不逊色。她可以是一个与孩子玩耍的良家妇女，一个与帅气男子勾肩搭背的娇妍女子，或者一个俏丽的小秘，而此时她是一个失去了自由的囚犯，一个身着监狱标准装束的忧郁的女子。她原本是一个白领，毕业于北方一所财经大学，在公司做财务工作，收入不菲，谈了几回恋爱没有如愿步入婚礼大堂，却因卷入一桩资金诈骗案进了牢笼，跌入人生命运的谷底。她喜欢读诗写诗，递给华杰看的一本日记本写满了分行的文字，优美却凄清。华杰想抄几首，其中一首《飞来飞去的碗》有点奇思妙想，可以在刊物的劳教专栏发表。碗，吃饭的碗，饭碗，真实而虚幻。可以想见，作者从北方南下海岛，谋职的路是何等曲折，饭碗飞来飞去抓不在手中，又是怎样的心灵处境？她非常胆怯而慎重地向这位大哥一样的记者询问上诉的事，说她自己是冤枉的，是受老板指使的，她没有犯罪的本意，懵懵懂懂上了贼船，悔恨万分。她对人生绝望过，几次自杀未遂，感到对不起天各一方的年迈的父母，不如自行了断。但又不甘心，想通过上诉渠道无罪释放，减刑也可以，只盼望走出牢门，重新回到北方的老家，走在清风丽日的田野里，守着父母，嫁一个老实善良的庄稼汉，生儿育女，该多幸福啊！

　　也许是华杰心软，竟然被这女囚犯的话感染了，答应帮她上诉，接过了她写得工工整整的上诉书。但事实让她失望了，华杰也失望了。当华杰把上诉书递给女监狱长的时候，对方说，华总编啊，你太善良了，这些罪犯十恶不赦，你看她们哭哭啼啼，能言善辩，大多数都会说自己是冤案。她们有杀人放火的，有偷盗的，有组织卖淫团伙的，有拐卖妇女儿童的，是社会的一大毒瘤，你千万别听她们的谎话。华杰说，也还是有冤案错案吧？女监狱长说，极个别有冤案错案，但你要相信公检法的公正办案，可不敢为犯罪分子说话。听女监狱长这么一说，华杰顿时悚然，难道自己无知到不清楚这里是什么地方，一时又让相貌楚楚的女子引诱，喝了迷魂汤？他快快地走出女子监狱的大门，苦笑着摇了摇头。

　　这稿子该怎么写怎么编，华杰没了主意。回到编辑部，于丽满面春风，说融资公司的理事长赞助到账了，二十万，天哪！比起一两个月所有理事会赞助费还多，不但可以解决一年的房租，出两期刊物绰绰有余。于丽说得庆贺一下，叫上编辑部所有人员，放松放松，给大伙加把油。有的聘用记者，其实也就是拉赞助广告的人员，能写的记者反而拉不来赞助，能说会道的却写不了文字，一是凭借能力，二是靠运气，除三几个的收入提成能解决眼下的吃住问题，大多已开始饥肠辘辘且居无定所了。眼下得调动大伙的积极性，得留住人，让大伙在困境中看到希望。有提成三千两千元收入的，心里踏实，不免在人前趾高气扬，有的甚至炫耀起自己昨晚交了一个四川妹，细皮嫩肉，交欢到天亮，快活得很，一个字，美！这让囊中羞涩的落伍者，恨不得有个老鼠洞钻进去。华总编凭啥拉了这么一个大单，名气还是位置还是人脉，真是狗屎运，让大伙眼红得滴血，羡慕嫉妒恨。拿出几百元让部下们乐呵乐呵，再说拉来的赞助大多半也归总编支配，放点血应该。华杰应了于丽的话，说走，一伙人便吃喝着出了门，同时让宁平带了媳妇，叫上乡党肖阳和方文，浩浩荡荡奔海边的狗肉馆去了。

这里的狗肉馆也与东山羊肉馆一样，杀狗不用剥皮，只是用人类使用的剃须刀刮去狗的毛发，连皮煮了再入锅红烧，端上桌的狗肉是架在火锅上的，又烫又香。说是狗肉不上席，凭什么？海边狗肉的生意甚至比海鲜馆还红火。说是除湿祛寒，且有壮阳滋阴之功效。旁边是蛇肉馆，华杰不敢进，有人说蛇肉也壮阳滋阴，而且排毒，南方人视为美食，有专营蛇肉的餐馆。就那么悬挂空中与杀蛇人一样身高、开肠破肚后水煮油煎、餐桌中间盘了胳膊粗一条大蛇，像是活的，让北方客毛骨悚然，退避三舍。华杰老家视蛇为神，见之惊恐万状。一次从崖背上掉下来一条蛇，钻在了台阶石头间的缝隙里，祖父用锄头把它引出来，挑到了沟畔边放生，一眨眼就不见蛇的影子了，祖父说蛇是草上飞，是神物，千万别惹它，敬而远之为好。华杰来到海岛上，只进过一次蛇肉馆，只是用筷子尖尝了一口，腥气逼人，蛇肉与鱼肉相近，细腻可口。人是万物之灵，也残酷无比，将动物死尸当美食，津津乐道，真是不可思议。人啊，伪君子假善人居多。那些宠物狗狗，被当成比父母儿女还亲的宝贝，殊不知有一天沦落为流浪狗，便成了刀下菜盘中餐，宠它的动物保护爱好者主人又在哪里哭泣？丛林法则，无处不在，奈何？

谁在海边和着涛声，在夜晚的微风中用嘶哑的嗓子在唱：流浪，流浪，流浪远方。

9

方文媳妇供职的海南证券，不久合并到深圳证券所了。华杰和宁平开始没有本钱，没赶上赌一把，后悔莫及。刊物创刊，在海岛上印制也可以，但技术毕竟老旧，还是传统的活字排版，深圳开始有了照排，大田推荐了一个设计师，费用千元，华杰便带了于丽赶赴深圳了。再说，深圳的股票正火，说不定能搏一把。孤男寡女的二人，别矫情地说是什么办公室的爱情，出双入对，你情我愿，欲火中烧，业已成了一对情投意合的鸳鸯，开始了旅途伴侣的甜蜜生活。事业，爱情，金钱，缺一不可，二人恰在这时候似乎都揽入怀中，乐不可支。宁平两口看在眼里，有赞许也有妒意，其他部下们只是偷偷在私下议论，不敢公开放凉腔。方文和肖阳是明眼人，早就心知肚明了。华杰也不必避讳，虽不名正言顺，总比去歌舞厅找坐高台的小姐交欢道德一些。于丽呢，背靠大树好乘凉，论才学和模样，跟着华杰混也一点不丢人。

二人南下时，都是乘坐飞机从老城出发抵达海岛的，没有经受倒火车汽车轮渡的车马劳顿，这回去深圳便选择了乘船，体验一下海上旅途的滋味。本想着从海岛经广州到深圳，船是绕着海岸线行驶的，一边是陆地，一边是大海，谁知轮船离岸后很快便把海岛抛在身后，东西南北四面全是海水，一眼望不到边了。波涛汹涌，船体在剧烈摆动，海鸥追逐着轮船在波浪间嘎嘎叫着，天空白云翻滚，好一幅壮美的图画。华杰体质好，是因为从小经历过强体力劳动的锤炼，什么苦头也吃得下，乘坐飞机车船从未有晕眩的感觉，青海高原上来的于丽却撑不住了，脸色煞白，开始呕吐不止。在甲板上，二人相依扶着栏杆，任海风扑面吹乱了头发，吹冷了面颊，相互取暖的欲望使之紧紧拥抱在一起，起伏的轮船恰似内心涌动的一种难得的惬意。

在深圳的下榻处，是于丽联络的青海办事处。为掩人耳目，不被同乡人发现她与另外一个出双入对的陌生男人的秘密，又为了节省费用，各自入住在男女不同的合住房间里，对外以示同事关系。看看，还得顾及熟人的目光和说辞，毕竟各有家室，鬼知道二人在背后的不可告人的勾当。假使公开活动，同居一室，同床共枕，说文雅一点是情人，说不好听是偷情，难听一点叫姘居，法律术语叫通奸或婚外情，封建卫道士会斥责为狗男女。罢了，帝王将相才子佳人妻妾成群，又是什么道德标准呢？只许州官放火，不准百姓点灯，有钱人吃花酒是风月艳情，庶人妇守贞节有几人立了牌坊。人性的解放，第二性，男人的一半是女人，情人，加之金瓶梅肉蒲团港台色情黄片的不胫而走，凡人都不易不受到诱惑，生理与心理的冲突日益加剧，男女之事的泛滥前所未有。当然，华杰与于丽的男女关系，也就顺理成章，无可厚非了。

二人找到了深圳顶尖级的书刊设计师孟子，此人一表人才，聪慧大方，彬彬有礼，刊物的开本封面编排时尚超人。电脑照排先进多了，但校对起来也颇费周折，错别字得用小剪刀一个一个剪贴更正，为了在一地的字片堆里寻找一个字，急得二人狗一样在地上爬来爬去，累得腰酸背痛，满头大汗。华杰按照孟子的吩咐，作为二传手查阅原稿，于丽在一边翻阅原稿的某一篇某一页某一行。华杰是有多年经验的老编辑，对每一篇文字了如指掌，于丽毕竟在编辑业务方面一知半解，跟不上二传手的速度，便遭到了华杰的催促以至愠怒。卿卿我我的二人，在这时候发生了抵触，于丽竭力忍受着华杰的主观武断，终于忍受不了，一下躁了，头一回与上司发生了口角，二人谁也不理谁，相互冷若冰霜。华杰意识到了自己的过分表现，主动给对方台阶下，夫妻一样床头打架床尾合，于是重归风平浪静。

但由于各居一室，生理的骚动唆使二人溜出办事处住地，吃饱喝足，少不了二两鹿龟酒提神，来到广场上的大草坪，依偎在一起。天色向晚，乘凉的男男女女不肯散去，没有月光，有的便避开讨厌的灯光，在草地树丛的背阴处拥抱亲吻，甚至进入最佳的亲密状态。海洋性气候的热风，湿热了海边的城市，也湿热了男女的肌肤与心情，男的背心短裤，女的半袖短裙，二人一旦贴在一起，直到发泄了浑身的生理潜能才会罢休，各自分开，仰面朝天且四肢伸展或放松地趴在地上，向天地致敬。

大街小巷里，人们议论的话题当是正在火爆的股票，一天赚几千几万的人多得是。平时不怎么管用的身份证，一夜之间成了香饽饽，有人从北方乡下搜集来成麻袋的身份证寄往这里，为抢购到新上市的股票，不分昼夜地在证券所门口排长队。新上市的股票每股按一元计，发行价每股十元，开盘当日会涨到二三十元，比在地上拾钱还容易，钞票数得胳膊发酸。只看贼娃子吃肉，没见贼娃子挨打，股票有风险，涨跌无常，今儿个赚了几万，明儿个又赔个精光。但这一阵子的行情看好，有的股票已经涨到三四十元了，股民赚的多赔的少。华杰和于丽站在波浪滔天的海边，自然会被卷了进去，也向往像方文夫妇一样每天用挎包从证券所往回背钱，那是多快意的事。二人各自凑了两千元，天不亮就赶到证券所门口，也挤入了抢购新上市股票的长蛇队伍。开始个别插队的人，被后边人叫骂着赶了出去，拥挤中一队成了两队，又变成三队五队，最后蜂拥成一团，在不停地蠕动，好像一群蚂蚁拼命挤向小小的窗口。维持秩序的保安一看场面失控，也放任自流了。二人一看这场面，简直是一场肉搏战，别让人家给踩死了，索性退出人群，在旁边草地上歇息。

这样罢休，二人不甘心，在一旁小饭馆吃了碗汤粉，重整旗鼓，又挤入了长蛇队。还是于丽脑子灵光，她看挤不到前边去，就坐出租回了一趟住处，换了一身警服，脸不变色心不跳，煞有介事地维持起排队的秩序来。她吆喝着，推推搡搡地在人群的波浪中穿行，华杰看到了她当警察的另一面的潇洒，心里偷偷地乐。于丽维持秩序是假，自己佯装警察，其实她原来到现在确实是警察身份，也只有在披了这一身警察皮之后才是警察，脱了这身皮就只能是普通平民了。人的衣裳，马的鞍装，这话不假。也就在队伍的波浪摆动中，华杰被这位女警察推搡到了靠近窗口的位置。突然一阵电闪雷鸣，瓢泼大雨从天而降。没有一个人有离开的意思，任凭大雨浇得好像落汤鸡。为了巩固排队的队形不被冲乱，不论男女都效仿着一种姿势，后边的人紧紧搂住前边人的腰，手里攥的是被雨浇湿了的身份证和一沓子钞票。有女的经受不住后边丑陋男人趁机的骚扰与不轨，甚至肆无忌惮地抓乳房和下身，于光天化日无异于被强暴，只好在肉搏中败下阵来，哭泣着退出战场。等到华杰挤到窗口终于抢购到两只股票，才退出人群的波浪，与女警察于丽大笑着离开了。他们抢购的是深赤湾股票，十四元一股，没过几天涨到了二十元，在二人离开深圳时抛售了，还算赚了几千块钱。华杰经此遭遇后，告诫自己说，谁再玩什么股票谁就是王八蛋！

回到海岛上，华杰还是经不住引诱，做了一回王八蛋。那位出资为杂志社租房的老陕乡党，从事房地产的宣传攻势火爆，说是只向乡党内部人发行债券，不久就会成为上市公司，发行价一股五元，等到上市后十元二十元挡不住。商人唯利是图，文人永远不是对手，他出资为你解决了房租困难，这不，没多长时间，你又心甘情愿地把仅有的几万元全部塞进了他的口袋。在以后漫长的时间里，你的口袋里只是揣了一张盖有公司公章的收据，他的房地产公司上市的消息说是马上马上，其实驴上驴上永远没有了音讯。于丽更惨，还好心为几个青海乡党抢购了这家房地产的债券，落了个骗子的坏名誉，用自己的月薪陆续给人家还账，那位房地产老板却失踪了。想用钱赚钱的事，华杰再也没想过，好像是鲁迅说过，钱还是放在自己的口袋里最好，最安全。借给人钱或借人的钱，是万不得已绝对不可以做的最愚蠢的事。

刊物出刊后举行了发布会，法制厅郑厅长和机关干部，还有理事会成员参加了聚会，刊物的版式和图文让人耳目一新，得到了与会者的赞许。当然，少不了一顿美餐，好酒好菜，海鲜不用说，还有新引进的鳄鱼肉火烈鸟肉之类稀奇古怪的吃食，腥臊味袭人却图了个别出心裁。刊物算是成功地迈出了第一步，华杰自然有点飘飘然。但他的调令关系一直办得不顺利，当领导的老同事柏斗说自己是行政一把手，党组一把手许可负责人事进出，得回去当面向党组一把手许可申请调走，得到批准后方可转档案关系。再说，回去也得向媳妇孩子讲清楚，这么一走了事，不是长久之计。于丽对华杰恋恋不舍，在机场告别时，二人有点新婚分离的滋味，如果让对方家庭知晓此等情景，该斥为出轨绯闻感情背叛而恬不知耻了。

10

回到离别几个月的家，华杰与妻子同床异梦，草草地做了责任和义务似的功课游戏。妻子问道，你是不是带那小妖精私奔了？华杰沉默,那绯闻早已翻篇儿了,妻子仍然死记已经灰飞烟灭的旧事,殊不知丈夫别有情人且又另觅新欢,只是作为法定婚姻不得不回到家里一趟的。经济上宽松一些了,妻子当然不计前嫌,也表示走出老城面向海洋不失为一种明智的选择。至于夫妻感情,是强求不得的,破镜重圆总是有裂痕的,只要不把这面镜子再摔碎了就行。丈夫也假设调妻子去海南工作,郑厅长曾说到过解决两地分居的事,可以到厅机关做个纪检工会的干部。妻子却说,海南岛上满是妓女,再就是黑人,荒蛮之地,打死她也不会到那里去,想都不要想。保持家庭的稳定,从一而终,白头偕老,是一种美德,但殊不知谁的光环背后没有不可启齿的隐秘?孩子上了初中,心里清楚父母情感的隔膜,表面上仍然假装什么事情都没有发生,和母亲一样明白,父亲的出走,甚至要调到海南去工作,是谁也拦挡不住的,也只好顺其自然。父亲看来是挣了钱了,花三千元拉了专线电话,这在家属院还是头一家。父亲新买了一台日产理光照相机,一家人在照片上喜气洋洋,看不出有什么尴尬的表情。但有谁敢信誓旦旦,在情感世界里不经受腥风血雨,甚或枪林弹雨?

华杰曾为儿子买了一辆白色的时尚自行车,被家属院的大孩子二毛夺了去,在院子里玩耍。华杰上前要回自行车,悄悄地不无凶恶地对二毛说,你再干这样的坏事,我就把你的脑袋拧下来,信不?二毛吓得直哭,说再也不敢了。儿子为防备二毛报复,交结了同班的大狗,帮助大狗做作业,二人形影不离。这次从海南回来,操心儿子的安全,向儿子问起大狗二毛的事。儿子说,二毛经常欺负隔壁院子的小三,说小三弄坏了他的变形金刚,要小三赔偿,小三父母离婚,跟着下岗的母亲生活,根本没能力偿还。被逼无奈,小三把二毛骗到院子角落,用小刀把二毛捅死了,还把二毛的脸用刀划得面目全非。第二天,小三仍旧上学,警察找到教室,把衣服上还有血迹的小三逮了,听说要杀人偿命。华杰吃惊之余,觉得儿子经了世事,渐渐长大了。

华杰自然要回一趟老家,年迈的父母心里悬着的一块石头落地了，落地的石头却重新悬在了心里。知道儿子在老城工作不顺利，媳妇又不合，是不得已才逃奔海南的。儿子答应，到那里干上几年就回来，父母这才稍稍松了一口气。儿子知道，当初离开老城，他给父母写了一封短信，说是参加椰子节活动，想调到那里工作。父母已入花甲之年，包产到户后养了一头母牛，生了牛犊就能赚钱，谁知母牛养得太肥，分娩时难产，硬是把小牛犊给闷死了。父亲面对毛色如同鲜亮缎子一样的小牛犊没了呼吸，竟然号啕大哭起来。在儿子的记忆中，父亲的号啕大哭有过一次，是当小煤矿矿长时因安全事故坐了十七天监狱，回到家后的深夜与儿子睡在炕上，说到放风时看见对面塬上的麦子黄了，可以吃到新麦面蒸的白馍了，可还在号子里吃黑馍喝清汤。说想到一辈子走在人前头，老了老了却犯了法，没脸见人了，是亏了先人了，这便忍不住号啕起来。之后便沉默寡言，养的母牛因生产的牛犊死了，也卖了母牛，一心在帽子山上开荒种地，种植花椒树。母亲陪着早出晚归，中午啃一个冷馍，硬是把光秃秃的一座荒山修成了层层梯田，栽种了一排排花椒树，来年就可以摘花椒赚钱，自食其力养活自己了。母亲在帽子山上抬眼可以望见娘家村庄的树梢，她十六岁嫁到隔沟的小村庄，生了三男五女，困难时期饿肚子，还夭折了一个女儿，怎么转眼就老了呢？大儿子华杰在老城上了大学，当了记者编辑，娶妻生子，过得好好的，怎么就过不到一起，经常闹别扭，这又丢下媳妇孩子一个人跑到海南去了。那里是天边边，到处是水，一不小心会掉到水里淹死，让人操心。儿行千里母担忧，这世事咋就这么难呢？

　　当初，一听儿子去了海南，父母二人起了个大早，赶天亮跑到几十里外的小城，找见儿子的同学，给远在天边的儿子打通了电话，听见了儿子的声音，算是放下心了。儿子回来了，知道也劝不住，只好说走得那么远天远地的，得自个照顾好自个。要和媳妇好好过，有空打打电话，把孙子照看好，丢下媳妇一个人管孩子也不容易。以往的纠葛也会慢慢解开，只要和媳妇孩子过好日子，老家有弟兄姊妹，日子好过。棺板也做了，就放在窑后头，上了一把年纪，儿女孙辈也长大了，老了老了，说不定哪一天就该闭眼歇下了。人活在世上，吃几顿饭，住几天店，只是个过客，走了也就一风吹了。人是一辈换一辈，好像庄稼一样，种了一茬收了一茬，土地还是那片土地，庄稼看似一样样的庄稼，却不是原先的那片庄稼了，人也不是原来的那些人了。老辈人常说，人到这世上是受罪来了，不是享福来了，前三十年好活，后三十年难活，披一张人皮不容易，人活脸树活皮，人没尾巴认不出是狼是狗，好出门不如赖在家，金窝银窝不如自个的狗窝。父母你一句我一句，把农民的生存哲学又一遍讲给儿子听，儿子早已背得滚瓜烂熟，只是温习而已。儿子吃完母亲做的软面，忍着不让眼泪流下来，但还是泪流满面地踏上了尘土飞扬的乡路，离开了老家。

回到老城，穿过熙熙攘攘的回民街，在工作单位的巷子口不由驻足，瞅了一眼墙上蓝底红字的"此巷不通"的小牌子，华杰哑然笑了。大学毕业分配到一家青年杂志当记者编辑，娶妻生子，算是成家立业，四五年后又因爱好文学写作，调到了文学刊物，不到十年工夫，这又要离开这里了。这里已经消失了他们往日的笑声，物是人非，只是那个跛足的瓜娃还依旧在巷道里徘徊，朝他发出嘿嘿的冷笑。遇见一两个老同事，说你到海南发大财去了，啥时候也带上伙计去海边看看风景，见识一下世面。能成嘛！华杰只是顺口一说，擦肩而过。

你回来了！当了单位行政一把手的老同事柏斗，见华杰推开门，高兴归高兴，总是有点不大乐意。你走的时候不吭一声，到了海南说是参加椰子节，却说要调到那儿工作，明明意味着原单位盛不下你了，要攀高枝了，又意味着放走了人才，老同事柏斗心里自然有点过意不去。老同事是个作家，与华杰一起从报社调入的，在文学刊物时华杰当过他的小领导，后来成立创作室，他离开刊物专事写作，名气大了，文化单位得有名人撑门面，不想当官却当了官，成了华杰的领导。说是领导管业务，却也被新来的党组书记许可揽了大权，人事由党组负责，他是说不上话的。华杰理解老同事柏斗的难处，一起出门在巷道口吃了一顿热蒸现卖的羊肉包子，香啊，分手时老同事柏斗吩咐，你见了许书记就说没有见过我，是一回来就找许书记的，那老汉是革命老干部，好面子又疑心重。

花甲岁数的老干部许书记人高马大，一见华杰先是一愣神，接着的表情似乎凝固了，冷冰冰地说，你还知道回来？哎呀，你要得大，目无组织纪律，先斩后奏，得是回来办调动手续来了？城墙上吊门帘，没门！华杰的笑脸一下子收不回去，就僵在那儿，尴尬地不知所措，一屁股坐在沙发上，听许书记煞有介事地耍威风，说的全是官话。

华杰是单位拥有十多年资历的老人手，许书记来此任职也就一年半载，花甲之年已经退休，被信得过的上司返聘上岗，来到这个最难缠的文化人扎堆的地方，知难而上，开展整风运动。他出身工农干部，文化程度低，对知识（吃屎）分子尤其艺人戏子诗（死）人臭老九有偏见，摆出一副左派的架式，动辄训斥那些有历史污点的白发苍苍的戴眼镜的艺术家，令人生厌。有人私下说，什么老干部，退休了不在家里抱孙子尽享天伦之乐，跑到这里发挥余热，明明是想趁机升上副厅级，把两室一厅的房子换成三室两厅的大居室，为后代留下一笔财富，完全是私心作怪。佯装正确的布尔什维克的代表，官话套话大话鬼话一大堆，谁知道葫芦里卖的是什么药，十足的投机分子一个。华杰在整风会上迟到过一回，许书记毫不客气地点名批评，说你在外面参与拍一部电视剧，说是反映执政为民好干部的，你自己这是资产阶级名利思想在作怪，得认真检讨。华杰主编的文学刊物被停刊，因选登了一篇民国时代作家张爱玲的小说，其中有几句床上的文字，被批判为渲染黄色，毒害青少年。这又追究政治运动中的立场问题，组织程序问题，原单位党组被集体免职，原党组支持下的承包的刊物人马也一并解散。这么，单位便成了许书记的天下，老同事柏斗的行政一把手被架空，成了聋子的耳朵样子货。

华杰是来央求人家办调动手续的，不是来讲理的，要是能讲理他就不去海南岛了。他忍气吞声，尽量保持虚心的态度接受许书记的教诲，等许书记解了气，便心平气和地讲述了自己调往海南的初衷，两三年了没有安排工作，无所事事，想响应号召投身大特区开发建设，个人也有一些进步，在写作上有所成绩。许书记知道拦不住，加上前几天接到过一个电话，是从省直机关打来的，说是已在海南任职的郑厅长给省直领导捎了口信，让这边原单位放人。许书记向来是唯上的，其仕途经验第一条便是谁是你的顶头上司谁就是你爷，如果和上级领导闹别扭就是自找倒霉，死定了。这么，顺水人情也落了，调动的难题也遂了这个不是平地里卧的眼中钉的愿，一举两得。许书记的脸色变得慈祥起来，温和地说，就是嘛，有话好好说，事情好办。这便唤来了隔壁的办公室主任，也是一个人高马大的复员干部，吩咐说给华杰把调动手续办了，档案密封可随身携带。那就谢谢许书记啦！华杰告辞。许书记以为华杰会上前握一下手表示谢意，刚从椅子上站起来，华杰却头也不回地出门了。

在人事处的档案室，言必听从许书记旨意的王秘书客气大方，摆动着连衣裙遮掩的修长的腰身，让华杰看了一眼商调函，吩咐他填写申请调动表格。在填写职务一栏时，王秘书说你按副编审对应的副处级填写，华杰诧异了，我不是党组任命的正处级吗，怎么写副处呢？王秘书抱歉地解释，忘记告知你了，前不久党组开会决定，撤销原党组的任命文件，你的职务自然回到原先的职位。华杰急了，怎么可以撤销几年前党组的任命文件呢？王秘书说，原党组都撤职了，那时的任命文件自然作废，这不是我说的，是现任党组许书记决定的。华杰退一步央求说，能不能把原党组的任命文件附上，给新的单位用人提供一下参考？我可是给新单位说自己是正处级，以免造成误会。王秘书温和地说，你看咱们俩平时虽然交往不多，也处得很好，我怎么能为难你呢？实话说，你的正处级任命文件已按许书记的指示销毁了。啊！也就是说烧了？是不是？

王秘书见华杰动了肝火，急忙出门去给许书记汇报，华杰紧随其后，指着许书记的鼻子怒吼道，谁给你狗日的权力敢烧了档案材料？许书记拨开面前挥动的手指，结结巴巴地说，你，你骂我？华杰说，骂你？我打你个老尻！你想抹掉历史的真相，这是党纪国法不允许的！许书记哪里受得这般羞辱，二人推搡着大吵大闹，惊动了隔壁的办公室主任，连忙跑来一把抱住华杰的后腰。华杰回头说，你想拉偏架？见有人护驾的许书记，抱着头跌跌撞撞地倒在了沙发上，惊慌失措。主任劝说，不是我说你华杰，还是个文人，怎么动武了呢？许书记患有高血压，有个三长两短你担当得起？被一双大手放开后腰的华杰说，这老东西让我在老城活不好，把我逼到了海边，再推我一把就把我推到海水里淹死了。主任劝说道，既然任命文件烧了，写个情况说明，你放心走吧，海南岛还等着你干大事哩！

华杰回到原来的办公室，清理了书籍和日常用的零碎，一些拉回家里，一些寄往海口。人生难以预料，当初搬进这间屋子时，他站在玻璃窗前，点燃一支烟，踌躇满志地望着窗外公园的湖水和绿树，以及谈情说爱的年轻人，还有休闲的老人，觉得自己能在这里生活工作下去，以至退休告老还乡，命中注定与此处结缘也就十年天气，这里的一切包括隔墙飘来的羊肉泡的膻香，永远滑入了遥远的记忆中。别了，给自己带来艰难辛酸和快乐温存的小屋，和那些不堪回首的春夏秋冬的日子，还有自己而立到不惑之年的美好青春。

蓝色的大海在呼唤浑身尘土的北方男儿，那里果真可以实现自己的远大抱负，找到快活的日子和舒心的男女之情吗？一切仅仅是开始，正如母亲所说，前头的路是黑的，序幕拉开之后的生活戏剧会演绎成什么样子，还是一头雾水。

11

华杰的那个妩媚的舞蹈情人小凤呢？一直在等待海岛消息唤她前去的舞者，一接到南下回来的华杰的电话，就急匆匆地赶来相会。华杰原先答应为她找到一个在海岛落脚的差事，就告知她前往，她一直在苦苦盼望。而华杰阴差阳错，远水解不了近渴，一时忘却了舞蹈情人小凤，上岛不久便结识了从青藏高原来的女警察于丽，耐不住寂寞孤独，与新欢黏上了。不是吃着碗里看着锅里，东倒吃羊头西倒吃猪头，碗空着羊头吃不着，顺水推舟地吃了锅里的猪头。人有时候是把持不住自己的，说是逢场作戏又是假戏真做。一时没有给小凤找到合适去处，就与女警察于丽勾搭上了，多少有点为人不仁，对不住小凤的一片真情。话又说回来，华杰在与妻子商讨离婚意向时，小凤并没有决意与丈夫离婚的想法，这让另觅新欢的华杰多少有了一点所谓良心上的自我安慰或自我欺骗。既然回来了一趟，不与小凤打声招呼见上一面，也有些说不过去。但从内心来讲，舞者的能歌善舞，那甜蜜忧伤的歌声，那充满女性魅力的舞姿和风韵，让他难以割舍。

　　舞者小凤出身艺术世家，是吃巧克力长大的，而华杰是吃黑馍长大的，按说不是一条道上跑的车。是在一次文学聚会上，华杰与那个女诗人一起参加聚会，女诗人带了她的邻居女子赴会，这邻居女子能歌善舞，在女诗人的推荐下唱了一首俄罗斯的《小路》，又即兴跳了一段现代舞，让不失风流的华杰眼前一亮，魂被勾引走了。之后女诗人带舞者小凤与华杰一起打过一次扑克，在一阵打情骂俏中算是熟悉了。女诗人担心她的情人被舞者小凤撬走，就故意当面贬损舞者，有一次令小凤很丢面子，拂袖而去。华杰与女诗人的绯闻败露，婚姻岌岌可危，二人便断了瓜葛。恰巧一次路遇舞者小凤，给被霜打了一样蔫巴的华杰打招呼，他内心情种的波澜又躁动了，却也一朝被蛇咬十年怕井绳，被触动的伤痛让他退避三舍，但又不甘心与舞者疏远，丢失了一场好梦。在又一次因妻子重提先前的绯闻发生剧烈冲撞时，华杰干脆破罐子破摔，将赌气喝了一半的酒瓶子奋力摔在书房的地板上，吭地甩了家门扬长而去。华杰主动找到了舞者小凤，在城河边蹒跚而行，诉说心里的苦闷，找到了释放窝囊气的对象。也许是舞者小凤对华杰有好感，也许是她出自对女诗人贬损的报复心理，加之她正处于不愉快的婚姻中，因为舞蹈爱好拒绝生孩子而与做生意的丈夫不和，处于冷战时期，便与郁郁寡欢的失意者华杰一拍即合。曾有过一次不如意的肌肤相亲，但双方依据过来人的经验毫不怀疑对方的生理功能，只是没有遇到发挥潜质的条件而已。对于彼此完满交欢的期待，是在谈笑风生之后愉悦相处的默许。这一天迟迟没有到来，各自都在积蓄着一种神秘的力量。低俗话说妻不如妾，妾不如妓，妓不如偷，偷情的风险与生理心理的极度爽快，往往让人铤而走险且不计后果。这也许就是人们传统观念中的堕落无耻，但在华杰读到的叔本华尼采的人性中，似乎觉得这便是人性的解放，莫衷一是。

只听得楼板响，不见人下来。这是旧戏中的道白。惴惴不安的华杰，终于用耸起的耳朵捕捉到了高跟鞋的轻快节奏在楼道响起，舞者小凤进入酒店包房后，自然是一个紧紧的吻抱。也许是华杰心虚，心里有一个小鬼在狞笑，似乎有海岛上远远窥探过来的女警察于丽的严厉目光，怎么又投入了另一个女人的热怀，他的眼神和呼吸以及动作是否让舞者觉察出了某种破绽。舞者小凤随着华杰的动作欲宽衣解带时，突然住了手，温柔且不无责备地问道，你是不是在那边有人了？没有没有，哪里话？一向喜形于色的这个男人，所说的话与言不由衷的尴尬表情穿帮了。于是，二人开始坐下来抽烟喝茶，双方展开诡秘的心理战，看谁最后能够抵达自己期望的情感利益防线。无疑，这个外强中干的男人输了，一五一十地坦白了在海岛上与女警察于丽的交往内情，尽管华杰一再声称对不起，沮丧的舞者小凤毫无原谅宽恕的意思，扔掉了烟头站了起来，骗子！大骗子！一记耳光迅猛地落在华杰的脸上，有点迅雷不及掩耳。华杰顿时怔住了，不知所措，舞者小凤仓促离去的背影和甩门的巨响，让他又被打回了蔫茄子的原形。谁让你惹女人了，招惹妻室之外的女人是玩火，谁叫你飞蛾扑火了？等华杰赶出门外，楼道里已空空如也，密谋中的甜蜜约会不欢而散了。华杰伏在阳台的栏杆上，楼下的大门口有一个晃动着舞蹈八字步的女子身影，很快融入了熙熙攘攘的人群中了。是自己没有耐心，在婚外情中又发生了情外情，而又那么诚实与愚蠢透顶地坦白，让舞者小凤感觉被人抛弃，破灭了对于海岛的种种美好的向往，以受辱结局。华杰没有见她回头望一望，看来是决绝了这段情缘，是命中注定。他低下头拍了一下栏杆，感到手很疼。

华杰怏怏地回到家，妻子交给一封厚厚的信，是从海岛上寄来的。他背过身拆开来，是女警察于丽写的，足足有十几页，好在没有谈及见不得光的男女私情，说的皆是刊物的七零八碎的工作上的事，让他尽快回去。妻子问，谁来的信？同事。是女同事吧？是，是人家领导安排在刊物做编辑部主任的。多大岁数？快四十了。人长得咋样？一般般。可别又是个妖精把你的魂勾引走了。你放心。其实，她的男人已经与这个写信的同事于丽黏在一起了。不仅如此，刚刚还因与另一个舞蹈情人小凤约会且不欢而散，正郁闷着哩。华杰打死也不会给妻子透露内情，起先与女诗人的私奔之经历到后来的绯闻败露，他已领教了其中的心灵折磨，发誓以后不能说真话，即使与一个女人爱得死去活来，也千万别透露以前与哪个哪个女人的私情，她们是天敌。可今天，也就是刚刚，就怎么经不住舞者小凤温存的盘问，挖了一个柔软的坑你就放心地跳了下去呢？看来，你并非一个情场老手，重情重义而又藕断丝连且经不住新的诱惑，自讨麻烦，在情感世界里跌跌撞撞摸爬滚打，舒心的情景稍纵即逝，接下来是自己种下的苦果，咀嚼不尽。迷惘，还不是不安分守己吗？

从于丽的来信得知，刊物的进展还顺利，创刊号发行后影响不错，又招聘了几个拉赞助的记者，增加了几家理事会单位，进了几万块钱。宁平的调动出了问题，他的原单位虽说也是公检法系统，但职级和学历不够大特区录用的标准，夫妇俩有点垂头丧气。再说，宁平利用给刊物购置办公设备的机会，用公款支付了他个人的生活起居用品，双人床电视冰箱书架书桌电脑拖把等一应俱全，开始过起了貌似幸福的日子。这便与于丽发生了冲突，说调不来就打道回府，要托运走所有家当，等待华总编回来定夺。还有，刊物招聘了一个湖北来的大学生，拉来了几万元赞助，要成立一个什么项目部，开设户头账号，提成要求增加到百分之四十，私下招录了一个女模特同居，出双入对，招摇得不得了，怎么办？锦山里租住的房东要涨价，正好机关正在分房，你回来找郑厅长，说不定能分到两室一厅的旧房，就能节约一笔租房的费用了。还有，厅里人事处万处长推荐了一个高级律师，要成立注册一个挂在刊物名下的律师事务所，都在等待华总编回来商议。于丽明白信是由华杰妻子转交的，丝毫不便流露出私交与思念之情，以免引发纠葛，给华杰带来意想不到的麻烦。但从字里行间，可以感受到写信人借助说公事而隐藏在背后的迫不及待的心情，甚至有点焚心似火。

华杰办妥调动手续，清理了需要带走的书籍衣物托运，便与家人告别。妻子一副无可奈何的心情，说是坚决不跟他去海南当什么纪检工会干部，你的心已经不在老婆孩子身上，早已是这个家庭的叛徒，走了也好，在那儿干几年挣些钱再回来。你在外边有人没人，天高皇帝远，鞭长莫及，谁也不能把你拴在裤带上，就凭你的良心了。人说到了半百，从生理到心理上会浪子回头，重回家庭与结发妻子共度余生，年轻时的五花六花就不再追究，一切归于风平浪静。上了初中的儿子很争气，学业很好，从小到大看惯了父母的吵吵闹闹，母亲不让老家的爷爷奶奶和家人进家门，让父亲很窝火，也常是自己随父亲在节假日回到老家，看望爷爷奶奶。因为水土不服，回去一趟就浑身起疙瘩，有一次回来看病住院，诊断说是血小板减少症，要骨髓穿刺，搞不好会终身瘫痪，后来看了专家门诊说是误诊，这才放心了，却再也没有回到老家去。孩子是把一种家庭破裂的恐惧深深地埋在心底，强作欢颜，唯一要做的是把学业搞好，将来有个好前景，大人的事孩子也管不了，插不上一句言。父母争吵时，他只能偷偷哭泣。自认为不是好丈夫而且也不是好父亲，华杰丢下老婆孩子远走高飞，实在于心不忍，又出于无奈。他临出门，摸摸孩子的头，哽咽着说，爸爸给咱们去挣大钱，管你以后衣食无忧，你好好学习，要自立，要听妈妈的话。孩子忍住眼泪微笑着招招手，爸爸再见。当父亲的不敢回头，听见背后妻子的关门声，独自提着行李朝楼下走去。

阴沉沉的天气，不知什么时间下起了雨，越下越大，敲打得院落里高大的梧树叶子发出一阵喧响。这本应凉爽的雨，此时此刻冷冷地落在华杰的心上。他任凭雨水淋湿了衣服，头发上滚落的雨滴迷蒙了他的眼睛，冲撞着打雨伞的行人，一直慢慢地走到马路边，拦了一辆的士朝机场赶去。

12

　　身为编辑部主任的女警察于丽来机场接总编华杰，她有点羞涩的陌生感，一直担心她交上不久的男人被妻子纠缠住回不了海岛，眼见到这心仪的男人出现在面前，长长地松了一口气。而这个男人的归去又来，经历了亲情与男女感情抚慰与折磨的倒腾，不知如何面对重逢的新欢。不过，换了一个空间，到了另一个地方，尤其是见到新交的同事加女友，说白了也就是情人，立马有一种久别胜新婚的亢奋。双双迫不及待地回到住处，自然是一番颠鸾倒凤的温存，一个化解了孤独的思念与焦灼的等待，一个则在顷刻间将和妻子的烦恼与舞者小凤的沮丧丢得一干二净。是逢场作戏吗？是又不是，得过且过，何必为难自己呢？

　　回到办公室，一位白白净净浓眉大眼比较丰满的女人在等他，这又是谁呢？于丽说，忘记告诉你了，这是新来的美术编辑，是报社张处长的老婆。华杰记起来了，郑厅长曾给他吩咐过，为解决张处长的两地分居，老婆已经调过来了，就安排在刊物当美编，人家是美院毕业的，完全可以胜任，这又给张处长一回人情，华杰何乐而不为。起先郑厅长让华杰做社长兼总编辑，半路杀出个张处长要做社长，让华杰做总编辑。华杰不情愿与人合作，省得是是非非闹别扭，就退其次让出行政和业务的正职，自己做副总编辑兼刊物总编辑。报社是公开刊号，有事业编制，刊物只是内部刊物，只能挂靠在报社才名正言顺。张社长兼了总编辑，大权在握，当然求之不得，华杰只求独当一面，自己说了算，也心安理得。对于过眼烟云似的新闻报道，华杰不感兴趣，刊物注重法制文化，可以扩展到文学艺术领域，是他的爱好所在。说是一套人马两块牌子，实质上是各行其是，互不干涉。于丽倒是起了疑心，悄悄对华杰说，不是张社长派了一个间谍来卧底的吧？他们报社也设有正式美编，为啥不安排在报社做美编呢？华杰笑了，没那么复杂，你过虑了，再说是郑厅长安排的，得服从领导，要是两口子在一起工作，不是开夫妻店吗？于丽听了这话，倒不自然了，你我是什么关系？难道成不了夫妻了？华杰说，明里暗里的事，你未免想多了。

于丽的话倒是提醒了华杰，他对新到的美编讲，刊物刚开张，办公条件还不宽余，你就先在家办公，不用每天来上班了。他让于丽给支付了当月的工资，让她先回家休息，等下期稿子编好会送去画版设计的。美编感谢领导的关照，有什么吩咐打电话说，一定把工作干好。美编刚走一会儿，却回到办公室来了，气喘吁吁，面红耳赤，惊恐地说，出门走到银行门口让人抢了，刚刚到手还没焐热的工资，还有一条价值不菲的金项链让贼劫走了。说着就哭了起来，这是啥鬼地方，大白天还敢抢人。华杰和于丽见怪不怪，华杰的包让人抢过，于丽的项链也被抢过，他们追过黑猴子似的劫匪，转弯抹角地穿入小巷子里，眨眼就不见了踪影。有次追到一条死巷子，人难道飞了不成，有一户人家在喝茶聊天打麻将，聚合了几个人，都说没见什么人影。再盘问下去，被不友好地轰了出来，当地话也听不懂，只有一句"倒丁"，意思是神经病一个。于丽是在晚上被抢的，脖子上留有痕迹，第二天路过察看是否有断了的项链撒落，果然捡到了一个别人的金坠子。美编随着于丽去刚才发生抢劫的地方寻找，没有发现任何蛛丝马迹。美编说，咱报警吧。于丽说，这里是海岛不是内地，遍地是贼，报警顶屁用，别惹事，你还是好自为之。

临到晚上下班很久了，华杰接到张社长的BP机呼唤，说美编夫人还没到家，人生地不熟的，怎么办？华杰和于丽便沿路去寻找，终于在一个卖杭州小笼包的铺子门口找到美编，她看来饿得不行了，正狼吞虎咽地吃包子，说是等候丈夫来找。她记着家属院那幢楼的模样，张处长刚刚分到房子住进去的，门口有一棵大木棉树，可转了多少圈就是找不到入口。送她回到家，急得满头汗的张社长还埋怨老婆，你也笨死了！老婆也一肚子的火，谁爱来这鬼地方，赶快买机票送我回去！美编老婆是在说气话，她好不容易跟随男人调到了海岛上，何况又分到了两室一厅的新房子，女儿也转学到了琼海中学读书，一星期回来一次，新生活就要开始了。她除了设计刊物之外，还办起了绘画班招生，画萝卜白菜，关在家里也不出门，吃饭是靠丈夫买了盒饭带回家，倒也清闲自在。

新一期稿件编好后，华杰顺路到了美编家里，安排设计排版事宜。她连忙打发走了辅导绘画的邻家孩子，认真听候总编的旨意。她原来在大陆是编小报的，对时尚的大开本杂志不熟悉，按照深圳设计师的创刊号样式照葫芦画瓢，是不会太走样的。毕竟是科班出身，操作起来应该没有多大难度。到了晚饭时分，美编抱歉地说，我家里没开灶，我也不大会做饭，没法请你吃饭。华杰说，我回灶上吃，宁平媳妇小胡的扯面做得不错，就告辞了。美编埋怨丈夫怎么还不捎盒饭回来，也快饿死了。她说只有到了周末，上中学的女儿会买了菜回来做饭，才能吃上可口的饭菜，有一个能干的女儿真好。华杰羡慕地说，你好有福气！美编问道，你怎么不把老婆调过来，一个人在这生活多孤单。华杰说，她没有你明事理，咋说也不情愿到海岛上来，顺其自然吧！有人敲门，是于丽，说天下大雨了，是给总编送雨伞来了。美编笑了，你看，原来有这么一个关心照顾总编的编辑部主任，我就说么！美编肯定听张社长说过有关华杰与于丽的闲言碎语，话里有话。恰好张社长开门进来，说忘记拿雨伞，淋得落汤鸡似的，捎盒饭回来了。华杰和于丽趁机告辞，出门时发现坏了，华杰进门时脱在门口的一双运动鞋不翼而飞。这可是花了七百多买的岛上商场最贵重的耐克，美国货，是于丽一手挑选掏钱给总编送的生日礼物。于丽埋怨说，你也是的，又不是进宫殿换什么鞋呀，这回亏吃大了。华杰无语，失落地穿着人家的一双拖鞋踏入雨地里，于丽慌忙打伞赶上来。倒霉！倒霉透了！哪个路过的王八蛋顺手牵羊，当自己的鞋拎着就走了，这是什么鬼世道！

华杰和于丽进了门口小吃店，要了猪脚饭吃。无非是一碗米饭，另一碗是炖猪蹄和豆腐海带，起先对猪脚二字生厌，很快也就适应了，吃起来还是蛮香的。明明是猪蹄子，当地人叫猪脚，原来猪脚是指后腿蹄子，前腿的蹄子则叫猪手，人有手脚，猪也有手脚之分。在大陆北方，从来没有人这么仔细命名过。腩的叫法，北方人同样很陌生。想吃一碗面，地道的油泼面，是不易找到的，找到了也是不认什么乡党不乡党，热脸蹭冷屁股，除非是羊肉泡老马家，但又不能天天跑老远吃羊肉泡，油水大，也腻味。

饭后，华杰和于丽又冒雨拐回家属院，你拥我抱地双双来到新分配的住房。这是一座五六十年代修建的三层小楼，年久失修，榕树的根须和枝条从墙壁上长出来，常年雨渍的冲刷使建筑物一团灰暗，只有透光的窗户才表明这是人居住的所在。上楼打开门，屋子已经被搬往新楼的旧主人腾空，里外两间三十多平方米，带有灶房和厕所。让二人惊诧的是灶台，依然是一个烧柴火的灰坑，还残留着灰烬，看来旧主人一直是用柴火铁锅做饭吃的。于丽替华杰取房门钥匙时，知道旧主人是安徽人，在海岛上当兵多年，复员后留在这里工作，娶了一个当地女子为妻，生儿育女，一大家子人，过得乐不思蜀。奇怪的是旧主人说，自己与妻子同家过日子多年，一直不会说琼语，只能听懂一点意思，妻子是家庭妇女，也只能蹦几个汉语单词，儿女们琼语汉语普通话转换着说，给父母做翻译。阴雨连绵，屋子里发出一股霉味，墙壁上出了汗似的满是水滴，用手一将满手是水。于丽说上厕所，竟惊叫起来，华杰连忙跑过去，发现厕所一角长出了一棵硕大的蘑菇，旁边正慢悠悠地爬过一条大蛇。我的妈呀！来海岛后听说过，有一对新婚夫妇，租住了一间民房欢度蜜月，半夜里被一股袭人的清香所陶醉，香水吗不是，什么水果吗也不是，这奇异的香气来源终于在床头下的地板上发现了，是什么东西？黄亮亮的有人的脑壳那么大小，这不是菠萝蜜吗？是菠萝蜜！这是多么惊艳的甜蜜爱情的故事啊！华杰和于丽没有发现菠萝蜜的好运气，却遇到的是白色蘑菇和蛇！吉兆还是凶兆，吓得于丽紧紧抱住了华杰，你我的婚外情究竟会是什么后果何等下场？不敢多加猜测。惊恐之余，还是不无欣欣然，总算有了一个自己名下的房子，一个没人打扰的安乐窝，一个双双赤裸尽情男欢女爱的私人空间。推开玻璃窗户，雨打芭蕉，一滴滴清脆的响声在散发着生命的诗意。

隔日，购置了简单的起居用具，没有去打理那座烧柴火的锅灶，细心收拾好热水浴室，出双入对，俨然过起了隐秘的夫妻般的快活日子。夏夜，海风拂动着火焰般花纹的窗帘，月光透过高大茂密的芭蕉叶子洒在床头，正合了一对野鸳鸯的云雨之情，如痴如醉，一觉困到自然醒，炽热的阳光晒在光腚上。

13

肖阳听说华杰分到了房子，前来看了一下，既为朋友高兴，又有点愤愤不平。肖阳对华杰说，你才来岛上几天就分到了单元房，我他妈的来了几年了还蜗居在一间斗室里，人不在乎本事大小，就看你进的是什么门庭，这世道！肖阳是带着媳妇来的，既然是好朋友，狗皮袜子没反正，就直接对华杰说，我想老婆快生了，想找个舒适的地方坐月子，再不受原来那个环境的气让人欺负，咱俩换一下房子，日后再换回来。肖阳生的是二胎，属于超生，违犯计划生育政策，想偷偷生下来掩人耳目。华杰说，你有一个儿子就行了，为啥非要担惊受怕再生一个？肖阳说，你想想，在这个世界上，没有兄弟姐妹是多么孤单，人总有一死，我们死了，留下儿子一个人在这世上生活太孤单了，有个弟妹总有个亲情帮衬。肖阳客居斗室，受了邻居不少的窝囊气，上次吵架差点儿打起来出人命。反正你华杰老婆没过来，一个人生活，要这么大的房子也没用，帮一下老朋友的忙，再说你是个好人，善解人意。华杰听了有点不快，但又不好伤了朋友的面子，行么，我再考虑一下。华杰转身把这事给于丽说了，于丽一下子来了气，你这老好人当得也太没原则了，肖阳这人也太自私，怎么可以提这种损人利己的事呢？不行！我不同意！再说机关有人知道你把房子让给老乡住，事情就更是麻烦了。分房时是郑厅长力排众议，才把房子分给你的，有人急红了眼，至今还议论纷纷。肖阳再提及此事时，华杰把这一番道理讲了，只好作罢。但明显脸色不好看，开始似乎还有希望，一定是听了于丽的话，怕妨碍了他们的安乐窝，才不给朋友帮忙换房子的。之后，肖阳媳妇另租了房子坐月子，生了一个儿子，这么就两个儿子了，按肖阳的说法儿子有了伴，一种既有的所谓孤单的担忧消除了，拿了喜糖给华杰，满心的欢喜。殊不知，生了二胎的肖阳，为自己的命运埋下了一颗定时炸弹，日后有人借此理由让他失去了稳定的公职，走上了漂泊不定的谋生之路。

与华杰结伴到海岛的宁平夫妇，关系调不来，惶惶不可终日，看着正式调入的华杰与于丽的出双入对，心里自然不平。来了这么久不归去，按规定是要被原单位除名的，也就只好决定打道回府，等于在海岛上旅游了一圈，再回到当初出发的地方去。华杰本来是陪伴宁平夫妇到海岛接上郑厅长的关系，把他们安顿好，至于自己是否真要调到海岛上工作生活，心里并没有底，事情的进展却让华杰自觉不自觉地下决心调来海岛，事情也就这么成了。这便应验了那句俗语，有心栽花花不开，无心插柳柳成荫，世事真个捉弄人。宁平挖空心思想扎根海岛，却又事与愿违，新婚夫妇间的和谐难免不时地被打破，吵架后和好，和好几天又吵架，就像海岛上变幻莫测的天气，风雨阴晴，来得不及预料。所带的积蓄也花销得差不多了，幸福的美梦这么快就破灭了，人说马不吃回头草，不吃回头草难道困死在这海岛上？

宁平如果回去，原单位要除名，新的落脚地在哪里？华杰想，既然带朋友出来，这里留不下来，回去的话也得有个好的出路。二人一琢磨，唯一的路子是央求郑厅长从中牵线。郑厅长是个爽快人，说宁平是个人才，我们想要你，但原单位不放人，从进人的硬杠子又难以破格解决，这么拖着也不是个办法。华杰恳求郑厅长，能否给曾经共过事的小城领导写个条子，不看僧面看佛面，把宁平调到市机关工作。郑厅长乐于帮忙，好吧，你起草一下，我来抄写。宁平看到了一线希望，一下子从忧虑中解脱出来，脸上的多云变晴天了。华杰伏在桌上，很快写了一页纸的文字说明情由，郑厅长耐心地抄写后递过来，二人道谢告辞。

有了尚方宝剑，华杰和宁平喜出望外，这便商量着清理账目，把这一段共事的手续理清楚，好合好散。于丽在一张张地统计宁平整理的发票，怎么连床铺和床上用品连同电视洗衣机冰箱卫生纸也要报销，归于刊物后却要托运走，这是哪里的道理？至于工资每月以千元计，他媳妇做饭按每月六百元计，交通用餐还有请客娱乐等等开销，总共算下来接近五万元。华杰面有难色，说是按宁平说的办理，可于丽据理力争，毫不让步，宁平气不打一处来，媳妇也上来帮腔。华杰说于丽太认真了，于丽这又觉得华杰不向着自己说话，胳膊肘向外拐，摔下东西扬长而去了。宁平却不领情，说华杰是典型的重色轻友，落了个不仁不义的名声。临别时，总是朋友共事一场，华杰和于丽还是客客气气地为宁平夫妇送行，想到上岛这一段日子的过往，难免都有一点离别的伤感。轮渡的汽笛呜呜地叫唤着，因遇上阴雨天气，彼此的身影很快被雨雾所吞没，琼州海峡的波涛隔开了大陆与孤岛，一切都似乎变作漂浮物，飘渺而游荡。

杂志属于法制厅主办的刊物，厅机关的一些会议也要求总编参加。这天一早，华杰出了龙舌坡家属院，半路上挤进杭州小笼包子铺，囫囵吞下一笼包子，赶到了法制厅会议室，刚过开会时间五分钟。郑厅长毫不客气，点名批评华杰以后不许迟到。后面迟到者，则让郑厅长严厉训斥了一通，像小学生一样被罚站在一角。这一次，华杰领教了郑厅长和颜悦色之外的另一面，工作作风强硬，坦率豁达，甚至动不动会骂得你狗血淋头。当地干部常常因醋溜的海南普通话不利索，被训斥得狼狈不堪。当地干部为得到重用，普通话水平提高很快。他们在一起用琼语正聊得热火，一见郑厅长进来，马上转入普通话频道，场面顿时冷清下来。华杰想，当年苏东坡被流放海南儋州，也一定受到语言交流的障碍，他学说当地话，也教当地人说宋朝的官方话，可能是中原一带的河南话吧。苏东坡住在桄榔庵，度日如年，无米无医无友，唯有几箧旧书，教导出荒僻之壤好学之士，取得了功名。日本占据海岛多年，修路砍伐原始森林运往日本造纸，留下了小铁路，草木也会再生，但传闻中日本兵强暴当地妇女留下的孽种情何以堪？动乱时期下放海岛农场割漆的知识青年，回到广州后在这里又留下了多少难以忘怀的记忆？当下大陆所谓十万人才下海南，排斥与接纳，变异与融合，又意味着什么？在法制厅的楼道里，面对普通话与琼语的交替与混合，华杰的耳边是一曲充满杂音的交响。

散会后，郑厅长让华杰去他办公室有事要交代。沙发上坐了一位漂亮的女子，看他们进来急忙站了起来，羞怯地笑着。郑厅长作了介绍，女子叫阿芳，从老城来的护士，是郑厅长秘书的媳妇，说安排在刊物当内务。华杰一口答应下来，带她回到编辑部。郑厅长的秘书小袁是从老城带来的，说是秘书其实是生活秘书，主要负责郑厅长的衣食住行，体格魁实，当汽车兵出身，车开得好，又做得一手油泼扯面，再则负责领导的安全，充当保镖的角色。华杰曾经问小袁，你腰里的手枪是真的？小袁笑了，你老哥也太书生气了，哪可能会是假的呢？解决了小袁的夫妻分居两地问题，阿芳到了刊物有一个差事做，成人之美，华杰何乐不为。阿芳护士出身，编辑部又不是诊所，她对文字和刊物业务一窍不通，那就提茶倒水招呼客人，接电话夹报纸拖地擦桌子，跑跑腿取文件什么的总可以。临到发稿了，华杰为消除她无所事事的尴尬，就把一沓子稿子让她统计一下字数。结果到了下班时，只见阿芳满头大汗，统计不出字数来。按说，一页 300 字，数页码乘以字数就行，包括空格，华杰没有交代她方法，她又从来没有做过这活儿，竟然一字一字地认真数再相加，按实际字数来统计。不是数学没有学好，而是不了解这种编辑业务，也怪不得阿芳。这倒让旁边的编辑部主任于丽抓住了把柄，对总编说，你招来的什么人嘛，脸蛋漂亮，可是个猪脑子，太笨了！阿芳在一边听见，低头溜走了。华杰说，于丽你也是有点小心眼，见人家比自己年轻漂亮，是女人的妒火中烧了吧？于丽急了，她比我年轻但比我漂亮吗？男人都是吃着碗里看着锅里，没一个好东西！说着，甩手走了。华杰一时愣在那里，哭笑不得。

说归说，同事间的怄气不是原则利益问题，很快就会消解了，何况华杰和于丽二人形同夫妻，于丽向华杰道歉说，都是为了你的好咱们的好，有什么心思表现出来，不藏着掖着，你大人不计小人过。就像海岛上空的云朵，一会儿白一会儿黑，一会儿厚一会儿薄，风风雨雨，总归是大晴天的时候多，风和日丽，朗朗乾坤，生活多么美好啊！这天晚上，为祝贺小袁阿芳重聚海岛，华杰和于丽及方文肖阳大田几个乡党在小袁租的海边房子里聚餐，一起包饺子，油泼辣子岐山醋加生蒜，喝西凤酒，吃老马家的腊羊肉，吼秦腔，说笑话，各有各的心思，借酒消愁，不醉不归。海的波涛声，一阵阵随风吹来，好像渐渐地注入了这群从大陆老城来的客居者的胸膛，是创业的激情还是远离故土的乡愁，汹涌迂回，翻江倒海，最后有哭有笑，醉如烂泥。华杰和于丽相互搀扶着，跌倒又爬起，在细雨朦胧的夜色中是如何回到住处的，好像是做了一个浑浑噩噩的梦。

14

这天早上，华杰从电视上看到一则骇人听闻的案件，昨晚夜间，在德胜街发生了一场枪战，警方打死了一名歹徒，打伤并抓捕了三名同伙，警方却也付出了两死一伤的惨重代价。这是一股从五指山流窜到海口的持枪犯罪团伙，号称什么军，抢劫强奸杀人放火无恶不作，扰乱社会秩序，给人们平静的日常生活带来恐慌。警方一边加紧审讯罪犯，一边动用上千人警力进行搜山，抓捕其余数十名歹徒。按说和平年代，个别持刀行凶抢劫钱财的案件屡见不鲜，像如此猖狂地持枪与警方展开巷战，在海岛上尚属首例。歹徒是五指山一带当地游民，刀耕火种，住的是茅草屋，吃的是糙米山芋，喝的是山泉水，所恋的女子或娶来的老婆被一股从城里吹来的香风刮到花花世界去了，自己又懒于打工吃苦，为了生计便干起了土匪的勾当。枪支弹药是走私买来的，主要来源于越南边境的海面上，边防缉私队的舰艇总有打盹的时候，再说辽阔得望不到边的海面，即使用梳子梳用渔网捞也难免有疏漏之处，歹徒们总会趁风高浪急漆黑一团的当儿进行非法交易，一本万利的营生是不计后果的，即使面临杀头的危险也在所不辞。毒品和汽车等走私货物，也是在这种境遇下从境外流入岛内，就像除不尽的蟑螂，打死一批又滋生出一批。

华杰的房间里就有除不尽的蟑螂，小的如米粒，大的一寸多长，每天一扫一堆，门窗关严实了没用，蟑螂是从下水道里爬出来的，怎么能捣毁房间的巢穴是难上加难的事。海岛上的人好吃，在北方人看来蛇是万万吃不得的，海岛上的人却视为美餐。有三吱菜一说，捉住它时吱地叫一声，丢进锅里时吱地叫一声，放进嘴里用牙齿咬时又吱地叫一声，所以得名为三吱菜，原来说的是吃田鸡，也就是青蛙。这当然是演义之说，青蛙被剔去鲜嫩的肉之后，其骨架完整，就像是医学实验室里人的骨骼的标本，坚硬而干练，似乎还可以行走如常，令人毛骨悚然。会吃鱼的海岛人，仔细地剔去鱼肉，将鱼的骨架轮廓完美地码在盘子里，是一种吃的艺术，就像华杰初上岛时看见方文将基围虾码在盘子里一样美观。可恶的小蟑螂，有时会混在菜里，等你吃了一口极臭的菜时发现是蟑螂，你会翻肠倒肚，呕吐得要把五脏六腑都吐出来似的。都说此地人好吃，天上飞的地上爬的除了四条腿的板凳，皆是可以就酒下肚的。遇到一个大吃货，问道那么蟑螂也可以吃吧，没想到其回答令人咋舌，那人猛地一拍桌子说，那东西太好吃了！高蛋白耶！惊奇之余，华杰想到了童年时在老家，没水洗衣服，破破烂烂的衣服皱褶里尽是虱子虮子，懒汉叔父总是在油灯下为孩子们捉虱子，捉了便丢进嘴里咬得脆响，满嘴是红的，一边吃还一边唠叨，你吃我还是我吃你？虫子是动物，寄生虫的肉体也是由蛋白脂肪构成的，人到了没什么可以果腹时不也捉虫子吃么，闹灾荒的饥饿年月甚至人吃人，不忍心时易子而食，既要人性也要生存，顾不了那么多了。

围猎持枪歹徒团伙的搜山行动，取得了重大战果，捉拿了二十多个要犯，实际上藏在密林深处的歹徒还在苟延残喘。原始森林密不透风，瘴气笼罩，暗无天日，熟悉地理环境的歹徒从小生长在密林中，狩猎或吃野果，所谓的刀耕火种是在陡峭的山坡上放火烧了树林，持一把尖刀在泥土中扎了缝隙，将山稻的种子点入，任其自然生长，广种薄收。山里人视城里为另一个不属于他们的世界，是天堂，便莽撞闯入，在一些精明的不安分守己的人的唆使下，便用非法手段实施丛林法则，猎取食物和财富以维系生存的保障。经过对犯罪团伙的审判，几个要犯被严厉惩治，其中参与巷战打死警察的歹徒被判处死刑。在捕杀中牺牲的警察，有的或因训练不够枪法不准或者是实战经验欠缺，牺牲在了狡猾且战术超人的歹徒枪下。血债要用血来还，要用罪犯的血来告慰守护人民生命财产安全献身的英灵。

公审大会人潮涌动，警笛一路鸣叫呼啸而来，阴沉沉的天气似乎凝固了海面上吹来的风，空气异常沉闷。按照上级要求，华杰带杂志社一行记者来到公审会场。郑厅长神情严峻地坐在主席台上，环视着周围安静却潜藏杀机的人群。从动乱时期过来的华杰，对眼前的一切并不陌生，批斗戴高帽子捆绑游街的场面见多了。他怎么突然记起一个撕心裂肺的类似场景，他在老家的集市上挤入影剧院的人群，听见一阵凛冽的警笛声，几个农民被押上舞台，其中一人便是他的父亲，因担任矿长的小煤窑安全事故死了两个人，被追究渎职罪在公捕大会亮相。他望着戴手铐的父亲的身影，想哭却强忍住了。眼前万里之遥海岛上的公判大会，与记忆中的类似场景的亲情撞击没有一丝一毫的关系，却也使他心惊肉跳。被押上舞台的歹徒，有的戴着手铐脚镣，有的则五花大绑，有的趾高气扬，有的垂头丧气，有服罪的有不服罪的，台下的罪犯家属哭叫成一片，受到法警的斥责。宣判完毕，有五男一女六个罪大恶极的罪犯被判处死刑，立即执行，押往刑场实行枪决。

华杰作为记者随着行刑的车队离开公审会场，前往一处秘密的行刑现场。车队驶入红沙土飞扬的简易公路，绿树和灌木丛海浪一样从身边掠过，天很蓝，白云也似海浪般翻卷。无论是行刑者还是被行刑者，以及随行的死囚犯的家属和看热闹的人群，无不被笼罩在一片森森的肃杀气氛中。无论是谁处于生与死的边缘，或旁观别人被剥夺生命的时分，都或多或少有一种与生俱来的恐惧袭上心头。车队在南渡江的一条支流边停下来，宽阔的水面泛着清澈的波光，好像是河流又如同静谧的湖水，镜子一样让蓝天白云投入其间，景色实在是美妙极了。大自然的面目似乎并不意会人世间的情仇爱恨，对当下此刻所要发生的生死事件显得淡定如常。围观者可能提早猜测到了这处旧有的行刑地点，周围的树林和道路边簇拥着人群，被持枪的法警队伍阻拦在警戒线之外。会不会有人劫法场呢？森然壁垒的法警百倍警惕，不敢有半点的马虎，大声斥责着试图越过警戒线的群众。将要被处决的罪犯，号称是某某军的头目，以军事建制的名号虚张声势，其实有那么几十个散兵游勇，妄图在莽林深处建立所谓营盘来对抗社会，有点螳臂当车自讨没趣。大特区的法治环境，是决不允许这等黑社会势力为非作歹的，等待他们的当是法律的严惩。

华杰胸前佩戴有这次严打行动的特制胸牌，被允许越过第一道警戒线，进入稍近一些的一片草地上观测。第二道警戒线内是一片白色的沙滩，只有行刑者和被行刑者等相关人进入，一排全副武装的武警整装待发。五男一女死囚被依次押下囚车，相距三五米距离一字排开，死囚被五花大绑，背上插的标牌高出头顶，打了鲜红的叉。死囚被推倒在临近水面三米的沙滩上，有的已经吓软瘫了，有的强装硬气不肯低头跪倒，自然受到强制措施，有的回头张望似乎在寻找亲人的身影，远处的人群中偶尔传来一两声声嘶力竭的叫喊，是亲人做最后的道别。枪响了！周围树林子里突然腾起了一群小鸟，密密麻麻地旋空飞去。枪响过的一股淡淡的白烟被风吹散，河面上荡起一层涟漪，有鲜血从沙滩流入水里，慢慢浸洇开来。被枪击后的死囚犯大多一头栽倒在地，有两个死囚犯斜着身子未倒下，又被预备队枪手补了几枪，经法医查看后，行刑队迅速撤离了刑场。有死囚犯的家属经验明身份，允许进入现场收尸，无人认领的尸体由司法人员负责清理。四周围观的人群散了，这一处刚刚演绎生死活剧的地方重归平静。

经过严打犯罪分子的霹雳行动，震慑了蠢蠢欲动的黑社会分子，人们的平安生活秩序得以恢复。但事情没有那么简单，形形色色的黄赌毒及坑蒙拐骗分子，依然有恃无恐地活动在熙熙攘攘的街市上，潜藏在阴影的角落里伺机作案，让人们防不胜防，心有余悸。

这天下班路上，秋雨淅沥，华杰独自一个走在海府路上，突然看见人行道上有一沓子钱。是谁掉的呢？是骗子的圈套吧？他将信将疑，习惯性地弯下腰去，将一沓子钱捡了起来。他看见前面几米远有一个小伙子的背影，就喊了一声，哎小伙子！那人似乎没有听见，头也不回地端直走了。正当他狐疑不定时，后面有人拍了一下他的肩膀，嗨！先生你发财了！他从来不相信天上掉馅饼的好事，我发什么财了？华杰觉得这个歪瓜裂枣的长毛不是个好货，大概跟前面走的那个佯装没听见喊声的家伙是一伙，就看戏怎么往下演。长毛四下张望，见没有旁人，就悄悄说，这有一万块钱呢，你赶快装起来，事后见面分一半。正说着，前面那个小伙子飞快地跑回来，说他丢了一万块钱，问谁捡到了？

华杰想告诉说，刚才的确捡了一沓子钱，是你丢的？长毛却拦挡住他，假装正经地说，我没见到，可能是这家伙偷了你的钱，便下手在他的衣兜里搜查起来。他急了，呵斥道，你大白天要干什么？当摸到一沓钱时，长毛却说没有啊，你赶快到前面去找。那小伙子急急地走开了，长毛对华杰说，你看我给你挡了驾，不然得扭送你到公安局去！华杰镇静地说，那就上公安局吧！反正我没偷没抢，是捡了钱，怎么样？长毛理直气壮地说，要么你分我一半，就没事了。华杰说行，要掏出一沓子钱时，长毛却又阻拦住了，说是怕旁人看见，你就另外给我几百块钱算了。华杰大声呵斥道，你究竟玩的什么把戏，把我都弄糊涂了，我给你分钱！说着掏出那一沓子钱，解开包钱的报纸，上下各有一张百元钞票，中间全是白纸。华杰说，我就是公安局的，你狗日的！长毛一看圈套败露，撒腿就跑，华杰没抓住，那家伙已拼命翻过栏杆，他把一沓子白纸撒在长毛脸上，长毛转身差点儿让急驶而来的一辆车撞上，逃到对面去了。长毛还边跑边威胁道，你等着！好，我等着，你个烂仔！华杰又气又笑。

回到住处，华杰把刚才的路遇告诉了于丽。你真是马虎，要是那个家伙持有刀枪，你赤手空拳的不死定了？于丽毕竟在公安部门历练过，这么一说，书生气十足的他真有点后怕，好在躲过了一劫。

15

于丽说要出岛一趟，她从青海托运的家当已经到了湛江码头，得亲自办理轮渡转运手续。华杰没有坐过琼州海峡的轮渡，想象不到地图上看似一条狭窄的水域，会怎样风高流急，惊心动魄，于丽也是第一次坐轮渡，想让华杰陪同。但杂志社新招了几个记者，需要安排业务，于丽只好自己一人去了。于丽在湛江码头打电话过来，叫苦连天，得排队好几天，手续繁多得要死，自己找住的吃的，一个女人容易么。谁的罪谁受，没有一个男人帮衬，得到的只是相互思念的一番安抚，还不得独自在烈日下闯荡码头。

等集装箱转运至海口秀英港口，于丽雇了一辆大卡车前往接货。码头上船舶簇拥，汽笛此起彼伏，高大的吊塔密如森林，挥动着巨大的钢铁手臂在拎集装箱，好像小孩在玩积木似的轻巧。站在码头上张望，华杰只是观景，对如此庞大壮观的钢铁群落也只是慨叹一番，心想要是真的拥有这一堆财富，还不抵一篇美文呢。都说是下海发财淘金，他从骨子里没有那种经商的宏大向往，如果有人要给他贷款一百万的话他是不敢要的，他会想到利息多少，用什么去偿还，他是一个在经济方面守旧而计较后果的书生。也许来到海岛上，只图有一个陌生而鲜活的生活环境，自食其力，不会做出坑蒙拐骗之类的无良之事。有一份不薄的收入，有一份称心如意的情感生活，说白了是拥有一个内心倾慕的年轻女子，读书写作，有一点小功名利禄，心情舒适，吃喝玩乐，足矣。不向往财富的高峰，也不愿做一个连自己的生存条件也处理不好、死乞白赖讨吃讨喝或低三下四舔漂亮女人屁股的落魄男人，连自己都活得好像一条赖皮狗，写几句分行的叫作诗的文字或几篇烂文章，就煞有介事地号称人类灵魂工程师，那才叫垃圾人呢。他要活得刚巴硬正，在高官和土豪面前不卑不亢，与女人交往也你情我愿，谁也不欠谁。与于丽的所谓情人关系，别有用心的人会叫作姘头姘居，也就那么一回事了，别人吃不到葡萄说葡萄酸，嘴长在别人头上，说什么了权当耳边风，装作没听见，你又不是人家老公老婆，又没给你戴绿帽子与你何干？于丽与华杰，也是名正言顺地两地分居者，各有各的住处，情欲的发泄也只是偷偷摸摸，所谓偷情。谁说来着，妻不如妾，妾不如妓，妓不如偷，说的是情人间的交欢吧。不知从什么时候起，华杰正经男人一个，却堕落到了如此地位，自己的内心深处也常常会自责质疑。

两只海鸥在碧蓝的海面上旋飞，咕咕地叫着，相约一个俯冲，落脚在码头的礁石上，交颈歌唱。于丽与华杰在码头上重逢，说是久别如新婚，十天八天不见，竟让女人泪水沾上了男人的脸庞。除了一应俱全的日常使用家什，要命的是托运来一架珠江牌钢琴，死沉死沉的，四个壮小伙子也搬它不动。回到和平路杂志社上边六楼于丽的租住处，唤来了七八个新招聘的记者，男男女女齐上手，吆喝着号子好不容易一个台阶一个台阶地将笨重的钢琴抬上楼。华杰自小喜欢音乐，自制过板胡在乡下的自乐班混，到工厂采石场学拉二胡，上大学时又跟从延安歌舞团来的北京知青学拉小提琴，饭都吃不饱，却省吃俭用还厚着脸皮谎称实习向叔父借了六十元钱，让班长回南京探亲时买了一把民国时代的旧琴。可惜他把它丢在了老城的家中，搬家时让老婆给弄丢了，实在伤心不已。这时，他轻轻掀开黑油发亮的盖子，拙笨地在琴键上找音符，竟也弹出了一句听起来好像是《红色娘子军》的旋律。在老城的斗室里，他用小提琴拉过"万泉河水清又清"的简谱，从来没想到在这产生如此音乐的海南岛上，将内心曾经流淌过的音符拙笨地敲击在这架来自青藏高原的尤物之上。周围围拢的记者们一阵惊异，华总编不光会办杂志写文章还会音乐，有才啊！于丽的脸上，掠过一丝舒心的微笑。

钢琴是于丽在女儿三岁时买的，花光了家里的所有积蓄，还向工资不薄的厅级干部的父亲借了钱，一心想把女儿培养成一个出色的钢琴家。于丽祖籍河北，父亲老马曾经在山西做过县委书记，喜好写诗，是凭借笔杆子在仕途上跋涉的。支援青藏建设，老于到了青海任职，二婚所养育的子女们在条件艰苦的西宁长大。于丽为何决然下海南，还一直抱怨父母当年为何移家西宁，让子女们受了不少苦头。于丽的婚姻也是门当户对，丈夫是陕北老革命的后代，同样是工农兵大学生，成家立业，生下一个漂亮的女儿，按说生活一帆风顺。可于丽不知哪根筋搭错了，或是受不安分的中年情结驱使，还不满足现状，想着还会有奔头。与丈夫相处不冷不热，总觉得他没出息，不够有钱，职位不高且不思进取，整天目不转睛地盯着他的小金鱼发呆。她需要炽热的爱情，喜欢的职业，比如当记者编辑，自由随意，结交广泛，活得有滋有味。丈夫不答应也没辙，只好天各一方，婚姻家庭的堡垒势必岌岌可危。她爱女儿，执意带女儿到海南，在北方风沙和严寒中长大的孩子多么向往椰风海韵的风光，也乐于跟母亲闯荡海岛。这么，已经练习到六级的女儿连同陪伴童年的爱恨交加的钢琴，也一起翻过崇山峻岭漂洋过海到海岛上来了。于丽邀父母带了她的女儿到了海岛，思想解放的老于对大特区的氛围大加赞叹，对女儿于丽在海岛扎住了脚感到欣慰，甚至将女儿的上司总编华杰称为华老总，夸奖他大有作为，前途无量，让华杰承受不起，连连拱手。老于和老伴也看出女儿与这个同样单身走海南的男人的暧昧关系，总说女儿脾性不好，就把女儿托付给华老总了。言外之意，各自心里都明白得镜儿似的。

　　老于带老伴顺路去了一趟香港游玩，与曾经交往的、在青海有生意的港商相聚，再回到海南时带回了一瓶人头马洋酒，执意要送给华总编。怎么，老于走了一趟香港，人的精神头儿不如之前了。于丽告诉华杰，老头儿路过广州时让人给劫了，差点自杀。是说老于和老伴在广州街头一处小园子的椅子上歇息，来了几个少年男女，假装向老头问路，搜了老头的身，把他仅有的钱财全掳了个精光，只剩下这瓶人头马洋酒了。老头把所有积蓄让人掳了，觉得丢人，没法向人诉说，死的心都有了。不是老伴劝说，老头也许就跳入旁边的湖水中淹死了。繁荣昌盛的花花世界背后，原来也是藏污纳垢，处处是陷阱。这让老于赞美改革开放的价值观有了犹疑，怀恋起路不拾遗的那个封闭的年代来，姓资还是姓社，老于通过亲身体会怎么也想不通看不懂眼前这个躁动的世界了。老于义正辞严地对华总说，看来你们搞大特区法制建设的宣传工作，真是担子不轻啊！老于忧心忡忡地回到大陆去了，准备把家从西宁搬到西安的青海办事处公寓小区。西安曾经是大西北地区的中心，甘肃宁夏青海新疆西藏都在那里建立了老干部休养基地，自然条件总是比其他地方好一些。于丽也为此消息高兴，对华杰说，将来我们老了也回西安居住，陪伴父母养老送终。

　　龙舌坡是一处丁字形的街市，当地人的发音是两气坡，从入口到出口是缓冲的长坡，原住民临街加高了楼房，下面开店，上面出租房屋。有开私彩的，其实是地下民间赌局，政府几次都难以取缔。路口的煎饼摊经常排队，尤其是下班的当儿，是将面粉合了薯类及佐料，舍得用油，炸得干湿可口。于丽因和平南路公寓租金过高，便搬到了这里的民居四楼顶层一间屋子，笨重的钢琴当然又把杂志社的小伙子们折腾了一回。这儿离法制厅华杰住的家属院很近，相互有个照应，再说女儿转学的小学也就在百米之间，接送也便利。现在，华杰下班路过楼下，想着得上去看一下于丽的新居，一是领导的关心，二是随便蹭饭，于丽的羊肉面片做得很地道。上楼的楼梯曲里拐弯，台阶上污垢不堪，耳边叽哩呱啦的海南话好像是吵架又似乎是聊天，他一句也听不懂。临到顶层，一阵优雅的琴声传来，弹奏的是万泉河水清又清，是谁在弹奏呢？门开着，钢琴前正襟危坐一位少女，这一定是于丽的女儿了。于丽与一个身材高大的男人在厨房忙碌，吆吆喝喝的，这男人也一定是她的丈夫了。于丽怎么没有告知丈夫和女儿来到的消息呢？华杰有点心虚，迟疑于进门还是不进门的瞬间，于丽瞧见了他，连忙不自然地招呼华杰进屋，并尴尬地介绍说是丈夫大李，唤女儿站起来叫华伯伯。父女俩见是妻子妈妈的领导来了，有点措手不及，客客气气地打招呼。华杰借口说了一件工作上的事，便不顾于丽夫妇的热情挽留，慌忙转身下楼。他这个不速之客，自己首先挺尴尬的，肚子没冷病不怕吃西瓜，他是那个吃了西瓜肚子有冷病的人。

懊悔之下，华杰几乎是慌忙逃出来的，不知应该回到自己的住处，还是独自走向海边去散心，还是吆喝几个老乡去老马家羊肉泡馍馆买醉。

16

趁于丽的男人照顾女儿的时间，肖阳约华杰去一趟榆林军港，那里有一位文学爱好者，邀请他们前往体验军事生活。海岛自古是流放之僻壤，也是国家的边防前沿阵地，数年的军营建设已经不是帐篷壕堑，完全是一处绿树遮蔽的花园别墅，吃住条件很舒适。肖阳毫不掩饰，说他带了一位年轻女记者，正处于暧昧状态，这次也许可以拿下。也让华杰带上于丽，一起做一次逍遥游。在老马家羊肉泡馍馆醉酒的时候，二人就谋划了这次似乎不轨的秘密出行。

这天，他们钻了潜艇，狭窄曲折的通道，钢铁组成的器械，一不小心就会碰头。空气稀薄，加上浓郁的油味，如果是在波涛汹涌的深海航行，其颠簸和晕眩让人怎么忍受得了。华杰当过农民和工人，就是没当过兵，肖阳是军人出身，在西部边塞骑马战过风雪，二人的感受完全不同。于丽干过公安，但对如此环境还是胆怯了几分。那位女记者，更是第一回见识犹如牢笼般的空间，小白脸更煞白了。几个来访者在文学爱好者军人的引导下，相互搀扶着心惊胆战地终于浮出了海面，见到了阳光，呼吸到了新鲜充足的空气，不由得手舞足蹈，欢呼起来。

之后来到靶场，一片开阔的草地，布满了砂石，远处的靶位近在咫尺，后面是一座长满松树的山包。军人向导说，打枪不是闹着玩的，一定要严肃认真，谨慎小心，安全第一，闹不好是会出人命的，到时候谁也担当不起。华杰在工厂当民兵时打过枪，一人三发子弹，记得只有一枪上了靶。动乱年代中他是红小兵，武斗时自己跟着大同学偷偷钻进机械车间，学做了一把剑，不曾沾血，枪声大作的第二天，他就让祖父揪回老家种地了。于丽公安出身，打枪是她的家常便饭。肖阳当过兵，对打枪有瘾，兴奋得不得了。肖阳带来的女记者，初出茅庐，矜持中假装胆大，很想尝试一下打枪的滋味，不爱红妆爱武装。女记者毕竟踏入社会不久，凭借学习文史的文凭，也是一笔好写，当上了报社的记者。她在过琼州海峡的轮渡上结识了一位诗人，长毛牛仔，情窦初开的小女子被浪漫激情的诗人迷住了，上岛当日就入了色狼诗人的圈套，双双住进了一间租房，把自己的处女权交付给了色狼诗人。谁知过不几天，诗人的老婆同样是诗人，一个泼辣的女诗人跟随到了海岛上，动不动要割腕，把刀子压在枕头下面与丈夫同床共枕。记者小姑娘只好退避一边，抹着泪离开了。在失恋的当儿，遇上了情郎肖阳，先打问好有无妻室，肖阳瞒不过，只是说正在准备办理离婚。记者小姑娘信以为真，就开始交往起来，但她的底线是你不离婚绝不能与你上床做那种事。她已经为此付出了惨重的代价，不能第二次上当受骗了。说是出来玩玩，打枪什么的，小姑娘动心了，便一起成行。但说好了，肖阳与华杰住一间屋，于丽与小姑娘住一间屋，小姑娘没有精神负担，乐呵呵地满开心。手枪步枪机枪，几个人都一一试过，响声震耳欲聋，火光冲天，弹壳满天飞，大多却是空靶。穿着单薄的衣服，戴一顶草帽，在烤人的大太阳下要匍匐在砂石草地上，也是需要一定耐力的。到底姜还是老的辣，于丽和肖阳的枪法当然是领先的。

打手枪时，小姑娘持枪左右晃动了一下，把军人向导吓坏了，立即警告说，枪一定不要对着人，一旦子弹上膛走火，是要死人的！说是子弹不长眼睛，是有灵魂的，也是很诡秘的玩意儿。也就在这靶场，曾经有子弹飞过对面的小山包，正好把一个赶着水牛的老头打死了，引起了不小的事端。

随后来到一处鹿场，几十头梅花鹿活蹦乱跳，十分可爱。几个人追逐着小鹿，拍照留念，玩得很开心。不是逐鹿中原，他们是在情场上追逐着自己的所爱，忘乎所以，把一切烦恼丢在了脑后。丰盛的海鲜酒肉之后，更是激发了情欲，到了晚上各自洗漱完毕，肖阳便与华杰密谋了一番，今夜得实施一场甜蜜的游戏。夜深人静之时，肖阳去叫于丽，与华杰住在了一屋，他则溜入另一间独自剩下记者小姑娘的屋子，开始未雨绸缪。华杰和于丽已经见怪不怪，是老情人了，自然很快进入了角色，颠鸾倒凤，沉入温柔之乡。想着肖阳今晚差不多得逞了，男女之情犹如干柴烈火，先放纵一回快活，哪能顾忌到那么多理智呢！不然，华杰听见有人轻轻敲门，不像是查户口的，也就是那种打着抓嫖旗号实施抢劫的货色，猜是同伙肖阳，于丽也惊醒了，得穿上遮羞布。华杰打开门，满天的月光真好，亮得如同白昼，微风送来了不远处催眠似的海涛声。肖阳站在月光中，沮丧地低着头，对华杰说，还是叫于丽回她屋里睡吧。怎么啦？肖阳苦笑着说，小姑娘怒了。一个身强力壮的大男人，难道征服不了一个弱小女子，但总不能强奸人家呀，那还叫人吗？华杰在这一点上的作派是绝不强求于人，两情相悦，两情相欢，强拧的瓜不甜。而肖阳就有点硬下手的脾性，霸王硬上弓，看来是失算了。华杰劝道，你没想想，人家小姑娘已经上了一回有妇之夫的当，尽管当当不一样，那人家也是爱你，真心爱你，想独自占有或拥有你，甚至想与你成婚，一生一世，白头偕老，错了吗？而肖阳的真实想法，是不忍心与老婆离异的，过手的小情人也不是记者小姑娘一出了，当然，他的人品和德行与那个长毛色狼诗人另当别论。骗子与骗子不同，就像诗人与诗人不同，人与人各异一样，风月场上的各色人等，是有千差万别的。有人本身就是恶魔，有人是有性格缺陷的好人，坏人与好人不是凭一两件事可以判断出来的。朋友之间，太要好的到头来臭得跟屎一样，生分结长远，君子之交淡如水反长久不移。男人与女人，米面夫妻的基础上都是你情我愿，相互磨合，好了就好下去，不好了也好说好散，人生不过如此。在皎洁的月光下，华杰和肖阳不知不觉走到了海边，好像海的呢喃在召唤二人前去谈心，这个神秘莫测的世界啊！

好像昨晚上什么事情也没有发生，在军人向导面前，仍然一本正经而非男盗女娼地谈论在此时的感受，早餐自然很丰盛，大家客客气气，聊起了文学趣事，感叹不虚此行。军人向导是业余作家，也拖家带口了，对男女之事并非两眼摸黑，他是发现了客人朋友之间的关系和情绪的，只是在敬重之下不便开言罢了。华杰与于丽逃避到了这山海之间，半夜的欢情也使二人很满足，红光满面，精神焕发，然而回到海口，又将面对一种尴尬的处境。于丽的丈夫压根不想在海岛上找工作，于丽也不想让他在此久留，女儿留下来在此读书，往后再说分开也就是离异的话。华杰也是偷得一时清闲，远离家室，先把这桩所谓办公室的爱情进行下去，至于离异重新组合家室，是要等儿子上了大学自立之后再做考虑。

肖阳则从未想离开妻子，但又有一颗不甘或不安分的心，如花似玉的小姑娘才貌双全，又这么倾心于自己，错过了也未免太可惜了。遇上的又是一个较真的女子，想吃独食的痴情女子，又不乐意让男人轻易占了便宜，苦恼不已。至于记者小姑娘，想把持住最后一道防线，促使她喜欢上的男人决心放弃当下的婚姻，然后双双从头开始，那将是别人羡慕的爱情与婚姻。

小姑娘也扪心自问，自己守望得住吗，被一再婉拒的这个性急的家伙，万一逃脱了手又怎么办呢? 从她黑了的眼圈可以看出，内心深处跳跃的那只小兽把自个折磨得不轻。

17

一位健壮的律师从黑龙江奔袭而来，站在了法制杂志华总编的面前。他叫马大，拥有一张白皙的方脸，黄色卷毛，瞪着一双海盗般狡黠的眼睛，显然有着俄罗斯血统。他说，司法厅万处长让他投靠大总编，在杂志社名下设立一个律师所，互为依傍，互惠互利，大有一番前程。华杰觉得可行，爽快地答应了马大律师的动议，二人起身来到一家东北饭馆。少不了东北高粱酒，大糙子玉米粥，猪肉炖粉条，大馅饺子，大盆大碗地上了桌。二人一见如故，酒足饭饱，华杰的客气拗不过马大，还是让这个热情过度的东北人埋了单。

第二天，华杰让财务支给马大三万元，置买办公设备，律师所就设在杂志社隔壁。马大看重面子，购置了一书架法律辞典一类书籍，电脑的屏幕始终放射着蓝光。其实，马大不懂电脑，只会开机，紧接着招来一名法律硕士小侯，才使上了电脑。

小侯从内地投奔海南，意识到建省后的大特区，法制建设不可或缺，由司法机构主导办起了法制报刊，同时推进了公证律师事务，觉得在此大有作为。小侯看到，除海岛上已有的操着琼语加半生普通话的土著外，一大批能言善辩的律师从大陆各地蜂拥而来，迅速组建起若干合作制律师事务所，凭借三寸不烂之舌迂回于原告与被告之间，有的与不良法官形成利益链条大把捞钱，很快成为海岛上的阔佬。

华总编策划了一场律师电视辩论赛，争辩的主题是离婚率上升是好事还是坏事，马大律师与小侯唱对台戏。二人均以超凡的伶牙俐齿，反话正说，正话反说，自圆其说，胡搅蛮缠，赢得了人们的关注。

马大律师借助杂志社的客户关系，还有东北人的老乡见老乡两眼泪汪汪或背后给一枪的人脉，接了几个大单，在小侯的协助下打赢了几场房地产官司。律师与法官的关系，说是交流切磋法律问题，有的借助权力寻租，利益共享，酒肉朋友，权色交易，有钱能使鬼推磨甚至让磨推鬼，暗流涌动，层出不穷。马大几个官司打赢了，收入不菲，翅膀硬了，在人多广众处高举着大哥大手机声嘶力竭，让同样拥有四万元大哥大的华总编不屑一顾，不就是有了几个臭钱么，值得如此嘚瑟？马大给法官打点感谢费的事，实际上是贿赂法官，丢弃法律良知，受到华总编的阻拦，一时言语不投机，二人客气分手。马大偿还了三万元开办经费，脱离杂志社单干了。开始一起创业的法律硕士小侯，也给华总编倒苦水，因律师服务费的分成比例与马大翻脸，另立门户，各奔前程。打官司的客户，与律师议价分成，如果赢得官司，有的律师一夜之间就成了百万富翁。至于法律的公正公平，早被一些害群之马丢到太平洋去了。

适时，面向南中国海的大特区呼唤国际化法制大环境，华总编报名参加了在北京召开的太平洋国际法学大会，见到了出席会议的中国国家领导人，以及环太平洋多个国家的元首和法学人士。海南的法学会还处于雏形阶段，逐步探索市场经济条件下的一系列法律难题，华总编的法制报刊也是亦步亦趋，不越雷池一步，比如呼唤司法独立，没有也不敢有什么惊天动地的见解。会后，华总编在杂志上开辟了一个面向国际化法学的窗口，陆续刊登了法学大会的论文，有的晦涩难懂，有的显得水土不服，但总是让读者闻到了一股从太平洋四周吹来的法学的异域气息。

小侯接了一个大单，为一位贪腐上千万的官员担任辩护律师。本该是正常的法律事务，却受到马大律师的轻蔑，又挣不了几个钱，为坏人辩护能有好名声？吴姓黎族青年，多年凭着智慧和吃苦精神，从一个割胶工升为农垦场长，继而当上了县委书记，又坐上了省法制厅副厅长兼省监狱管理局局长。华总编采访过他，是一个少有的普通话说得标准的黎族后裔，谈吐有点儒雅，做事很有条理。谁知有朝一日，东窗事发，受贿行贿、买官卖官赃款三千多万，锒铛入狱。在审判大会上，一夜白头的他痛哭流涕，说是辜负了党的培养和人民的养育，丧失了信仰，走上了犯罪的道路。平时，他省吃俭用，甚至没给一直居住在黎寨茅草庵中的老母亲买过一双鞋穿，老母亲也习惯了光脚丫子满山林跑的日子。他只吃两块钱的盒饭，节假日还上街道扫马路，民间传说他是一个地地道道的清官。那又为什么证据确凿地贪污了三千万，变成了一个十恶不赦的腐败分子？华总编最后看了一眼拖着沉重脚镣的前副厅长，走出了审判会场，发现一堆人围在那里喧哗。是吴姓罪犯白发苍苍的老母亲跪在那里哭天抢地，说是儿子冤枉，拿了别人的钱给别人办了事，犯的什么罪？再说，钱放在银行里一分也没有花，如数退还上交政府，还要判处无期徒刑，这是哪里的王法？她因喊冤叫屈，号叫着扰乱法庭秩序，被驱逐出法庭之外，也始终没有见到儿子一眼。

辩护律师小侯清楚，前法制局副局长兼省监狱管理局局长，其实上任才两个月，还没有完全弄清自己的身份所在，就让检察院同样戴大盖帽的执法人员逮捕。也不用出院子，从一个房间置换到了另一个房间。一会儿天堂，过一会儿就入了地狱，真是人生无常。从多年前当农垦场长起，他太重人情味，有人阿谀逢迎，送了小东小西，就实心偿还人情，送的钱由少到多，又怕伤了人家面子，场长权力范围内的事情能办就办，反而落了个给人办事的好名声。一路升迁到县上领导，再到省上厅局，有权就有钱，有钱再买权，乐此不疲。出来混，迟早是要还的。心存侥幸做坏事，丧失道德底线，半夜就会有鬼敲门。一不小心，一切归零，包括仕途、钱财、家庭甚或生命。人为财死，鸟为食亡，贪婪之心害了卿卿性命。进了牢狱，失去自由，还不如黎寨刀耕火种吃野果住茅棚唱情歌吹笛子优哉游哉的山民乡亲呢！

小侯知道底细，这位黎族官员最后翻船的契机，还是因给一个复员军人没办成调动的事，送的五万元未及时还给请托人，人家告发到纪委，一经查处就包不住了。表面上清廉的官员，嘴巴上口口声声仁义道德的伪君子，背后的偷鸡摸狗是见不了光的。运气不好的倒霉蛋，不知怎么就出了事，比其更贪腐的家伙仍然堂而皇之地稳坐钓鱼台，吆五喝六，威风八面，照本宣科地喷一整套的官话假话。

小侯明白，马大律师为了尽快发财致富，住上豪华别墅，开上名牌轿车，屁股后面厮跟上美女，出入海鲜宴席，为当事人的利益争取最大化而不惜颠倒黑白。一些像小侯一样遵纪守法，主持法律公正的律师，被视为不谙人情世故，与法官没有人脉关系，没有利益交换，只好骑着随时会被偷的破烂自行车，整日汗流浃背地穿梭于大街小巷，挣不来快钱，混得没出息，遭马大律师耻笑。好不容易接的这一大单官司，人证物证齐全，在开庭时滔滔不绝地申辩了半天，诉求目的是有自首表现可为案犯希望从轻惩处，等待法官大人裁决时，陌生的法官只讲了权威的四个字：不予采纳。输了官司，自然拿不到多少服务费用，只能沮丧地到大排档吃一碗汤粉，垫一下辘辘饥肠，回出租屋睡觉。一觉睡醒，小侯律师想到去找他的师长讨教，其实是行囊空空，去讨饭的。

师长是位大学法学教授，临升迁副校长时出访，出于知识分子的所谓公民良心，看穿了皇帝的新衣，口无遮拦，接受了外媒记者的专访，其骇人的观点刊登在报纸上。说什么一概否定官员们有点冤枉好人，但有相当比例的贪官在搞权钱权色交易，这是掩盖不了的事实。有的所谓学者口出狂言，说什么行贿受贿是市场经济条件下必然出现的社会现象，要发展私有经济，就要收买权力为其服务，让官员变成私有经济的代言人，变成哥们兄弟，利益共享，经济社会就繁荣了。持有打击贪污腐败分子观点的这位教授，被视为抹黑大特区官商关系，等他出访归来回到学校，办公桌上是一份被罢免职务的文件。这也是他预料之中的结局，断了进入校方权力机构的途径，专心去做法学哲学社会学人类学的高深学问罢了，与当下大特区的法制环境和经济社会现状八竿子打不着。师长安抚了一番小侯律师，借给几百元生活费，劝他不要气馁，坚持下去，没有过不了的坎儿。

18

三角池的海口饭店，是这座海滨城市的中枢，四通八达，总是那么熙熙攘攘，人来人往。从华灯初上到黎明过后，几乎是彻夜的喧哗与骚动。商人们在这里会面，洽谈倒卖房地产的生意。有钱人酒足饭饱之后，来这里物色可以陪伴过夜的失魂落魄的女子。也有在生存困境中的冒牌文化人，在这儿寻找虚无飘渺的诗意，能有机会攀附上大老板给一个廉价的饭碗。太阳升起的时分，忙碌的是清除垃圾的土著老人，是一些打扫没有什么战利品的战场的拾荒者。

山子按照电话中指定的接头地点，惊慌失措地寻找到这里，在炎热的阳光下焦虑地等待表哥的出现。华杰与山子是姨表关系，二人的母亲属于堂姊妹，来往密切。山子从未见过这个在外多年的表哥，听说表哥到了海南负责办报刊，就让母亲领着到老家村上，提二斤点心看望姨姨。这么一来二去，就投奔海南来了。当初山子师范毕业，分到城里一个小学教美术课，月薪三十几元，住的一间几平米的土房子，倒了后墙，是用帆布挡了的。他不想在那里过一辈子，当个娃娃头，一直听说表哥是作家，他也读过表哥写的文章，在旧城已经名利双收了还去闯荡海南，自己怎么就甘心在这山沟里窝一辈子？于是向学校请假，利用暑期去海南写生。其实是想去探个究竟，离开山沟沟，去海南淘金，当个作家，实现远大的理想。说走就走，借了五百元路费，便一路乘火车南下，换乘班车穿过雷州半岛，再坐轮渡越过波涛汹涌的琼州海峡，茫然地站在了海口宾馆门口的椰子树下。此时，山子头戴草帽，背一个挎包，口袋里已经十分羞涩了。

表哥华杰当初收到山子的信，并未答应这个一直没见过面的小表弟的请求。在海南的大陆人，一是怕给人借钱，二是怕给人找工作。山子执意来了，有理不打上门客，念及母亲的姊妹情，表哥还是做到通情达理，操持一下这个小表弟的事。小表弟以往在照片上熟识表哥，见一个中年人手持大哥大摇摇晃晃走来，四处张望，连忙迎上前去，有一种可找到组织了的释然！先是请小表弟吃了一碗牛腩饭，他从来没吃过这种吃食，饥肠辘辘，狼吞虎咽地吃完了。小表弟在杂志社办公室的沙发上凑合了过夜，第二天便拿着一个新填写的记者证，按照表哥吩咐的单位，一家一家上门去拉理事单位。山子空跑了三天，终于签订了一个水运公司的理事单位合同，打来三千元，立马提成九百元报酬，吃饭问题有了着落。

几乎在同时，山子有了两个伙伴，都是从大陆来的年龄相仿的小伙子，三人合伙在美舍河边的菜地里租了一间破房子，每天顶着毒日头去拉广告。好在杂志社有灶，新来的可以免费吃两个星期，如果还没有业绩，你就可以自动离开这里，另谋出路。每天一大早，十几个年轻人争相霸占几部电话，预约被采访对象，对方同意见面，就火急火燎地出门上路。往往打十个电话，只有一个对象预约上门，洽谈十个有一个同意参加理事单位就是好运气了，也有被打将出门，防火防盗防记者嘛。广种薄收，一是得能说会道，二是对方相信或提防法制报刊的法律服务，打发一点赞助费用，对于大老板来说只是小菜一碟。公检法司的牌子，让大多客户尤其是屁股底下不干净的企事业法人，别说是噤若寒蝉，起码惹不起，不敢轻蔑。

山子的两个伙伴，其中一个是华杰的大学教师陈先生的儿子，小陈在西安没考取大学，陈先生索性让儿子到海南找学生华总编谋职。世界很大，也很小，世事总是流转轮回，人一生不走的路也要走三回，管你情愿与否，命途使然。陈先生二十出头时，离开海南岛最南的三亚天涯海角的小渔村，考取西北大学中文系读书。大陆真大，西安真大，就是北方的冬天不好过，他从小到大在海边，别说穿棉衣驱寒，就是鞋袜和长衫长裤也从来没穿过，裤头是唯一一件遮羞布，光着背就可以度过四季。被炽烈的太阳晒得黑不溜秋的，一张大嘴，一双十趾分开难以合拢的大脚，一双惊奇于眼前一切事物的眼睛。琼语要置换成普通话，曾经让陈先生苦不堪言，总可以咬着舌头说得让人勉强听得懂了，完成了学士学业，竟然也出类拔萃地留校了。于是，带来了渔民的女子做妻，生儿育女，依然偏爱于吃鱼，连鱼鳞也会嚼得干干净净，就这么度过了大半生，也学陶渊明归田，回到了当初出发的故地天涯海角养老。这么，儿子小陈也随之回到老家，能在海口有一个职业，陈先生也就放心了。

当白发斑白的陈先生带着儿子找到华杰时，有点央求的神情，这让他当年的学生受用不起。无论如何，小陈在杂志社入职，华总编是无法拒绝的，说老师关注支持学生的事业，敬重之情难以言表。陈先生带来的礼物，是一颗从自家树上摘下来的菠萝蜜，人的脑袋那么大。陈先生执意要打开来，黄亮亮的疙疙瘩瘩的果皮，一层层黏黏的藕断丝连的果瓤，分给杂志社的大伙吃了。陈先生说，他的祖先是在宋代从中原迁移到崖州的，也许是普通移民，也许是遭遇贬谪的官员，也许还与苏东坡相识，因家谱在一次台风中翻船遗失，喂了鱼。近代记得清的五代人均为渔民，在海上讨生活。陈先生又回归故里，整天坐在大海边，看潮起潮落，也不失一种落寞而清静的晚年生活。

而儿子小陈，腼腆寡言，一副愁眉苦脸的样子。但他的不流利的琼语，给他与本地人交际时少了一层障碍，采访或拉广告占有优势。只是不那么所谓拼搏，四平八稳，循规蹈矩，在记者中的水平处于中游，觉得生活能过得去就满足了，没有更多的奢望。之后，因照顾老人，回到了三亚，找了份工作，与华总编少了联系。

山子的另一个伙伴，是华杰的大学同班同学的儿子，叫马云。马同学亲自送儿子来到海南岛，一起睡在华杰客厅的地板上，话说当年的同窗之谊，把儿子托付给老同学，放心地回到西北大学教书去了。在大学读书时，马同学是华同学和柏同学的学兄，高中66级，比二位学弟年长五六岁。三人爱好写作，趣味相投，被称为邓拓吴晗廖沫沙式的三家村，有白专道路的不良倾向。毕业后，二学弟留在省城编辑出版部门，马同学的文学专业底子厚实，留校任教于写作教研室。一次社会实践活动，马同学结识了外系一名女教师，年轻美貌，便偷偷地住在了一起，想与乡下的妻子离异。妻子带着六岁的儿子和年迈的公婆来到学校，要论个长短。妻子不说话，公婆不依，说儿子要离婚可以，先让二老喝了毒药死了再说。一边是如胶似漆的情人，一边是妻儿父母，权衡再三，儿子怂了。这便把孩子带来读书，以便监督出轨的父亲不再与情人有纠葛。这一招灵，马同学从此收了心，一边教书，一边看管孩子。华同学曾去母校看望马同学，吃过马同学做的汤面，是在宿舍的电炉子上做的，华同学第一次知道生油还可以不用烧热，可以直接调在开了锅的面条汤里，这也许是陕南人的生活习惯。

马同学为了解决一头沉的乡下妻儿的户口，报名前往山西一所武警学校入职。临别时，还与二学弟在照相馆合影留念。过了两年，华同学在家听见有很响的敲门声，出去开门的一刹那，见有一个戴大盖帽的人站在面前，出于对公安形象的畏惧，一下子关了门，撞歪了大盖帽。华同学心里慌，我犯什么法了，下意识地想阻止大盖帽进门。嗨哟，吓人一跳，原来是好几年不见的马同学。黄军装上的标识，说是什么军衔，华同学不懂也不问个究竟，妻儿户口从陕南老家大山里迁出，成了吃商品粮的城里人了，目的达到了。几年后，这所武警学校被兼并，教师可以回到原来的学校，马同学如愿以偿，转了一圈又回到了母校。儿子因不停转学，耽误了学业，考大学落榜，找不到就业岗位，这便想到了闯荡海南的华同学，怎么说也得看在人情世故的分儿上，强逼华总编接纳了儿子。

马同学的孩子马云长得体面，国字脸，大眼睛，身板端正，一看就是老诚娃，没他爸那么精明。小陈个子小，颧骨显高，黑瘦一些，有点海南土著的遗传基因，目光也充满野性。而山子精干利落，白净，一双似乎笑眯眯的目光背后透露出一丝鬼机灵。天黑时，三人搭伴去美舍河边菜地的棚屋投宿，四面透风，倒也凉爽，河上簇拥的水葫芦送来清新且不无恶臭的气息。白天，各自奔波于各式楼群，敲开一扇扇门，打探广告的猎物，大多是进门满怀期望，出门一脸沮丧。三人各有斩获，全凭运气，相互庆贺又暗中较劲。往往，是山子占了上风，某一天逮住一笔万元广告赞助，三千元就到手了。马和陈运气差一点，一月到头，能有五千元收入，就心满意足了。三人均年方二十郎当岁，未婚处男，力争守身如玉，洁身自好。不像成年已婚或五十上下的老男人，孤身海岛，天高皇帝远，忍受不了荷尔蒙的躁动，不时在寻找性伙伴的猎物，惶惶不可终日。今日有酒今日醉，莫管明日喝凉水，及时享乐，已经超越了传统的所谓男女之事的道德底线。三个处男，一时不情愿与老男人们同流合污，爱情，纯真的爱情，又在哪里呢？一个个美貌的女子，大多投入了有钱的大老板和有权的官员怀抱了，没几个正经女子情愿与穷光蛋苦度流浪的日子。有的处男，反而被有钱有权的老女人包养，或做了鸭子供有钱有权的弃妇享用，身价比妓女昂贵。在灯红酒绿的大染缸里，难得洁身自好，考验着一群信誓旦旦的处子。

山子稍微扎住脚，每月花一百元租住在一个检察院的乡党家里。这乡党把老婆孩子丢在老城，自己一个来到海岛，分到了两居室，就出租一间给了山子。华杰打死也不干这种事，穷疯了吗？其实，华杰是想有一个不被人知的秘密，好与相好的在安乐窝中幽会，哪能念及亲情收留一个亲戚娃而搅扰了他的私人生活呢？检察官乡党却不是华杰一路人，背后有什么鬼花样不得而知，表面上活得正正经经，满口革命理论和仁义道德，洁身自好，自称不会犯诸如生活作风一类丢人丧德的事，与华杰说不到一起，完全一个正人君子的完美形象。山子租住在这里，每天得接受正确的世界观教导，尤其是主人在水龙头边贴的节约用水反对浪费的纸条，还有电灯开关边及时关灯节约能源的警示，让山子如履薄冰，甚为反感。山子不适应热带饮食，吃了什么鱼虾海怪，背上长满了艳若桃花的疱疮，奇痒无比，心想考取律师资格，离开这个凶险的海岛。

山子拉到一笔广告，想让表哥华总编提前发给提成，华总编答应了，却让编辑部主任于丽拦挡住了，要按半月一结账的规定办理。山子年轻气盛，不知怎么动了肝火，与于丽吵了起来。二人各自占有私情的优势，处于夹缝中的华总编听而不闻，山子竟恐吓说要把于丽从窗子扔出去。警察出身的于丽不是吃素的，一旦报警，会让山子皮开肉绽。华总编当了和事佬，请山子吃了碗面，让他离开编辑部了事。于丽还抱怨华总编，你还是把亲戚看得重。山子只好另谋出路，去一个律师所当下手，期待出人头地。

19

河南来了一位自称作家的胡孩，深度眼镜客，时而深沉不语，时而慷慨陈词，自卑又自负。出去拉广告没有收效，连饭碗也顾及不住，华总编赏识胡孩流利的文笔，让他当编辑，有一份收入可以糊口。不久，来了一位胡孩的同乡女子灵灵，长相一般，也爱好文学，很快与胡孩亲热起来，出双入对，似乎有了情况。二人同属三十大几的大龄青年，不管在大陆有过什么男女交往或爱情经历，此时此刻皆是孤男寡女，组建一个共同闯荡的临时小家庭也未尝不可。

偏偏在这个时候，华总编安排灵灵一项采访任务，是陪同一个企业老板去三亚一趟，拿下一笔赞助费用。路途在兴隆度假村游玩，夜宿温泉宾馆，第二天在三亚办完差事，便回到海口。灵灵聪明能干，采访稿写得不错，三万元赞助也很快到账，轻而易举地拿到了万元报酬，高兴得了不得。隔天，胡孩和灵灵前后脚找到华总编告状，灵灵说她看在老乡的分儿上，尊重作家胡孩，你来我往，没想到胡孩图谋不轨，竟然对她硬下手，她本来就不是那号人。说她与前几天交集的老板有染，重色轻友，弃他另有所爱了。他也不尿泡尿照照自己，赖蛤蟆想吃天鹅肉。胡孩被灵灵扇了耳光，还抠破了作家的脸，自然愤愤不平，大骂灵灵是婊子。华总编批评了胡孩，说大男人最让人瞧不起的是对女人硬下手，满世界的女人你去找啊，何必缠住一个弱小的女子要发泄情欲？对灵灵则好言相劝，鉴于二人避免低头不见抬头见，把她推荐给一家文化公司老总做文员。灵灵说，谢谢华总编好意，她已经答应去前几日结交的老板公司当秘书。华总说，那当然再好不过。至于灵灵的三亚之行，与那位老板有过怎样的绯闻，唯有当事人知道，别人的猜测完全是狗逮耗子多管闲事了。只是可怜了胡孩，落了个有失尊严的名声。在海岛上，男女之间交往的机会多多，另觅高枝的鸟儿层出不穷，比比皆是，更有见财起意、为钱不义的事，屡见于周围生活之中。

　　已经在杂志社扎下脚的浙江小伙刘坚，成立了经营部当主任，从老家招聘来了他的小姨子女婿小飞，也就是连襟，也叫担挑，吃住在一起共谋发展。人说打虎亲兄弟、上阵父子兵，面临生死攸关的时候，最可靠的合作者是自己的血亲，一家人团结一致共度时艰。刘坚收入颇丰，每月寄钱给老家的妻子，也不妨碍自己租了民房，包养了一个权当是秘书兼保姆的女子，日子过得洒脱。小姨子女婿小飞来了，秘密隐藏不住，也就照实了说，二人狼狈为奸，攻守同盟，欺瞒老家的妻子。其实，把男人放单飞了，又是在灯红酒绿乱纷纷的海岛上，女人应该料到将在外不由帅、男人在外不由妻的道理，管不了那么多了，只要寄回钱来就成。贫贱之交不可忘，糟糠之妻不下堂。虽则是海岛上有女颜如玉，怎教人撇却糟糠之妻下堂呢？只要小飞不告密，帮衬着小飞度过了最初上岛的尴尬日子，新手很快上道，为部门增加了广告收益。

华总编的经营方式，是放开部门的权利，广告提成比本部多百分之十。刘坚的经营部，自行解决吃住条件，比本部给记者的提成少百分之五。小飞谋划了一笔十万元的广告，想着多拿一点报酬，说是对方为可靠执意要和杂志社签订合同，华总编便应允了。这样，便也让作为成员的经营部蒙受了一点损失，刘坚当然不乐意了，认为是小飞在说鬼话，从中占便宜。姜还是老的辣，刘坚瞒着华总编和小飞，找到对方老板，谎话说广告要提前一期刊出，上次签合同的记者被除名了，得更改一下合同。广告费用到账后，刘坚一不做二不休，自己一个人拿了提成。这下子，小飞傻眼了。华总编从中调解无济于事，双方为钱的事早把连襟担挑亲戚关系抛到了九霄云外，矛盾升级，难以和解。

这天，小飞托人带来十几个穿黄军装但不戴领章帽徽的精壮男子，簇拥进了杂志社，把正在向华总编通报的刘坚堵在了总编室。小飞热血沸腾，满脸红光，叫嚣着要与刘坚决一雌雄，把总编室的玻璃门砸得砰砰响。躲在门里的刘坚也不示弱，彼此对骂，用老家的方言土语，把最能解馋最能解气的词汇掷向对方。旁人只能听得出把"你妈的逼"的逼字强调得很响，唾沫星可以砸出一个坑儿来。华总编的权威在此失灵，钱里有火，无论怎么劝说或呵斥，都扑不灭双方燃烧的怒火。小飞干脆从旁边厨房拿来一把菜刀，说非要宰杀刘坚这个夺人口中食的坏小子。刘坚仍不松口，但已经吓得满头大汗，索性将总编室沙发上的毛巾被蒙在头上作为盾牌。玻璃门还是被小飞撞开了，后面跟着虎视眈眈的几个大汉。慌了手脚的刘坚被逼在几平方的屋子里，想打开窗户跳楼，让华总编拦住了，你跳下去等于送死。

华总编被夹在双方之间，劝说小飞放下了手中的菜刀。在推搡中，小飞和几个大汉与刘坚扭打成一团，终将孤身一人的刘坚撂倒在地，一阵拳打脚踢，叫骂连天之后，在华总编要报警的呵斥下，双方休战。小飞退到室外，仍在对峙，刘坚则挣扎着爬起来，鼻子口里有血，一脸的委屈，打电话吆喝结交的一位从少林寺来的拳师，让带学徒们前来搭救。稍时工夫，拳师带一帮人闯入杂志社，拨开围拢的人群，大声吆喝道，谁吃了豹子胆，竟敢欺负我的兄弟？小飞占了便宜，知道和拳师交手不会占上风，哑然不语。主事的应该是华总编，与拳师也有交往，三言两语说清事情来由，劝双方和解为上。刘坚看到事情闹到如此地步，宁让钱吃亏，甭叫人吃亏，做出了让步。小飞也适可而止，答应了华总编从中讲和的广告报酬分配条件，二一添作五，利益共享。华总编看到事情圆满解决，说双方弟兄们也辛苦了半天，杂志社答谢各位，到隔壁六合饭店吃海鲜。酒席上，不打不成交，刘坚竟然和小姨子女婿小飞各自自责，抱头痛哭起来。双方兄弟只是作壁上观，该吃的吃，该喝的喝。

　　离别妻儿父母，远天远地，渡过琼州海峡，来到这孤悬海外的岛屿上淘金，钱没挣到，反而为蝇头小利丢了卿卿性命，就太惨了。市场竞争环境中的你死我活，弱肉强食的丛林法则，会使传统的道德观念甚至亲朋血缘关系分崩离析，才是最可怕的事情。

　　另一位从湖北来的大学生杜林，开始踏入杂志社时，华杰见他像个流浪汉，长毛，衣衫褴褛。从谈吐中，发现其人有学识，在用法制部门的招牌拉来几万元赞助后，同意他成立了一个项目部，自行招兵买马，提成增加到百分之四十。杜林当了小头目，签订了几个大单，西装革履地变了模样，招录了一个女模特同居，招摇过市，让其他记者们眼红。时隔不久，不见了杜林踪影，华杰打电话问，近期怎么不见有进账？杜林谎称最近运气不好，生了病，业务停滞，没脸见华总编。那你就安心养病，慢慢来。一位记者到一家公司联系赞助，这家公司的老板说才给杂志一笔钱，说是送发票，一直未见联系。华杰让于丽查了一下流水，没有这家公司的款项往来。于丽与杜林在电话上吵了起来，杜林百般抵赖，不承认事实。华杰让这家公司提供了转账账户，根本不是杂志社的账户，原来杜林违背合约，私自开设了项目部的账号，款项直接打到了私立的户头上。不仅如此，杜林还勾结个别本部记者，以高提成引诱，把几笔款项打到了他的私立账户上。

　　华杰当然不允许这样另立山头的恶劣行为，真是看不出，这个披着羊皮的狼如此胆大妄为。于丽是公安出身，说是立即报案，让警察抓了这个诈骗犯罪分子。华杰说，不忙，我先去打探一下，有话好说，让杜林退还了杂志社应得款项，就不再追究了。华杰悄悄找到了租房的项目部，杜林惊慌失措，接着便痛哭流涕，话说他的不容易。他与摩登小姐租住的屋子，还算整洁，另一间屋子住了五六个难民一样的老小，原来是奔他而来当民工的家人。西装革履手挽摩登小姐的大学生杜林，人前光鲜亮丽，人五人六，背后的真相却让人咋舌。他所侵占的不法收入，全部为家人的糊口花费光了。

动了恻隐之心的华杰，原谅了杜林的莽撞之举，杜林也答应偿还侵占的杂志社款项，从此不再犯错。就在这时，于丽打来电话，她已咨询公安上的青海老乡，很快立案了。华杰只好告知犯了案的杜林，马上动身去码头，乘船逃离海南岛。杜林感激涕零，丢下家人，只身逃走了。他的那个亲爱的摩登小姐呢，早就闻讯失踪了。华杰的貌似善良，少不了让于丽痛斥一顿，难道让办案民警到大陆去逮嫌犯不成？其实，如此的案件多多，不杀人放火，谁还顾及得了这等细碎之事呢！

20

这天，华杰准备到证券报方文那里喝茶聊天，路过新华路一个打印部，想到要制作名片，好像有个山东来的女子给编辑部投了几首诗稿，诗写得不错，寄稿地址在这里，出于好奇心，便信步走了进去。

一位身材高挑的女子客气地招呼华杰，很快在电脑上敲出华杰的名片文字，突然仰面望着这个中年男人，有点惊喜，你就是华总编？我还投了诗稿给你们呢？华杰说，好像，你是那个雪儿？诗写得不错，很快会刊登出来，你还能拿到五十元稿费呢！那太好了，感谢华总编提携！雪儿料想不到，她投的诗稿得到编辑的赏识，而且天上掉下个华总编，她一时喜出望外。华杰执意付了名片费用，说你是打工的，又不是这里的老板，别让你作难。雪儿说，我的诗是写给姥姥的，她老人家去世了，我在老家再也没有亲人了，只好投奔海南，找一条出路。父母在我小时候就离异了，重新组建了家庭，有了孩子，谁也不搭理我了。要不是姥姥，我长不了这么大。噢，原来是这样，华杰顿生怜悯之情，你叫雪儿，到了海南岛，你的雪儿就融化成水了，安慰她乐观生活，在海南会过得好的。

海岛上多雨，刚才还是蓝天白云，不一会儿，贴近楼顶飘过的一团湿湿的云便化作雨，倾盆而下。稍时工夫，炽烈的阳光穿过云层，雨并未停歇，这便是太阳雨了。华杰站在窗前，吸着烟，欣赏这美丽的情景。突然发现，一位被雨浇成落汤鸡的女子，尴尬地站在他面前。这不就是前几天遇到的雪儿吗？你怎么来了？我是来为你照相的，冒昧了。华杰客气地冲了一杯雀巢咖啡给她，雪儿呷了一口，真香！自己顺便摆了各种姿势，将华总编的形象摄入了自己的相机。你能写诗，也能拍照？我当过几天摄影记者，傻瓜机，是滥竽充数的。雪儿白皙的脸庞，一双聪慧的眼睛，略显丰腴的身段，走到哪里也是引人注目的。华杰说，欢迎你来杂志做记者，你愿意吗？雪儿有点惊喜，随之有点腼腆地说，合适吗？我再想想。

这时候，在门外已经静听了一会儿的于丽，轻轻敲敲门进来，平静地说，华总，我有事向你汇报一下。好啊，你说。于丽斜视了一眼雪儿，这是谁呀？打扰了，我们有事。雪儿觉察出眼前这个女人是什么敏感的身份，连忙说声对不起，起身告辞。刚刚想象的在此做个记者的一念，顿时烟消云散，自己可不想重蹈覆辙，鸠占鹊巢，那不是好玩的。走好，不送。华杰目送雪儿仓皇逃窜的背影，哑然失笑了。于丽顺势闭了门，脸色突然多云转阴天，毫不客气地说，华总啊，你看着那骚货丰满的屁股一扭一扭，眼睛都直了。你们男人啊，见有几分姿色的女人就魂不守舍，天性，不可悔改。怎么，她想来这当记者？骗子一个，我提醒你，别信她！华杰摇摇头，你们女人也是卖石灰的见不得卖面的，一个作者，因为是女的，还有点姿色，就让你吃醋了，你还是自信点好。华杰在一瞬间，很快抹去了让雪儿来做记者的想法。于丽收敛了愠色，好了好了，不说了，今天请我吃什么？鲍鱼羹？好。于丽上前挽了华杰的臂膀，一溜烟出门了。

雪儿的诗《澎湖湾》在杂志上刊出了，前来取样刊和稿费，没遇到华总，幸好也没撞见于丽那个吃醋的强势女人。雪儿约好交警队的潘队长，一个业余作家，给熟识的华杰打了电话，说晚上一起到海甸岛的毛家饭馆聚餐。也好，交警队有个形象宣传的稿子，华杰想趁机与潘队长通融一下，把版面费打到账上。下午还有时间，华杰按雪儿说的来到南航路口会合，雪儿住的出租屋就在路边，请华杰到她的寒舍坐坐，体察一下打工妹蜗居的处境好写文章。好吧，华杰随雪儿曲里拐弯地来到一处民房，爬上逼仄的楼道，进了一间三米见方的木板屋。小床很整洁，边上有一张小书桌，一盏台灯，几本三毛的书，有《哭泣的骆驼》。华杰随手翻开来，哟呵，哭泣的是谁呢？看来主人是有准备的，给客人备了一串香蕉，随手剥开，递到客人手中。华杰道声谢谢，一边吃一边翻起书来。雪儿说，华总你先歇歇，我去楼下冲个澡。

海岛湿热，动不动就是一身臭汗，人们习惯了一进门就冲澡，讲究的人一天得冲三次澡，尤其是爱美的女人。如果是有狐臭的男女，有自知之明，要走到人前头不被歧视，一定得让清凉的洗澡水清除污垢，甚至洒上香水。透风的出租房，此时很寂静，偶尔传来海边的汽笛声，像是低沉的大提琴的吟唱。间隙，华杰隐约听见楼下的水流声，是雪儿冲澡的响声。一个单身女子，把一个文绉绉的中年男人搁置在自己的闺房里，自己脱光了衣裙，让洁白润滑的胴体享受着温凉适度的水汁的抚摸，当是一种怎样的欲念？也许是华杰想多了，初识的女子本没有这个邪念。雪儿上楼来，已经衣冠楚楚，不停地用毛巾抖动湿漉漉的秀发，洗发水的缕缕香味弥漫了整个小屋。二人都似乎抑制着男女之间的某种情欲的冲动，一本正经地聊天。

雪儿这才敞开心扉，给华杰倒开了闷在心里好久的苦水。她从小父母离异，多年没有音讯，把她托付给沂蒙乡下的姥姥，一边割草放牛，一边读书。上了一所工科中专，被招工到油田上当工人，爱上了诗歌。油田上有位叫柔刀的青年诗人，长毛，牛仔行头，嗜酒如命，喜怒无常，在一次诗歌朗诵会的酒席上，柔刀强吻了雪儿，找来一束塑料花，跪下来向她示爱。她羡慕柔刀的鬼才，便鬼迷心窍，不加提防地让柔刀强暴了她。柔刀乃有妇之夫，狂热地爱上了雪儿，用刀逼着原配离了婚，又与雪儿闪婚，成了一对浪漫的诗人夫妻。谁知柔刀是一个情种，见一个爱一个，又喜欢上了一个无知清纯处女，很快如胶似漆，难舍难分。竟然不顾及雪儿的感受，光天化日在家里与新欢厮混。雪儿觉醒了，原来遇上了一个混世魔王，只好无奈地办理了离婚手续，把房子让给新欢，回到了风烛残年的姥姥身边。姥姥看到外孙女这般下场，一气之下病倒了，再也没有起来，很快上了西天。为姥姥送葬后，在一个寒冷的晚上离开油田，踏上了南下的流浪旅途。还好，柔刀还有柔软的一面，执意亲自把抛弃了的雪儿送到了雷州半岛边的海岸码头，还说了一句，当初苏东坡也许是在这里与兄弟告别的。

我怎么了，给你说这些干什么？雪儿一脸泪水，突然醒悟过来，怎么聊到了自己心底最不愿提及的秘密。没什么，说出来就畅快了，闷在心里是会得忧郁症的，华杰怜惜地宽慰道。我感觉你是个好人，把自己的遭遇讲给你听，你知道，在这个陌生而混乱的海岛上，我向谁诉说这些难以启齿的丑事呢？这并不说明我向你透露了自己的处境，想要向你索要什么，只要你能理解我，就阿弥陀佛了。假如华杰有什么想法，在这么一个黑发飘拂着香气的空间，听了一个女子的如泣如诉，还做出什么不那么正人君子的举止来，就无异于那个柔刀了。雪儿见华杰沉默不语，心情有点沉重，说声对不起，耽误了你这么长的宝贵时间。华杰看看手表，哟，快五点了，别误了和潘队长的聚会。二人便起身出门，来到街上，拦了一辆的士，直奔海甸岛的毛家饭馆。

除了海鲜，湖南菜算是上档次的，尤其少不了排在头牌的剁椒鱼头。陕西人爱吃油泼辣子，湖南人不怕辣，四川人辣不怕，海南人更是吃树上长的尖辣椒，一口下去会一时窒息了呼吸。剁椒是粗制的，黄亮亮地泼在鱼头上，为什么只吃鱼头，有种与鱼肉不同的特殊味道。听说富豪们只吃鱼须，也就是鱼的胡须，其他都扔掉了，那才叫作死，丧尽天良，殊不知天下有多少人喝不上鱼腥汤呢！华杰只是对这道菜可以下面条感兴趣，什么山珍海味也赶不上一碗面，土命，穷命。雪儿呢，吃什么都行，什么都好吃，没那么多讲究。听说交警队潘队长是雪儿的山东老乡，煎饼卷大葱是最爱，海鲜也喜欢。这个两男一女的聚餐，名义上是文友相会，其实各有小九九，猜不透各自的葫芦里究竟卖的是什么药。但也绝不是什么鸿门宴，没那么夸张。

潘队长个头不高，五短身材，敦敦实实地像一座黑铁塔，小眼睛透着友善而狡黠的光亮。华杰读过潘队长的文言文小品，写得有几分功底，二人在一些场合交集过，觉得是一个不同于一般打官腔的男人，委实可交。雪儿也是在一个老乡聚会上与潘队长结识，二人笔下的文字成为顺理成章的媒介，听雪儿说认识了华杰，彼此有缘，便有了这次美妙的聚餐。潘队长客套一番后，顺口道出一句古诗，人说是觥筹交错尽虚佞，推杯换盏无真衷，我们三人可是推心置腹的好朋友哕！几杯烧酒下肚，潘队长面红耳赤，从挂在椅背上的西服口袋里掏出一沓崭新的钞票来，摔在雪儿面前。这是做什么，华杰有点蒙。雪儿也吃了一惊，不好意思地说，赏我的？我可是无功不受禄啊！潘队长呷了一口酒，是这样，你们听我说，雪儿是个女诗人，写了不少诗，应该出一本诗集，我来赞助出版。噢，是这么回事，雪儿醒悟过来，连忙表示感谢，敬潘队长一杯，也少不了华杰助兴，自己也勉强一饮而尽。华杰本来想通融杂志版面费用的事，又觉得不好趁火打劫，把话和酒一起咽下肚子了，甚至感到不是醉意，而是有点醋意。

21

酒足饭饱，在离开毛家饭馆时，雪儿不好意思直接把那一沓钞票收入囊中，但拗不过潘队长拉拉扯扯，灵机一动说，那就让华总编先收着，帮我支出诗集的出版费用。潘队长面有难色，却也爽快地说，那好那好。出了饭馆门，海风习习，撩拨着入夜时分行人的心绪，今晚归宿何处？潘队长伸手拦挡了一辆红色的士，说是要把二位送到住处，华杰和雪儿也就道声谢谢潘队长，准备上车。潘队长拉开副驾驶座位的车门，恭请华总编，二人推让了一番，华杰说还是女士优先，把雪儿推上了车。潘队长说，还是华总编善解人意，我怎么就不懂这么讨好女孩子呢？

穿过灯红酒绿的街市，有流浪汉的号叫，有一对对勾肩搭背相拥而行的男女淫荡的身影，海面上不时传来低沉的汽笛声。雪儿心情很好，也很忧伤，随着出租车播放的歌声，轻声哼起了《橄榄树》，不要问我从哪里来？我的故乡在远方，流浪，流浪，流浪远方。华杰也受到感染，合着歌声，心事浩茫。唯有潘队长，用闷雷般的鼾声伴随着疾驰在夜景中的出租车，一阵比一阵响亮而悠长。到了雪儿出租屋的路口，车子急刹车停了下来，也把酣睡中的潘队长颠簸醒了，怎么，到哪儿了？雪儿开门下车，向潘队长和华杰道谢拜拜，并说声祝二位大哥今晚做个好梦！

潘队长刚才在鼾声的笼罩下就做了一个好梦，一个温柔而狂热的鸳鸯蝴蝶梦。不是与糟糠之妻黄脸婆，那是左手摸右手，已经退化了男女之间的缠绵悱恻，只是柴米油盐生活中的一个伴侣。人到中年，男人的性激素还是有增无减，自古英雄爱美人，爱的是年轻漂亮的女人，首先是年轻，其次才是漂亮。做爱，这词儿才矫情了。潘队长偶尔也受请于客户，换了装束在歌舞厅的包厢里厮混。喝不喝先倒上，跳不跳先抱上，搞不搞先套上，如此皮肉买卖的游戏见怪不怪。潘队长喜好读书，羡慕李渔诗意的艺术生活，带一群如花似玉的女子琴棋书画，少不了床榻云雨，多么逍遥自在。碰巧遇上了雪儿这么个纯情知性的良家妇女，不是包养，而是做神秘的情人，便是他方才鼾声中的美梦。梦醒时分，雪儿站在车窗外，摆一摆手，就拜拜了？多么可惜啊！潘队长推开车门，趔趄着下车，头撞在了车门顶上，只是摸了摸，就径直走到雪儿跟前，拉住了雪儿柔软湿热的手揉搓起来。雪儿慌忙从一双汗渍渍的厚而小的手中抽出手来，不知所措，恰好华杰连忙下车，怕醉酒的潘队长做出什么不雅动作，雪儿趁机躲在了华杰身后。

　　的士车司机急了，倒丁！走不走？潘队长在尴尬中转移了发泄的目标，你个倒丁，不认识老子是谁？把你执照拿出来！华杰对司机说，你小子这回遇上阎王爷了！司机以为遭遇打劫，连连求饶，华杰吓唬说，这大爷是马路警察，整个马路都是他家的，懂不？司机只好悄悄待着，不敢再催促乘客。潘队长口齿含混，对华杰说，你上车回家，爱上哪儿上哪儿，我要送雪儿到家。华杰说，你就别给人家女孩子添麻烦了，赶快上车回家找你老婆去。雪儿有点胆怯，在这人多广众的地方多丢人，撒腿就跑。潘队长给了华杰一拳头，你老弟坏了老兄的好事！华杰差点给打了个趔趄，把烂醉如泥的色狼硬塞进了车，松了一口气。

　　之后，换了一身装扮的雪儿约华杰在狮子楼吃饭，把一沓打印好的诗集稿子递给华杰。雪儿这才告诉说，诗集的署名雪儿不是自己的本名，上海岛后第二天，就让骑摩托车的飞贼给抢了包，身份证和仅有的几十块钱也丢了。她只好在一家打印部打工，在地板上睡了几晚上，到军区二所的人才交流市场求职，要用身份证登记，愁死她了。天无绝人之路，恰好打印部的大姐说，在飞贼常出没的路边捡了一个身份证，名字叫李雪。她看看和自己长相差不多，背叛了原名，就成了雪儿。她也不知道李雪是谁，自己是谁，从哪里来，到哪里去，自己的情侣又在哪里？就依照身份证上的信息，糊里糊涂地活在这个太阳炽烈又风雨飘摇的海岛上。一个人的名字重要吗？叫阿猫阿狗，叫大山海洋，又有什么关系呢？她现在名叫雪儿，以至忘记了自己原来叫什么。那个被父母遗弃靠姥姥养活大的可怜的女孩子，那个掉进情网被诗人柔刀差点剐了的女子，从此死了。她重生为一个叫雪儿的人，冒充雪儿的人，苟活在这个苍茫的世上。

　　这让华杰为之唏嘘不已，一个人怎么顶替着别人的名字生活着，需要多大的勇气和耐力，不由得钦佩起眼前这个不知名的女诗人来。问到潘队长的近况，雪儿低下了头，沉默不语。怎么了？断绝来往了？他就是那号男人，风流成性，却也是个好人，一个乐善好施的男人，一个在仕途中挣扎着寻找精神寄托的文化人，不坏。雪儿听华杰这么一说，才慢慢抬起头来，目光中不无感伤，说道，谢谢你能理解我。怎么，你莫非和潘队长好上了，做了他的女朋友？华杰没说出情人的字眼，内心掠过的是一丝愧疚还是醋意，连他自己也说不清楚。他这才发现，雪儿的装束打扮变得考究了，项链戒指一应俱全。还是他吗？雪儿点点头。一切便昭然若揭了，华杰还能说什么好呢？毕竟，一个饥肠辘辘的柔弱女子，在没有生活来源支撑的境况下，要么投奔奢靡惊艳的娱乐场所伴舞卖笑以至出台做皮肉买卖，要么吃定一个有钱有权的老男人藏身一寓。所谓的女强人毕竟寥寥无几，靠能力和苦力养活自己的女人，难得如同污泥中的荷花，自信地绽放着自己的青春生命。雪儿属于哪一种女人呢？曲线迂回，不计较手段了，英雄莫问出处，总有出头之日。

　　华杰趁回老城印制杂志的机会，把那一沓崭新的钞票交给了一位经营书刊的老同事，替他出版印刷雪儿的诗集。内地的公开书号成本高，老同事买到香港的一个貌似全球出版发行的书号，事情办成了。诗集封面是一个颀长身材的女子照片，薄薄的一个小册子，诗品算是上乘的，毫不亚于所谓诗坛上那些漂油花花的皇帝的新衣。一个曾经相依为命的外孙女，与姥姥血肉相连发自骨子里的亲情，读来让人动容。老同事打探着问华杰，这女子是你在海岛上的情人？华杰苦笑说，哪里？我是给他人做嫁衣裳，作者是我很好的文友。不会吧，哪里有这么卖力给毫不相干的女人做事的呢？华杰只好如实道来，才消除了老同事的狐疑。

　　诗集货运到海岛码头，华杰约雪儿一起取书。雪儿穿了一身警服，差点让华杰没认出来。华杰这才知道，雪儿好运，入职交警文化宣传机构，终于有了一个铁饭碗，金饭碗。雪儿为答谢华杰，与潘队长一同在环岛大酒店美餐了一顿。潘队长有点不自在，俨然以主人甚至老公的身份，一个劲地给华杰劝酒，说是多亏了当初的大媒相助，促成了一件美事。谁的美事？雪儿的心里很复杂，有点强作笑颜。

有一个文友的聚会，华杰遇到了好久不见的雪儿。那天下着大暴雨，道路成了河床，椰子树在狂风中拍打着海浪般的雨幕，天色也暗淡下来。聚会未完，雪儿便诚心约请华杰，去体育场打羽毛球。好吧，华杰顺口答应了。二人便打的前往，副驾驶位置空着，一起坐在后排座位上。不知怎么，二人之间保持着相应的距离，车子颠簸时彼此的身子被动地靠在了一起，又各自警觉地分开来。雪儿试探着问道，华总编，你的心中人还是那个很要强的女秘书吗？怎么，你还记得头一回到杂志社的情景？可不是，我一直记着那天，雨过天晴，海岛是那么美丽，生活多么美好，我给你照相，把你摄入了我的相机，我至今还保留着那几张照片。你真优雅，让我心仪。也就是那个突然推门而入的女秘书，咄咄逼人，好像我是个要抢她男人的妖精。之后，结交了姓潘的，我是把他当成兄长亲近的，他却不然，死缠烂打，我还是做了他的俘虏。华杰说，谢谢你对我的好感，我的女秘书还在位，她人不错，能干，就是时时防备着她的男人出轨。本来彼此就是出轨，谁出谁的轨，都不是正人君子。真正成就了婚姻，又看着别人的男人女人比自己的男人女人好，追腥的猫似的，不安分守己。人到了五六十岁，彼此也不说什么漂亮不漂亮潇洒不潇洒，过日子就行。到了七老八十，就是个伴儿，不卧床不起就行，或有口气儿就行，也就等死了。不过老潘人也不错，他是真心对你好，至于他其他方面的作为我不便妄加评说。再说，老潘也帮过我，那一笔版面费为杂志社解了燃眉之急。在暴风雨的陪伴下，华杰和雪儿滔滔不绝，说了许多话。

车过路边一处骑楼，雪儿让车子开慢了，指着旁边一处长着榕树根须的民国时代建筑说，我就住在那幢阁楼上，据说是当年下南洋的富豪修建的。雪儿说，要不要上去坐坐，完全不同于几年前你去过的出租屋了。华杰说，那当然，人往高处走嘛。下回吧，有机会去观赏你的别墅。雪儿不好意思，你在嘲讽我？没有，祝福你！到了体育场馆，二人吃了一个闭门羹。听见有一声老虎的呼啸，二人警觉起来，哪里来的老虎，海岛在数亿年前与大陆板块漂移开来，老虎就在海岛上灭绝了。原来是马戏团的铁笼子里的老虎，在孤独地哀鸣。二人分手之后不久，听说雪儿又转身成了潘的上司的人，之后雪儿北漂到了京城，再无任何音讯，据说混得不错。

22

华杰接到一个从深圳打来的电话，是老城的同事小兄弟何良向他求救。说是一个西北大学作家班的同学，约他到深圳给一企业家写报告文学，这个企业家突然外逃了，那个同学也卷了定金失踪了，他在深圳举目无亲，被困在了那个两眼一抹黑的地方，想到海南来闯荡。

何良是五大三粗的陕北汉子，父亲是屠宰场的，考大学时遇上无定河发洪水，误了考场，便当了武警战士。何良积极打报告参加枪决死刑犯的任务，完成任务的头一天晚上被噩梦惊醒，发现尿了床。复员时关系转到陕北老家，他压根想逃离那个又爱又恨的穷地方，凭借喜欢文学在省城找了一份差事，辗转到了华杰当主编的杂志社任助理编辑。一位女同事带了三岁大的小女孩到编辑部玩，老远看见何良的身影，便惊恐得号啕大哭，说是鬼来了！同事猜测，何良枪毙过犯人，身上附了死鬼的灵魂。一位练习西洋拳的大个子助理编辑，在何良面前比划，一阵翻滚腾挪之后，脑袋被死死摁在地上的西洋拳手大喊救命，把何良叫爷。何良持剑四顾，一片茫然，英雄无用武之地，当差的报酬稀薄，像一个流浪汉。好在恋了一个局级干部的女儿，同样爱好文学，因女方父母阻拦，二人偷偷结婚，没上过女方的家门。杂志社解散了，何良只好丢下心爱的妻子，到深圳卖文为生，却寸步难行。

华杰念及何良的老诚，愿意收留这个落难的小兄弟，何良便乘坐轮船从深圳来到海南。华杰租了隔壁旅社一晚上六十元的房间，把何良安顿下来，让他吃在杂志社灶上，不收一分钱。一天晚上，隔壁有个打扮入时的女子敲开了何良的门，说是寂寞得慌，找何良聊天。这也正中何良的下怀，那就海阔天空地聊了大半夜，何良说该休息了，那女子没有走的意思，说要借何良一百块钱，愿意陪睡一夜。真是阎王爷不嫌鬼瘦，何良囊中羞涩，再说何良觉得做这种事内心对不住远在老城的妻子。女子未达到目的，愠怒地说，那你支付给我五十元陪你聊天的费用，我这就走人，不然我就报警说你强奸我。何良发现上当了，中了桃花计，只好搜寻出五十元，打发走了不速之客。华杰发给何良一个记者证，每天外出采访拉赞助，何良莽撞的举止常常吓住了客户，一个月过去了，还是毫无斩获。何良惭愧地说，华兄，你每天晚上掏六十元让我白住，六十元在陕北老家要买多少食盐，背都背不动，实在可惜了。你看我这一身功夫，全废了，不如给你当个保镖，混口饭吃。华杰笑了，我书生一个，又不是腰缠万贯的大老板，没人杀我，雇用什么保镖？何良无奈，只好离开海岛返回老城。华杰爱莫能助，给了何良三千块钱，让他给妻子有个交代。二人在码头分手，依依惜别，轮渡的汽笛声有点像哀鸣。

何良回到老城，杂志社的新主人让他腾住房，面临无家可归的困境，何良只好耍赖皮。他对催促腾房的人说，不要赶尽杀绝，兔子急了也咬人，我可以搬走，但在搬走之前，请你撂下一条腿再说。来人撒腿就跑，何良站在房门口，发出阴险的笑声。之后，听说何良回到陕北，采写治沙的报告文学，当然是有偿的，不然他吃什么？一天，驾车出了车祸，何良当场毙命。此地离老家仅十几里地，老父亲将儿子接回家，按照当地风俗，买了一口棺材埋葬了。妻子赶去送葬，说何良生前就说过他害怕死后火葬，活着事事不遂愿，死了满足他土葬的终极愿望了。妻子哭着说，她与何良从恋爱到婚后，没花过何良一分钱，他也没有钱。二人留下一个像爸爸的黑黑肤色的女儿。

多年之后，华杰回到老城，打听何良妻子的近况，让他吃惊地是，她已经意外过世。此当后话。

老城的友人听说，华杰在海岛上混得风生水起，纷纷赶来加盟，让他应接不暇。一天，杂志社来了一个陌生男人，身后带了媳妇和女娃，拿出一封华杰旧友的推荐信。信上说，来人叫铁军，在陕南铁路小站工作，爱好文学，不满意山沟里枯燥的生活，投奔你在海岛上谋个差事。

铁军一脸疲惫，媳妇和女孩也憔悴不堪，一家人像是流浪者。铁军已上岛数日，本想自己谋职，但一直没有找到落脚，盘缠花光了，不得已来求助华杰。说他昨夜花了最后两块钱，是留宿在府城一家人的柴火棚子里的，三天没吃过一顿饱饭了。听说一个肾能卖五万元，他准备卖肾求生。华杰说，你也说得太吓人了，不至于吧？铁军的眼睛睁得铜铃大，差点儿掉下眼泪来，辞职背水一战，没有回头路走了。华杰带他父女三人下了楼，在隔壁餐馆要了一盘红烧肉，点了几个菜，饥肠辘辘，一扫而光。下来怎么办？吃了上顿没下顿啊，夜里投宿何处？华杰感叹铁军胆大，八字没见一撇，竟然拖家带口来闯荡，把自己当成阔佬级的游客了。铁军接过华杰递给的一百元钱，答应找一家旅馆住下，连夜赶写一篇文章，就写上岛后的所见所闻和遭遇，明天拿到编辑部来，如果达到发表水平，当即付给稿费。

铁军一夜没睡，胸中块垒，笔下生花，洋洋洒洒地写了上万字，卷面像是心电图一样的字迹，是蘸着泪水写成的。太阳从海面升起的时候，铁军带着手稿，在晨光的沐浴下，满怀希望地来到编辑部。华杰接过手稿，说了声"快手"，看了一页，又草草翻到最后一页，抬头说，不错！在一旁等待审判的铁军，不由得松了一口气，疲惫的脸上绽出僵硬的笑意。华杰说，把这一段写卖淫嫖娼的文字删去，什么"清晨的海风中飘荡着臭鱼烂虾的腥味，混合着一股男欢女爱发泄的精液的臊气"，固然辞藻逗人，但也不能太不顾及大特区的形象。你是吃不到葡萄说葡萄酸，其实自己心里也五花六花，只不过没有那个经济实力罢了。铁军脸红了，我穷困潦倒，连犁自己的二分地都没气力了，哪还能够操心人家的美穴地？华杰唤来于丽，说是这期杂志先发这篇特稿，给作者预支一千元稿费。于丽接过稿子，斜视了铁军一眼，不悦地说，华总，没见到样刊就支付稿费，还没有先例吧？铁军猜出于丽的身份，这女人不好惹，眼看到口的肉吃不到了。华杰说，这是救人呢？快去办！于丽悄声嘟囔着，回头把一沓钱甩在华总办公桌上，气冲冲地拧着腰肢离开了。铁军谢过华杰，匆匆告辞，不知怎么出了一身的汗。

第二天上班，华杰又接到一个自称来自老城的陌生电话。对方说，我是一个著名作家，中国作协会员，在北京大刊物上发表过小说，你们刊物是否愿意接纳？谁呀？老城的全国作协会员百十位，华杰了如指掌，是谁呢？他突然从乡音中辨出了对方的西府口音，把著名念成智名。有一个段子，北京官方有事打电话到西府找县长，办事员说县长出去了，对方听成吃起咧。接二连三打了几次电话，都说县长吃起咧，这县长怎么整天吃起咧，就把情况反映给省上，建议罢免成天吃吃喝喝的县长。省上一了解，县长经常下乡做调查，很少坐办公室，是个好干部，差点因"吃起咧"丢了乌纱帽。华杰辨出了铁军的口音，又气又笑，大声呵斥道，你个狗日的铁军！对方听到电话里骂他，幡然醒悟，噢，是华总编呀，我昏了头了，抄了几个报刊社的招聘电话，怎么打到你那里了？铁军连忙挂断电话，羞愧不已。

放下电话，看见肖阳来到编辑部，华杰给讲了刚刚发生的事，肖阳也被逗笑了，骂得美，真是个狗日的，到处胡吹冒撂，怪不得不受待见，就你华杰宽宏大量，还招呼这号货。肖阳说，咱得去一趟海豹影业，为他们写的《闯海》电影不见动静，得先把稿费要到手。这个剧本，是应约写的，说是立项后支付一万元前期稿费，却一直不见立项。剧本是华杰和肖阳还有一个从四川回到原籍海南的女作家合作，写的是一对恋人在海岛上的爱情纠葛。肖阳本来想叫那位女作家一同去海豹影业交涉，女作家说她退出此事了，她通过在经济合作厅当处长的老公，前些日子贷款注册了一家身家上亿的房地产公司，购置了豪车，正在忙于圈地，顾及不了写剧本的事。贷款利息见个天就是几十万，不想法赚钱，还不上本息是要坐牢的。想发财，就得担风险，反而不如当作家逍遥斯文了。等挣了大钱，再合伙开影业公司，拍几部好电影，实现艺术理想。华杰说，那是猴年马月的事，不去想它。

　　肖阳和华杰拦了的士，前往海边一幢别墅里的海豹影业。下了车，太阳火辣辣地烤人，二人走到路边的小卖部前，想买矿泉水解渴。这里的凉棚下支着蓝色台球案子，见有客人，一个浑身文着龙凤图案的长毛走过来，吆喝道，老板，想消费吗？消费？华杰上岛这么久，似乎头一回听到有人把消费二字用在销售口头语上。嗯，有文化！垃圾文化！二人摇摇头，赶快离开。来到海豹影业，见到温文尔雅的海总，肖阳开口就说，别客套，我们是来取稿费的。站在一旁的海总夫人一听，脸色板了起来。海总是无人不晓的明星，被一家金融公司聘请为下属的影业公司总经理，购置了房产和设施，指望拍摄电影赚钱。海总是个好演员，性格好，但不谙经营，全听妻管严夫人的，什么事也做不成。海总夫人花言巧语，对肖阳讨要稿费的态度不悦，两人的语调也亢奋起来。华杰唱的是白脸，从中调和，不至于把关系弄僵了。海总听出肖阳略带威胁的口吻，也怕惹事，便央求夫人妥协。肖阳接过一沓钞票，拉着华杰离开了海豹影业，来到海边一片草地上，才放声狂笑。肖阳对华杰说，在这海岛上，软的怕硬的，硬的怕不要命的，生存竞争的丛林法则没有变。你看看，大鱼吃小鱼，小鱼吃虾米，虾米吃泥巴，世事永远如此。

23

　　没过几天，华杰在海口宾馆门口碰见海总，对稿费的事表示道歉，海总是个老好人，却反过来向华杰赔不是。海总走到轿车边，说有一盘胶带送给华杰，是给一家金融公司拍摄的宣传片，在解说文字上让华杰给润色一下。打开车门，海总去拿放在挡风玻璃下的胶带，却让炽烈的太阳烤得变了形，死死地粘住了，终于罢手，抱歉地说回头再联系。海岛的太阳，把柏油马路烤成了软的，似乎也能把人融化了，只有椰树下一点阴凉，或者是偶尔从海面上吹来的一丝咸风，能让行人的呼吸有所顺畅。海总让华杰给推荐一个影视编辑，华杰想到了还在饥饿线上挣扎的铁军，海总答应有空见见。

华杰再见到亲切地笑骂狗日的铁军时，铁军已经是海豹影业的大编剧了。上次分别后，铁军托人把女孩送回了老家，和媳妇一起住进了别墅，有吃有住有三千元月薪，剧本另外支付稿酬。铁军来了精神，像打了鸡血，每天手写上万字，密密麻麻如同心电图的卷面，由媳妇打成电子版。写字糊口不成问题了，得尽快发财，便把一部长篇小说署名权也卖给一个附庸风雅的老板，得了几万元转让费。铁军苦笑着对华杰说，我也沦落成一个卖文的妓女了。

手头有几个钱了，铁军有点得意，为报答知遇之恩，请华杰到他租住的单元房吃饭。媳妇专门蒸了凉皮子，西府的岐山臊子面做得地道，加上西凤酒，好像回到了故地，吃到了家乡的味道。华杰是带了于丽一起去的，酒足饭饱，摆开了麻将桌，好不容易轻松一下。谁料到，华杰连连抠了几个自摸炸弹，赢了几百块钱，铁军头上冒汗了，媳妇更是不乐意，说华杰与于丽打通牌。是的，华杰是麻场老手，用几个指头摸鼻子或下巴或耳朵，停的和的什么牌，坐对面的于丽便心知肚明。铁军和媳妇是生手，不是给下家喂牌就是放和，二人相互埋怨，说着说着就说躁了，甚至对骂起来。麻将是打不成了，华杰和于丽走也不是，不走也不是，就有一句没一句地劝架。有的夫妻可共患难，不可共享乐，吃饱了撑的，就开始寻事，日子过得不安宁了。

铁军拉住华杰，媳妇扯住于丽，各说各的委屈和冤枉。华杰猜想，铁军在文章中乐于意淫，也把别人卖淫嫖娼的段子挂在嘴上，说自己没有本事犁自己的二分地了，也许夫妻性生活不正常，惹得媳妇恼怒。人说三十如狼，四十如虎，五十如豹子，这般年纪的男女，除了吃喝，人的繁殖欲望是天性使然，得不到满足时会焦虑不安，甚至情绪失控。过早到来的更年期，从生理涉及到心理情感，双方便发生摩擦，以至不可调和，各自分床了事。铁军甚至揭了老底，说与媳妇未婚先孕，上门时让老丈人连抽了几个耳光，自己连躲也没躲。媳妇姊妹几个骗老娘，占用老娘的积蓄，老娘发现后躺倒在地上哭闹不起来，等到把占用的钱塞到老娘手里才罢休。媳妇数落铁军是大骗子，原先在乡下有一个丑媳妇，还有一个娃，欺瞒她纯真少女，嫁给了一个自称作家的穷光蛋，穷得要死，来海南差点卖肾，或者跳海自杀。

铁军听媳妇这么一说，实在忍无可忍，径直走到窗户下，拉开窗帘子，推开纱窗，侧身对媳妇说，你再说，我立马就跳下去！媳妇对铁军的游戏司空见惯，苦笑着说，你跳，当着朋友的面跳，别说是我推你下去的，你不跳就不是你爸的牛牛娃！华杰和于丽倒是吓坏了，出了人命怎么是好？铁军一条腿已经跨上了窗台，被华杰抱住拉了下来。媳妇嘴不饶人，你让他跳，世上好男人多的是。铁军哭笑不得，你这么说，老子还不跳了，你想得美！真跟演戏似的，都闹腾累了，云消雾散，平静地坐下来喝茶。铁军恢复了正常情绪，说我媳妇是个刀子嘴豆腐心，让你二位失笑了。媳妇也瞌睡趁枕头，在一旁不言语了。华杰说，打的亲骂的爱，不打不骂是见外。床头打闹床尾合，云雨一番就没事了。

于丽挽着华杰，向铁军和媳妇告辞，踏入了暴风雨来临之前静谧的街市。华杰说，这两个货，也真能闹腾。于丽却说，别笑话人家了，人家两口子再怎么闹也是夫妻，你我算什么？人家背后又会用怎样难听的话来说？情人，二奶，还是姘头？二人离开家室，天高皇帝远，鞭长莫及，孤男寡女地一层人，还不是这么胡混，得过且过罢了。适当的时候，孩子长大了，能够承受父母离异的残酷事实，双方各自办了离婚手续，二人结为连理，似乎是再幸福不过的事了。问题在于，各自的对方愿意不愿意离婚，让你们如愿以偿，便宜了你们一对狗男女不成？华杰与于丽不知探讨过多少遍，慢慢地谁也不轻易触及这个敏感的字眼了，以免伤害到对方最柔软最脆弱的那根神经。

这天，铁军急匆匆来找华杰，说媳妇刚才让公安局抓走了！啊！华杰也吓了一跳，怎么会呢？媳妇在一家海南本地老板的房地产公司当出纳员，刚去没几个月，业务刚上道，拿回来一笔几万元的奖金，没高兴几天，怎么就被当成诈骗嫌犯抓走了。铁军央求华杰，得找人把媳妇从看守所捞出来，再说媳妇掌握家里钱财大权，他身上一分钱也没有了，怎么生活？华杰二话不说，几经打听，带铁军找到了马大律师，与当地看守所的熟人接头，见到了穿着囚犯衣服的媳妇。原来是媳妇所供职的房地产公司，通过亲戚关系，虚假注册的皮包公司，空手套白狼，诈骗了韩国一家投资公司上千万。在圈地买卖的环节中出了漏洞，上家下家都是做地皮转手生意的，韩国商人发现其中有诈，定金已经打出来了，对方却玩失踪，没有了音讯。韩国商人是大老板，在中国有多家旗下的公司，便通过商务和外交机构解决此案。铁军媳妇的老板早就卷了巨款带着一个漂亮的川妹子跑了，躲进了荒无人烟的五指山原始森林，过起了世外桃源的快活日子。这么，铁军媳妇便成了替罪羊，锒铛入狱。看在熟人关系的面子上，要违规捞人出来，也得交一笔五千元的保释金，不算请托的感谢费。铁军傻眼了，两手空空，连吃饭都成了难题，哪里交得出保释金？

华杰做好人就做到底，面对铁军的窘境，总不能让乡党跳海自杀，好了，我去取钱，先交上保释金，把人捞出来再说。华杰怕铁军媳妇在号子里被人欺负，杀人的贩毒的组织卖淫的赌博的啥人都有，群殴新入号子的嫌犯是常有的事。铁军媳妇是诈骗嫌犯，处于人渣中的劣势，是占不到便宜。好在媳妇经多见广，曾经说过，万一啥时候进了号子，就说自己是杀人的，是不好惹的，吃不了亏。华杰把一沓子钱塞到铁军手里，铁军感激涕零，说要不是华杰搭救，他说不定已经跳海喂鱼了。铁军急忙摸自己口袋，说是找笔和纸片，给华杰打一个借条。华杰朝铁军肩头砸了一拳，你个狗日的，打啥借条，有了还，没有了全当送给你的，还有必要履行这个手续？赶快走，捞人要紧。铁军揉了一下眼睛，鼻子吸溜了几下。

在号子的玻璃窗前，铁军媳妇见到丈夫和华杰来探视，有点惊喜，掉了几滴眼泪，看神情多少已经从惊恐中慢慢平静下来。媳妇道出了原委，怪不得老板挺大方地给她发了几万元奖金，原来这钱也是诈骗来的，还没有捂热，就藏不住了。她已经招供了，自己只是一个出纳员，按老板的旨意办事，谁能知道这是赃款？老板带着小秘逃了，让她来抵罪，这是哪里的王法？媳妇说她冤枉，是逮错人了，得让公安向她赔罪道歉，还要赔上她的劳务和精神费。铁军说，已经借钱交了保释费，你先出来，等待办案人员处理。媳妇越说越来劲了，没那么便宜，公安不赔偿道歉，就不出这号子，把牢底坐穿！铁军气得结结巴巴说，你就是个倔屎日下的，以为看守所是你家开的？华杰说，你先出来恢复自由身，咱再找律师帮忙把案子了结了，你把赔款上交了，也就没事了。这阵子你得服软，婊逞强。媳妇还在嘴硬，说这牢算是白坐了？好不容易，才说服铁军媳妇同意离开看守所。华杰摇摇头，咋遇上这号不知天高地厚掂着碌碡打月亮的货！

那个卷款逃窜的诈骗犯老板，之后被另一杀人案搜山的公安逮住了，案件经过法院审理，判处了十年徒刑。铁军媳妇在法庭上招供作证，算是诈骗团伙成员，不予追究刑事责任，当庭释放，没敢再提出索赔的要求。走出法庭，媳妇还说其实老板是个好人，只是运气不好翻了船，满世界的骗子还在骗，不骗人怎么发财？铁军没好气，行了行了，躲过一劫，有惊无险，别把运气当本事。夫妇二人吵了一路，难分胜负。第二天，媳妇取了存款，还了华杰的钱，一起吃了一顿狗肉火锅，结束了一桩故事。铁军说，坑蒙拐骗的事咱做不了，让媳妇去当伴舞女郎也老皮了，咱去绑个富婆当个鸭子什么的也没本钱了，看来还是得靠咱这写字的手艺吃饭混日子。之后铁军被聘用到一家民营报社当编辑，在海岛上终于站住了脚，继续写他的小说，等待时来运转的一天。

24

来海岛之前，华杰曾将自己的一篇小说改编成电视剧，虽然历经三起三落，更换了三个导演和演员班子，终是在央视播出，获得了不少荣誉。功是功过是过，主编的杂志因故被停刊，荣辱算是抵消了。曾在剧组担任过负责演员的副导演，名叫星子，本是老城当地人，从小爱好拳脚，进了体工队练武术，又转行上了京城的舞蹈学院。临近毕业，碰巧遇到电视剧招人，进了剧组。星子个头不高，精瘦，个人功夫好，在舞剧中当不了主角，却有绝活作为噱头，每每赢得观众喝彩。在剧组与导演不和，临离开时揪住导演领口，霎时纽扣飞溅，将导演摁在了墙角。要不是华杰上前拉架，星子在解气之余恐怕得惹出麻烦来。星子回京城后，入职一家歌舞剧院，交结了一位川妹子，想与老城的妻子分手。赶到京城的妻子不是软柿子随便捏，任你拳打脚踢，死活不愿离婚，睡觉时枕头下放一把菜刀，再说离婚的话就要杀人或者自杀。星子心软，却又不甘心，实在没法便借口有演出任务，把妻子托付给友人照管，仓皇逃离京城，带上心爱的姑娘南下海岛了。妻子怕丢了工作，索性返回老城了。星子一踏上海岛，举目无亲，要找的第一个朋友自然是在剧组结识的华杰。

华杰一看见星子的模样装扮，长发披肩，不男不女，衣衫上印的是一个骷髅，大裆条子裤，手挽一个妖艳的女子，不像流氓阿飞，也像黑社会，不是好人。华杰笑了，你这个京城艺术家呀，这个洋派头，在海岛上驰不开，人家以为你是坏人。星子说，那你的意思是得改行头，不改不成？华杰说，是！年轻人有叛逆意识，往往与众不同，拿长毛当崇尚原始自然，所谓潇洒倜傥，不顾及时代演进的头饰标志，男人像女人。用骷髅的死亡吓唬正常人，还标榜什么生命意识，在活人的世界里就像魔鬼，谁喜欢和你打交道？再说，从实用角度说，你遇到海南的烂仔抢劫时，会一把揪住你的长毛，死揪住不放，你就死定了。在海岛上，挣钱不挣钱，先得把碎命保住，生命安全第一，发财和情欲其次，老哥我忠告你的是实话。川妹在一旁瞪大眼听着，拉住星子的手说，华大哥说得对。星子也点点头，有所动心。华杰说，要随大流，要从众，把自己的形象和做派淹没在普通平民的汪洋大海之中，别当出头鸟，低调从事，寻找适合自己的位置，才能在这风来雨去喧哗纷扰的海岛上站得住脚。

那就按老哥说的办！星子跟着华杰，来到三角池公园一角的椰子树下，找到了仅花两元钱就可以搞定的理发摊，解决长毛的问题。

星子有点舍不得，拉过心爱的川妹无奈地说，让老哥给咱留一张影，以后就是拾破烂的普通贱民了。华杰端起他的理光牌傻瓜相机，从镜头中看见一对潇洒诗意的男女情侣相偎依，头顶是高高的类似长发飘飘女子的椰子树，白云在移动，远处是碧蓝的海面，让这一切定格在瞬间，留作日后的回忆。星子坐在理发摊的凳子上，让手持剪刀的屠夫模样的师傅动手，三下五除二，一顶乌金的王冠霎时飘落在地。华杰在一旁叫好，川妹更是乐得合不上嘴。轮到星子失魂落魄了，用手轻轻摸了一把光秃秃的脑瓜子，低头看见曾经飘拂在艺术家脑袋上的黑发，已经被屠夫师傅踩在了脚下。星子突然仰天大笑，笑得喘不上气来，我的天哪！一个伟大的艺术家何时沦落成了个秃和尚了？太悲哀了！华杰说，你要是懊悔，头发还是能长得长的，就像割韭菜会一茬一茬往上长的。你看那些大腹便便丰肚肥臀的阔佬，大多是落不住苍蝇的肉头脑袋，光滑闪亮，也是一种美。什么叫聪明透顶，密如森林的头发就是智商不高的标志。星子反回来说，那你老哥怎么满头黑发那么有智商情商，怎么不剃个光头？华杰说，我的黑发疏密有度，是基因遗传，不留长毛也不剃成光秃子，不走极端，信奉中庸之道，我行我素。

到了晚上，方文电话说股票又赚了一把，让华杰带着于丽请京城的艺术家到狮子楼吃海鲜。宴席间，方文说海南的证券市场兼并到深圳后，他的证券报效益不好，恰好省上换了领导，曾经结识的一位上司当了副省长，请他去当了秘书。好啊，这是天大的好事！朝里有人好坐官，有权便有钱，这下子哥们儿有靠山了，不亦乐乎。

饭后，大厅里的舞池放起了迪斯科音乐，先是年轻牛仔男女炫耀舞姿，红的黄的绿的白的长毛各显神通，大腹便便的中年老板挽着穿短裙的妖冶女子上场，挺胸撅臀，手舞足蹈，竞相吸引围观者艳羡的目光。坐在一旁的京城舞蹈家星子，用鄙夷的神色说，什么乱七八糟的玩意儿，真是亵渎舞蹈艺术。华杰指着一对摇摆着屁股的男女问道，舞蹈家，这是什么舞？星子嘿嘿一笑，伸出中指，摘！叉叉舞！于丽也被迪斯科的音乐旋律所感染，脱下外套，赤膊上阵的架势，脚尖一踮一踮地加入了群魔乱舞的队伍。一个秃头老闷骚热情地来牵于丽的手，去你的！被于丽一把甩开，转身邀华杰上场。华杰摆摆手说，我跳不好，还是请方文陪你跳。方文被扯进了舞池，倒也能扭两下子。该京城的舞蹈家给咱显身手了，在于丽华杰的激励下，星子说，我从来不在这种场合跳舞。川妹推推星子的胳膊，你已经沦为拾破烂的秃头小子了，哪顾及艺术家的面子，就应了大伙的诚邀，上场亮一回相。华杰说，得是丢掉了飘飘长发就跳不出舞蹈家的水平了？星子摸摸脑袋，那疯狂的长发早已在椰子树下被屠夫剃掉踩在脚下了，真有点略有所失，懊悔也来不及了。星子还是被同伙推进了舞池，他推托不过，那就献丑了。只见星子伸开双臂，几个旋转，把周围的舞者扫到了一边，摇摇摆摆的西藏舞，脖颈颤抖的新疆舞，腾挪翻飞的蒙古舞，最后来了几个侧翻，一个凌空展翅的大飞，离开了舞池。此番展示，让所有在场的观者目瞪口呆，掌声雷动，啧啧不已。同伙的脸上也有了光，纷纷给星子伸出了大拇指，这才叫舞蹈艺术！川妹连忙用纸巾给星子擦汗，可把大舞蹈家累坏了。星子说，这是重体力活儿，牛马一样劳动，高雅的娱乐就应该是艺术性的，有审美品位的，不是扭扭屁股的事。于丽说，你跳的舞是艺术，也得允许宽容普通人摆动肢体，自娱自乐也好。星子说，那也是，谁都成了艺术家，谁来种庄稼打粮食，吃什么喝什么，谁来盖大楼扫马路？说得也是。

这么说，咱不光有高雅的，也有通俗版的，我给大伙来一个，怎么样？华杰怎么来了兴头，主动要求来一个节目。大伙说，那就来一个！众人不肯散去，这几个不速之客还有什么绝活儿，等着瞧。华杰上前拿过麦克风，清了清嗓子，众人以为他要唱歌，是不是又出来一个大歌星？华杰说，我的歌唱得不好，来说一个段子如何？好啊！大伙鼓掌欢呼。华杰转了话语频道，用家乡话说，从前，一个小孩去村口问他爸，爸，我妈说今儿给老师管饭，问吃什么？老师说米汤馍而已。我妈问，而已是啥？他爸正在下棋下输了，顺口骂了一句，你妈的屁！小孩如实回复他妈。饭做好了，有米汤馍，还有一碗汤。老师诧异，有米汤就行，怎么还另外有汤？他妈抱歉地说，老师，而已不好做，只能做个而已汤。老师大感不解，而已汤？什么山珍海味？听他妈讲清缘由，老师喷饭而别，笑得差点断了气。迂腐啊！华杰放下麦克风，落荒而逃。众人大多没听懂说的是什么，面面相觑，只有家乡人听出了其中的喻义，零星响起几处掌声，看来把手也拍疼了。在华杰的恶作剧后，一行人作鸟兽散，已经是夜半时分，只能听到波涛的拍岸声，大海在轻轻的喘息中陪伴孤岛入眠。

第二天，狮子楼的老板找到了星子，请他去歌舞厅当主演，开价月薪一万元。机会是人创造的，机会在等人，有了机会你准备好了吗？你有那个本事吗？老板要的是人气，是爆棚，用色情来招揽娱乐生意。从内地蜂拥而至的成千上万的男男女女，怀揣改变命运和生存处境的梦想，争先恐后地踏上了海岛。有的带了资金来寻找投资机遇，有的利用特区试行政策的缝隙，打红灯区的擦边球，冲破固有的传统道德底线，向资本主义生活方式靠拢，以为钱就是一切，弱肉强食，把人与人的贫富差别推向人与狗的差别。有钱就是爷，没钱就是孙子。那些通过不法手段赚得盆满钵满的大大小小的奸商，鱿鱼海参山珍海味甚至鳄鱼火烈鸟吃腻了的家伙，也说什么食色，性也的雅词，由食欲转身性欲，妻妾成群，过上了南霸天的奢靡生活。上海岛后找不到职业的纯真善良的女子，便成为这些既得利益者的猎物，一夜之间华丽转身，沦为性工具，继而阔太太一样花枝招展，挽着戴墨镜的脑满肠肥趾高气扬的男人，在娱乐场所招摇过市。钱多，人傻，速来！一些行囊羞涩的美丽少女，遇到生存困境也不甘走回头路，只好去当伴舞女郎。她们搽脂抹粉，描眉画眼，袒露着雪白的乳沟，薄衫短裙，一双延伸到大腿根部的黑袜子，弯曲着膝盖支撑着超高跟鞋带来的身体失衡，在舞厅内外伫立两行，饥不择食地向每一位光临舞厅的客人行注目礼。客人们在美女如云的笼罩下，失去挑选的能力，有的干脆视而不见，不屑一顾。总有幸运儿被客人看中，带入舞厅包厢或卡座，任其摆布玩弄。以至于被醉酒之徒搂搂抱抱摸摸揣揣猥亵下流甚或鱼水之欢，也是两厢情愿的事。舞厅的灯黑时分，可以为所欲为，毕竟那些男女之事的动作是见不得光亮的。坐台小姐，所谓卖艺不卖身，坐高台者或出台者或过夜者，也皆是以价钱的多少为等级的，各有行情。

星子也不是太空人，或从世外桃源来的，对娱乐场所的规矩有所知情，但当他涉足深水区，才深知其中的内幕，可谓五花八门，光怪陆离，无奇不有。星子主演的纯艺术的各路舞蹈，也只是插曲，更多的是只保留了三点装扮的钢管舞，最受看客的青睐。有的地痞流氓，会上前公开调戏表演者，甚至惹怒了女舞星，将招惹者的脑袋塞在自己的裤裆下蹂躏，使其挣扎开来，落荒而逃。星子鄙视如此下作的表演，自己怎么沦落到与这些污泥浊水的下里巴人厮混在一起，玷污了京城艺术家的阳春白雪。但你两手空空，在这物欲横流的海岛上，你还是一个讨吃的流浪者，难道只能让艺术心灵举手投降为金钱甚至堕落到下跪不成？

25

遇到金钱与艺术的十字路口，星子面临艰难的抉择。而对于方文来说，则是金钱与仕途的媾和与悖论，在左右着他的定力。还是那位老城的房地产乡党，曾经给华杰杂志社出钱租用办公场所的刘老板，为了修建大厦拆迁原住民的难题，在补偿款的额度上急需城建局长从中协调，就托副省长秘书方文帮忙。刘老板经常设饭局，请先后从老城过来的郑厅长等人喝酒，方文也在其中，一来二去便熟悉了。方文当了副省长秘书，位置显赫，老虎不吃人威名在外，急功近利的刘老板便黏上了方文秘书，请吃请喝，进歌舞厅快活。吃人的嘴软，拿人的理短，方文架不住刘老板的糖衣炮弹，答应当一次托，以副省长秘书的身份请城建局长吃饭，当然是刘老板买单。酒足饭饱，哥们长哥们短地客套一番，趁着醉意，方文将刘老板递给的一个大红包硬塞到了城建局长的怀里。收了礼便好办，刘老板再去找城建局长时，得了五十万好处费的城建局长像变了一个人，再没有那种盛气凌人的官气，亲切得像老朋友，事情也就顺利地办妥了。刘老板感谢方文秘书从中援手，城建局长巴上了副省长秘书的关系，仕途上有了人脉，也乐滋滋的。对于方文来说，只是举手之劳，成人好事，多一个朋友多一条路。

不料，城建局长出事了。谁给钱给谁办事，周瑜打黄盖，一个愿打一个愿挨，收人钱财替人消灾，似乎顺理成章，心安理得。城建局长也不是包打天下，有收了钱财办不成的事，也有不送钱还要办事的硬人，人家便举报他贪赃枉法。有的官员与商人勾肩搭背，说是保驾护航，为投资商服务，讲台上说得天花乱坠，口号震天响，背后却干着见不得人的丑恶勾当。遇到风头上，举报城建局长的材料成了炮弹，心怀鬼胎的个别纪检人员，所谓的内鬼，偷偷将举报材料私下里递给被举报人，索取巨额贿赂。如愿之后，纪检内鬼便当着城建局长的面烧了举报材料，销毁了罪证，所谓的黑吃黑。顽强的举报人，多次多部门揭发城建局长的贪腐罪行，总有维护法治的正义之士，拒腐蚀永不沾，一查到底，城建局长被送进了监狱。为了量刑从宽处理，城建局长坦白交代，全部供出了受贿所得。方文在被咬出的若干行贿者之列，在一天下班的路上，突然被纪检人员带走。

方文如实交代，是替人办事当了一回托，那好，就依法定性为介绍贿赂罪。副省长的秘书犯了事，伤了面子，并未从中干预案件，另物色一个秘书便罢。作为朋友，华杰对方文的遭际深表同情，为了乡党办事从中当托，没有保护好自己，也对刘老板和城建局长深恶痛绝，都是些什么玩意儿！华杰拉着刘老板一起，找到了郑厅长，看能否从中说话，把方文从号子里捞出来。郑厅长先是骂刘老板和方文不争气，做事不谨慎，也坏了要好的乡党声誉，虽然面有难色，还是答应方便时过问一下，有没有合乎情理的办法搭救方文。华杰找到负责号子的乡党，见到了方文，一个风度翩翩的白面书生，突然变成了一个被霜打了的蔫茄子，灰头土脸，扶着墙走过来。方文哭丧着脸说，这儿真不是人待的地方，咋想是替人受过，狗日的刘老板咋不来？没脸！进来没几天，胸闷得慌，睡下起不来。掌管号子的乡党让狱医看了一下，估计患了胸膜炎。华杰汇报了郑厅长方文的病情，郑厅长拿起电话给相关部门，考虑是否可以保外就医。

方文出了号子，住进了农垦医院，病情很快得到控制，恢复了健康。然而，当初是依法逮捕的，公职随即解除了，尽管最后的结论仍旧是介绍贿赂罪，但免予起诉，获得了自由。受此劫难，方文觉得是在灿烂的阳光下突然遭遇了一场暴风雨，说是如同从人突然变成了鬼，在地狱里走了一趟。生活还在继续，总要活下去，财富的追求已经不那么重要，人身安全第一，与人打交道一定不再情感用事，不再做莽撞愚蠢的事。公职丢了，不是钱的事，名声一落千丈，走不到人前了，这最是他痛心疾首的。事后还是经过郑厅长和副省长从中说话，费了九牛二虎之力，终于恢复了公职。但原来的位置不在了，回到证券报，新官是曾经的部下，反而歧视业已过气的开创者，让方文不忍其辱，愤然离去。他在证券领域的第一桶金还在，老子彻底下海了，离开海岛上了北岸，来到了热潮汹涌的广西北海，注册了一家房地产公司。从此，方文闯荡于房地产江湖，企望有一席之地。前景未卜，什么时候台风又起，暗无天日，或者蓝天白云，就看自己的造化了。方文临别时对华杰说，我也是逼上梁山啊！

无独有偶，华杰的另一位挚友肖阳呢？在此前后，同样遭遇到了上岛后前所未有的劫难。带着媳妇孩子从老城来到海岛，入职文联机关，按说是顺风顺水，日常生活的鸡毛蒜皮却让肖阳伤透脑筋。媳妇进了艺校，融入不了充斥着海南话的当地人圈子，退职回家做缝制衣服的小买卖。小院邻居是个智障人，经常不关闭肖阳专门设置的铁栅栏门，孩子尚小，一不留神就跑出小院落，这便与智障人家属发生口角，以致吵闹差点儿动武。文联是文化人群聚的地方，麻雀虽小五脏俱全，文学戏剧音乐美术曲艺舞蹈等门类各领风骚。当地的艺术家们欢迎大陆来的各路人才，却也因挤对了他们的地盘心存戒备。五湖四海来的人才居多，其中湖南派的作家占据优势。自古湖南与海岛有渊源，湘人南下海岛贩大米，带回一种叫槟榔的野生果子，嚼得满口满牙是血红的汁液，毒品一样上瘾，使得海岛成了湘人的神往之处。

来自北方老城的肖阳，单枪匹马，收敛了他在西部边陲服役时铁马冰河的生猛，也隐藏了他在老城初生牛犊不怕虎的脾性，变得谨小慎微，凡事如履薄冰，跟着湖南来的文联老大鞍前马后，跑腿做事。文联老大赏识肖阳的才干，重用他做了联络部副主任，没想到有了一官半职的肖阳翅膀硬了，渐渐流露出对老大的不恭。更严重的是为了争得单位分的一套单元房，摆脱小院落受当地人欺负的窘境，肖阳寸步不离，势在必得。肖阳已经不是那个温顺的小羊或咬狼的狗，直接变成了一只愤怒的北方的狼，在海岛的星空下朝天嗥叫。据说甚至武力威胁老大，吓得老伴跪地求饶，肖阳终于得逞，拿到了房子钥匙，住进了海边的单元房。这又应了那句话，软的怕硬的，硬的怕不要命的。

文联老大因涉嫌抄袭的流言蜚语，不留恋老大位置，退休回家抱孙子，书不离手，从此也不再写一个字的作品，颐养天年。轮到同样是从湖南来的剧作家从文联老二递升为老大，人们仍然习惯称其为老二，孔圣人古称孔老二，文联老二颇有孔圣人之风，学识渊博，为人处世得当，与老大相较堪称青出于蓝而胜于蓝。老二摸清大特区文化市场动向，创办了一家《大视野》杂志，从纯文学性质生发拓展开来，面向通俗文化读者，反映海岛变革中的宏观风貌和奇人趣事。此刊横空出世，在地摊文学中以迅雷不及掩耳之势，抢滩大陆广大市场，发行数十万，日进斗金，赚得盆满钵满。与此同时，改变了向来依赖政府和商人的穷酸文人的命运，活得有了艺术家的尊严。开创天下，使兄弟们团结奋斗，共度时艰，一旦赢得权力和财富，如若分配不公，则使兄弟们反目为仇。老二的《大视野》无限膨胀，在利益分配上产生分歧，斗得你死我活，号称圣人的老二，作为法人一不做二不休，宣布刊物停办，据说在一夜之间将数百万资产全部捐献给了公益慈善机构。狼多肉少时，个个红了眼，空空如也了，大地白茫茫一片真干净，也便傻了眼，落了个树倒猢狲散的结局。老二伤了心，财富使人心不古，再也不从事什么文化产业，专心写书。老二早知晓肖阳与老大为房子大打出手的传闻，当肖阳转身投靠老二的团队时，老二婉转谢绝，用软办法对付肖阳，说你是作家的料，期待你写出传世之作。肖阳急得团团转，进不了老二团队的圈子，被晾晒在一边如沙滩上挣扎的一条鱼。

眼看起高楼，眼看楼塌了，肖阳庆幸没有入老二的团伙，在一旁看笑声。身在公家事业单位，月薪三几千元，日常生活捉襟见肘，指望稿费富裕是一个黄粱美梦，肖阳在华杰杂志兼职的差事徒有其名，又寻找房地产公司做策划，能拿到一份报酬。住进了新房，日子过得顺当了，肖阳怎么想起了一儿一女活神仙的老话，顶着计划生育的风，让媳妇偷偷生了二胎。原先担心自己将来老了死了，丢下一个男孩子在这广袤的世间该有多么孤单，现在二胎不是自己意愿中的女孩小心肝，偏偏又是一个男娃。也罢，长大了与人打架，兄弟俩也相互有个帮手，不至于吃亏受人欺负。为给二胎男孩报户口，肖阳掏钱买通了派出所的户籍民警，户口是入册了，不曾想这着险棋走砸了，反而成了二胎违犯计划生育政策的法律证据。

26

于是，肖阳的劫难突如其来，违反计划生育国策是要开除公职的。其实，海岛上的本地人，没有公职的是大多数，孩子生了一河滩，罚款了事。有公职生了二胎的，也极少有被开除的，除非有仇人死磕，找找关系，舍得钱财，也是可以摆平的。轮到肖阳这匹来自北方的独狼，却弱势到了不如一条落水狗，甚至一条放在砧板上的鱼。各方势力和多元因素聚合一起，把矛头对准了肖阳。关键是有关机构接受举报，在查证二胎时，顺带查到了肖阳私下变更单位分房产权的证据，一时激起了文联领导和干部群众的义愤，看来肖阳这回是死定了。

肖阳是个有才华的写作者，他曾经写过类似海岛没有老虎和马的诗句，真是奇思妙想。芸芸众生中，一些人寻思在海岛上发财致富，有房有车，谋权当官升官，高攀有权有势有钱者，围猎姿色美人或风流俊男释放荷尔蒙，吃喝拉撒，吃风屁屁，吃了睡睡了吃，行尸走肉，娱乐至死，有几个人还能想到海岛上没有老虎和马这个问题，一定是吃饱了撑的或神经病患者才涉猎的关注点。而这正是所谓诗人哲人一类形而上者的探索与发现。他们不只是活在当下，而同时是活在人类的过去和未来，甚至畅想到人类居住的地球只是太阳系银河系太空中的一星点尘埃，孤悬海外的这个海岛几乎忽略不计。这便是诗人和哲人的视野。

华杰之所以欣赏肖阳，是海岛没有老虎和马的话题便彼此心有灵犀。察看版图，如同孩童拼图一样，海岛可以拼接到大陆边缘凹缺的位置，海岛像是鸡下的蛋。在极其遥远的从前，海岛与大陆是连接一体的，更新世末期发生了一次剧烈的地质运动，像摊饼的锅火候过猛，造物主厨师手忙脚乱，饼子裂开了一角，雷州地洼中部发生断裂，于是形成了琼州海峡，一片土地与大陆分离，逐渐形成了海岛这一独立的地理单元。大约一万年前，海岛有了人类的踪迹，随后从大陆各地跨过海峡来到岛上的人越来越多，逐渐在这座南海的孤岛上建起了部落，拓展为一座座城市。老虎和马可能在海岛脱离大陆板块时，疯狂地向北逃窜，从此没有在海岛上留下它们物种的子嗣。高高的五指山，是神人的五指伸向苍穹，向造物主索要什么吗？地质学说是火山喷发，周围的石头也变成了黑褐色名为火山石。没有老虎和马，海岛似乎寂寞了许多，有庞大体格的水牛，有穿山甲，有蟑螂，有鱼虾沙虫，有区别于北方的热带物种。苏东坡当年被谪贬海岛，据说是弃船坐牛车到达儋州蛮荒之地的。一个中国少有的文化英雄，被投放在充满湿热瘴气又缺乏疟疾药物的死亡之地，与黎族氏族社会融为一体，顽强地存活下来，且卓有作为。

声称海岛没有老虎和马的肖阳，似乎自己就是老虎和马，他的才华是会遭到旁人羡慕嫉妒恨的，加上生硬偏见的个性缺陷，势必要倒大霉了。按照计划生育国策，作为公务人员违规超生者，一则罚款，二则开除公职。超生一项，并不妨碍所在单位任何人的经济利益，只是眼红人家添丁加口，有儿有女活神仙，而偷偷将单位分配只有居住权而无产权的单元房变更为己有，这是拥有共同利益的同事们不可容忍的。加上日常工作中的鸡毛蒜皮类的勾心斗角，正好找到了一个发泄孔，闹得沸沸扬扬。有圣人称谓的文联老二，面对部下肖阳不得不解决甚至不处理不足以平民愤的问题，在一切证据都齐备的情况下如何操作，是颇费脑筋的。与肖阳直接谈吧，依肖阳的火爆脾气，说不上几句就炸了，说不定会发生意外。

在文联一个委员会挂有称谓的华杰，与文联老二彼此尊重，关系要好，老二当然知晓华杰与肖阳的铁杆关系。这一天，华杰找到老二的寓所，上门去取一篇谈贫富关系的约稿，老二听到敲门声，只是把房门拉开一个缝隙，一看是华杰，只穿着一条三角裤头的老二热情而抱歉地说，对不起，等我去穿衣服。海岛湿热，大半居家的男女都穿着少得不能再少，除非有客人上门，才换上多一点遮体的衣服，以示礼貌。这便坐下来喝茶抽烟，客套一番，很快切入了主题。约稿只是稍带，见面要说的绕不过肖阳的事。老二是个大智慧的文人，遇事刚柔并济，不怕事也不霸王硬上弓，腹中总会有妥善可行的迂回路线图。老二也从不隐瞒自己的家世，父亲是一个在动乱中被批斗的臭老九，忍受不了人格上的侮辱自杀了，对于儿子这该是人生多么残酷的经历。所以，老二从良心上不情愿在他的手上，落一个因计划生育超生而开除部下的名声，但不把肖阳撵出文联又不能服众，得罪人的事非他莫属。正好，想到了华杰是一张牌。

老二诚恳地说，华杰，你我包括肖阳都是写东西的人，说到底不是官也不是商人，遇到眼下的情况我也作难，你给我拿个主意，如何是好？华杰摆摆手说，不不不，我虽然长你一岁，见识与你差多了，我要在你这个位置上，也许会包庇乡党或得罪乡党，于公于私，于己于友，也是无计可施。人都是自私的，两肋插刀的朋友有，但寥若晨星。其实，老二早有主意，话说到这份儿上，他端直说，华杰你看，你与肖阳既是乡党又是挚友，可否由你出面捎话给肖阳，就说是我说的，让他写一纸申请辞职的信给组织，一走了之，我代表组织保证不再追究肖阳的任何过错。华杰觉得在理，答应去劝说肖阳面对现实，辞职离开，也不失为一条无可奈何又不得不就范的出路。说是试试看吧，也许奏效，也许说不通，尽力而为。老二送华杰出门，拜托了，权当替我解围。

华杰匆匆赶到肖阳的住处，二人面面相觑，苦笑之后是一阵死寂的沉默。华杰终于开口，拍拍肖阳的肩头温和地说，这样吧，刚才老二和我说了，劝你写一纸辞职申请，也不用讲理由，组织上批准后你可以另谋职业，也是天高地阔。谁都知道，你是撞在计划生育超生的风头上了，私下变更住房产权触犯了单位所有人的利益，其他谁也说不上你什么。你的才干，你的为人处世，任凭走到哪里也都不落人后。翻过这一页，来个华丽转身，何乐而不为？肖阳愤怒地说，好老哥哩，这是他们早已设置好的圈套，想要强奸你还说是你让强奸的，岂有此理？他们是怕我在海岛文艺界有一定的话语权，威胁到他们的权威性和垄断势力，借助什么超生和住房产权的事儿，来达到他们不可告人的目的。在海岛上，超生的事儿屡见不鲜，怎么到我这儿就中枪了？住房的私有化改革势在必行，我不过先走了一步，何错之有？难道有可能把我撵出去，居无定所，让别的什么人住进来不成？华杰说，光棍不吃眼前亏，你说的这些我理解，但你不写这个辞职申请，人家直接给你个开除公职，在履历上留下印迹，后半辈子怎么去与人打交道，有谁会信任一个有严重污点的人？心字头上一把刀，就忍了吧！大丈夫能屈能伸，那才是能耐。

如此这般，肖阳窝在心底的无名之火渐渐熄灭了，他妈的，那就是我情愿人家强奸我是了。于是，递交了一纸辞职信，转身走人了之。悄悄地走如同悄悄地来，不带走一片云彩。海岛上空，总有云彩在飘移，又有谁能带走呢？笑话。老虎和马，离开海岛已经很久很久了。肖阳抹去眼角的泪，与华杰信步海滩上，白浪滔天，孤帆远影，几只海鸥嘎嘎叫着，在追逐旋飞。

春节快要到了，华杰开始与京城的舞蹈家星子谋事，找到了电视台文化频道拿事儿的乡党王田，可否合作一把，弄一台别开生面的春节晚会出来。华杰拉上几个好哥们儿密谋策划，写词作曲的，编舞歌唱的，美工设计的，大多是如离职的乡党方文和肖阳，加上琼籍的土著作家作曲家，还有散兵游勇的文学音乐爱好者，请来京城的青年舞蹈家群体和大腕作曲家歌唱家，足以保障这台春晚眼前一亮甚或振聋发聩。把以往的舞台放在无边无际的南海上，扬起一叶白帆，不，不是白帆，应该是红帆，从海岛上出发驶向蓝色的南中国海。在靠岸的船家，却没有找到一只红帆船，老渔民说，哪有什么红帆船，白帆是白布做成的，染成红色是要花好多钱的。红是吉祥，红红的日子，红火的大特区海南省，一定得是红的，红日一样。于是，美工道具买了几桶红油漆，雇民工将一只租借来的大渔船的风帆刷成了红色，惊艳了海滩。好，1995海南春晚命名为《红帆》，开船喽！

在三亚海湾，华杰随剧组一批批搭乘小船，登上高大宽阔的红帆船。阳光灿烂，微风习习，张满红帆的大船却在大幅度地摇晃，小船怎么也贴近不了大船。这便拉动大渔船上粗壮的绳索，将小船牵引过去。在从小船登上大船边沿的间隙，海浪飞溅，一不小心，没有抓牢绳索，就会掉下大海的万丈深渊喂了鱼。年过不惑的华杰还算身手矫健，但在跃上大渔船的一刹那，经不住剧烈的摇摆，竟脱手滑落。幸好抓住了船帮的铆钉，惨叫着救命啊！被老渔民一把揪了上来，嘲笑说，你这个大陆北方佬，一个旱鸭子，不在老家好好待着，跑到这里找死呀！华杰在大船甲板上坐下来，拧着精湿的衣衫，瑟瑟发抖，差点把小命丢在这异乡水泽。也有美丽的舞蹈演员，如花似玉，也重复着华杰的表演，品尝了一番生死的考验。海是温柔的，同时是狞厉的，它为渔民提供生存的给养，也同时吞没了无数渔民的青春生命。海明威的《老人与海》说，好不容易捕到一条终生难遇的大鱼，临到上岸却只剩下一个大鱼的骨骼。华杰的诗情画意，让海给了一个开玩笑似的见面礼。任何文人夸张的抒情，在汹涌澎湃的大海面前，都变得可笑之极。花团锦簇与臭鱼烂虾，咸咸的海风与落潮后海滩上的污泥浊水，是相辅相成的，是辩证法，是合二而一，是这个海岛如同月亮阴晴圆缺一样的真相。

《红帆》剧组，从海岛东岸到西岸，从海滩到五指山，从万泉河到死火山，从椰林到原始草莽，奔赴二十多天，终于实景拍摄完成了十多部 MTV 歌舞节目，剪辑为宏大而精细的审美作品。制作节目的经费是由一家民营文化公司资助的，到了支付演职人员报酬的时候，就发生了意想不到的矛盾冲突。京城的舞蹈家星子与电视台拿事儿的王田言语不合，声称要用武力解决问题，枪杆子里边出政权么！

27

也就在春晚最后剪辑合成之际，有个民办艺校送来了一个舞蹈节目，用民族舞形式表现黎族男女青年爱情，令剧组所有人都跷起了大拇指。送磁带来的是一位舞蹈老师，其身段和姿色一点也不比京城来的跳舞蹈梢子的美女差，高人在民间，她是从哪里来的，是谁呢？华杰先是看到她卓绝的背影就动心了，等到她转过身来，差点没把华杰吓死，眼睛一下子直了。熟稔的面孔，柔情的眸子，举手投足的优雅，不就是在老城结识不悦而别的心上人吗？是你呀，小凤！

美人乍一看见华杰，开始抿着樱桃小嘴，惊喜地微笑了一下，瞬间晴天转多云，一副嗔睇的神色说，你认错人了，我根本不认识你！便转过身一阵风似的离开了。华杰迟疑，是认错人了吗，还是她不情愿相认，一碗凉水一张纸，谁卖良心谁先死。在老城最初相识时，日思夜想，聚少离多，就那么几回的甜蜜约会，也没有做过什么出格的事，或者说还没有达到鱼水之欢的程度。在华杰离开老城时，二人见最后一面，说是在海岛相聚，日后回城省亲重逢，却因华杰透露了已有相好于丽的信息，吃了小凤一个耳光，从此便断了联系。小凤尽管负气而别，总是没有放弃心向往之的海岛，即使不能与华杰再续前缘，独自前往海岛寻找梦中的橄榄树，离了你华杰照样可以寻觅到自由和欢乐。就这么，小凤踏上了海岛，应聘到了这家民办艺校当舞蹈老师，尽管寂寞孤独，也自信能够找到幸福快活的另一半儿。小凤明知华杰供职何处，几次路过他挂有招牌的地方，也从未想去会面，如果遇到华杰的那个相好于丽该多尴尬，索性以为这个当初山盟海誓的家伙死了，心里才干净，不必为一个负心汉挂牵。怎么这么奇巧，没想到来送节目磁带，却鬼使神差地遭遇了。这是真实的还是梦境？

华杰也似乎陷入了纷纭斑驳的梦幻。小凤上了海岛，为什么不来找我，即使没有发生过情人般的关系，作为乡党旧识总是可以会面，相互也有个照应。小凤还在恨自己吗？她来海岛的目的是寻找自由的橄榄树，还是旧情难却，迂回着暗中窥探，找机遇挽回曾经缠绵悱恻的情感？或者，小凤已经另有所爱，双双逃婚到了海岛，也许还是孤身一人，形单影只，像一只美丽的离群索居的南飞雁。她是小凤，一只小凤凰，一只从神话中的凤凰蜕变成现实中的活生生的孔雀。在舞台上起舞，或跳跃着走过大街小巷，都是令人注目的。好色的男人，会回头驻足，痴情地凝望着她秀美的背影，直到消失在视线的尽头。也许小凤就是一个略有姿色的女子，情人眼里出西施，华杰的想象又超出了普通人的视角，诗情画意了他的审美对象。也许，在华杰的畅想中，小凤放的屁也是香的，实在是过分了。

恰好，华杰与之出双入对的于丽，回到青藏高原办理女儿的转学手续，十天半月回不了海岛，无形中给他留下了一个独身的空当。再说，热恋中的男女，总有潮起潮落的时候，亢奋后的平静似乎又形同夫妻，渐渐退却了陌生的新鲜感。这也正是传统道德意义上所谴责的无耻，风流男女，招蜂引蝶，性欲至上，灵魂腐烂，行尸走肉，不一而足。不知是肉体牵引着灵魂，还是灵魂操动着肉体，华杰从刚才的梦幻中苏醒过来，又潜入了另一番梦境，按图索骥，与小凤约见。小凤也许旧情难却，不便推辞，客气地答应了华杰的约会。

天下河水向东流，海岛上的河流却是从北向南流。跨过南渡江上的大桥，昔日荒僻的海甸岛上摩天大楼在生长，其密集的规模堪与寸土寸金的香港媲美。通向白沙门海滩洗浴场的车队人流，是一道海岛城市的风景线，亲近海水，会释放人们燥热的情绪，洗涤一身臭汗，同时也施展着男女的欢爱。海甸上有一处绿地，静静地泊着一幢庄园别墅，是民国时代初期修建的。不知哪一位下南洋发了大财的商人，经历千辛万苦，给后裔留下了这份作念。追根溯源，其远祖可能是中原人，游荡到福建江西一带，又来到海岛上，继而南下，越过无边无际的南海，在那片岛屿上淘到了金子。回归到出发的地方，临终修建了这座庄园别墅，没享几年福就故去了。庄园靠海边的崖石上，有一座小巧的灯塔，延年不灭，以熠熠之光为遥远处驶来的船只导航。华杰怎么也想不到，舞者小凤竟然租住在这个诗意而神秘莫测的地方。

这种绝美的哥特式建筑，在海岛上并不多见。尖尖的屋顶，窄窄的窗户，仅三四层高低，既小巧玲珑又庄严沉稳。只是它的外观经历了百年风雨侵蚀，斑驳陈旧的灰白色，像一位长了老年斑的长老一样苍凉而凄美。最是海岛红色泥土中无处不在的榕树根，竟然把根根梢梢伸延到了古老建筑的墙壁中，绿色枝叶中冒出的丝丝缕缕的根须，爬满了建筑的面孔，似老人的胡须一般。舞者小凤身姿绰约，淋浴着清凉的海风伫立在门前，迎迓姗姗来迟的梦中情人。华杰有点受宠若惊，上前牵住小凤修长白皙的小手，欲将展开臂膀吻抱时，被小凤矜持地推开了。小凤说，不急上楼，我们先散散步，环绕别墅欣赏一下这座美妙的建筑。二人便并行或一前一后，在脚步的缓缓移动中侧身仰望着，像在观瞻一幅巨大的西洋油画。远处传来钟楼的钟声，他们联想到了巴黎圣母院的钟声，也许在这古老的别墅里演绎过一场惊心动魄的爱情，关于一个丑男人卡西莫多与一个绝色美人的故事。说到这里，二人不寒而栗。是的，下雨了，朦朦胧胧，海面上腾起铺天盖地的白雾。

二人推开铁栅栏大门，踏上吱吱作响的旋转式木板楼梯，走进一间卧室，华杰这才意识到这是一座岌岌可危的破楼，像一个苟延残喘的耄耋老人。墙皮剥落，墙壁的缝隙长出了榕树的根须，漏水的水龙头滴滴答答，和着脾气却很密的雨声，倒像是一处天然的山水逸情之境。小凤说，你再别笑话我了，名曰庄园别墅，实为贫民窟，但我要的就是这个情调。喝茶还是咖啡？华杰一直喝雀巢，不要干粉伴侣和奶，加两颗方正牌方糖，就最合胃口。小凤打开一瓶白兰地，酒香四溢。二人坐下来呷着咖啡，点燃三五牌香烟，小凤也不用忌讳抽烟有失良家妇女的形象，一起吞云吐雾。白兰地当水一样喝，顿时陷入晕眩。话语有一句没一句，不知从何说起，一个话题刚牵起又戛然而止，但怕伤害到了对方而引起不悦。双方在揣摩对方的心思，这突如其来的邂逅，如何面对，又如何延续下去，没谱。是猫与米老鼠的游戏，是狼与小羊的对峙，谁也不肯越雷池一步陷入情色的泥沼，到头来是谁的错呢？久久地对坐，瞅着对方捉摸不定的眼神，烟抽得嘴唇发干，自觉口里很苦。终于在小凤起身添加咖啡的瞬间，华杰拉住了她的胳膊，转身搂住了小凤微微颤抖的肩膀，将一只忧悒的小鹿揽入怀中。小鹿是瞌睡趁枕头，顺势倒在猎手的枪下，软瘫成了一堆泥，任凭猎手宰割。香烟点燃了内心情欲的火焰，血红的咖啡与白兰地酒精如火上加油，一时忘却了身在何处，与谁在交欢，管不了那么多，随着动物性的荷尔蒙的冲动尽情狂吻。临到宽衣解带的当儿，却从门口响起急促的敲门声！

　　谁呀？这么没教养，坏了二人甜蜜中的好事。华杰先是一惊，熄灭了刚刚燃起的情火，连忙整整衣裤和乱蓬蓬的头发，正襟危坐在沙发上，点了一支烟压惊。他不知道发生了什么事，难道是入了一个靠色相骗钱的坏女人的陷阱？这不是那个老城里日思夜想的舞者小凤吗？不就是那个在剧组偶遇的旧情人小凤吗？难道自己是穿越到了一个险象环生的魔幻之境？不会，不会的，小凤怎么这么快就变了，让海岛的大染缸染成了水性杨花的交际女郎？也许是小凤在报复华杰的见异思迁，马想吃回头草，没有那么便宜。小凤呢，听见敲门声的一刹那，脸色刷地白了，屏住呼吸静了一会儿，朝华杰尴尬地一笑，也不说什么。茶几上的电话是放在一边的，小凤的 BP 机是关闭的，敲门人只是凭借窗户的灯光，认定屋子里有人，怎么就不开门呢？也许人喝醉了，也许发生了意外，也许是出门时忘记了关灯，电话也搁置在了一边，或者是赌气拒绝开门？无奈，敲门的声音终于疲惫了，隐约听见下楼梯的脚步声，甩了铁栅栏门，悄悄地消失了。

这究竟是怎么一回事呢？华杰只是狐疑，并不问个水落石出。倒是小凤动了粗口，骂敲门者不是个东西，为老娘租了这处住舍，给几个脏钱，就没完没了地纠缠，想让老娘给他当小老婆，霸占老娘。他没尿泡尿照照，歪瓜裂枣一个，癞蛤蟆想吃天鹅肉。真后悔自己当初答应他租房子，用他的钱，吃他的喝他的穿他的戴他的，就有还不清的债吗？女人喜欢虚荣，大凡有钱的男人投其所好，满足你的虚荣，却很少有不图回报者，那就是占有你的肉体，还口口声声说是什么爱你，只爱你一个，海枯石烂不变心，真是天方夜谭。华杰并不追问这个深夜的敲门者是哪路神仙，姓谁名谁，什么公干，官员还是商人文人艺人甚或黄赌毒一类强盗渣子，心想得赶快搭救小凤逃出去，离开这个也许有冤魂萦绕的危楼。好不容易挨到天快亮，华杰和携带不多行囊的小凤趁着黎明的曙色，匆匆逃离了这看似诗情画意的老式建筑物，另觅下榻之处了。

28

京城舞蹈家星子，在四处寻找华杰，了结迫在眉睫的晚会报酬纠纷。电视台的王田，是最早上岛的一批音乐人，与阳春白雪和下里巴人或官方奸商文化人痞子交道打多了，面对星子兑现劳务报酬承诺的要求，他是能拖就拖，能赖皮就赖皮，脸是什么，宁可不要脸也要钱。客观地说，赞助晚会的商家是分期付款的，没有最后播出节目，是不可能提前支付款项的。星子急于回京过年，王田仅支付了三分之一的酬劳，星子却坚持非拿到全款才放心，一分也不能少。华杰找到王田，想从中通融通融，都是乡里乡党，就是借款垫钱也应该满足星子的诉求，可王田一口咬住一截干巴屎，油麻糖也换不下，认理不认人，不肯退让一步。华杰说，星子的脾气不好惹，声称不解决问题就动武，他可是从小与全国散打冠军一起练出来的，一说二打，不少人挨过打，你可得小心！这话一说，反而激起王田的火气，瞪着牛眼睛，伸出食指颤抖着说，你让他娃来，还想在海岛我的地盘上玩耍一把，把我王田门缝里看人看扁了，我没两下子能在海岛上混这几年？真个是，他娃也没见过海岛上的狼是麻麻子的！退一步讲，我自己再垫付三分之一，让他们先回京，余款等结算后再议。出资方的钱也不是天上掉下来的，是人家的血汗换来的。

华杰一看王田有了让步，但并未答应支付全款，说声那好吧，保重老弟！便知趣地离开了。星子听王田说是等结算再议，明显还想赖账，有点垂头丧气，不到紧要关口谁愿意惹是生非，甚至动拳脚打得头破血流。星子很委屈，为了艺术也为了挣钱，在排演过程中晒成了黑人，甚至犯了痔疮，疼痛难耐，趴在海边没人的礁石上脱光衣裤，撅着屁股让炽烈的太阳晒，容易吗？好了，你王田不要脸，就让你品尝一下老子的拳脚，正好手脚痒痒没处发泄。华杰怎么劝说也没用，与王田和出资方约好，在剧组下榻的酒店谈判交涉。与星子形影不离的川妹，领教过星子的坏脾气，担心他又要惹祸，在一旁安抚星子冷静点，不着急。星子用胳膊搡开川妹，你闭嘴！没看见这些狗日的都骑在老子的脖子上尿尿了，还能不急？华杰说，这会儿还没吃饭，饥肠辘辘，干脆到楼下地摊上去吃鸭肠。

椰树下摆了一溜卖吃食的地摊，星子在小卖部要了几瓶啤酒，用两只手的指头夹着放在边上，要了一盘带皮水煮花生，坐在鸭肠低桌旁。华杰吃惯了这种异域食物，看似一摊不起眼的稀里糊涂的下水，用筷子挑入煮沸的锅中，稍加搅动捞出，稀软的东西霎时变得硬铮铮的，丝丝缕缕，蘸了姜蒜辣子盐醋汁，那个颇有嚼头的爽口简直是别有滋味。星子有心思，只是就着花生喝闷酒，无视于一摊极不雅观的食材会煮出怎样的美食，那还叫人吃的？华杰吃得很对胃口，川妹也说好吃，老家也有这种吃食。这时，旁边来了一个说粤语的广东客，油头粉面的半老头，也坐下来品尝鸭肠。这广东客长了一对色眯眯的眼睛，一坐下来就目不转睛地瞅上了川妹。这匹色狼，在街头长发飘逸白腿婀娜的女人群里寻找猎物，属于那种二皮脸的臭男人，囊中羞涩，只能用目光瞟美女，过一番眼瘾，把意淫当成了事业。他把星子身边有几分姿色的川妹子当成了小姐，误为做皮肉生意的女人，瞟个没完没了。

星子好酒，见酒就醉，几瓶啤酒下肚就醉眼迷蒙，疯话多了起来，大骂不给钱的王田是狗日的，要卸了他一条腿。那匹色狼趁机挪了挪板凳，靠近撩拨川妹，小妹长得真靓啊！川妹斜视了一眼这个臭烘烘的家伙，以为遇到了神经病患者，身子移近星子，挽住星子臂膀胆怯地说，别喝了，咱们走吧！华杰看到这场景，连忙付了钱，也催促星子离开。这时，星子才发现旁边的这个陌生男人，仍在色眯眯地瞟着川妹。卖鸭肠的阿婆，也看出了这一幕，眼前似乎要发生一场战争，便缓和气氛说，这位阿叔你也来份鸭肠？色狼没反应过来，只见旁边的男人猛地站起来，一把揪住了自己的领口。星子用家乡话小声对色狼说，你骚情啥哩，得是皮松啦？色狼吓了一大跳，你，你做什么？华杰上前拉住星子，对色狼指了指自己的眼睛。对方仍未理会，眼睛怎么啦？对喽，多看看美女也犯法？星子用普通话说，你个王八蛋得是想挨打？对方这回听明白了，连连道歉说，小的有眼不识泰山，这小姐是大哥你的女人，小的错了还不成？星子一看遇到个窝囊废，活动了一下手腕，拔剑四顾，英雄无用武之地，自己先哑然失笑了。

也好，你认怂了，可见你就是个意淫的家伙，不是个男人。星子讥笑说，你有没有睾丸？对方目瞪口呆，什么？搞完？星子说，我问你有没有睾丸，生殖器你听不懂？对方羞愧地说，懂了大哥。星子仍然不依不饶，那你大声地喊一声：我没有睾丸。到了这个份儿上，油头粉面的家伙犹豫了，这，这才丢人了大哥。星子甩去上衣，伸缩臂膀扩了扩肌肉隆起的胸，接着摩拳擦掌，小子，那就对练一把怎么样？对方早就吓尿了，连连央求，我说我说，然后大声喊道：我，我没有睾丸！路人扭头望过来，怎么遇见了疯子？星子的恶作剧得到了满足，笑得弯下了腰。抬头看见那家伙贼一样溜了。

按照约定的时间，华杰和星子还有川妹来到剧组下榻的酒店。电视台的王田和出资方代表已提前到了，他们知道星子是一根筋，谈不拢时会闹事，甚至大打出手，肯定做了应对措施。剧务拦住华杰说，王田让他到隔壁房子说个话。王田镇静地说，老哥你得压阵，别让星子胡来，四周房间已埋伏好了公安武警人员，是带了铐子来的。华杰把这话耳语给星子，不但没震住，反而更加怒气冲冲。等到王田一进谈判的房间，星子便一个箭步飞奔上前，用手摁住王田的脖子，随即推倒在沙发上。王田动弹不得，有点宁死不屈的神色，知道埋伏的强手马上会来搭救。在座的人都惊慌失措，华杰想到了多年前在老城拍电视剧时的情景，星子就是这么对付导演的，江山易改，本性难移，星子还是那个火爆脾性的星子，哥们好了肯两肋插刀，路见不平则拔刀相助，且不计后果。俗话说，人一辈子，不走的路要走三回，冤家路窄，这一切又重演了。华杰作为中间人，义不容辞，连忙上前抱住星子的腰，让星子松手放开王田，有话好好说。星子说，这狗日的就不说人话，不答应给钱我就掐死他！

　　这时，果真冲进门几个警察，三下五除二，将星子控制起来。毕竟在狭小的空间，星子的拳脚施展不开来，被身强力壮的小伙子摁倒在地，脸贴在了地板上。警察警告说，你再反抗就请戴上这镯子。川妹吓得在一旁哭声求饶，星子心软了，不再反抗，就势坐在了沙发上，喘着粗气。王田呢，早就逃出房间，叮嘱剧务拿来了一沓子钱，让川妹代签了字。星子光棍不吃眼前亏，识时务者为俊杰，在华杰的劝说下，先冷静下来再做周旋。闻讯赶到救驾的几十个演职人员，看到星子并没有被警察抓走，不是好好的么，也都平静下来。大伙你一言我一语，倒是有了讨债的主意。

　　事情往往是小鬼难缠，阎王爷好见。星子和华杰一行二三十人，成群结队来到了春晚出资人的公司。保安和台前接待小姐还没反应过来，说是老板约好一起来开会的，一行人便闯进了大老板的办公室。大老板拥有规模庞大的房地产，有商场超市和观光游艇，资金若干个亿，乐于资助文化事业，知道有出资春晚这件事，怎么运作是下属具体落实。听了华杰和星子反映的情况,为了演职员报酬的事竟然闹到了这个程度,大老板先是责怪下属不会办事,把好事办砸了,简直是乱弹琴。接着温和地向一行来人表示道歉,听清楚还有三分之一酬劳拖欠,便拉开柜子门,拿出几沓子钱甩给女秘书,让清点一下支付给来人。大老板接听了一个电话,转身说是外出有急事要办,客气地说,我先走一步,让我的秘书安排一下,招待大伙吃大餐,消消气,感谢艺术家们为海岛奉献了精美的精神食粮。这是客套话,大伙得到了应得的酬劳就心满意足了。人家不怪把事情做得那么大,有钱便任性,也显得人品高尚,道貌岸然。还不知道,大老板事后会怎么收拾不会办事的那些小鬼呢?

可谓胜利大逃亡,星子上街挑了一档名牌录像机,演员们也购置了各自喜欢的物品,搭乘直飞京城的航班告别了美丽富饶又五彩斑驳的海岛。华杰望着消失在蓝天白云深处的飞行器,一块提心吊胆的石头落了地,又一桩萦绕在心头挥之不去的心事,无端地袭来,如同眼下的冷雨不曾停歇。

于丽打电话,说从青藏回到了海岛,孩子转学的手续也办妥了,华杰约定一起在环岛大酒店为她接风。在于丽离开海岛这些天,华杰又偶遇舞者小凤,是现实还是梦幻,是情景再现的模拟还是看得见摸得着的真实存在,连自己也恍恍惚惚了。于丽也许是敏感,似乎觉察到了华杰的心神不定,便避开孩子悄声责问道,你是不是耐不住寂寞找了什么女人?哪里的话,我一直在等待你的归来。于丽说,你得是看上了人家晚会节目的京城美女,有过一夜情?华杰笑笑说,人家都是些舞蹈仙子,黄花闺女,只有欣赏的份儿,如果有邪念就真的是道德败坏了。于丽鼻子哼了一声,你风流才子一个,还讲什么所谓道德?饭后,于丽不请自到,安顿好孩子,便拎了青稞酒虫草一类特产来到华杰住处。久别如新婚,尽管期间遭遇了舞者小凤的故事,并不妨碍二人的云雨之欢。窗外的冬雨,仍在淅淅沥沥地下个不停。于丽从大雪纷飞的高原南下,在海岛上尽情地受用着无冬常夏的温暖,且有情人的怀抱,身心为之清爽。而对于华杰,临近春节,他难免惦记落雪的北方老城和土原，亲情与男女之情的冲突，也够他消受的了。

29

这年的春节，海岛遭遇多年罕见的十二级以上台风，轮船飞机交通封闭，电力供应中断，孤岛成了一座死岛。华杰躲在刚刚换到新楼三室两厅的房子里，听窗外的海风在歇斯底里地号叫，尤其是对面民房顶层搭建的铁皮凉棚，被大风剥皮似的撕得噼噼哗哗响。听说琼州海峡的渡船被狂风掀翻，将钢铁甲板像撕纸片似的扯得粉碎，人如蝼蚁，该何处藏身？是人们崇尚的海龙王发怒了吗？它从太平洋和南中国海无比宽阔的水面上集聚伟力，裹挟着大如巨鲸小如虾米的千军万马，以雷霆万钧之势，覆盖了这个小小的岛屿。海边的椰树如沐浴在狂风暴雨中的女子，秀发飘逸，腰肢婀娜，任凭洗礼或者是蹂躏。有的经受不住摧残，被掠去头颅和臂膀或拦腰折断，甚至连根拔起，露出丝丝缕缕的根须。华杰想到了舞者小凤，离开那座西式旧别墅后，与半夜敲门的臭男人断绝了联系，租住在了距华杰新舍邻近的一个家属院的居室。此时此刻，小凤的孤苦伶仃可想而知。正要出门，于丽来了电话，华杰并不去接听，不一会儿听见敲门的响声，知道是于丽上门送吃食来了，也装死不去开门。等门外没有了声响，华杰做贼一样偷偷溜了出来，在风雨中直奔小凤的住处。

好在这里是边防部队的家属院，配置有发电机，华杰一眼瞅见了小凤住舍窗户的灯火，一股暖流油然而生。他路过楼下邻居门口，顺手摘了一枝花盆里的三角梅，上楼轻轻叩响房门。小凤自然喜出望外，伸出双臂搂住了华杰的脖子，说不是北方的风雪夜归人，面是海岛的风雨夜归人，太有诗意了。一枝不起眼的三角梅，插在床头柜的矿泉水瓶里，也平添一丝鲜亮。为什么是三角梅，花期长，开得如火如荼，略带一丝蓝色和粉红，但花瓣的质感干燥，好像粉纸似的，缺少湿润的质地，仍有一缕清香。三角，三角恋吗？想想就好笑。为什么不是一枝红玫瑰，卷曲的团状，鲜嫩多汁，芳香扑鼻。变态的男女恋情，早已不那么纯洁，那么完美无瑕，是逢场作戏吗？却也是实实在在的情感的需要，生理的渴望。居室内弥漫的异性的体香，顿时让华杰身心舒畅。

居室有一张床，一处厨房带洗手间，狭小却也敞亮。小凤为华杰煮了一碗汤圆，黑芝麻馅的，轻轻一吮便有甜蜜滑润的汁液溢出来，真是好味道。华杰对小凤说，多年前从乡下来到老城，第一次吃到这玩意儿，像老家吃饺子一样囫囵吞枣，不知是需要细嚼慢咽的，差点被噎死。这让在汉江边长大吃惯米质食物的小凤笑得喷饭，你真是黄土地的乡巴佬一个。还好有一台旧电视机，轮番播放海岛春晚的《红帆》，华杰虽然在剪辑时看过几十遍，在这小屋里与小凤依偎着一起观赏，还是别有滋味。尤其是小凤送来的黎族风情舞蹈，作为主演的小凤绰约可人的舞姿，虽然比不上京城舞蹈家在帆船上演绎的现代舞那么诱人，那么裸胸露乳，那么长腿丰臀，却有山野之秀美，自然之纯情。华杰想到，星子他们这会儿也许在京城广厦某一个窗户内，也在重温自己的杰作，而把讨要酬金的事忘到了九霄云外。于丽呢，丢失了伴侣，华杰另觅新欢，也实在不仁不义，情何以堪。北方的老城下雪了，一个个落雪的年节，那些往事如过眼烟云。得陇望蜀的华杰，或是乐不思蜀的华杰，除了得过且过，已经无计可施。依偎在臂腕间的小凤，也不免乐极生悲，下床点燃一支烟，站在窗前苦思冥想。窗帘拂动，华杰望见她的肩头在微微耸动，猜想小凤的思绪也一定如一团乱麻。

温柔之乡的梦醒时分，台风停歇了，血红的太阳照在窗户上，从外边传来一阵阵鞭炮声，海岛又复活了。异域的年节，对于华杰和他周围的异乡人，皆是在落寞的心境中度过的。于丽暂且忘却了失踪的华杰，带孩子找乡党聚会去了。华杰似乎也不再避讳什么面子，带小凤去会老友，一打听知道方文离开海岛去了北海圈地，肖阳呢，自从答应让人强奸似的离职而不知去向，只好找到了铁军住处。铁军因华杰对他上岛后的关照，以及把他媳妇从号子里捞出来，怀有报恩的心思，对华杰的到来热情备至，媳妇更是忙前忙后，张罗了一桌好菜。酒席间，铁军只是羡慕老哥好有艳福，平时带的于丽，这回带的是另一个颇有姿色的女子，也不便打问来路。他媳妇本是个多事之人，几番窥探华杰旧人换新人的隐私，华杰默不作声，都被机灵的小凤含糊其词地应付过去了。饭后打了几圈麻将，有输有赢，华杰不动声色，小凤矜持有加，铁军喜怒无常，而他媳妇则斤斤计较，认钱不认人，气氛有点尴尬，索性便散了。

路过一处破旧的居民巷，华杰想到一位艺术馆的乡党石磊租住在这里，媳妇和孩子也到海岛过年，就带着小凤顺路去探望。楼下的主人也不问找谁，打瞌睡的看门狗也不理会来人，二人便登上灰暗的楼梯，爬上了四楼。乡党石磊是画画的，束着长发，一副失魂落魄的样子，大过年的仍在画他的油画，海边修长且弯曲的椰子树在迎风飘拂。看见华杰上门，不胜欢喜，也不问小凤的来龙去脉，丢下画笔与来客抽烟喝茶。石磊说，本想给媳妇在海岛上谋一差事，在私人开的班车站卖票，因不懂琼语，没干几天便作罢，安心在家带孩子。华杰说，你媳妇是秦腔演员，这不丢了本行吗？小凤搭话说，艺校缺教表演的教师，可以去应聘试试。石磊说，海岛没秦腔，艺校是教琼剧的，连琼语都说不了，咋能唱戏？华杰说，也是。麻利的媳妇很快做了几个小菜，一起坐下来喝酒。男孩子五六岁了，在一旁啃着甘蔗，一边看电视，一边用屁股把凳子撞得咚咚响，也不听石磊训斥。媳妇把男孩哄到了内屋，只听噼噼啪啪一阵响声，接着传出男孩类似杀娃般的号叫。挨了一顿饱打，气儿给放了，男孩脸上挂着泪珠，抽泣着坐下来吃饭。华杰掏出一百块钱，说是给娃的压岁钱，男孩听了爸爸的话，跪在地上磕了三个响头。

隔壁住了石磊的一位女作家同事，也是乡党，被媳妇唤来一起坐坐。年轻女作家属于内向型才女，眉目端庄清秀，不善言辞。会写的人一般都不会说，会说的人把心里的话都说了便不会写。作为人才被艺术馆接纳，稿费靠不住，工资又低廉，只是租住了一间由厕所改建的小屋，茅坑填了，隔挡一拆，就做了住舍。她很高兴认识大名鼎鼎的华杰，答应给杂志写稿，说她的陋室就不请华杰光顾了，便客气地告辞。石磊说，女作家毕业于老城一所大学，轻信一位法官的爱情承诺，说要和糟糠之妻离婚，便带她到了海岛做情人。谁知法官的妻子随后上了岛，纯情的女作家怎抵黄脸婆的死缠烂打，一场美丽的婚外情的游戏结束了。女作家不再相信爱情，发誓终生不婚，在文学的海洋中畅游，寻找心灵的安妥之处。华杰与小凤感叹，原来每一个来到海岛的男男女女，都是一部写不完的长篇小说。

说话间，一位披头散发的美女撞了进来，也不顾及石磊有客人，抓起饭桌上剩下的一个鸡腿就啃了起来。还埋怨石磊和嫂子，怎么有好吃的不叫她，说是快要饿死了。这是什么人？华杰和小凤有点诧异，面面相觑。美女随手拿起一个白馒头，夹了两片肥肉，咬了一大口，转身说，打扰了诸位，拜拜啦您！便扭着腰肢，一阵风飞旋出了门。石磊说，她叫芳子，也住在隔壁，是从东北来的一个女子，被男朋友抛弃了，只好在歌舞厅做事。经常昼伏夜出，出门时涂脂抹粉，打扮得很妖冶，也醉醺醺地带不同的男人回来，放浪地狂笑，或垂死般地哭泣。有时也满脸血迹，挣扎着回到住处，不知受到过什么蹂躏和伤害。临过节前，还把一捧九十九朵玫瑰转送给石磊嫂子，感谢对她的关照。石磊说，尽管知道芳子是个妓女，但作为邻居在交往中感觉到了她的美丽善良，她生存的不易与无奈。芳子也以为，做官千里皆为衣食，来海岛就是为了钱，至于做什么并不重要。有人用权，有人用商，有人用笔，有人用身体，既然别人用身体的一部分比如歌喉挣钱，为什么歧视有人用身体的别的一部分比如下身赚取生活费？石磊说不过她，只好闭嘴，画自己卖不出钱的画，所谓艺术审美，人类灵魂的工程师。啊呸！小芳常常这样嘲笑所谓正人君子的文人，满口仁义道德，背后男盗女娼，一肚子的坏水。这话说的，让华杰和小凤如坐针毡，似乎是说给他俩听的。其实，何尝不是说给石磊自己听的。五十步笑百步，彼此彼此，有谁敢向上帝发毒誓，我就是从未有过哪怕是精神出轨的经历。尼采却说，上帝死了！

节后上班第一天，于丽嬉皮笑脸地对华杰说，你终于出现了，我以为你死到哪儿去了，有了新欢给老娘说一声，世上好男人多得是，老娘走开就是了，没必要贼一样躲着。男人没一个好东西，就像《红楼梦》里说的猫一样逐腥，谁也靠不住。华杰假装忙杂志稿件的事，默不作声，只有招架而没有还手之力。于丽说，你是让那个狐狸精把魂儿勾引走了，有人给我电话说了，你还带她逛街串友，甚至到老乡家里喝酒打牌。华杰听于丽这么一说，知道是被那个恩将仇报的多事女人出卖了，索性解释道，那是在铁军家遇上的乡党，是长得不错，过去也认识，一起吃饭打牌也有错？华杰明显是强词夺理，还假装一本正经，不想就这么摊牌，与于丽断了关系。再说是特殊同事的关系，弄不好会影响到杂志社的利益，缓一缓再说也好。于丽对华杰的半信半疑，那权当就信了吧，一切又重归正常，好像不曾发生过什么不愉快的事情。二人又出双人对，同事们一点儿没有觉察到他们之间的关系已经出现裂痕。

30

于丽并不心甘情愿这么与华杰分手，念及上岛后相互的关照，在共度时艰的风风雨雨中建立的男女之情，这么一个有才华且善解人意的好男人，怎么可以轻易放手，拱手转让给别的什么女人呢？华杰也不知吃错了什么药，于丽这么个要长相有长相要能力有能力的女人，况且是死心塌地地与华杰相好，偶遇上一个梦幻中的舞者小凤，就把与于丽的情分丢在一边，让她像晾晒在沙滩上的一条活蹦乱跳的鱼，这不很残忍吗？鱼与熊掌，这的确是一个难以抉择的问题。于是，于丽除照管孩子上学，和华杰形影不离，疑神疑鬼，渐渐发现了端倪便暗中跟踪，要弄个水落石出。一次下班后，于丽发现外出办事的华杰在街道对面公交站，是要乘车去哪里？大喊了一声，华杰假装没听见，等她横穿马路追过去，华杰抢先上车溜走了。又一次，眼看华杰拦了一辆的士，于丽便也急忙拦了后面一辆，跟踪到一个十字路口遇到红灯，又跟丢了目标。好在还曾经是一个女警察，也把情感途中的对象追丢了，她有点灰心丧气，谁都要脸，既然你不仁休怪老娘不义了。等到华杰给于丽回话道歉时，她却硬气起来，脸拉得驴脸一样长，除了工作的事别的一概免谈。说是请吃饭，于丽说另有约会，免啦！一段时间，二人就这么僵持着，不是各回各家各找各妈，是各找各的乐子，互不干涉，相安无事。

华杰为杂志印制的事，又一次回到了老城。妻子照例收缴了几万元的家庭收入，并不履行夫妻生活的义务，甚至对丈夫身上的气味很厌恶，那是吃多了海鲜从毛孔中散发出的异味。妻子却坚持认为，是背叛家庭在嫖风浪荡的海岛上滋生的腐朽气息，是可忍孰不可忍。下班后带孩子在灶上吃饭，对丈夫说，你不是有钱吗？到街上吃好的去。丈夫带孩子到了一家小饭馆，点了海鲜，螃蟹却只有一个黄亮的壳，里面空空如也。老板说，不到季节，哪来的蟹肉让你吃，那就是摆阔气用来看的。他妈的！站在饭馆门口在等待的妻子说，打死也不会上饭馆吃饭，不卫生，又花钱，不如在家下碗面调油泼辣子调醋好吃。一辈子穷命，没办法，依了她了。

回了一趟老家，华杰接了父母到老城，妻子照样拒绝老人在家住，说有钱就去住宾馆。父母倒是有生第一次住这么豪华的房子，洗了热水澡，在餐厅点菜吃饭。父母高兴之余，总是嫌花了钱，不花这钱当儿子的也就太不孝顺了。有家不能进，华杰只好带孩子来宾馆，满足爷爷奶奶的隔辈亲情。一起游览景点时，坐出租有意经过家门口的楼下街道，让车稍停一下，将家里的窗户位置指给老人看。华杰与妻子的感情裂痕，起自男人的花花肠子，在外面有了女人，名声不好听，这又远走他乡，说不定又在做对不住媳妇的事，作为父母似乎有愧。儿媳如此不近人情，也怪儿子对家庭的背离，说不起话，默默承受了儿媳的报复。这便与妻子说好，等到儿子大学毕业成人了，能够承受父母离异的亲情挫折，再办理离婚手续不迟。妻子说，反正婚姻已经名存实亡，免得让她再忍受精神折磨，在人前受人的风凉话，活得争气一些。

闲暇时，华杰来到话剧团，找老友奇志聊天。说是打牌，编剧旧友一个死了，一个瘫了，缺了一半腿子，甚为人生无常备感悲凉，只好作罢。问到近况，奇志直摇头，情绪有点低落。他媳妇说，下岗了，没高兴事，日子快过不下去了。

咋啦？奇志是话剧院的新秀编剧，改编了华杰老同事柏斗的小说《山鬼》，在老城公演多场，上京汇演拿了大奖，名声大噪。怎么几年工夫就驰不开了？他媳妇说，如今话剧舞台萧条，排演了一场戏，叫《崛起》，除了首场上面领导来看，动员剧团的人四处拉人送票来拱摊子，有人领掌，掌声雷动，是给领导看的，讨来点经费。之后台下看戏的人比台上演戏的人少，干脆闭幕关门拉倒。这么，奇志在剧团重新组合时，被挤了出来，工资没了，每月只发给四十块钱的生活补贴，这日子还能过下去？奇志在一旁嘴吹脸吊，没给媳妇好话，你少说几句，大不了一天买上十个馍，才花两块钱，一块钱咸菜，饿不死！咋？你看谁有钱跟谁过去，赶紧避远！媳妇也急了，你让华杰说，这㞎货驴死了架子还大得不行，连个人话也说不了。

华杰一听动了心思，奇志这么有才的年轻人，竟然困到这程度，还不如到海南闯荡去，挣些钱再回来。奇志说，去哪儿？谁要哩？媳妇搭了话，你还不如跟上华杰大哥去，给人家当个帮手，不至于没处挖抓，一月能挣个三几百元，也就比你窝在这烂㞎话剧院强。奇志不吭气。华杰说，你媳妇要是舍得你去，你也愿意去，就走！一月保证不下一千块钱收入，吃喝嫖赌我给你包了。媳妇喜笑颜开，那好！不过，吃喝可以，嫖赌千万甭沾！华杰说，我是说笑哩，你莫当真。奇志脸色渐渐舒展了，一拍大腿，站起来说，那就走，去海南！

华杰返回海岛时，带上了奇志，开始在办公室住了几天，又给他租了一处美舍河边菜地旁的一间民房，安顿下来了。华杰有三室两厅的房子，老婆又在老城，为何不让奇志兄弟住在一起？开始奇志有点纳闷，仔细一观察，发现华杰和编辑部主任于丽相好，出双入对，咋能让你骚扰了人家的香巢？奇志跟着华杰，结识了周围的乡党，吃海鲜，下海水里游玩，也上歌舞厅消遣，让奇志觉得从尘土飞扬的死气沉沉的老城，一下子来到了光怪陆离的天堂。只是感到囊中羞涩，好在有华杰出手阔绰，吃喝玩乐全包了。奇志除了编稿子外，就教华杰打字。华杰买了一台手提电脑，一直闲置着，正好奇志刚学会打字，热蒸现卖。奇志学电脑是在银行工作的媳妇教的，他的右手在搬蜂窝煤时不小心弄伤了，只是用一个中指敲打键盘。这会儿，也只能一个中指教华杰打字，可谓一指禅。用的是五笔，熟悉汉字的偏旁字首，打起来也方便掌握。再说，华杰的汉语拼音也忘得差不多了，还是五笔字型能调动对汉字的感觉，兴趣一下子来了。

奇志上了海岛，总得给留存老城带孩子的媳妇一点安慰，电话除外，得寄一些钱回去，说明自己在海岛上有了收获，也好让媳妇放心。这么，华杰思谋着给交警队拍一部专题片，挣个几万块钱，好让奇志给媳妇有个交代。二人一商议，便去找交警队潘队长。潘队长看似武人一个，却也喜欢写文章，一些随笔写得不错，有古文底子，文白交杂，笔调雅致。起先为了那位叫雪儿的女诗人的事，潘队长开始未沾上个毛，白白施舍了几千块钱，帮忙女诗人出了一本小书。其间，华杰似乎扮演了一个拉托的角色，事情不成人意在，从此也交深了这位朋友。岂不知道潘队长瞒着华杰，背后悄悄放倒了雪儿。一见华杰拉来了个知名编剧，在文人行当里有共同语言，啥话都好说，拍专题片需要五万块钱的事，小菜一碟，洒洒水喽，没问题。有权就任性，与有钱有色一样任性，显得也确实够朋友，铁哥们儿！

见面少不了吃饭，老朋友相聚又初识新朋友，潘队长把二位带到了一个高档饭店，不吃湘菜川菜，专门吃甲鱼。一个大玻璃橱箱里装满了年轻的甲鱼，簇拥着向前游动，殊不知始终逃脱不了被囚禁的处境。龟头在仰望着，裙边在颤动着，料想不到群体中的哪几个倒霉鬼会最先抵达生命的终点，沦为人类的盘中餐。作为生物种类，龟有千年寿数，怎么到了这一代却仅有三几年的寿命，就演变为生物链中的弱者。潘队长最爱吃甲鱼，说它壮阳，再加上鹿龟酒，在床榻上可战无不胜，屡战屡猛。

铜盆生了固体酒精火苗，一汪清水在翻滚，召唤着下水之物。一个不锈钢的盘子被花枝招展的小姐端上来，里面装满了刚刚宰杀的甲鱼，去了下水中的污浊之物，湿润光滑，有鲜红的血液渗出来，似乎还残留着肌体的呼吸。食材入锅后，肌体迅速被烫得收缩，香气喷鼻，即可操箸将鲜嫩的肉块放入调料钵中，入口下肚。调料中含盐酱醋姜蒜辣椒香料，五味俱全，渗入肉中，再呷一口醇香的鹿龟酒，实在是天底下最美的吃食。尤其是甲鱼的裙边，濡滑可口，为什么叫作裙边，让人想入非非。

潘队长是这里的常客，身体已经适应了这种吃食，获益不浅。华杰吃过几次，也说效果好。唯独刚刚上岛的奇志，有点水土不服，吃罢甲鱼的第二天，背上便隆起了几个大包，疼痛难忍。去看小诊所的医生，说是毒气上身，排泄不出去，自然瘀积生疮。吃了解药，才稍有缓和，仍然奇痒无比，坐卧不安。潘队长听了，说奇志上岛后光棍一人，不生疮才怪呢？这让奇志哭笑不得，真是饱汉不知饿汉饥，站着说话不腰疼。奇志说，得赶快落实专题片的经费，有活干，也能得几个钱花，总吃你们的喝你们的，就像个乞丐似的，心里不是个滋味。潘队长说，我已经在合同上签了字，得让省上主管领导审批。华杰和奇志想想，那个主管领导是谁呢？

31

那个主管领导不是别人，是正在关心爱护那个写诗女子雪儿的男人。雪儿与华杰打过难以言说的交道，也与潘队长有过不甚愉快的接触，总是让潘队长得了手，相处了一段时间。华杰与雪儿好说，帮过她的大忙，通过她给那个主管领导递句话，并不费劲，举手之劳的事。潘队长也明知这层暧昧纠葛，曾甩了一沓子钱给她出了诗集，当了他的红颜知己不长时间，谁知在一次饭局上让主管领导遇上，雪儿又转身成了潘的上司的人。

华杰只是给雪儿打了一个电话，说让她方便时提醒一下领导，有一份拍摄交警专题片的报告打到了那里，希望得到关心支持，也是树立大特区交警美好形象的好事。写诗女子自然不会推托，回话说已经给说了，可以直接去找他。

　　冒着飘泼大雨，华杰和奇志二人穿越府城大道，来到主管领导办公的大楼。轻轻地敲了办公室的门，不见有动静，问了一下走过来的一个年轻人，说是领导正在楼上会议室开会，不便打扰。怎么办，既然来了，不达目的不罢休，只好守在楼道头的窗户边，一根接一根地抽烟，守株待兔。好不容易快到下班，主管领导走过来，打开办公室的门，客气并不无居高临下地让座喝水。他翻出那份请示报告，程式化地问了问情况，说了些冠冕堂皇的话，提笔签署了意见，握手送客人出门。二人被大雨浇得像落汤鸡似的，心里仍有说不出的高兴，打了一辆的士，去南航路的老马家吃羊肉泡。电话给潘队长说了好消息，请他来吃羊肉泡，他说另有应酬便罢了。

　　拍摄完成交警专题片，在电视台播出后反响不错。接着又拍摄了女子监狱的专题片，反映一位因非法拘禁罪判刑的二十岁的当地女子接受改造的故事。狱警带枪押解着小女子，一起回到文昌家里探望父母，用亲情启发罪犯重新做人。犯罪的小女子毫无坏人的模样，一脸纯真幼稚，是说别人借了她的钱不还，她一气之下找人绑架了借钱的人，犯了非法拘禁罪。华杰和奇志、石岗几人跟踪拍摄，到了村口遇见小女子的父亲，个子瘦高又白白净净的父亲穿戴时尚，头发梳得光亮，手里拿着一把笛子，冷静地望了女儿一眼，一言不发地转身离开了。小女子的母亲很肥胖，正赶着水牛在水田里耕地，闻讯哭哭啼啼地跑过来，两腿的泥巴，一见女儿就边哭边追打，骂女儿做坏事丢人。女儿诉说着，狱警连忙劝说，母女便抱在一起，哭成一团。华杰看到这种情景，想着小女子的父亲的优哉游哉，又那么漠视女儿，母亲下田劳作，疼爱犯错的女儿，这是怎样的血肉之情呢？莫非在这海岛的穷乡僻壤，还一直残留着母系家族社会的某种遗传，女人当家，还是男尊女卑，令人匪夷所思。

参与拍摄专题片的石岗几人，也是跑前跑后，借用摄像机和后期合成设备，出了力就得拿一份酬劳。又在老马家吃羊肉泡时，按人头分了账，照顾奇志得了一万元，好让他寄回去给媳妇交账，讨个高兴安心。殊不知，奇志尽管再也不敢去吃潘队长的甲鱼，背上的疮也化脓结痂，只是留下了青色的伤疤。但似乎周围的朋友少有打光棍的，有的找歌舞厅的小姐放血，有的自己解决，大多有临时的情人做伴，也有一夜情，当然也有固守情操不去沾女人者，令人佩服。单身女人呢，与男人彼此彼此，有的生活上找个帮衬，有的单纯是为了解决性饥饿，无可厚非。也有吃软饭的小男人，靠大龄女人养活，提供性服务当鸭子，油头粉面的做派。

　　奇志本不是花花肠子，尽管善于讨女人喜欢，但从未打过除媳妇之外的任何女人的主意，守身如玉。但在孤悬海外的岛屿上，置身灯红酒绿的花花世界里，一个无处逃避物质金钱欲望的染缸里，他魂不守舍，蠢蠢欲动了。华杰有于丽做情人，还有舞蹈美人隔三岔五地幽会，形影不离的小兄弟奇志不坏也学坏了。一个血气方刚的男子，就那么守着空房，也确实不是滋味。想着媳妇，但远水不解近渴，犯一下男女之事的错误，也是情有可原的。这么放纵一把，就从温柔之乡的泥淖中不可自拔了。

　　有一位中年女子叫蓉儿，不屑于过平平安安的优渥生活，孩子大了，与官员丈夫也没什么感情，属于左手摸右手一类男女之情，干脆离家出走，来到海岛上放飞自己。蓉儿在海岛上找了一份编辑的差事，因性情老诚，也没有可心的男朋友，郁郁寡欢的样子。一次来华杰的编辑部投稿子，写的是海岛的风雨，大海的美景，透露出作者寻觅情感寄托的无奈，不图钱财和权力，渴望得到一份属于自己的爱。在与奇志的搭讪中，二人对上眼了，蓉儿便用轻骑摩托带了奇志，上海滩浴场去玩了。奇志比蓉儿小几岁，表面上看上去相差不大，还似乎挺般配。蓉儿略有温饱，将就混日子，奇志却是穷小子一个，拿不出钱来交女朋友。可蓉儿看重奇志的才华，说白了能胡诌浪谝，是个很有趣味的文人。蓉儿其貌不扬，纯朴可人，素面朝天，不是那种花里胡哨的游荡女子。这么便一拍即合，黏在一起了。

二人到了海滩浴场，周围皆是穿三角裤头的男人和比基尼的女人，在午后的阳光里裸露着诱人的胴体，相互在追打嬉戏或相拥而眠。一个衣冠楚楚的男人和长裙飘飘的女人混入其间，反而是自己的格格不入而大煞风景了。如果在欧美地域的海滨浴场，所有人场的男女一律是裸体，一丝不挂。如果有不裸体者闯入，被视为流氓阿飞，图谋不轨。人类为了遮羞和御寒，穿上了各式各样的衣着，渐渐成了富人与穷人的身份标配。皇帝的新衣，世界上再也没有比这个寓言故事更能鞭斥人性的弱点了。畅游在海水中的鱼儿，是赤裸裸的大自然的骄子和宠儿，人类则变异成了复杂而神奇又古怪的东西。奇志向蓉儿这般布道一番，完全剥光了纯朴老诚女人腼腆的外衣，释放了囚禁在内心的那头困兽，也让自己从悱恻中解救出来。二人也租借了一顶白色的仅可容纳两人的小小帐篷，毫不犹豫地一前一后钻了进去，顿时陷入了温柔之乡，如痴如醉。什么也不去想，只听得海水轻轻地拍打海岸，像是母亲般的催眠曲。

一觉醒来，有点羞涩，但也毫无顾忌，还觉得背叛了谁，做了对不起谁的缺德事，理所当然地夫妻一般，双双告别海滩，各行其是。华杰一看见从温柔之乡归来的奇志，好像陌生了，一改闷闷不乐的神色，精神焕发，像是变了一个人似的。华杰用老家的俗话说，你得是吃了喜娃他妈的奶了？奇志听得明白，是的又怎么样，高兴就行。华杰连连说，好事好事，终于找到感情的归宿了。管它感情爱情色情还是偷情，奇志没有任何后悔的意思。心想，你华杰吃着碗里的，看着锅里的，总不会眼热我这孤苦伶仃的可怜人，刚刚过了一把云雨之瘾。于丽在一旁打趣说，奇老弟这回也是有心上人的人了，不愁长夜绵绵，这下可在海岛上安心了。接下来，奇志退了那间该死的出租屋，拿了简单的行囊，搬到了美舍河下游蓉儿租的民房。在四楼小屋里，二人相互依傍，凭窗可以近眺大海的潮起潮落，海滨浴场一到午后，总是人满为患，熙熙攘攘，他们的美好相遇在一顶小小的白色帐篷里，眼下是哪一顶帐篷，又在成全收留一对情人潜入梦乡。

奇志喜欢夜里写作，正在与华杰筹划拍摄海上缉私队的一部电影，由奇志执笔写初稿，华杰作方案找投资。蓉儿早睡早起，是要在那个商务旅游报社按时上班的。也许是寂寞得久了，积蓄了过多的荷尔蒙激素，奇志与蓉儿这一对露水男女，夜夜都会做喜欢的功课，甚至做得淋漓尽致，却也疲惫不堪。因床铺简陋，只铺了一张竹凉席，也凉快方便，却不知不觉磨破了蓉儿柔软的后背，让男人心疼不已。蓉儿很会心疼比自己小几岁的男人，将他的衣服每天都用手搓洗干净晾干，并在走的时候给他穿上裤头，备好鸡蛋馒头稀粥咸菜，让他起来享用。他们二人的秘密，除了华杰和于丽，周围的人谁也不知道。二人最担心的，是怕老家的家人知道，会生出麻烦来。他们与结发夫妻没有离异的打算，也不准备结为夫妻，只是相互在异乡的风雨中抱团取暖，度过这浮躁而落寞的时光。

好时光总有尽头。不久，蓉儿在老家的男人来信，说让她回去办理早退手续，刻不容缓。奇志媳妇也来信催促他回去一趟，不然媳妇也要给他戴绿帽子了。夫妻两地生活，又不是性无能，有谁会忍受无性的单调生活，苦行僧一样在这个世界上游荡。于是，奇志与蓉儿这一对半路情侣，便在一个台风即将到来的晚上，双双乘坐游轮越过黑暗中仍然涌动的琼州海峡，换乘简陋而拥挤的破面包车，在湛江依依惜别，各回各家。不是各找各妈，是各找丈夫媳妇，忘却刚刚过往的一切，守口如瓶，重新过家庭平平安安的日子。

对于华杰来说，从此没有了蓉儿的音信，奇志在老家安抚了媳妇，又返回了海岛。海上缉私的电影剧本完成了，也与边防部队达成了合作意向，眼看启动在即，却因合作方人事变动，电影项目终是搁浅了。于是奇志在华杰手下一时无所事事，便找到了潘队长，联络内地的人脉资源，按照华杰策划的运营模式，在潘队长的老家注册了一家影视机构，二人合作谋事。华杰念及友情，一起在海岛度过的艰难而快活的日子，客气地送奇志离开海岛，回了大陆另谋一番事业。日后，奇志带剧组来拍摄电影，华杰仍然一如既往，助其一臂之力。问及蓉儿的消息，奇志沮丧地说，自从在湛江车站分手，蓉儿空气一样蒸发了，至今没有任何联系。他怀疑与蓉儿的一场风月之事，仿佛从来就不曾发生过，完全是一种臆想，一个美妙而荒诞的梦。

是梦，不是真实发生过的事情。对于奇志和蓉儿来说，是非常遗憾的，但对于二人彼此的夫妻，却也是再安慰不过的事情了。奇志约潘队长，与华杰久别聚餐，再也不说去吃甲鱼的事了。在一家湘菜馆，点了剁椒鱼头，持箸细嚼慢咽之间，说起上次拍摄专题片的主管领导，潘队长说，进去了。进哪儿去了？进笼子了。因严重贪污腐化，看来不剁头就是好的。那个他关心爱护的写诗的女孩雪儿，也失去了靠山，离开海岛成了北漂，开辟了新的锦绣前程。当然，也与华杰和潘队长失去了联系，从此不想旧事重提。

32

有一次，华杰在海滨浴场偶遇舞者小凤，擦肩而过，因有各自的同事在场，礼貌地打了招呼，各归各的随行匆匆分别了。自从上次她执意要还出国旅游借的钱，他感到了某种生分，意识到对方已经另有钟情，攀了高枝，名花有了新主人，便与她好久没了联系。也是怪华杰，一次在他的寓所，二人正在幽会时，华杰突然觉察到了什么，灭了灯，让她小声说话。稍时，听见了敲门声，不见门里动静，门敲得越来越响，之后便是用脚踢门，然后安静下来。谁呀？这么猖狂！她猜到了是谁，你的女主人吧？她的担惊受怕，有失尊严，对他的脚踩两只船，是彻底愤怒了。但她表示，如果他还真的爱她，就与于丽断绝关系，她也可以考虑与死亡的婚姻告别，是否可以嫁给他。但也强调说，婚姻是爱情的坟墓，类似黑社会，不去考虑的更好。也许是说，不把自己拴在一棵树上吊死，从来就是一个自由神。他无话可说。

至于貌似夫妻的于丽，因他的舞者小凤的出现，也渐渐疏远了与华杰的关系，爱咋着咋着，不想再维系这种有失尊严的情人生活。世界上好男人多的是，于丽也不隐瞒与结识好久了的郭法官的来往，说在跳舞时感到了一种男人身上少有的魅力。不言而喻，离开你华杰就没好男人了？好吧。华杰是像挑担子，一头抹脱，又一头滑脱，活该。

在此间感情游离的空隙，一个清纯的女子朵儿闯进了他忧郁的生活。他是主动的吗？应该是被动的，因为他的心软，像歌里唱的心太软，一切都要自己尝。有位电视台的临时主持人，慕名前来采访，听他讲米兰·昆德拉的《生活在在别处》，讲海岛给予自己的第二故乡和多活了一辈子的人生感悟，还有没有忘记文学写作就等于没有背叛自己的反思。激动的时候，唱起了他写的一首风靡海岛的歌，歌词大意是，在那个熟悉的地方，可曾是你的家？问一声浪迹的人儿，为什么远走天涯？为了海水和绿岛，和那真诚的微笑，一个浪人期待的地方，你心是你的家。他唱流泪了，听得主持人喜极而泣。

临时主持人朵儿，采访华杰的报道在电视台播出了，赢得了好评。谁知在录用主持人的环节中，她没有依据潜规则行事，以色换取职业，当然名落孙山，被淘汰出局。一天，华杰接到朵儿电话，说请他喝茶，他不好推辞，就冒雨赴约。到了南航路一个路口，天已经暗了下来，雨也停歇了，二人便在路边一个大排档坐了下来。都饿了吧，他要了两碗牛腩粉，二人饥不择食地一扫而光。一个几岁大的小丫头，被雨淋得冷飕飕地发抖，手里捧着一把带水珠的鲜艳如火的玫瑰花，凑到了二人面前。小丫头哀求说，老板，你看大姐姐长得多漂亮多美丽呀，你就买一朵玫瑰送给她好吗？求求你，好心的大哥哥，为了你们的爱情一直到永远，就请送给她一朵象征爱情的玫瑰花吧！小丫头见老板不动声色，便嘤嘤地哭起来，老板，我一天还没吃一口饭呢，我的阿妈早死了，阿爸也死了，我成了一个孤儿，被一个大爷收养，要是卖花赚不到钱，就不给我饭吃，还要打死我，你就可怜可怜我吧！听小丫头这么一说，朵儿下意识地摸摸小包，华杰明白过来，不管小丫头说的是真话还是谎话，这玫瑰是非买不可的。他掏出一张十元钱，要了一朵玫瑰。小丫头执意要多送几朵，华杰说，一心一意，一朵就好。

这有点弄假成真的游戏，却让华杰和朵儿有一种温馨的感觉。送人玫瑰，手留余香。小雨又淅淅沥沥地下了起来，没有停的意思，二人也似乎没有告别的意思，便移步至一处商铺的屋檐下，继续未完的话题。华杰抽着烟，在灯火明灭的气氛下，烟头闪动着星粒般的光亮。他的心思，有点偶遇佳人般的留连，期待并不无担心地又开始了男女之情的段落。朵儿清纯可人，匀称的身段，微微挺起的胸脯，一双令人怜惜的眼睛，让华杰不敢正面专注地凝视她。这么优秀的女子，在美女如云的海岛上，被电视台主持人的队伍所拒绝，说冤屈也不冤屈。人比人活不成，骡子比马驮不成，华杰想起了老家乡下人常说的一句话，用来安慰面前这个可怜巴巴的失意的女子。天无绝人之路，总会找到一个可心的职业的，海岛上不是所有有权力的人都会对有求于他的人实施潜规则，总是好人多，看重实力，以才能取人。朵儿说，谢谢大哥的话，我甚至连跳海的心思都有了，又不甘心就这么了却一生。是的，我不会因此打道回府，再回到那个令人窒息的老家去，在海岛上坚持下来，不信没有我朵儿活的路。人家可以在海岛上混得风生水起，而我又不是傻瓜一个，为什么就无路可走？我打死也不服。华杰说，这就对了。

二人的交谈渐渐深入了，朵儿突然想起了什么，禁不住抽泣起来，让华杰为之动心。还有什么不可示人的秘密呢？你有什么难言之隐，说出来听听，说不定我会帮到你，千万别客气。华杰递过一张餐巾纸，朵儿接了过去，二人的手碰在一起，他感到了一双柔软而冰冷的小手，在拉住他温热的大手，又迅速分开了。朵儿这才从头道来，说起她的来路。在四川老家的小城，从小家里很穷，她幼师毕业后做了一个幼儿园的老师，教孩子们唱歌跳舞，生活很平静。她初恋的人到深圳创业，那个她深爱的男人却见异思迁，娶了一个大老板的女儿，过起了优渥的白领生活。她灰心丧气，发誓终生不嫁，以惩罚那个曾经山盟海誓的负心汉，让他抱愧终生。不料这男人婚后一直不幸福，等于给大老板家当马仔，低三下四地生活，被家人看不起。加上大老板的千金长相平平，却仗着有钱有势，轻薄俗气，还一直未怀上孩子，反而指责男人没种。这么，他就想起了初恋人，唤朵儿偷偷地离开老家的幼儿园，到深圳给租了房子，养起了小三。他曾经许愿，说要与现在的女人离婚，娶朵儿为妻，得有一段过渡。痴情的朵儿信以为真，便在偷情的温柔之乡期待着扶正的机会。这一天，迟迟不肯到来。天长日久，小三朵儿被男人的本妻发现，开始声称要用硫酸破了小三的相，这男人也没有与家庭决裂的迹象。可悲的朵儿，便自食其果，独自乘轮船南下海岛，来这里谋生。她撞来撞去，颠沛流离，终是没有找到归宿，落到了这般田地。

华杰大为吃惊，眼前的小女子竟然经历了这样曲折的历程，一时无语，静静地抽烟，不知如何对应。这时，朵儿突然央求说，大哥，你能帮我一个忙吗？帮忙，帮什么忙？华杰想到，是否要想办法给她找一个工作，这是轻易办不到的事。在杂志社和公司，自己说了算，但没有位置，影视业务暂且歇业，她来能做什么，秘书、文员？有编辑部主任于丽在位，尽管与自己闹了别扭，一时不那么亲密无间了，但要招进来一个年轻漂亮又做过电视台临时主持人的女子，于丽的醋坛子要彻底打翻了。早来海岛的人，最怕刚刚上岛的老乡熟人的事，给找工作或借钱。眼前的朵儿，莫非这两件事。果不其然，当华杰问到找工作时，朵儿当然愿意到他的手下谋一差事，也意识到他身边已经有人，有女人，她比你先到，是最棘手的事。那么是不是手头拮据，这好办。朵儿已经是两手空空，连下一顿的饭钱也掏不出来了。一文钱难倒英雄汉，莫说一个弱女子。朵儿也如实道来，借点钱糊口，这话从她的口中说出来，已经鼓足了勇气，甚至丢失了女子的尊严，有点羞耻地无地自容了。一再说，大哥千万别笑话我，别把我当骗子，有借有还，等我找到工作赚了钱，一定还你。话说到这份儿上，别说这个曾经的电视台主持人采访过自己，有过一面之交，印象的确不错，就是陌路遇见一个身无分文而饥肠辘辘的女子，他也会施以援手，帮助解决一顿饭钱。这么，华杰随手从西服上衣口袋里掏出全部备用的钱，大概三千块，递到了朵儿手里。朵儿说，一千就够了，其余的又递给华杰。他执意让她收着，说不用还了。朵儿说，那不行，一定要还。

　　该分手了，朵儿说，她就住在附近巷子的出租屋里，让华杰打的先走。夜已经深了，路上车辆的行人稀少，一个单身女子走夜路，说不定会遇上歹徒劫色抢钱。华杰想，做好人就做到底，要送朵儿一程，她也没有推辞，二人便一起过了马路，踩着泥泞朝幽黑的巷子走去。半路上，遇到一个弯腰驼背的老人，站在朵儿面前，训斥道，你个死女子，怎么这么晚才回来？华杰诧异，谁呀，这么凶。朵儿忙解释，这是我阿爸。又对阿爸说，和同事出去办事，他送我回来，走吧，咱们回家。她搀扶着阿爸走了，向愣在那里的华杰招招手，消失在幽静的巷子里了。

　　华杰还沉浸在一时泛起在心头的疑虑中，转身回到路口，好不容易等到了一辆的士，百思不得其解地回到寓所。朵儿给他诉说的情感经历，和她面临的尴尬处境，这应该是真的，不会是骗人的吧？那为何没有说，还有一个阿爸同她住在出租屋的小巷子里？如果不是路遇老人，他还以为是朵儿独身一人在出租屋生活的呢！是她来不及说，还是存心在隐瞒什么，她的背后还有多少曲折离奇的故事呢？在这茫茫的海岛上，有原住民，有蜂拥而至的山南海北的闯荡者，其中有寻找仕途的官员，有投资房地产一夜暴富的商人，有踌躇满志或不得志的知识分子，有逃避婚姻来寻找爱情或生理快活的孤男寡女，也不乏杀人犯或空手套白狼的投机冒险的硬人，不一而足。这个让华杰动了恻隐之心的朵儿，究竟是一个怎样的女子呢？他不想把她想得有多么坏，相信自己这么个久经历练的文人，或者说是一个情场老手，会有什么闪失，以观其变好了。也许，自己遇上的是一个可靠的风情万种的海岛佳人，但愿如此。

33

　　于丽对华杰还是那么爱搭不理，工作上的配合一如既往，下班之后各找各的归宿。于丽是对华杰爱得自私，束缚了他与其他女子，尤其是有点姿色的女子的自由来往，让风流倜傥的这么个臭文人手足无措，反而把他推向了另一个女人的怀抱。钟情，挚情甚至痴情不可以吗？是华杰在给人家于丽找破绽，给自己的多情找借口，而让于丽慢慢丧失了信心和耐心，把一个一心喜欢自己甚而想有一天结为正式夫妻的女人，推向了那个能体贴入微的什么郭法官的怀抱。那个舞者小凤呢？有一出没一出，偶尔会打一个电话来，或者约出去和一帮子高官或大款或知名作家聚餐，心不在焉地对付他这个曾经的情侣，藕断丝连，又形同陌路，是大可指望不上了。也可能偶然有一次肌肤亲近，却因种种的心理障碍而产生情感冲突，明知人家有自己交往的圈子，另觅高枝，不再在意与你的情感联络，说是不再来往了，却又割舍不下。人，就是这么矛盾，五花六花，丢失了又获得了，得到了又抛弃了，终是不知道自己究竟要什么？哪里才是一成不变的情感的寄放之处，直至终身？这让华杰一时有点抑郁了。

正好，朵儿的偶然相遇，又使他沉静的情感湖水荡起了一丝涟漪，平静不下来了。想着也许是路途中的一处稍瞬即逝的风景，迷人的前景还在前头。就如同看见一湾海水，就惊叫起来，之后站在宽阔的大海边，波涛激荡，从浑黄带绿的浅水到渐渐碧蓝的深海，一直伸延到天边的海天一色的壮美景色，那才真正是人间美景。没过几天，朵儿打来电话，想让华杰去那儿一趟，认认门户，她阿爸说了，得请关心自己女儿的好人到她那儿做客。这不会是鸿门宴吧？他也太能想象了，太具备警惕心了，连自己也觉得可笑，自己是什么人，有那么重要吗？不就是为了表达一下感谢之情，还能有何心怀叵测的呢？

前几天晚上是在这个巷子口分手的，现在，朵儿站在明媚的阳光下，等待华杰的到来。一改那天晚上的郁郁寡欢，朵儿的脸上绽放着抑制不住的微笑，尤其是迷人的眼睛眯成了一条线，显得格外楚楚动人。她换了一件紫绛色的连衣裙，不暗淡也不妖冶，胸脯微微隆起，后襟也适度地显出圆润的臀部，小腿挺得直直的，着一双白色旅游鞋，显得很干练。秀发是用一条蓝色的丝带扎成马尾状，一甩一甩地，像是一个活泼稚气的大学生。原来，女子在心情好的时候，也完全可以呈现出比以往更惹人喜爱的模样。而走进巷子，来到一幢公寓楼下，上了二楼，踏入这间三室两厅的房子时，华杰刚才那种愉悦的心情立马晴天转多云了。

朵儿的阿爸在拙笨地招呼客人落座，转身进了一间屋子。一个老太太风风火火地迎出来，泡茶递水果，一再表示感谢女儿朵儿遇到了好人，这下子女儿有救了。朵儿领华杰走入阿爸的房间，有两张单人床铺，边上放了几幅画有牡丹的国画。阿爸呆呆地站在一旁，说画儿是他儿子，也就是朵儿的哥哥画的，哥哥出门去了。朵儿是和母亲住在一个房间，老太太正坐在床头，一针一线埋头纳袜底。在一间关闭的主屋门口，朵儿说，这是我姐姐的房间，她出门打麻将去了。华杰回到沙发上坐下，掏出一支三五烟点着，朵儿说，实在对不起，阿爸和哥哥抽的烟不好，也就没好意思敬你烟。华杰说，我是抽习惯了这牌子，别在意。他的心里猫抓老鼠，一下子理不清眼前这一家人的头绪，朵儿领他来家里坐坐，是要把她的处境全部不加遮掩地告诉他吗？朵儿给华杰削着一个菠萝，旋转着剔除那些带毛刺的绿皮，金黄的果实温润地显露出来，又切成瓣，用盐水浸了浸，又用牙签扎了递给华杰。朵儿请华杰来，似乎没有给家人提前说，也就没有留客人吃饭的迹象。朵儿抱歉地说，我姐打麻将很晚才回来，家里吃饭得等她，也就没有什么固定的饭点。这样，我们还是去外边吃，旁边有一家当地的猪脚饭，很有特色，我请你。朵儿向阿爸和母亲打了一声招呼，二位老人送到门口，华杰也便一起出了门。

华杰和朵儿进了猪脚饭铺，一人点了一份，很快端上来的是一碗白米饭，上边各放一只卤猪蹄子，酱红的颜色。海岛上的当地人喜欢吃猪蹄子，前蹄子叫猪手，后蹄子叫猪脚，当然猪手比猪脚要贵重一些。这家猪脚饭铺子，是一般老百姓喜欢吃饭的地方，价廉物美，一大碗不过五元钱。华杰有心思，手忙脚乱地弄了一手油，也没有把这碗饭吃好。朵儿倒是手到擒来，吃得很利落，看着华杰尴尬的样子，笑着说，让你为难了，平常不怎么到这些下里巴人吃饭的地方来吧？体验一下普通老百姓的生活，对你写作也有好处不是？华杰这才笑逐颜开，挺好的，只是我手笨而已。

填饱了肚子，二人漫步到了海边。华杰想，怎么开口打问朵儿的家事，有什么隐私不可以说透，倒是朵儿丝毫没有隐瞒的意思，如实一五一十地说起刚才在家中看到的一切。早年在四川老家，阿爸在一家肉食加工厂工作，和没有文化只能做家属扫地的母亲成家后，生下了哥哥姐姐和朵儿兄妹三人，日子过得一般。不料，阿爸与一个女同事好上了，硬是与母亲离了婚，丢下母亲和三个儿女，托新婚妻子的门路，调到了外地工作过日子，远走高飞了。母亲辛辛苦苦把儿女养大，哥哥承包了肉联厂干得红红火火，姐姐下海上了海岛，朵儿当了幼儿园老师。没过几年，哥哥的肉联厂垮了，集资入股的人打将上门讨债，哥哥只好丢下嫂子和孩子，只身投奔海岛上的姐姐躲藏了起来，凭着业余爱好的画画手艺，在海岛上惨淡度日。姐姐长得漂亮，攀上了当地一个副县长，给人家当了二奶，并生有一子。这男人便瞒着本妻，给姐姐买了这套房子，把另一个婚外的家安顿下来。之后本妻发现了蛛丝马迹，跟男人吵闹，但自己连续生了三个女儿，没有生下男孩，指望二奶生的儿子日后接续香火，也就偃旗息鼓，各自为安了。

后来呢？朵儿接着说，姐姐有孝心，先是把孤苦伶仃的母亲从老家接来，过几天享福的日子。谁知倒霉的哥哥也随后赶来，说是躲藏一段时间就走，这一躲藏就是两三年。姐姐有当副县长的男人提供生活费用，在男人忙乎本妻和公家的大事之外，也许又有了三奶四奶，已经很少光顾为他生了儿子的二奶了。寂寞无助的姐姐，有了母亲的陪伴，哥哥又来到自己的身边，一家人在海岛上重聚，亲情的抚慰让姐姐也心安理得，当家长的位置使她有了话语权，也就乐在其中。天有不测风云，人有旦夕祸福。那个供养姐姐幸福生活的副县长，不知得罪了什么人，被举报索贿行贿上千万元，锒铛入狱，判刑十年。姐姐哭得想跳海，被母亲哥哥劝说，好在还没有暴露罪犯养二奶的真相，留下了一笔巨款，完全可以够私生子母子生活。谁知有一天，来了一个破败的老头，寻找上门来，他不是别人，正是早年与母亲离婚另觅新欢且远走高飞的男人，母亲曾经的丈夫，朵儿和哥哥姐姐的亲生父亲。老头被那个新家的妻子抛弃了，另外找了一个有钱人改嫁了，他也被踢出了门，流浪到了亲生女儿门下。姐姐心软，难道不给落魄的父亲一碗饭吃，便收留了下来。不是姐姐顾及亲情，还能在自己的人生路上遇到重大坎坷的时候，再收留妹妹朵儿吗？不料，朵儿也是命苦，依她自己说的，恋上了一个男人，遭到抛弃后又重拾旧情，接着又被抛弃，这样的当还能再上几回？只盼望找到一个安身立命的工作，却因电视台招聘的潜规则落空，这又遇到了华杰。

听得一头雾水的华杰，感叹世界上还有如此离奇的悲欢离合，比那些热衷于虚构而胡编乱造的伪小说家的故事精彩多了。这不是一个虚拟的故事，就明明白白发生在自己身边，自己还成了当事人，情何以堪？朵儿忧心忡忡，说自己生活在这样一个不断发生离奇故事的屋子里，身心交瘁，一天也待不下去了。过来过去都是亲人，都扮演着尴尬的角色。姐姐遇了大事，供养她的男人身陷囹圄，性情很焦虑，身边又有这几位亲如一家又各有心思的长者和小妹，轻不得重不得，在送儿子上学之后无所事事，只好混迹于邻居的麻将摊，输赢不在话下，只是躲避纷纷扰扰一团麻似的家境，有苦对谁诉说。有时急躁了，说是只留下母亲一人，要把他们几个统统赶走，滚得远远的，不要破坏了她家中的安静。母亲对儿女都不舍，都是自己肠子上掉下来的肉，一会儿说让姐姐宽容，收留他们渡过难关，一会儿又让他们赶紧离开，各人走自己的路，不要再连累姐姐。哥哥呢，几次愤然离开，走投无路时又厚着脸皮回来了，总不能露宿街头。母亲骂父亲是老不要脸的，当初丢下他们娘们不管不顾，只图自己快活，如今又死皮赖脸地认女儿来了，待在这里不走，还要好吃好喝，什么东西！干脆跳海去，死了拉倒！父亲并不发火，强忍怒火，皮笑肉不笑地说，没有我哪有你们，如今老子混背了，讨一口饭吃，有一个过夜的窝，来打扰亲生女儿有罪吗？要不，我上法院告状去，说你们不赡养孝顺老人，法院会判你们遗弃罪，是要坐大牢的！

小妹朵儿，如同在亲人撕扯的打斗场边哭泣的小可怜，如何是好。她多想自己离开这里，出去租一间哪怕只能容身的三平方米角落，有自己的一个独立的生存空间，也就是她最大的幸福了。无奈一时找不到工作，没有一分钱的收入，靠母亲或姐姐施舍有口饭吃，有一处歇息的角落，常常彻夜无眠，泪水湿了枕头。她有时想，干脆破罐子破摔，凭着自己的模样，混入歌舞厅浩浩荡荡的小姐队伍，每晚总能有百元收入。她也是偷偷摸摸去了一两回，头一回还好，遇上的舞伴是谦谦君子，也不色情地触犯她的胸部或下身，她也想这样洁身自好。但第二回就不那么顺心了，遇上的不仅是一个脑满肠肥的老色狼，而且在黑灯的空隙，企图强暴她。受辱的她奋力反抗，却遭到毒打，老色狼还唤来几个马仔，强行把她劫持到了一个豪华的别墅，硬是强奸了她，扔给了她几张钞票，把她丢在了院门外。她一口气跑到海边，就在她涉入海水，水越来越深，已经淹到脖颈的当儿，她清醒了过来，为什么要死，死了不就便宜了这个可恶的世事。她反悔了，爬上了海岸，听海鸥在嘎嘎地叫，展翅飞向无垠的海天。自己活得不如一只鸟儿，枉为在人世上走了一回。不行，自己要振作起来，不信在这熙熙攘攘的海岛上，找不到自己一条卑微的活路。

这么，就给曾经采访过的华杰打了一个电话，发生了近几天的故事。接下来，怎么办？这是一个问题。

34

第三天，华杰在离自己公寓不远的地方，一个单位公寓的小二层楼上找到了一间出租屋，带朵儿来住。他也不知道自己要干什么，包养二奶，还是助人为乐，还只是想为一个处于困境的女子临时解决一下住宿问题。先租了一个月，三百块钱，华杰付了租费，总可以让朵儿有一个独立的容身之处了。临窗单间，柔和的光线透过白色窗帘照进来，一米宽的洁白的床，带厨房兼卫生间，过道有一对沙发带茶几。朵儿高兴得孩子一样，温柔的眼睛又眯成了一条线。她说自从上了海岛，一直借宿在姐姐家，和母亲挤在一张床上，还从来没有拥有一处这样温馨的住处。

二人在旁边的饭铺吃了一碗河粉，又返回出租屋。打开灯光，拉了窗帘，这个静谧的空间非二人莫属了。华杰大哥哥一样，关切地说，你早早休息，也累了吧。朵儿感激地说，大哥你也累了，回去歇息。就要华杰转身离开的时候，朵儿一把从后面抱住了华杰的腰，把头枕在了华杰的肩上。华杰顿时感到了一股柔情的潮水涌上心头，秀发的香气渗入鼻腔，回过头只见朵儿泪水汪汪，喜极而泣的样子，凝神望着他，像是在期待一个美好的回应。是这样的吗？华杰有点措手不及，心里慌慌的，却禁不住搂住了朵儿修长而光滑的脖子，二人的脸颊自然而然地贴在了一起。有如人们常说的干柴烈火，点燃的是一阵刹不住的热吻，像是饥饿的小兽，尽情地享受水乳交融的幸福时分。

就在朵儿的身体像软瘫了似的，被华杰扶到沙发上，似乎要发生宽衣解带行为的时候，朵儿却清醒过来，一把推开了情欲爆发的健壮的男人。这同样让华杰诧异，我这是在干什么？难道要乘人之危施以强暴不成？可他从来就不是这样的人，没有主动或强求喜欢或被喜欢的女人做什么，如发现对方稍有一丝不乐意的神情，他会自尊地停下来，说声抱歉，失意地离开女人的身体。愿者上钩，他在男女之事上总是情愿姜太公钓鱼，能够把控自己类似动物般的冲动，回归正人君子的面孔。也许是朵儿假装正经，做作矫情，实际上是欲进则退，欲攻则守，他也会知趣地放下手脚，理智地结束一时冲动而升级的性爱游戏。

朵儿抱愧地说，大哥，对不起，我近来身体不适，怕把你也传染了，好在来日方长，我会让你快乐的。华杰又是一阵惊讶，身体不适恐怕是来了例假，情有可原，说什么怕传染给了我是什么意思？莫非是染了性病？他的情绪顿时一落千丈，怎么会呢？她又不是混迹于风月场上的游荡女子，如若靠自己的身体赚钱，靠出卖色相做什么皮肉生意，就凭借她出众的长相不至于揽不到嫖客，哪会沦落到身无分文的可怜地步呢？朵儿怕华杰误会自己的身份，把自己猜想成了肮脏的妓女，连忙解释说，大哥别生气，你也不要把朵儿猜想得那么坏，那么不齿于人类的狗屎，我给说过，就在我第二次上歌舞厅时，被那个脑满肠肥的畜生强暴，感到身体不适，看了医生后说是染上了红斑狼疮，经过治疗好一些，但还没完全痊愈，怕害了你大哥，你相信我吗？听朵儿这么一说，华杰才恍然大悟，耐心安慰道，我想起来了，这不是你的错，我也不会埋怨你，别胡思乱想了，好好休息吧！临出门，朵儿拉住华杰的手不忍松开，大哥，你一定别生气，等我电话。好的。华杰微笑着拉上了房门。

　　回到杂志社，于丽告诉华杰一个惊天动地的消息，说法制厅郑厅长突发心脏病，正在医院抢救！华杰有点不信，怎么会呢？昨天一早，他还上厅里去汇报工作，和郑厅长聊了一会儿。于丽说，听说是打高尔夫球，一杆子下去，人就晕倒在地，紧急送医院了。华杰能来海岛上，也还是郑厅长点名抽调过来的人选，在创办法制报刊过程中，郑厅长是顶头上司，是自己人，给予极大的支持。连同给华杰分房，当地人在法制部门工作年限长，说华杰才来不久就能分到房，郑厅长顶着压力强调不论在哪里工作，都是给共产党工作的，应该一视同仁。于丽也是，是郑厅长点头调入的，也是同样问题分到了房。这得感谢郑厅长，在属下干好工作，不能给上司丢脸。二人立马挡了一辆出租，买了一束鲜花赶到了医院。好在有惊无险，郑厅长被抢救过来了，乐呵呵地招呼他们坐，说是阎王爷不收他，又回来了不是？还说，刚才吃了半碗羊肉泡馍，香得很。二人这便放心地离开了，一路上也是有点貌合神离，似乎在情感上各怀鬼胎。华杰与半路上遇到的朵儿的事，于丽不可能知晓，她还是以为他与舞者小凤纠缠不清，本来是借与郭法官的暧昧刺激一下他，殊不知正中下怀，他有理由疏远了她，恰巧遭遇了一个朵儿。不过，于丽也猜出了几分，讥讽道，你还能闲住？鬼才信。华杰无语，默默想自己的心事。

　　不曾料到，郑厅长在住院一个星期后，突然去世了！郑厅长的父亲是老革命，生前在国务院任职，这便请了国家级知名医生，坐飞机到海岛给郑厅长诊病。当时是抢救过来了，一直是用药物维系心脏的功能，到了一定程度，心脏血管承受不了外力的作用时，突然爆裂，就没得救了。护士说，半夜里听见患者一声痛苦的尖叫，双腿一蹬，便停止了呼吸。这对家人和他任职的部门同事，都是一个重大的情感打击。当然，华杰和于丽也是在情感上接受不了，靠山倒了，在错综复杂的法制机构，以后的日子不好混了。在送葬那天，尤其是当初具体给他们办理调入手续并给予切实支持和关心的人事处万处长，可能因为被看作是郑厅长的死党，哭天抢地，甚至发疯似的砸了场子，让所有人吃惊。有人失意有人庆幸，提前几年空出一个厅长的位子，对一些人来说在偷偷地乐。

果不其然，在报刊整理合并的情势下，法制厅主办的报刊被停刊了，统一归属省上政法系统，转换为一份报纸。郑厅长的离世，从老城随他来的一杆子人马，自然树倒猢狲散，纷纷另找出路。在法制厅办理兼并手续时，郑厅长提倡的请讲普通话失效了，琼语和东北话及西北话等五湖四海的方言，各行其是。别人在一旁说话，你在旁边听不大懂，不知人家在说你好还是在骂你。琼语常把空调念成空吊，把兵马俑说成兵马桶，把我用自行车带你说成我骑你，也只好随他说，不然说你是错的。华杰在监狱局任局长的老乡，好心给他说，局里的政委到站了，你是在厅里备案的处级干部，也别做什么杂志了，文化人是百无一用，还是回归到编制体制中来，在局里当个政委，倒不失为一条好的出路。华杰感谢老乡，但无论如何不可能去做什么监狱局的政委。他二十出头就入党，政治上没问题，却偏偏不情愿做行政，爱好什么写作，说是要走仕途早在老城做了，在文化厅做个处长什么的还是有政治背景和资源的，跑到这海岛上做官，压根儿不是他的所愿。乡党局长说，你来给你配一辆专车，一支手枪，警服一穿，走到哪里都挺威风的，何必做什么文人？华杰放弃了，宁可被兼并到政法系统，再去编报刊，做自己喜欢做的事。

于丽好像先知先觉，趁机选择了去向，在那位暧昧的郭法官的疏通下，很快转移到一家法律内刊当了副主编。在即将结束法制报刊的清理时，华杰的堂弟突然上了海岛，原来是汽车学院毕业的，开了几年拉煤的大货车，又苦又累，车祸频出，就花钱调到一个镇上商店当促销员卖老鼠药，月薪不到百元，这么就上海岛淘金来了。一个爷的孙子，能不管吗？给找了一个为老板开车的差事，死活不再干司机了，只好自己找到了一家酒店当保洁员，也就是打扫卫生的。收入很低，租不起房，也就临时住在华杰的办公室沙发上过夜。会计结算账目时，办公电话怎么一月多了六百多元的费用，一查是堂弟半夜孤独无聊打电话的费用。他一气之下，让堂弟到酒店地下室去过夜，不要影响杂志社的事。并对堂弟说，你什么时候下一顿没饭吃了，或遇到不测你再来找我，自己去闯荡吧！也是，堂弟做保洁时一不小心被硫酸烫了，要进医院治疗没钱，他给了几百块钱。偶然有一位文学青年来见华杰，说到在一家酒店当副总，正好是堂弟谋职的酒店，这便照顾做了夜班统计员，生活有所转机。堂弟学习摄影和写作，给报刊投稿，之后当上了通讯员和记者，算是了却了华杰的一个心结。

杂志社和传播公司解体，一直做会计的黎族小姑娘也只好离开，另找职业。小姑娘也是厅里做会计的表姐介绍的，长得黑黑的，一对羞涩的大眼睛，言语不多，做事靠得住，也是华杰多了一个与当地人沟通的渠道。小姑娘过端午时回家，来时给华杰和于丽捎了她母亲做的粽子，感谢她的心意，但粽子里夹了一大块肥猪肉片子，让他无法吃下去，悄悄地丢了。他老家的粽子，从来只夹豆沙红枣蘸蜂蜜，糯米与肥肉的吃法不习惯，等于辜负了黎族小姑娘的一片心意。临搬家时，让小姑娘把办公室的所有东西拉走，算是对她的一点补偿。小姑娘叫了她哥哥，用大货车拉回了黎寨，送给了山里的小学校。

35

这当儿，文联有一个扶贫的写作任务，领导老二让华杰和一位当地作家老陈去采写，他一来是想深入黎寨体悟风土人情，二来也有一笔稿费收入。进入五指山原始森林边的黎寨，如同涉入了一个另外的世界，云雾缭绕，神秘莫测。茅屋中的火塘，三块石头支一口鼎罐，里边煮的米饭，干饭泡饭稀饭轮流吃，一边铁丝上挂有烧烤的几只老鼠，当地作家老陈看华杰为难的样子，说这不是你印象中的老鼠，这是竹鼠，是吃竹子长大的，好吃！可华杰尝了一口，类似细腻的鱼肉，但腥臊味让他作呕，老陈却嚼得很香。老陈说，大山养人，从来没听说黎族人谁是被饿死的，山里有吃不完的植物动物。有年轻人到城里打工，干不多久就跑回来，说那里不是人过的日子，与人打交道太累，不如大山里空气清新，活得简单，自由浪漫。青年男女大多能歌善舞，有情有意了就钻进专门的寮房，谈情说爱，好不快活。扶贫给的猪崽子和果树苗子，生火吃烧烤了。整块的圆木，两米多长，中间掏空了，做成有底有盖的棺材放在屋檐下。见到死了人，在天黑时挖坑埋葬，令人毛骨悚然。在扶贫工作中，生活环境有所改善。

　　七千多字的稿子写成了，报纸安排了一个整版，打出了清样。一位热心慈善的女老板爱好文学，给黎寨一些款项，要在华杰和老陈后边加上她的署名，报纸准备刊登。这天，老陈高兴地来找华杰，说女老板为了感谢，拿出一万五，分别给作者和编辑支付一点报酬，华杰没多想就收下了。不料，开始安排采写任务的文联领导知道了，老二便给华杰打电话，说这个事是文联的集体行为，你也不缺这几千块钱，把收的钱退回文联账户。华杰这么做了，一是尊重办事认真的老二，说不定也有机会去文联谋个饭碗。老陈是文联的老人手，说刚拿到的报酬还没焐热，为什么要交回文联，老二也太过分了。说着说着，脾气耿直的老陈动怒了，说要杀了那个让交钱的人。华杰相劝，也不知他退了钱没有。编辑也大躁，说关文联老二屁事，是人家女老板赞助的，署个名有什么过错？这么，稿子也未能刊登，华杰是白忙活了一遭，哭笑不得。

　　文联老二之所以俗称圣人，是寓意孔老二，文学造诣很深，动意让华杰调到文联，华杰也就遵从他的意思，不去计较一得一失的小事了。海岛要编辑出版一套文学丛书，叫海岛写作，老二主编，托付华杰来编散文卷。什么是海岛写作，什么又是大陆写作，一个不经意的文学流派的命名，引发了一场有轰动效应的文化事件。这样，一向敏锐而自信并且谨慎从事的老二，日子却不好过了。紧接着，在老二和华杰一起参加的京城文学会议上，有人在报纸上爆料，说老二的新作在表现形式上有模仿欧美某作家的嫌疑，抹黑老二的文学成就。老二放不下，便在当地法院提起上诉，把这家报纸和记者告上法庭，讨个公道。法庭庭长是海归博士，权威性了得，被告却以事件发生地之争未出席，判定被告道歉和赔偿精神损失若干，迟迟未能执行。但也从名义上，让老二出了一口恶气，对方也不无尴尬，以此告终。

华杰调入文联的事一时没有下文，他只好过渡到兼并设立的政法报刊，人事档案关系因相互扯皮，一直没有到位。华杰不想在这里争得什么位置，只是编辑文艺副刊，暂且落脚下来。加之原先的靠山郑厅长离世，没有人帮他从中协调关系，加上他一向的清高孤傲，不想求任何人，更不去用钱买一个什么职位，顺其自然的好。华杰论学历党龄和职级及职称，是完全可以胜任兼并报刊一个主要职位的，有的事是事在人为，管他的是一位没有相应学历党籍职级职称的年轻人，岂不咄咄怪事。好在这位年轻人还算尊重华杰，老华老华地叫着，客客气气的样子，也就这么着吧！主管的出版机构办事员，也竟然敢向政法部门报刊私下收取什么费用，年轻人手头一时拮据，要借华杰的钱用，他尽管怒不可遏，却也帮了这个忙。结果，头版头条的社论，可能由于年轻人的疏忽，把不负众望写成了不孚众望，酿成重大事故，收回报纸重印，急得年轻人满头虚汗，心惊肉跳。一位新来的山东女孩应聘记者，拉了一笔广告，为提成比例与年轻人领导吵得翻了脸，说要告他。喝多了酒，他叫骂说曾有一个小伙子与他作对，叫来了公安上哥们儿，将这小伙子来了个背铐，脸贴在地板上哭爹叫娘。说这山东女婊子再纠缠，就找烂仔们奸了她，废了她，让她这辈子别想生孩子。华杰听得很阴森，尽管这年轻人说的是酒话疯话，难料在人性的暗处潜伏着多么可怕的臆想。

华杰不想说，在初上海岛时，遇见一个老皮流浪记者，掏出刀子威胁他增加提成，他拉开抽屉说里边有铜手套、弹簧匕首、钢笔手枪，你想不要命，就来试试！也就赤手空拳，你不见得是对手。华杰二十岁当矿工时，把一个强壮的汉子撂翻，在海岛骑楼将一个要横的烂仔差点儿掐死。在这记者编辑的所谓文人圈子里，还要动用武力暴力行事吗？如若不计后果，你想杀死一个小鸡，它也会本能地用爪子抓你。武斗简单，软的怕硬的，硬的怕不要命的。他不要命了，还怕什么？你想让别人死，别人反杀，死的也许是你自己。在生存竞争尤其白热化的海岛上，华杰选择的逃避，像挑着一担鸡蛋的农夫，左闪右让，生怕拥挤的集市人群撞翻了他的鸡蛋，好换几个钱维系生计而已。

于是，华杰悄悄离开了兼并的报刊，等待新的机会继续在海岛上生活下来。有朋友透露消息，说他的乡党在新组建一份海岛晚报，物色一位总编辑，唆使华杰前往一试。二人的酒喝到了八成，酒壮尿人胆，说干就干，朋友开动摩托车驮着华杰，好在戴了安全帽，风驰电掣般飞往十几里外的报社驻地。海边的晚风，在耳边呼啸，二人醉吼，不要问我从哪里来，我的故乡在远方，为什么流浪，流浪远方，为了梦中的橄榄树，一路飞奔。事后想起有点后怕，那一个醉骑飞翔的海边的夜晚，也许就是之后二人的忌日。好在掌管招聘的副社长是朋友的至交，狗皮袜子没反正，二人直奔副社长家中。副社长知道华杰的背景和实力，立马答应聘任他为新组建的海岛晚报总编辑，明天来办合同。得来全不费工夫，二人如愿返回。等到第二天酒醒，却瞬息万变，等副社长向社长汇报华杰情况时，社长说已经有了人选，是省上一个什么领导推荐的大才子。这比海岛上的太阳雨变幻还要神速，华杰是遇上某一个拦路虎或丧门星了。

在报刊重新洗牌的当儿，各行业和民办报刊的记者编辑人心惶惶，不知道新的饭碗在哪里，海岛上的饭碗不固定端在你手中，在空中飞来飞去，像海岸边栖息的海鸥，等你接近它时它先一秒钟就意识到了，展开轻捷的羽翼飞向辽阔的海面了。这时，与华杰有过一面之交的省上宣传部门的一个领导，传话让他去一趟，有要事要谈。这个领导也是一个业余作家，深知华杰的底细，想把一家查封的民办报纸收编到自己属下，交给华杰来掌舵。华杰明白，其实掌舵的还是这位给他饭碗的人。一切好说，华杰很快撰写了一份办报的机制和编辑方向及特征，交付给这位领导，让他静候好消息。之后呢，没有了正文。华杰感觉是人家好心，并非又被人涮了。

祸不单行。华杰还没有走利索的原单位人事处来了电话，说收到来自老城的加急电报，催促华杰速回办理离婚手续。他吃了一惊，老婆怎么能以这种形式广而告之地催他离婚。起先，郑厅长在世时，就建议华杰把老婆调到海岛上来工作，按照她的职级可以做厅里的工会主席。一则华杰与老婆不再想破镜重圆，二则老婆压根不想来海岛安家，说这里是黑人部落，是妓女的世界，不想离开文化厚重的老城。之后，她单位分配两室一厅的住房，规定夫妻只允许有一套公家分配的住房，只要华杰的单位开一纸在单位无分配住房的证明，她就能分到新房。他明明在海岛分到了公家的住房，这证明如何开得出来。这个政策不知是什么人制定的，难道让分居在遥远的两个城市的夫妻只应该拥有一处住房，真是无稽之谈。没办法，郑厅长给纪检组长说了情况，对方答应按厅长的指示办。等到华杰拿到住房证明，不是无分配住房，而是不再分配给住房。这等于说已经分配给了住房，华杰真佩服这位纪检书记的智商，高，实在是高！他撕了住房证明，给老婆如实说了情况，对方单位不分配给新房了。唯一的办法是离婚，才能解决住房问题，于是有了这封广而告之的加急电报。

华杰本想，名存实亡的婚姻拖了近十年了，那不就是一张纸吗？看在儿子的面上，维持到读了京城大学的儿子毕业出国深造，再办理离异不迟。也就是一直维系下去，也许到了五十开外，一大把年纪了，不再纠葛于以往的恩恩怨怨和谁对谁错，谁又出轨背叛了家庭，是分裂家庭的罪魁祸首，既往不咎，还可以重拾青春的时光，做回老伴，一直到老去。这么个房子的问题，给了夫妻间决断的糟糕机会，也给出了一个堂而皇之的离异理由，也许是正中二人下怀，巴不得如此结局。也许是做戏，事实上有个私下的约定，还是夫妻关系，但法律上的解除却是真凭实据，不可否认。真真假假，连他们二人也如梦中，搞不明白了。于是，华杰坐飞机赶回老城，有家不能回，住在简易旅馆里，承诺了儿子从毕业到出国到结婚的一切费用，与妻子平和地办理了离婚手续，他们在法院门口分手，谁也没有回头。别了，二十年的青春爱情，谁的内心在此时刻不是腥风血雨或枪林弹雨？

36

华杰回到海岛，从兼并报刊到郑厅长这棵大树的倒下，到文联老二的遭遇谣言，华杰的处境似乎在经历一场十二级的台风。哪儿哪儿都不顺，不是风就是雨，瞬间窥见一丝明媚的阳光，又被一团乌云覆盖了。职业的去向，还是个未知数，坚持下去还是归去来兮，想起来如一团乱麻。至于个人情感和婚姻关系，现在已经因分配公家住房的名义离异了，但仍藕断丝连，操心读京城大学的儿子的深造和婚姻。同时，那个多年纠葛的舞者小凤北漂了，没有了任何信息。身边低头不见抬头见的办公室的爱情临近闭幕，于丽找到了新的落脚处，他还得帮衬她独立办好那份法律内刊。在这闲不住的男女之情的空当，又染上了一个叫朵儿的电视台落榜的主持人，为她租了房子，却没有进入一种情人的境界。

去找老朋友吧，各有各的命运。最初上岛时的方文离开体制，去了北海闯荡。宁平回到了旧城，与二任妻子分开找到一位副教授成了家。曾经在文联老二手下被辞职的肖阳，离开海岛去深圳谋生了。一起拍摄电视专题片的小兄弟奇志，也打回老家组建剧组拍戏。只有那个曾经想卖肾的写作机器铁军，成了畅销书写手，被五指山学院吸纳为副教授。华杰茫然四顾，可惜手中没有一剑，一把磨砺十年的利剑，试问天下谁有不平事？也可惜众鸟各自飞，各有蹉跎，有谁可以在南航路的老马家泡馍馆一聚，喝半斤西凤酒，就一盘羊杂碎，吼几声秦腔，老了老了确实老了，十八年老了王宝钏？比华杰早千年的苏东坡，在台风季节没有米吃，乐观地幻想变成一条蛇，张大嘴巴朝着天空吸吮阳光，那是一种怎样流传千古的浪漫情怀？罢了，小小庸俗之辈，就这么得过且过，庸庸碌碌，除了日常起居，吃饱睡觉，写一点速朽的客岛札记，还能有什么作为？

离异的妻子关切地说，现在分开了，也不必为了一个人而放弃或投奔一个城市，你可以回来了，不然老死在那座孤岛上，死无葬身之地。她催促办理养育儿子到博士毕业的费用，一共计算了数十万元，华杰兑现承诺，搜寻了账上的积蓄，留下剩余不多的生活费用，一笔将款项打到了儿子的账上，便长长地喘了一口气。当初，他电话给儿子，说与你妈办理离婚手续了，他以为儿子接受不了这个酝酿已久却突如其来的消息，没想到儿子只是叹息了一声，怎么会是这样呢？好了，我知道了，马上去上课，就这样吧！华杰以为难以启齿的大事，与儿子沟通时，就这么轻描淡写地完成了。他也诧异，想想，儿子又能怎么回答他呢？华杰曾去京城开会，去大学看望过儿子，也见到儿子的同学兼准儿媳，设想一起去美国硕博连读，为此他放心了。妻子曾反对准儿媳上门，嫌弃不符合她的标准，并不礼貌地给准亲家电话，说再允许女儿上我家门，小心我打断她的腿。儿子问父亲怎么办，华杰说，你的婚姻你做主。华杰警告过妻子，你再反对儿子的婚事，小心儿子与你断绝母子关系。这下子，妻子退让了，她是爱儿子爱得太深刻了，有时反而伤害了儿子的心，好心办坏事。

临近暑假，儿子说带准儿媳来海岛上玩，作为父亲，华杰喜出望外，求之不得。儿媳在华杰出外办事回来，亲自下厨做了一桌子饭菜，这让未来的公公赞不绝口，媳妇是用来过日子的，这就对了。他带他们上歌舞厅，去了一趟花花世界，儿子提出异议不再去了，不拒绝海鲜和大海风光，一起相处得非常融洽。这时，于丽赶过来一起打麻将，还带了上高中的女儿。私下里，于丽对华杰悄悄说，你儿子长得帅，学业太优秀了，不过这个儿媳比不上我女儿漂亮，要是咱们结为亲家，你我再成婚，就是天下再好不过的家庭了。华杰说，你是异想天开，世界上的好事都让你占全了，想得美。

临上飞机返回时，一起在机场外的餐厅吃火锅，并唱卡拉OK。华杰唱了一首张学友的《朋友》，音调浑厚，很是动情。不要问不要说，一切都在不言中，这一刻偎着烛光让我们静静地度过。莫挥手莫回头，当我唱起这首歌，怕只怕泪水轻轻地滑落。愿心中永远留着我的笑容，伴你走过每一个春夏秋冬。几许愁几许忧，人生难免苦与痛，失去过才能真正懂得去珍惜和拥有。情难舍人难留，今朝一别各西东，冷和热点点滴滴在心头。歌罢，都陷入了沉思。准儿媳打破沉寂对儿子说，你爸的歌唱得这么好，你怎么没有传承基因，唱歌五音不全？儿子尴尬地笑了笑。

出门去机场候机大厅，一起靠路边走，华杰突然觉得有人撞了一下他。坏了，夹在胳肢窝的皮包没了，被刚才呼啸而过的红色摩托抢走了。皮包中有身份证、银行卡、现金和发票，这下完了。算了，赶飞机要紧。准儿媳不依，自己拦了一辆的士去追赶。华杰担心即使追上摩托，飞贼会用匕首威胁，会有危险。儿子也惊呆了，说那是个女中豪杰，让她去追吧。稍时，准儿媳坐的士返回，说追到小巷里，目标突然失踪了。好在没出事，华杰送二人进了候机室，依依惜别，转身沮丧地回到了住处。

华杰想到，当初刚上海岛，去买家具时，见一小猴子似的当地小伙，一蹦三尺高，追杀一个大陆莽汉，直到白刀子进红刀子出，莽汉倒在了血泊中。原因是你讨价还价，一旦说好价又不买了，就小心卖家收拾你。之后有一次，他去一家理发店，一位川妹子刚给洗头，门里进来一个满口海岛话的中年黑胖子，说是找这里的一个小姐。川妹子说，她今天休假。话音未落，那男子突然举起有线电话机，朝川妹子的头顶猛砸下去，嘴里不干不净地骂骂咧咧，川妹子顿时倒地，躺得平平展展地昏死过去了。华杰连忙逃离现场，心惊肉跳，好像是他自己杀了人。从此，在这险象环生的海岛上，举止如履薄冰，生命安全第一，一不小心会丢了碎命，就划不来了。尽管如此，噩运仍然会拦住去路。一天下班晚了，他走的是一条狭窄的捷径回寓所，在一个拐弯处与两个蒙面歹徒狭路相逢。在幽暗的光线下，对方持刀抢劫。他假装镇静地说，我是公安局的，你想干什么？对方操着东北口音说，我就专门找你公安局的。他摸了摸后腰假装掏枪，对方一个猛拳打来，他趔趄了一下，另一歹徒慌忙搜了他的身，并无枪支，就把他摁在墙角，掏走了他上衣里面的钱包，再翻钞票。他松了口气说，钱全给你，把身份证留下。他从中间拉开拉链，掏出一千元钱，就这么多，拿走吃顿好吃的。对方笑了，接过钱扬长而去。想到这些，他对这个躁动不安的海岛有些惧怕了。人人都在寻找自己的生存位置，或官场或商场或钱场或情场，活得不如天上的云，树上的鸟儿，海中的鱼，岂不知天地之间没有完美的事物，皆在时光的流逝中不断消亡，并继续生成。

回到寓所，突然接到一个电话，是朵儿打来的。这段时间，华杰为离异的事和工作去向烦恼，加上接待儿子儿媳，差不多把朵儿忘记了。于丽感到与华杰的关系疲怠了，也许与那个收留她的郭法官幽会去了，在礼貌性地帮忙送走他儿子后不再打电话来。接到朵儿电话，惊魂未定的他似乎被一股清新的风吹醒了，怎么，她是在养好身体后要完成一项不曾做妥的事情，报答有恩的大哥。华杰洗了一个热水澡，换好衣服，决意冲掉近期来接连不断遭遇的晦气，放纵自己一回，去赶赴不经意间来的温柔之乡，做一个不管三七二十一的暂且销魂的海岛之梦。

朵儿在静听着华杰越来越近的脚步声，在轻轻叩门的一瞬间，门打开了。没有化妆的素面，是用饱满的青春之气色呈现美丽的，她知道华杰说过，不大喜欢着浓妆，尤其那种熊猫似的黑眼圈，脸上纷纷掉渣的假面女子。她凭着年轻纯情，就可以博得男人的青睐。不可以假装华贵，一件素气可人的连衣裙就行，如同邻家的平常百姓的女子。这段时间，她也没有时间打搅华杰，住下来了，就去报名参加了一个导游的培训班，学习英语和海岛历史地理风情知识，尽快谋到一个体面并能养活自己的职业。如果说找一个男朋友，华杰尽管不属于同龄人，可他的帅气和才能足可以让她感到愉悦。在自己最困难的时候，有一个男人热心帮她，曾经暗暗在心里说，我就嫁给这个男人。但为了不伤害对自己好的男人，她在心底隐藏了一桩秘密，天大的秘密，为了得到华杰的喜欢，她强忍着心头的疼痛，先不急于把窗户纸捅破。顺着枝条已经触摸到了果子，如果一犹豫，果子掉在地上，就吃不到嘴上了。

她提早备好了咖啡，买了一包他喜欢抽的三五烟，煮好了馄饨，等待华杰的到来。当然，逼仄的房间收拾得一尘不染，整洁美观，床铺洁白干净，柔软温馨。这一切，都在静静地期待一个即将给女主人带来无比快乐的男人。他来了，手里拿着一枝带露珠的红玫瑰，是刚才路经一处花圃折下来的，诗意而简便。歌厅里人们都在唱路边的野花不能采，经常会引来众人的吆喝，不采白不采，一阵喧哗与躁动，释放着人们潜意识中的欲念。可就在他折下玫瑰的时候，知道是带刺的，尽管小心翼翼，还是让刺儿扎了一下，钻心地疼。朵儿兴奋地接过玫瑰，放在洁白的床铺上边，两只莲藕般的手臂便急切地挂在华杰的脖子上。犹如饥饿难耐似的，双双顾不得宽衣解带，便倾泻了一直酝酿在胸中的男女交欢之情。这便倒头就睡，鼾声此起彼伏，直到红红的太阳映照在窗户上。

37

这不止一夜情。接下来，这个玫瑰小屋成了二人的浪漫温存之乡。一大早，吃过馒头咸菜鸡蛋小米粥，华杰搭的士要送朵儿到海岸边的导游培训班，自己去处理交接报刊兼并的手续。报刊创办时，得到郑厅长的支持，预付给了五万元的开办费，当时打的是一张领条，财务请示了现任领导，非说是一笔借款，是要如数偿还的。职级和工资待遇，每年都在按政策调整，如果调动到行政机构，可以回归公务员序列，但必须是副处级以上。担任过报刊社长的老同事张启，转任到了厅宣传处当了处长，华杰如果转任，起码也是如监狱局政委或教育处长。监狱局他是打死也不去的，免得别人听岔了，以为犯了什么罪进牢房了，不好听。何况之前他已经拒绝去那里，教育处或律师公证处倒可以考虑，只是没有空位，即使有空位也不是他愿意去的地方。新兼并的报纸，他已经打了退堂鼓，除非让自己当总编辑，但那里已经是武大郎开店，连副总编也没门儿。

至于偿还五万元开办费的事，以财物抵账，交两部手机和一台手提电脑总可以吧，办事员请示了多回领导没有许可，并说不管这破事了，跑出了办公室。华杰一把抱住那小子，拉着去面见领导说清楚。往往是阎王爷好见，小鬼难缠，领导见曾经的老厅长的爱将来见，客气得不得了，就是华杰一个大作家，不花国家一分钱办了七八年法制报刊，功莫大焉，就按华总编说的办吧。办事员小子，立马皮笑肉不笑，说声照办，连忙溜走了。人事档案关系还在厅里，转不转到政法部门，一边要按文件转移，一边搪塞接收，对于本人来说去向不定，也就先搁置罢了。

无所事事，华杰转悠到了五公祠，这里是他常来的地方，发思古之幽情。无论是苏东坡还是李德裕，从唐诗宋词的文化世界里，因犯上或党争，千里迢迢被流放此地，没有了以往的风光，人生命运跌到了谷底，也不至于灰心丧气，没有跳海自杀，回归到一个比平民还平民的生活境地，也不一样向死而生，或老死荒野或重返大陆。先贤们已经被淹没在岁月的往事中，化作了尘埃，后人却记住了他们的名字和作为，作为当下的精神消费资源，思考人生，畅想这个变化多端的天下。而在当下孤傲自得的海岛文化人，过若干年后，有谁还能像他们一样在这里留下一丝气息，不过都是一些蚂蚁般的芸芸众生而已。想到这些，华杰有点沮丧，自己是要老死在这孤岛上，还是像苏东坡一样返回大陆。比起苏东坡，自己待在这里的时间已经超过先贤了，谋生之际写下一些速朽的诗文，与先贤的艺术价值可谓云泥之别。羞愧呀，枉披了一张所谓文人的臭皮囊。不过，唯一安慰自己的是接近五十而知天命的年纪，距离苏东坡花甲之年还有十多年的奔头。

路经文联老二的寓所，一起坐了坐，相谈甚欢。海岛写作丛书已经出版，集粹了十年间海岛作家的各类文学作品，基本可窥见其文化景象之全豹，也算完成了一个历史使命。老二感叹道，大陆写作人对于海岛写作的异军突起，有点偏见，以致酿成一桩名誉权的官司，是坏事也是好事，后人自有评说。华杰调动的事，还要等编制空缺，估计再有半年工夫。与华杰年龄相仿的老二，说他已经有了退隐之念，提交了辞去一切职务的报告，准备回到老家下过乡的地方读书写作，度过余生。他的父亲在"文革"中自杀，是那个穷乡僻壤的乡亲收留了他，而后上了大学，当了编辑，当了作家，到海岛上闯荡了这么多年，还是归去来兮的好。造几间瓦舍，养几只鸡，种一点菜，又喜欢游泳，山下就是一个大水库，多好的田园生活！这么说，华杰调动的事也就不重要了，连圣人一样的老二都离开了，他还留在海岛上能做什么？也步其后尘，回老城老家得了。二人不谋而合，互道祝愿，在一棵高高的棕榈树下告别。

适逢律师界有一个外出交流活动，华杰得以入列其中，去西欧游玩一趟。从海岛起飞，十二个小时抵达法兰克福，之后是巴黎、罗马以至多个知名城市。在马克思广场，他与一对男女少年合影留念，也遭遇了另外几个小劫匪的袭击。与黑人用数字价码讨价还价，购得非洲一个木制脸谱。在威尼斯读上百年前的华人留学生的游记，在巴黎圣母院遥想那个卡西莫多的爱情，寻找歌德但丁的旧居，也在灯红酒绿的夜市上窥探橱窗里的色情表演，不一而足。一代传人，曾经在这里获得人类命运的真理，继而在中国推翻了一个旧世界，建立了一个新世界，堪称人间奇迹。世界如此之大之精彩，哪里是自己的归宿之处呢？

回到海岛上，华杰不经意地恰好遇见了于丽。她似乎得到了什么突如其来的消息，喜出望外地为华杰接风洗尘。她拿手的饭菜是羊肉揪面片，知道也是华杰最爱吃的。酒足饭饱之后，于丽生气地质问华杰，前次回老城，已经与妻子办理了离婚手续，为什么这么久不告诉她，怕她黏住还是另外有了新欢？华杰说，这又不是什么值得炫耀的光彩事，为什么去宣扬，闹得满城风雨。于丽一气之下，摔了刚刚送给她的一对非洲骨制手镯，说你这个晦气的玩意儿是送给我的告别礼物，还是定情物？我在初来海岛就喜欢上了你，第二年回去离了婚，带女儿来这里上学，一直等待你离婚，你说要等到儿子大学毕业，怎么提前离婚又对等待你的女人保密，心怀叵测。你一定与那个跳舞的妖精要结婚了，把老娘闪在了一边。那好吧，你赔偿我这几年的精神损失费，再说陪你睡了几年，就是做娼头妓女也得有所报酬吧！华杰沉默良久，道出离婚是对方因分房规定提出的，真真假假就是个游戏，怎么能说明白。你既然把话说到这个份儿上，说得这么难听，这么决绝，就只好分手了之。都是我的错，至于你说的精神补偿，等我离开海岛，这套房子的三分之一财产归你。于丽流着泪说，那就一言为定，空口无凭，在纸上写下来。华杰在纸上写着，于丽却后悔了，夺过他手中的笔，上前啪啪就是两个耳光。华杰觉得自己理短怎么的，被打傻了似的低下了脑袋。

华杰重重地摔了门，与于丽不欢而散。天下着大雨，他能去哪里，不由自主地冒雨来到了那个玫瑰小屋。他没有告诉朵儿从西欧回来的时间，也就怕住在一个院子里的于丽得知消息后拦住不得动身，果不其然。本来是应付一下于丽，谁知她死缠烂打，有点逼婚的架势，结果把事情搞砸了，也搞得尽快分崩离析了，也好。是因为有了新人笑，才有旧人哭吗？也是，也不完全是。于丽是华杰上海岛后第一同事加知己兼情侣，在最困难的日子里相依相偎，这是永远也忘却不了的情史。而后，在老城的舞者小凤来到海岛，二人旧情难舍，未能把控住与于丽情感之间的关系，两败俱伤，三方赌气。舞者小凤又是自由神，不想绑在华杰这辆浪漫而伤感的战车上，便另觅高枝，与华杰若即若离了。天无绝人之路，凡是有男女的地方，总会生物或动物般地产生性爱关系，有的是一时交欢，有的是山盟海誓，有的恩将仇报，有的地老天荒，是人间最为丰饶而斑驳的故事。不期而遇的朵儿，就这么与华杰相见恨晚，发生了玫瑰小屋的传说。

朵儿听见轻轻的叩门声，有点猝不及防地打开门，不相信是华杰回来，却就是她夜夜思念的心上人站在自己的面前。她知道，华杰回了一趟老城老家，回来时在一起待了几宿，也毫无保留地告诉她，为了妻子分房的事情，办理了真真假假的离婚手续，至于以后怎么办，还得维系到儿子从京城大学毕业出国，再谈婚姻真实存续的问题。如果打道回府，从海岛返回老城定居，也许可以保留在海岛公家分配的房子，留作余生度假的宿营地，也是一笔固定的财产。他向朵儿说过，与于丽的同事兼情侣即将终结，遗留问题也很棘手。朵儿也相信华杰的话，那就做一对情人，得过且过，在他的帮助下谋取到导游的职业，能够在经济上独立，也是一个不错的打算。花无百日红，谁能保证二人可以天长地久，只须当下拥有就谢天谢地了。

在朵儿外出上导游培训班的时候，华杰躲在这玫瑰小屋整理文稿，无意中发现了一个账单。朵儿真心细，偷偷地记有日志，甚至把与他的来往账目记得一清二楚，甚至把哪天买了什么菜多少钱一斤，也记得一丝不苟。她是这么一个具有持家过普通日子的习性，足见她是从艰苦家境中度过来的好女子，懂得钱来得不易，朴素节俭，是一个不奢求花花世界纸醉金迷生活的正派女子。这么快三十岁的女人了，因受初恋人抛弃又捡回处于骑虎难下境地的女子，让他遭遇上了，也许就是上天赐予他的一份难得的爱情与家庭合一的礼物。但刚刚逃出那个老城的婚姻坟墓，千万别动重新组合婚姻家庭的心思，免得刚出虎穴又入狼窝。他很快抹去了一时的胡思乱想，还是这么过好每一天，他实在是让婚姻之事包括与于丽的纠葛伤透了心。

在玫瑰小屋隐藏了十几天，眼看小屋卫生间的一角长出了一朵蘑菇，还能就这么让活人也变成了蘑菇，就出去走走。于是，也不躲

· 164 ·

避什么熟人的目光，到海滨浴场游泳，去死火山吃羊肉火锅。一天，二人在万绿园游玩，逛得累了，就在竹林掩映的长条椅子上休息。像一对老少夫妻，依偎在一起，华杰在抽烟，朵儿在哼曲儿。身边一个丰肚肥臀的中年男人，光着脑袋，只穿一个裤头，几乎赤膊上阵，满头大汗，在雄赳赳气昂昂地快走。他是干什么的，有女人吗？有家舍吗？这么在人前表演，内心是怎样一个情感处境呢？朵儿问，你是个作家，怎么描述眼前的情景？华杰不假思索地说，行尸走肉。一下子把朵儿逗乐了，笑得喘不上气来。人有时活得很无奈，不知怎么活好，有人不想活了，有人在挣扎着顽强地活着。行尸走肉，酒囊饭袋，也算一种活法，好死不如赖活着。二人不知动了什么心思，在流动照相人那里拍了一张合影，有点夫妻相，带回玫瑰小屋，放置在床头。

38

可能是朵儿一时疏忽了，把小屋的固定电话号码告诉了家人，好在华杰外出时与家人通话。不巧的是，这天导游培训期满，朵儿去领取结业证书，准备到旅游公司应聘，华杰留在小屋里修改《西欧游记》书稿，打进来的一个电话，彻底让二人的玫瑰故事发生了断崖式的转折。

电话铃响了，华杰一接电话，是一个小女孩打来的，他怀疑是不是对方打错了。小女孩喊道，妈妈，妈妈！他奇怪地问，你妈妈是谁呀？对方反问，你是谁？是舅舅吗？他说，我不是舅舅，是你妈妈的一个朋友，你妈妈叫什么？小女孩说，你说你是我妈妈的朋友，怎么不知道我妈妈叫什么？我妈妈叫朵儿！华杰放下电话，好像挨了当头一棒，慌忙战战兢兢地点燃一支烟，如梦初醒，这究竟是怎么一回事呢？我的天！

朵儿推门进来，看到华杰一反常态，神情沮丧的样子，在窗前抽烟，也不搭理她。怎么啦？怎么回事？他默不作声。你这是急死人呀，到底发生了什么？在朵儿的央求下，华杰说，你女儿来电话了。朵儿明白了一切，一直隐瞒的家境终于露馅了，真相大白了。华杰愤怒地问道，你为什么瞒我你有女儿有家庭，就这么纯情地与我谈情说爱？你要是一开始就告知我实情，也许同样可以交往，甚至不影响发生男女之情，那你为什么要这么欺骗一个对你好的男人？朵儿已经哭成了泪人儿，坐在地板上软瘫成了一团，不停地道歉，是我的错，都是我的错！是我欺骗了你，但不是存心要骗你的，也后怕一开始没有告诉你，也就越来越没有勇气告诉你了。我是太爱你了，你能饶恕我吗？如果可能，我马上回去离婚，返回海岛与你成婚，永不分离！你信吗？

华杰一点儿脾气也没了，男儿有泪不轻弹，此刻却从眼角掉下了几滴浑浊的泪水，也许就是鳄鱼的眼泪吧。他鼓起勇气说，一切已经结束了，不要因此破坏了你的婚姻，给他们造成伤害，把自己的幸福建立在别人的痛苦之上，不值得。朵儿并不强求，说总怕这一天到来，这一天还是到来了，也活该如此，倒也从此了却了一个心结。她说，我借你的钱，我会还给你。看来我在海岛上一事无成，还伤害了像你这样的好心人，也该回到老家去了，我的女儿想我，作为一个不称职的母亲，何尝不也想可怜的女儿？这时候，华杰怕再被自己的心太软陷入泥潭，怜惜地说，你还是回家去看望女儿吧，她想你。顺手从西服口袋里掏出一沓子钱，放在床头枯萎了的玫瑰边，转身决绝地轻轻拉上了门。身后传来一阵凄楚的饮泣，随风飘散。

这接二连三的情感打击，让华杰有点抑郁了。这时，友人们约了一行人去西岛游玩，一色的孤男寡女，问华杰有无兴趣加盟。旧的不去，新的不来，与于丽分手，接着告别朵儿，他又一次被男女之情撂空了。都说他是个闲不住的情种，岂能独自一个乐于光棍的日子，鬼才信。他四顾茫然，如同一个磨剑十年的斗士，竟然找不到一个对手，岂不可悲。策划此次活动的友人是个浪漫派诗人，有人说他是流氓一个，是玩弄女孩子的高手，有人说他是才华横溢有情有义的君子。他说此行完全是一个寻找爱情的派对，不含任何物质至上的功利主义的成分，诗情画意，充分享受大自然赐予人类的美好光景，释放人性的光辉。唯一的组团规则，是带一个生涩如青果般的朋友，在与大自然的亲密接触中，促进爱情的生长。世俗社会的烟火呢，似乎抛在了世外桃源之外。

华杰知道那个北漂的舞者小凤回海岛办事，可不可以约到她，重温旧情，不谈婚论嫁，说不定会重新捡起往日的快乐。这个自由神，云里雾里，如同敦煌壁画上唐朝佳人的犹抱琵琶半遮面，正经不起来，还有点清高孤傲，不屑于与一群所谓乌合之众厮混。她一听华杰说了出行形式内容，说是倒有兴趣，尤其是海岛外的一个原始小岛还不曾见识过，但的确有生意在身，不敢耽误京城大老板托付的要事，婉言谢绝了。正好，有一位曾在兼并报刊做过短暂同事的女子，是做美术编辑的才女加美女叫画儿，她打来电话说，也接到了浪漫诗人的邀请，让她约一位尚有好感的男士一起加盟。那就咱们俩一对吧，演戏似的扮为恋人，进入岛外之岛的一次诗意之旅。

客居在这座海岛上，梦寻岛外之岛，搞不懂是一种逍遥还是归隐之意，华杰和女子画儿如约，就这么上路了。二人在兼并的报刊相识，喜欢在一起谈文学和美术，有点情投意合。一次画儿喝醉了酒，是华杰以老大哥的身份把她背上四楼的出租屋，安顿她躺下打起鼾声才离开的。事后有同事开玩笑，说华杰也许酒后丧德占了人家画儿的便宜，二人均义正辞严地表示否定。当画儿知道华杰离异的消息，心里起了浪花，如果自己未成家，一定找一个这样的男人托付终身。但又听说华杰风流文人一个，能够拢得住吗？恰好二人约起，岛外之岛的亲密旅程便开启了。

热带草木的温熏让人昏昏欲睡，飞驰中颠簸的车子摇啊摇，去那神秘未知的小岛，在地图上不及沙粒大的小小的岛。该是深秋季节了，沿途冲散了蜻蜓的狂舞欢宴，车玻璃上沾满这种生灵的血肉和翅膀，是它们将透明的固体误以为空气，或如突厄的灾难躲闪不及，留下的只有破碎不堪的残迹。生命就这样稍纵即逝，漫天仍是彩色雪片样飞舞的蜻蜓群落。华杰怎么想起了老家的事，多年前跟祖父在坡上刨土豆，一提一串，大大小小的。鸡肚里那些孕育中的卵，也是如此意象。钦羡陆地，即使待在一片汪洋中的岛上，仍向往偏于一隅的海上的陆地，看来注定是土命无疑了。宏观上的小岛，宛若碧蓝海水中一只被遗落的小绿帽。其实，岛在人们的脚下仍很宽广，以至将海水收入视线内才会有居于海岛的区位意识。到了岛边缘的码头，是抵达亦是出发。华杰说到这些带哲理的话语，画儿有点执迷了。

弃车登船，那个叫西岛的地方隐约可见。同行的浪漫诗人，带了一个纯情女孩讲述苏东坡的千里共婵娟，其他几位也男女搭配，干活不累，各自在乘船的渔民堆里找空隙坐下来，窃窃私语。大木船启动了，华杰对画儿说，这感觉是在逃跑，逃离污浊的码头去碧蓝的海中，去屡景一般诗情画意的小岛。画儿笑笑说，英雄所见略同。大木船是海岛小城与西岛间的唯一途径，绝大多数乘船的人是西岛的渔人，用卖鱼的钱换回米面油盐酱醋茶。船上有成捆的甘蔗，还有青菜，甚至豆芽也要从小岛外购进吗？绿绿的西岛，只长草木，粮食菜蔬是不长的。岛上除了珊瑚礁石就是沙，还有腐殖土。草木的根须柔软而坚韧，可以穿透礁石汲取养分，郁郁葱葱地疯长，每一片叶子都闪烁着光亮。而人，除了捉鱼，旅游生意如华杰同伙仅三五成群，寥寥无几，渔人如是说。

华杰和画儿保持相应距离，又似乎亲密无间。人们蜷曲或仰卧于船板的草席上，消磨海岛小城与西岛个把小时的路程。如同北方的大炕，男女老少，和衣而寐，似与礼俗无碍，整个一处天然世界。船工老大则远视前方，不是手把而是足踩方向杆，凛然一个艺术造型，让大船在海上悠悠浮动，圆满一个渔人老少与偶然乍到之游客的摇篮之梦。徐徐地，海面上绝无了现代文明的排泄物，一片澄蓝。远远眺望，西岛是只老鼠，头微微低伏，背脊拱起，伸延的是长长的尾巴。古往今来的命名，说它是玳瑁，千年之寿，万载之福。画儿似乎有所发现，对华杰说，这由远而近的西岛长长地卧着，是个美人，一个怀孕的身有六甲的女人。你看她长发低垂，下颚微微翘起，脖颈胸脯平缓，腹部凸起，长长的美腿伸向蓝海，不是么？华杰和友人们赞同，说各人有各人的视角，或老鼠或玳瑁或卧美人。

这么说着，渔人妇孺揣摸到家了，缓缓从草席上爬起，不知从哪里摸出一颗两颗槟榔来，在嘴里香香地嚼，直嚼得血红的嘴唇，如醉如痴的神情。渔人见陌生的游客眼馋，便递过一颗两颗来，画儿接过槟榔尝了尝，递给华杰，辣得他两眼泪水。在这古老的大木船里，游客与渔民同乐，耳鬓厮磨，鼻息相应，悠悠地摇向城里人梦寻的小岛。

39

这是上好的小岛码头，是显得与现代文明有差距的荒僻岛屿伸向人们的诚实的手，牵你上小岛。船上百十号人，十成有九成是土著，其余游客五六人，野营的中学生五六人，如此而已。海岛人家，或是现代小楼，或是20世纪三四十年代风格的木石建筑的屋舍，类似骑楼风格，在小岛的街市两侧迤逦蜿蜒而去。最奇特的是院墙，纯粹的珊瑚礁石垒成，其奇形怪状，给那些民俗学家、儒雅文人、人类学家等等雅皮士一个发现新世界的机会，似乎进入一个以为至关重要的天然博物馆，件件珍品，样样至宝。而渔人则视之为石头，遮风挡雨，防贼御盗，养猪圈羊而已。在学问家讥笑渔人的同时，渔人已捂着因吃槟榔而牙齿残缺且有斑痕的嘴嘲笑所谓文化人的无聊、虚伪和自以为是。从正街走，店铺林立，但不到三五种货物，价值几百上千就了不起了。有用脚的大拇指夹塑料鞋的小仔们在柴棚下打扑克，收音机里的音乐是本岛的。经询问，也许是丧歌，也许是山歌，咿咿呀呀地唱。小岛的语言转换为音符，自唱自录，自放自听，满世界充满了这种平和而苍凉的乐曲。

小岛的榴莲树也在这乐曲中摇曳婆娑，倾听得亲切，因为这是自己的歌。同伙们各自为伴，四散开来。小径崎岖，华杰大哥似的牵起了画儿纤细柔软的手，沿海边长堤走到了村落的后院，不是茅屋猪圈就是珊瑚加工池，尽管石垒的后院墙上满是文物珠宝，奇石佳品，但总是后院，掩鼻不及。

画儿说她肚子饿了，华杰便带她去沙滩边一处凉棚，鱼鳖海怪样样有，价格不会薄，因为坐快艇三十分钟即天涯海角。二人去漂浮在海上的网箱捉鱼点菜，回到凉棚后，一对螃蟹拥抱交会在一起，刀劈才分离。华杰和画儿乐了，不能不敬佩这种生灵的性情，即使奔赴刑场，也不分开。难道横行一时的螃蟹也比现代文明人更注重伦理与婚配，或者恰恰相反？追逐围观游客的小孩，新奇之处不亚于游客于小岛的新奇，在游客游泳之际，善意地抛石子打飞漂，脚下是活的珊瑚，咬你的脚和背，以至足掌。水清清见底，天蓝蓝透顶，风习习微煦，人呢，在这陌生之地，都似乎少了猜疑与提防，多了坦诚与信任。

刚刚结识小岛学校的一位老师，捉了鲜活海鱼回来，砍头，刮鳞，剔下水，丢入火锅，煮沸了就着佐料吃，一餐饭竟整盘整碗装满各种螺贝，让华杰和画儿吃得过瘾，感觉是世界上最丰美的宴席。加上酒，加上野歌和游戏，再加上午夜停电后的流泪的蜡烛，二人就觉得世界上原有这么一个所在，可以消受人生的哲理，可以醉倒一个永恒的爱与美的话题。什么声音的喧哗，那是几步外的海在朗朗月下为客人送上的寂寥又充实的祝福。这时候，只听见一句反复吟咏的苏东坡老人的但愿人长久，是牵头的浪漫诗人和女孩在唱。

扮演恋人的华杰与画儿，鬼使神差地租住进了一间小木屋，也许是累了或酒性发作，便倒在了茅草铺垫的小竹床上。窗外月光如洗，海水催眠曲似的轻轻拍打着沙滩，微风吹来，透心底地清爽。因为停电，屋子里一片漆黑，二人便顺其自然，温情而疯狂地相拥在一起，渐渐进入云雨佳境。稍后，借着月光，二人斗胆赤裸着身子，手挽手，十指紧扣，溜出了屋子去门口沙滩上小解，体味原始男女的生态。

天亮之后，背对海岸，去爬岛上的山。穿过村舍，是热带丛林之中被废弃的边防营房。水泥石板路的尽头，是一片喧腾。走近了，正是海，是不倦的不老的似乎拼命要登上小岛的南中国海的滔天白浪。远处，就是茫茫无际的南海了。站在比天涯更天涯的礁石上，处于比海角更海角的小岛的边缘，二人是笑是哭，是悲是喜，是哲思还是超脱，一副副雅人或壮士或扮酷的靓女模样。似乎唯一可做的事情只能是照一张相片，归去来的地方，作为游历与记忆，夹在相册中，如此罢了。

路过热带丛林间的小道，仍是蜻蜓扑面，小鸟鸣啼却不见飞翼。有响动处，一条墨绿色的长蛇从脚上掠过，惊魂未定，华杰说可能是美女蛇，交桃花运了。蛇倏然不知踪影，只见一群蚂蚁在搬家，或造桥凿洞，或开辟甬道，粮草兵马，不亦乐乎。生命的庞大与卑微，是以怎样的方式存在的呢？二人只是从山腰处越过岛的脊梁，或是岛的脖颈，岛的小腰处，看白浪滔天，沧海茫茫。若要上岛的山顶，茅道无从寻觅，树丛稠密，难以攀登，只好却步回返。也许从南端的悬崖处，可以登临岛的顶端，这拨游客未试，能到岛的南端一隅已累趴下了，哪还有凌云之志呢？

这么，二人只是疲惫地赶回旅店，猛饮一瓶冰冻矿泉水，长长卧在茅草席床上，长长舒一口气。罢了，喝酒，打麻将，骂娘，聊天，唱歌，沐浴，入眠，做白日梦，看月亮，晒太阳，望海，构成了假日小岛游的全部议程。华杰是北方旱鸭子怕水，画儿是从湘江边长大的，一心要潜水，拖了一只皮管，着潜水衣四处漂游扑腾。于是，画儿变成了风筝，在海底漂荡，绳子系在沙滩船老大的氧气瓶上。出得水来，画儿躺在沙滩上，觉得比席梦思柔软，像母亲的怀抱一样安详、平和、幸福。

于是，游客三日之后告别小岛，华杰和画儿同大伙一起，登上来时的大木船。牵头的浪漫诗人携着纯情女孩，打趣地对华杰和画儿说，二人的收获不小吧？哪儿来哪儿去，西岛毕竟不是家，只是一个度假的去处。所谓的岛外之岛，可以联想到天外天，人上人，苦中苦，锦上花，雪里炭，构成了这个奥妙的世界，令人探寻无穷。大木船上风景依旧，渔人老幼躺在船板的草席上，挤得你无处插足。只是雨声大作，大木船撑起帆布篷，迷茫中驶向海岛小城。华杰说，小岛不是蓬莱。画儿说，却胜似仙境。此番一游，仅下船后在码头奔跑时被暴雨浇成落汤鸡的狼狈样，二人多年之后一想起来，就忍不住发笑。

2018—2021 年 4 月 21 日于清凉山下

2022 年 3 月 25 日三爻

故里

1

从渭河北岸东黄公路南村入口前行，过一土桥，沿沟畔而下有一处小窑院，住的是俏婆。无管冬夏寒暑，她时常伫立在村头，老来仍旧不失一个俏，有点风姿绰约，守候心上人青衿飘忽地归来。

叫她俏婆，自然是爷爷辈生书的妻子。生书爷是个白面书生，年轻时在瓷镇上教书，娶的先房媳妇生娃时患四六风不幸病逝，留下一个小女叫秀儿。四六风，是说女人生娃后第四天、第六天容易中风，或是这两天来看望的亲戚邻里带来了邪气，冲撞了哪路神，产妇就性命不保了。村人说，秀儿的生母就埋在过风咀的路畔里，日后坟也平了，边上长的苹果树，是生书爷领着几个回乡知识青年，在苹果母本上嫁接的日本红富士，结的果子又甜又脆。

续弦的俏婆年轻时长得漂亮，身材修长，一对麻花辫，脸蛋红是红白是白，眼睛扑闪扑闪会说话，是瓷镇学校女生中的人尖尖，像清明时节苍老的沟峁上明媚的水桃花。她聪明伶俐，好学上进，是生书爷的得意门生。秀儿娘过世后，俏婆怜惜且心仪老师，二人萌生了男女之情，死活分不开。哭旧人，新人笑，等到前妻三年祭祀过了，履行明门正娶的乡俗，成就了一对忘年恋的姻缘。青丝白发，俏婆至今不悔当初与爹娘吵翻天，一哭二闹三上吊，寻死觅活，一个如花似玉的黄花闺女，嫁给了年长十多岁且是丧了妻的生书爷。

村人说，俏婆漂亮是漂亮，就像沟畔上亭亭玉立的桑树，树干端直而颀长，嫩叶光鲜，就是结不出湛蓝发紫的桑葚果子来，跟公桑树没区别。桑叶除了喂蚕，只能是烧炕取暖的燃料。她有点卜卦人算的红颜薄命，不知为什么婚后一直没开怀，未生下自己的一男半女，觉得在人前不气长，对家族这一支人和书生爷有些亏欠。能从自己身上掉下一块肉来，哪怕是痴聋傻瓜，也好歹是自己和书生爷的种，证明自己是个正常女人，是能下蛋的母鸡，捂住说三道四的长舌妇的臭嘴。偏方验方试了个遍，灵丹妙药吃了不少，烧香磕头拜神仙，不争气的肚子一直没有凸起来，便心凉了。

心里愧疚的俏婆，便对幼小的秀儿视如己出，不忍心打一巴掌，骂一句难听话，当成掌中宝，精心抚养。秀儿在十几里外的镇上住校读书，每三天回家背一回馍，俏婆和书生爷吃的是杂粮黑馍，给女子秀儿背的是雪白的油辣子花卷，就怕耽搁了女儿正在发育的身子。

平时，老两口即便穿补丁衣裳，也把闺女打扮得花枝招展。秀儿出落得有了大姑娘的模样，回乡务农，拉车挑担时掩不住胸前兔子的跳跃。适时与同学处了对象，俏婆本想招了上门女婿，对方家长咋说也不悦意。秀儿却像年轻时的俏婆一个脾性，认定了这门亲事，非史家小子不嫁，活是史家的人，死是史家的鬼。生书爷表面上没主意，内心还是让女儿做主。胳膊拧不过大腿，俏婆舍不得秀儿，还是泪水涟涟地送闺女出门，嫁给了沟对岸史家的俊小子。女婿知书达理，走岳丈家见面，一口一个妈地叫着，羞涩的俏婆也响亮地回应着，心里顿时像灌了蜜糖。在旁人看来，俏婆扭动的腰肢不像是秀儿的妈，二人倒像是一对亲姐妹。

生不亲养亲，日后干了公家事的养女和女婿，对养母也视为生母，很孝顺，一心报答养育之恩。生书爷在早年生活困难时期辞职回乡，教书先生白面书生一个，哪能干得了重体力活。生产队长是他的堂侄，敬重能写对联能算账的文化人，便偷偷安顿他承包单干，独独一个人扛着镢头，戴着破草帽早出晚归，从不偷懒，卖力栽种了泉底沟的一片香椿林。一个人习惯了孤独寂寞，干活累了，就坐在土坎上抽一锅旱烟解乏，倒像是他崇尚的古代的陶渊明，种豆南山，优哉游哉。

这片香椿林，嫩芽香气弥漫，为村民度过春荒提供了糊口果腹的食物，谁不尊重和谢承生书爷爷？之后，秀儿出嫁了，二人过得舒坦却也冷清，不知怎么就有了一桩心事，而且是今生今世唯一的心事，也就是得有一个顶门立户的小子接续香火，不然落个断子绝孙，至死心都不甘。女婿是半个儿不假，毕竟是外姓人，不如养子名正言顺。这样思谋，老两口没事寻事，便活得不自在了。

二老先是抱养了马村多子的老姑家的孩子，浓眉大眼，取名有福。后脑勺上留了一撮长毛，显得与别的孩子不一般，说是一旦突遇窒息，揪住长毛就能起死回生。专门买了一只雪白的奶山羊牵出牵入，除了放养或割青草喂，舍得辅以粮食颗子，丝毫不心疼。用羊奶把有福这小子喂得白白胖胖，稍微一逗就咯咯地笑，像是从年画上下来的婴孩，实在爱死个人。俏婆没生养孩子的经验，怕娃伤风感冒，总是捂得严严实实，不见阳光和风雨，豆芽菜似的呵护着。

越是精心越出岔子。乡人给娃起名字，常是狗娃、牛娃、猪娃、羊娃，似乎像对待牲口一样不当人看，其实是想瞒过阎王爷的眼，让娃悄悄长大成人。

果不其然，像穷酸的恶婆子咒骂的事情发生了。有一天，有福这孩子不知怎么突发疾病，火烧火燎，汗水淋漓，口吐白沫，来不及医治就夭折了。同胞的其他男孩子缺衣少食，整天在泥土里玩耍，让风吹雨淋，没听说有过什么小病小灾。穷孩子到了富人家，跌入了福窝窝，却没这个福分。对二老来说，真是绳到细处断。

无子之忧，迫使二老过继了多子的荣爷的五子为子，为其四方打听，精心挑选，像是皇上选驸马，订娶了一个模样出众的贤惠媳妇。俊男倩女，天生一对，生书爷和俏婆对养子和媳妇非常满意，婚礼操办得红火热闹，令乡人羡慕不已。

福祸相倚，皎皎者易污。新组合的四口之家，好景不长，无非是碟子碗筷碰撞，为一些鸡毛蒜皮的事，闹得婆媳不和，产生了隔膜。也没发生口舌，喜怒哀乐写脸上，无怪乎人都说，打是亲，骂是爱，不打不骂是见外。整天生闷气，实在过活不在一起，只好分家另起炉灶，也总还算是养子么。

莫说香得像蜜糖，一旦翻脸就比狗屎还臭。甚至相互视为仇人，不惜将灶灰倒入对方一锅热腾腾的饭里，大打出手。一向善良温和的生书爷，就像疯了一样，抢着镢头追赶养子，要打折逆子的腿。

清官难断家务事。个中是非曲直，村人风言风语，莫衷一是。

生书爷和俏婆心里的疙瘩未消，也是咽不下这口窝囊气，执意又花大钱抱养邻村一子，不信喂养不熟。见不得旁人碗里稠的是非精，散发缺德的小道消息，生母听了闲言碎语，说是养母虐待孩子，无奈硬是抢了回去。疼都疼不过来，哪能虐待孩子呢？俏婆鼻涕一把泪一把，活生生让生母从自己手中把孩子夺走了。

罢罢罢！从此，二老认命，再也不提抱养孩子送终养老延续香火之事，相依为命，度过余生。村上也曾有过几桩抱养孩子的事，有的天遂人愿，孝顺得如同己出，把养父母养老送终，算是八辈子积的德。有的养了白眼狼一个，长大知晓自己的身世根底，就跑回生母那里去了，视养父母如同路人。

再说，秀儿是生书爷的亲生女儿，孝顺得很，但对于俏婆来说终究是养女，不是自己肠子上掉下来的一块肉，心里总归有那么一点硌硬。

生书爷因几番养子风波，郁郁寡欢，寿数不大便得了不治之症，丢下孤苦伶仃的俏婆撒手走了。他手头持有的数百年家谱，未来得及续修，弥留之际托付给了堂侄。也许生书爷苦于没有男子顶门立户，没有了这份心思，写到自己这一支人的繁衍，只是个空白，不免伤感，索性也就罢了。

家谱是清末秀才高祖老爷辈修的，一辈子没等到空缺入仕为官，庄稼人笔下的辞藻文采，唐楷写得典雅灵秀，令后生们汗颜。始祖明朝武略将军栽的老槐树，一年一度花开花谢，人却生生死死了几十代。几百年的老宅，土窑洞依然结结实实，屹立不倒。民国时任同官县志主撰的老祖父，在西安城校勘书稿，差点让日本飞机扔的炸弹炸死，还不满花甲，因劳累过度患急症去世，未及续修自家族谱。传到生书爷手里，也来不及动笔，不啻落了个对祖宗不孝的平生遗憾。

七百年老槐树庇护的十多户人家，陆续离开老宅，搬到交通出入便利的原畔去了，独独丢下俏婆一个孤老婆留守。到了夜晚，老宅的院落一片漆黑，悄无声息，那些人声鼎沸、鸡鸣狗叫的人间烟火气哪里去了？仅有俏婆住的窑洞闪烁着一点孤寒的灯光，也许还有生书爷游走的魂灵。

养女秀儿一片孝心，接俏婆到城里住，好吃好喝，可俏婆觉得那终归不是自己的家，金窝银窝不如自己的狗窝，还是坚持回到了一个人的老宅。不料，是哪个丧尽天良的贼子，趁人不在家，竟然抬门扭锁，将俏婆家洗劫一空。一个孤苦伶仃的老婆子何处安身，苦度余生？

政府扶贫解困政策救了俏婆。村上干部视俏婆为五保户，分的地让人代种，为俏婆提供口粮，还有生活津贴。再说，养女秀儿孝敬俏婆，零花钱不缺。原先在村口给下乡知青箍的小砖窑，属于集体财产，划分出三孔，修饰一新后供俏婆居住。

俏婆的干净利落在村里是数一数二的，小院和屋里拾掇得井然有序，门口的菜地和花圃经营得秀色可餐。尤其是门前掩映的一树泡桐，到了夏天，桐花开得血红血红，落一地芬芳。又有人嚼舌根子了，花花草草抚弄得再好，就是不打粮食。言外之意，有点损人，哪壶不开提哪壶。

门口常有留守的老人聚在一起，晒太阳或纳凉，叙说过往，谈论当下的世事，不亦乐乎。村头不时有小轿车路过，又是谁家儿女在城里打工挣了钱，开车回家过红白喜事行门户或经管庄稼。没有了牛马骡子毛驴，架子车也被当柴烧了，有人用小轿车后备厢装了种子化肥粪土或庄稼，往返于田间地头，成了留守老人嘲弄的话题。

绣花是俏婆的拿手绝活，闲暇纳了红红绿绿的鞋垫送人。鞋垫上绣的是狮子滚绣球，说是吉祥喜庆之物，穿上它走起路来稳实。逢年过节，俏婆的门上挂了锁子，路过的邻居说，俏婆又上女子秀儿那儿享清福去了。

村人说，有生书爷的魂灵给俏婆守门哩。

2

俏婆隔壁住的是羊娃，两家为后墙与院落之间的几寸土地，还红过脸，惹人失笑。

羊娃是八爷的长子，再往上一辈，是腰弯成一张弓的木匠老汉，木活做得很好。桐木做柜子，桑木做扁担，槐木做桌椅，枣木做门窗，楸木做水桶，各有特性及用场。可惜，儿孙没传承家传的手艺。怎么起名叫羊娃，从小鼻涕涎水，笑嘻嘻的，因患有先天性羊角疯，脑子有点迟钝，倒是长得人高马大。念书不行，庄稼活也干得稀松。

但他的命好，小脚的喜婆信奉基督，结交了另一个外乡的基督教徒，看重信仰，将同样信基督的女儿芬儿不讲任何条件地嫁给了羊娃。芬儿模样也好，聪明能干，算是羊娃的福气。父母下世后，羊娃得了一儿一女，日子还过得去。但男人不强，女人再能干，终究活得不如人。

天长日久，父母留给的窑洞在一场暴雨后倒塌了，居无定所，村上便将知识青年丢下的十多孔小砖窑，几百元划拨给了羊娃兄弟仨。除了分给俏婆的窑洞外，剩下的一院窑洞全归羊娃兄弟仨了。二弟貌相不佳，脑子却够用，常年在外打工，娶妻生子，在小城里贷款买了房，分给他的窑洞也废弃了。

砖箍的窑洞，窑背是用黄土铺垫的，每逢下雨或冬后解冻，都得用人力耘一番泥土，拉动碾子将土层碾实，平整而光滑，易于流水。泥土无论虚实是透气的，天人合一，比近年来时兴的水泥窑背的密闭，更利于主人的健康。窑背如不去打理，杂草丛生，窑洞就会漏水，导致坍塌。

三弟长相好，人也有本事，另外有一院庄基，日子不比人差。

只剩下老大羊娃，守一个空旷的破坏院子，自己的两孔窑有一孔倒了后墙，也无力修缮。

院子当中有一棵柿子树，长势喜人，每年秋天果实累累，落叶后的果子像红灯笼，霜降后红堂堂落了一地无人理睬，愈发显得主人的败相。老话说，院里不宜长柿树，柿与死一个音，风水不好。芬儿常年在外给城里有钱人当保姆，伺候病人，抓屎端尿，丢下羊娃守家。媳妇给的生活费让他买馍吃，能填饱肚子就行，他却充阔气，用钱买了上好的茶叶喝。整日游手好闲于留守人家，传递各类消息，有时混点吃喝。

一日，羊娃去沟畔挖枣刺，准备过冬烧热炕，从崖上掉到了深沟里，摔伤了胳膊。这便整日端着个病胳膊，苦笑着在村里游荡。所幸女儿出嫁后过得还好，时常过来帮衬。好心邻里说，你不能下地劳动，这个样子咋办呀？对不住媳妇芬儿嘛。他说，命！我是厕所里跌跤，离屎（死）近了。

指望儿子吧，几年前出外打工挣钱去了，甚至周游到了沿海一带，但没有给家里寄回来一分钱。四处流浪，出门不易，能把自个的嘴顾住就不错。突然有消息说，儿子在广东犯了罪，偷鸡摸狗，被判了几年刑，这更是让这家可怜人雪上加霜。羊娃哭都没眼泪，把自己关在窑里不出门，不长时间便去世了。

媳妇芬儿是基督教徒，一反传统丧葬风俗，不设灵位，不哭不磕头，不敬香烧纸，买了一副便宜棺材，将羊娃匆忙埋了。羊娃他舅过意不去，偷偷到坟上给外甥烧了几张纸，干号了几声罢了。芬儿说，不过头七、二七的白事规程，第二天便锁了门进城打工去了。理解她的村人说，芬儿没办法支应七七四十九直到百日的来往亲戚，她得出门挣钱，不然怎么活下去。

儿子出了牢狱，回到了家，一切恍若隔世。他设法买了一辆旧摩托，在小城里拉人挣几个辛苦钱，谈不到娶媳妇成家的事。有一天，摩托上驮了一个背书包的小女子回来，村人以为是谈了对象，原来是他常常接送的一个中学生女娃，在一起混搭着。不过一两年，还算争气，终于结婚了，当然不是那个中学生女娃，听说是当了上门女婿，不管怎么说，总算走了正道。

过年前后，村人发现羊娃家的小院变了，院里的荒草铲除了，破窑门上吊了千家衣式的碎布片缀的门帘。尽管不见有人出入，总是有了一点人气。其实，估计芬儿和儿子没有回家过年。儿子在老丈人家过，芬儿跟了一个退休的公家人，没有领结婚证，男方子女不接纳，也许她是孤苦伶仃一人在出租房度过年关的，不得而知。之所以要在窑上吊门帘，看上去暄净，不然会影响村容村貌。村上给类似的贫困户有补贴，得支持村里的工作，检查验收时不要拖了美丽乡村建设的后腿。

村里要统一改造厕所，老先人用了几百年的土茅子，后来改成陶瓮做的水茅，再是水泥做的大粪罐，这一回是密闭式彩钢洗手间，阔气多了。

曾经给每家每户免费送的水泥大粪罐，没人使用过，一排排堆在村口，有人嫌弃占道路，就顺势丢到沟里去了。村人说，不知哪个脑子让驴踢了的官僚，花纳税人的钱不心疼，为了政绩不办实事，浪费了国家财物。改厕项目弄虚作假，白墙红瓦，里间并没有粪便化为沼气的设施，还是旧的水茅，哄死人不偿命。

这回统一安装洗手间，捎话给芬儿，她丢下在城里做保姆的活儿，叫来女子，一起拆了砖垒的旧厕所，挖好一个深坑，让专业队安装洗手间设施。新式厕所得用自来水冲刷，配套不完备，暂时用特制塑料桶装了水使用。

自古以来，庄稼是个宝，全是粪当家。农耕时代的式微，牲畜消失了，有机肥消失了，草木和庄稼秸秆不经过牲畜肠胃的加工，直接变成草木灰，回归泥土。近年不许焚烧秸秆，影响空中的飞行器，污染空气，毕竟监管成本太高。人的粪便，以往一车卖二十元钱，当下主人要让淘粪的拉走一车，得给人家二十元钱。

无奈，芬儿怕花销不起，干脆锁了洗手间的门，免得路人使用。光鲜的洗手间，成了聋子的耳朵样子货，村镇干部好心，没把事办好。

3

羊娃隔壁的主人叫争胜，土墙旧门，门口的水窖上有辘轳，一边是厕所和麦草垛，土路旁长满野草，野花也开得欢实，一副原生态的样子。

争胜不是村民，他妻子云儿是一个大字不识的脑子有点怪怪的女人。一年四季天黑时，总得见她提着荆条笼，弯着腰在麦草垛边一撮撮地捋麦草，准备烧炕睡觉。平常也干农活，不怎么利索。从田地里回家的路上，总不空着手，捡拾一根酸枣刺也行，就那么嗞啦啦牵着，然后撂在大门旁边。她总是对柴草有兴趣，烧热炕暖和，生米可以煮成熟饭。吃了睡，睡了吃，还能做甚？

对婆娘的态度，争胜要么一句话不说，保持沉默，要么吼叫两声，通常是：日你妈！驴日的！猪日的！也不一定是骂婆娘，不知道他是骂谁，骂得咬牙切齿，底气十足，酣畅淋漓。

争胜之前是公家人，退休工资不少，吃喝不愁，却让多年的喉癌缠得他情绪低落，好像被判了死刑，却不知道哪天吃子弹。常是坐了半死不活的村村通面包车，来回奔波于村子与镇上中药店之间，逢人问起来，就说，快死的了，活不了几天了！是自个看开了呢，还是在旁人面前示弱，也觉得解气。

年轻时，争胜么，争胜好强，聪明好学，上过煤技校，在煤矿上是过硬的技术员。年轻人但凡有点本事，往往自命不凡，骄傲自满，目中无人，尤其喜欢逞能，顶撞上司，惹人不爱。在那个火红的年代，他既不是造反派，也不是保皇派，倔鬼一个，却因骂了小领导，被人家给穿了小鞋，借机打成反革命分子，关入新川劳改所砸石子，后遭送回原籍当了农民。要不是落实政策平反，一月能拿到几千元退休工资的福利待遇，他恐怕早就没命了，哪还有婆娘娃一说。

当初祸不单行，就在他被劳改的日子里，长得一表人才的媳妇还在生产大队宣传队演戏，遭长舌妇们羡慕嫉妒，说她是与知识青年某某人私通，逼迫争胜和媳妇草草离婚了事。当了农民的争胜，气不打一处来，整天骂骂咧咧，怒气冲冲，村人谁见了谁躲。他的标志是手提一把锋利的铁权，走在村道或田地里，时刻准备与仇人拼命。知青们说，争胜就是本文小说里的当代的堂吉诃德，整天气势汹汹地面对风车搏斗，只是没有一匹瘦马可骑。

知识青年回城了，争胜犹疑的目标消失了，又怀疑上另外的目标。即使平反之后至晚年，仍然没有让锋利的铁权离手。有人举报给派出所，警察前来调查，也很无奈，说是凶器也是农具，你管人家是不是去挑柴火还是翻晒麦草，怎么一定就是要杀人行凶呢？

有一回，争胜与邻居义爷因两家隔墙下放东西的小事发生冲突，言语不合，他骂骂咧咧，嘴里不干不净，让上过朝鲜战场的义爷夺了迎面刺来的铁权，如同夺过美军士兵的刺刀，骑在他身上捶了个半死，在炕上睡了半个月。义爷被拘留了三天，放回来了，还说争胜欠打。

回乡当了农民那会儿，单身汉的日子过得恓惶，兄弟们为争胜瞅了这么个媳妇，生了一儿，也是住进了集体财产的窑洞，算是救济困难户。儿子患有小儿麻痹，腿脚不利索，成了争胜的一桩心病。好在儿子脑子精明，有出息，学业优秀，毕业后到西府一家企业供职，数年下来有了积蓄，领回来了一个媳妇，有了孩子，也开回来了小车，为父母争了脸面。争胜婆娘去一次儿子那里回来，就完全变了一个人，白头发也染黑了，衣着也和城里人没两样。但没过多久，又打回原形，变成了一个窝囊农妇。

家境的好转，终究没有让争胜高兴起来，他还是那么个手提铁权的乡村斗士，目标不明，一脸的愤怒和忧郁。他是凡人不搭话，无视身边走过的任何男女老幼，偶尔遇上心情稍好或顺眼的人，还能聊上几句，说的全是国家大事和国际新闻。他听广播，毕竟曾经是一个文化人，尽管从内心医治不好年轻时政治命运和爱情的创伤。多年患有的喉癌，也许因中药的调理缓解了，年近八十仍然活着。他越是逢人便说快死的了，活不了几天了，越是死不了。越不怕死的人，越死不了，怕死的人是被自己吓死了。血气方刚的小伙子，说殁就殁了，病恹恹几十年的药罐子，还那么好死不如赖活着。

争胜尽管活得不那么舒坦，总是忧心忡忡，有今没明，还是迎接着每一天早晨升起的太阳，那么耀眼的日头。

终于有一天，门口响起了鞭炮，堆满了水泥钢筋砖头沙子，乡邻们围了不少人，说是给争胜翻修窑舍院落，盖门楼平房。村里最后一堵干打垒的土墙，恐怕有一个甲子的历史，从此消失了。站立着是泥土，倒下了仍然是泥土。可惜的是，就在新院落修好的第二天，争胜在医院里抢救，剩下一口气时连夜送回家中，不到天明就升了天堂。都说争胜住了大半辈子的破窑院，临了没享一天福。

当初，争胜还在医院治疗，一伙自家和四邻帮着修缮院落，他侄子就说，不修不行么，要么等叔父过世了，来葬埋的人都没处立脚。话丑理端，事实上应验了这话。争胜的葬礼办得体面，唢呐洋鼓洋号，鞭炮震天响，简直能把棺材里安息的争胜给叫醒了。

4

住在争胜隔壁的是换祥，两孔砖窑原属村上的小学，集体所有制解散时分给了换祥。一墙之隔，婆婆妈妈的事，让两家人没少吵架，甚至日娘骂老子咒死咒活的。

换祥兄弟四个，他是老小，父亲打的土窑洞塌了，三个哥各自箍了砖窑，日子比上不足比下有余，独独剩下换祥跟父母过活，村上照顾给了旧学校的砖窑，这才安顿下来。

换祥父亲当过兵，上过战场，复员后乡音也变了。最典型的是乡亲们的土语把"国家"叫"归家"，换祥却一口一个"郭家"，人们从此忘记了他的名字，都叫他"郭家"，他也应声。在战场上死里逃生，算是命大，仅仅少了一颗门牙，镶了个金牙，闪着亮光，一张嘴让人感到他总是在笑。

换祥母亲人长得纤弱白净，好打扮，到老了也爱好搽脂抹粉，因常年有病，父亲总是宠着她。有一天，天气晴好，身体硬朗的父亲在窑上吊了两桶水，回到屋里给母亲倒了一碗开水吃了药，说是累了，倒在炕上就没气了。救护车来了，说是心肌梗死去世的，就没往医院拉。村里留守的老汉老婆听见了撕心裂肺的哭声，才知道换祥他父亲突然死了。

平时还有父亲撑着家，上过战场的资历能领取一点生活补贴，没了父亲，换祥的恓惶便来了。他和媳妇本来在城里打工，只好轮换回家照顾多病的母亲。

更要命的是有一个患先天性心脏病的女儿，脸蛋红红的，像青藏高原紫外线晒的高原红，经常喘不上来气，上不了学，年纪小小的便跟着奶奶相依为命。娃整天坐在门口的石头礅子上，望着人家孩子背着书包上学去，就悄悄地抹眼泪。她是多么想和小伙伴一样去上学，唱歌跳舞，可她不能，动不动心口就疼得厉害。说是跑遍了省城的大医院，也没能医治得了，十多岁便夭折了。奶奶说，杀人不眨眼的老天爷呀，你咋不让我这老命换回我娃的命哩？好在计划生育时期，因女儿有先天病，允许生了个小子，也没被惩罚。

换祥每天来回二十多里路，去镇上水泥厂干苦工，交通工具是一辆二手烂自行车。这天，他急着赶路上工，一路下陡坡，刹把突然坏了，撞上了迎面而来的一辆农用车。双方碰得人仰马翻，栽到了沟里。好不容易捡了一条小命回来，脸上破了相不说，关键是胳膊腿留下了后遗症，干不好力气活，托人找了一个看大门的差事，勉强养家糊口。

村上统计贫困户，换祥当然算一个。政府建设美丽乡村，扶贫干部路过换祥家门口，院里院外破烂不堪，便答应给帮扶款修缮屋舍。说是可以给补助两万元，先得自己垫钱修好了，验收合格后补助款项才到位。他看到了希望，东凑西借了三万元动工，好不容易把屋舍修缮好了。自己垫上一万也划算，政府说话算数，两万元拿到手了。

换祥逢人就说，政府好，扶贫政策好。村人也没啥眼红的，说总不能让换祥穷死，邻里邻家的，哪有那么多见不得穷汉碗里稠的鬼人呢！盼人穷的人心里惦记着，嘴上却说不出来，装也要显得善良一些为好。福祸相随，谁一辈子不遇上个三灾六难？

乡里话说，药罐罐能耐活过强壮汉，你看人家换祥他妈，自年轻时就病恹恹的，时常参加不了生产队的劳动，挣不下工分，多亏了镶金牙的复员军人"郭家"下多年煤窑，能多挣几个钱，就这还是队里的困难户。黑水汗流把四儿一女养活大了，自个却没享一天福，一蹬腿走人了。换祥妈的病仍然三天好两天坏，身体稍强些在门口说说笑笑，难过时睡在炕上呻唤叹气。有人问她得的啥病？她说，啥病都有，啥病都没有，就是难过。乡人常说，谁谁难过，是病痛的统称。

母亲给换祥说，好我的娃哩，要是你大能看到今天的漂亮门面，该有多好。他个没本事的，老好了一辈子，也折腾了一辈子，赶死也没见盖上一座这么阔气的门楼。

换祥说，妈，甭说了，我大命苦，我也苦命。这阵日子过得不如人，不也吃穿不愁，该知足了。

5

再朝东，住的是卒子家。

卒子长得黑，不是常年在煤窑上干活熏黑的，人本来就长得黑。黑是黑，是本色。又偏偏戴一副眼镜，显得几分文气，是因为自小爱念书，落了个近视眼。有文化不一样，始终没与重体力活沾边，多年一直干着轻省活。

卒子中学毕业，回乡当农民，十几岁就任生产队会计。三下五除二，逢九进一，算盘打得呱呱叫，账算得有条不紊。父亲是个跛子，不是天生的残疾，是当饲养员给生产队喂牛，几百年的旧窑洞塌了，砸折了一条腿，还是左右摇摆着担水饮牛，垫圈铡草一点不碍事。但生性倔强，喜欢训斥卒子，知道父亲脾性的卒子，也从不顶撞父亲。实在委屈不过，就打牛，牛气不过，就牴小牛。

这也养成了卒子胆小勤快的性格，分地后牲口也分到各家各户，跛子父亲死了，牛也卖给杀牛的屠夫了，卒子就到村上煤窑当会计。没多少文化的强壮男人，下煤窑挖煤或在井上摇辘轳，抬煤筐，唯有卒子过秤记数，报酬不及下笨苦的人多，也总是让人羡慕的差事。

因为不贪不占，账面经得起查，卒子落了个好名声。村上煤窑倒闭后，外乡的煤窑又请他去当会计，稍带管理销售。有村上亲戚去拉煤，叫叔叫爷，给递上纸烟，他不抽烟，也厉声拒绝亲戚巴结他，一是一二是二，想多拉煤少记数占点便宜没门儿。有人骂他不近人情，卒子说，我要是近了人情，饭碗也就砸了。

多年后，周边的煤窑全部关停了，卒子的轻省饭碗自然也被砸了，便回村上种庄稼。婆娘本身能干，不知怎么患上了偏头疼的毛病，经常体力不支，出不了门。卒子把在煤窑上当会计攒的钱花光了，四处求医，也治不好婆娘的痼疾，日子过得紧紧巴巴的，多年敞门敞院，连扎院墙的钱也没有。

好在儿子大了，给娶了媳妇，生了娃，算是人丁不缺。儿子考学落榜后，和媳妇学了一门做面皮子的手艺，开着三轮车到街上去叫卖，挣几个辛苦钱。每天黄昏时分，村子里弥漫起一股浓烈的炭烟味，当是卒子家开始做面皮子的时候了。灶火熊熊，蒸气缭绕，一家人忙得不可开交。第二天麻麻亮，卒子便目送儿子儿媳的三轮车出了村口，轰隆隆地朝着城里的方向驶去。

如此辛辛苦苦，也不见卒子把院墙扎起来。后来做面皮子的人多，相互压价，没有什么赚头了，便收拾了面皮子摊子，另谋生计。眼看人家在街上摆夜市卖吃食，十年八年积攒下来，竟然在城里交了首付，贷款买了房，儿子和媳妇也便进城在城中村租房，也摆起夜市摊子来。

孙子一天天长大了，卒子高兴，想让孙子上学念书，将来当城里人，再甭受农民的可怜。不幸的是邻近的学校撤了，孙子念书要走十几里地，天寒地冻，酷暑三伏，卒子便接送孙子上学，也实在不是一个好差事。

让卒子着气的是，大人受苦不说，长得聪明伶俐的孙子偏偏不爱学习，成天在手机上玩游戏。对孙子的贪玩，儿子儿媳打不下骂不下，好话也劝说不下，气得两口子相互指责，哭都没有眼泪。当爷爷的也只有唉声叹气的份儿，要么就埋怨是老伴把娃惯坏了。

孙子不爱念书，爱好开车，也算个好事。这便花三千块钱考了驾照，给人家车主开滴滴，一月能挣三四千元，自个能顾住自个了。可不，转眼工夫，孙子也十七八了，卒子也老了。儿子儿媳摆夜市，省吃俭用，贷款买房还只是纸上谈兵。

卒子和几个留守老汉在沟畔晒太阳，村口来了一辆小卧车，是卒子的孙子开的。旁的老汉开玩笑说，卒子的孙子都开上小卧车了，得是要接你老人家到城里享清福了。卒子一脸苦笑，唉，羞丢人，车夫一个。咱先人过去吆骡子驮炭养家糊口，还吆的是自家的骡子。

6

住在前排巷子里的均社，在村人看来，日子过得滋润。

平时院门紧锁，门口的核桃树发芽了，结果了，落叶了，主人均社每从城里回来一回，就是一番新的情景。

逢节假日，门口会停一辆面包车，村人知道是均社从城里回来了。他把地里种的新麦子拉到邻村电磨子上加工成面粉，甚至从村里收购新麦磨了，运到城里儿子开的超市销售，生意很好。也捎带一些辣子大葱芫荽一类农家菜，还有苦菜苜蓿槐花香椿一类野菜，供给超市那些精明的客户。一来货真价实，二来省去了菜贩子的中间加价环节，能不受欢迎么？

在城里开一家超市，不是哪个农民工都可以轻易办得到的。得有资金，还有人脉，加上经营的经验。均社的儿子从学校毕业进城流浪，遇到招收去非洲打工的机会，冒险前往，在遥远的异域受了几年苦，淘到了第一桶金，辗转省城寻找创业机会。几经挫折，才在一个楼盘寻租到一家超市，慢慢地立住了脚。这不，几年下来娶妻生子，买了车，买了房，与父母联手，把超市经营得红红火火。

均社年轻时接的是村长父亲的班，当了几年煤窑的矿长。煤炭生意好的时候，煤不愁出手，周边开了许多早年废弃了的旧煤窑，生产过剩后把煤赊出去了，客户的钱却要不回来，矿工的工钱开不了，便连锁反应，一家家煤窑又倒闭了。有资本的人趁机低价收购煤窑，投资现代挖掘设施，迎合政府的安全条件，又倒手搞资本动作，几十万收购的煤窑转手就可以赚到几百上千万。老实善良的农民，让投机商们哄得目瞪口呆。

均社便是被骗的煤窑主之一，最后落了个给人家看门喂狗的差事。接着，周边的煤窑全部被关闭了，井被填了，矿场复耕为一片片庄稼地，回归农耕的领地。喧嚣一时的煤炭生意被风吹走了，好像在这片古老的庄稼地里，压根就不曾发生过开采煤炭的事，一切归于平静。四季的庄稼，掩埋了矿场，也掩埋了一代人的辛酸与欢乐。多少矿工的故事，和故事的主人一起，在某一个太阳升起的早晨，在喧腾的唢呐声中被埋入泥土。

均社时常想，城郊的土地被政府低价征用，开发商炒地皮地价房价翻番，农民沦落为给富人居住区经管草坪或打扫卫生的仆人。穷乡僻壤的土地不值钱，种庄稼是赔本买卖，只好背井离乡，到城里讨生活，蚂蚁一样劳碌。农民要在城里买房，得苦苦挣扎一辈子。均社是沾了儿子的光，却也是为儿子打工，在超市的角落里支一张钢丝床，晚上得看护超市当保安。这种生活虽然快活，却也实在是无奈，哪有在老家自个的窑洞里住着自在，那田园的风吹到脸上也是舒心的啊！

有几年，为照看瘫痪在床的娘家老人，均社的婆娘一直留守在家的土原上。老人下世后，才来到城里给儿子看娃。好在一家老小在一起生活，图个天伦之乐。儿子觉得父母还不到花甲之年，能帮衬上自己，趁着政府提倡二胎，媳妇又怀上了。能生个一儿一女，就是乡里人老几辈说的活神仙了？可城里养一个孩子，一个月的花销比供养一个大学生还难，看起来很美、很光鲜的日子，何曾不是另一种水深火热？

均社盼望着孙子辈长大了，自己也老了，如今也是满头的白发，和婆娘回到老家的窑洞里去，能安安然然度过余生，就好。

有一天从城里回来，进门的时候，均社觉得什么东西砸在头上，有点疼，不由得用手摸了一下头皮，这才发现是一只核桃落下来砸在头上。核桃掉在了地上，开裂了，露出白生生的果仁来。不知怎么，他的脸上是两股眼泪。

一阵喳喳的叫声，他抬头一看，是一对喜鹊在向主人打招呼。

7

村人说，大林怎么想起收拾自己废弃多年的老屋了。

近年小麦在收割时，就及时从地头卖给了粮食收购商，不用碾打，也不储粮，吃粮从超市买面粉。过去用来储存粮食的大老瓮，也就没有什么粮食可盛，干脆搬了出来，在院门口立了一排子。收藏老瓮的古董爱好者上门，说一个老瓮给一百块钱，大林不舍得，一百元够干啥，老先人置下的家当，日子过得好坏，还不到变卖家产的地步。

老瓮是耀州瓷器，笨重却也结实，黑釉能照见人影，少说也有上百年的时光了。恐怕是大林他爷或老爷从瓷器镇上买回来的，又沉重又怕磕碰，用架子车几十里拉回来，是费了周折的。老瓮的黑釉在太阳下闪光，让路人的眼睛为之一亮。

大林的父亲当年是赤脚医生，中西医并用，为周边不少群众治过病。无论黑明半夜，雪天雨天，病人家属上门一叫，便十里八里地上路了。后来到了镇卫生院，也是响当当的好医生。虽然脾性不好，不影响他的口碑。医生也会得病，患了癌症去世了。丧事是在这老屋子里办的。大林母亲催促儿子拾掇老屋，心想自个到了那一天，也得在这里设灵堂。

也算是家传，大林和媳妇跟父亲学了医术，在镇上开了一家卫生所，连宿带办，过起了不富也不穷的平常日子。遇到大病治不了，转到隔壁镇卫生院，那里住院设备齐全，条件要好得多。他这里设施简陋，量体温，开点药，挂个吊瓶什么的还行，收入自然不多，能维持日常支出。

大林家里的几亩地，便租给了堂哥，一年一亩地四百元，种了树苗子。要是自己种，犁地播种收割得雇用机械，三下五除二，丰年时打粮卖钱也就是一二百元，收成不好时还得倒贴。总觉得吃自己地里打的粮香，无污染，是所谓有机食品。殊不知，没有了牲畜，也就没有了粪，人一年四季不在家，厕所是干的，哪儿还有农家粪，多半是花钱买化肥。屎尿都屙到镇上厕所里去了，如厕还要给看管厕所的老汉一块钱，厕所里臭气熏天。之后，也不吃自个地里打的麦子了，与超市买的一个味儿。

租地三年期满，村上实行规模流转，由国企果业公司来经营苹果园，大林同意流转。一亩地价涨到了五百五十元，好事一桩。可又听精明人说，现在美国限制给中国出口粮食，种粮食的土地值钱了，不敢轻易答应出让土地。农民之所以始终不放弃土地，宁可让荒着，总在自个名下，有朝一日，天下因战争或瘟疫或灾荒无粮，自己回来种了自己的地，打几斗麦子吃，不至于饿死。

人说居安思危，这不，庚子鼠年一到，立马就是新冠肺炎，席卷全国以至全球。大林戴着口罩从镇上回来，到自个的地里转了一圈，摘下了口罩，深深吸了一口初春田野的空气，一种苏醒的泥土的清香，让他改变主意了。

你说大林是小农意识也罢，说他死心眼也罢，他回到屋里，重新把那几个大老瓮打量了半晌。正好，遇上堂哥从村道走过，问他流转地的事。大林说，我得再考虑考虑。堂哥说，你个当医生的，要地干啥，再说你也不缺千八百块钱，交给果业上得了。

大林临离家时，也没给堂哥个准话儿。

他原先想拾掇一下老屋子，母亲老百年了用得上，现在他想到了自个，也就是伸出指头五十大几的人了，在过去已经是准备做棺材的老汉了。

大林的儿子大了，也是学了中医，不想让娃接自己的班，私营的医疗机构难经营，还是公家的饭碗牢靠。这便让娃在远处一家监狱当医生，是招考进去的，收入不高，至今没娶媳妇，是他的一块心病。

8

泉儿是老小，自幼受父母宠爱，父母过世后，自己的日子过得很难。老大分家另起炉灶，孩子多，照顾不上碎兄弟。老二当兵复员，到城里工作去了，为家里修缮住处也没少帮衬，临到患病去世，骨灰埋到了父母的地里。地是泉儿继承的，听说还少不了出几个钱。又一说，这是给泉儿抹黑，原本不是那么一回事。

泉儿念书不行，有一身力气，又麻利吃苦，娶的是家境好的人家的媳妇。岳父在公家煤矿上当干部，岳母是农民，媳妇有文化，家教受村里人尊重。为过好日子，泉儿下势到煤窑上当脚家娃，也就是在三尺高的煤层巷道里爬出爬入，拉着小煤车挣扎。生产队一个劳动日三毛八分钱，下煤窑一天一夜能拿到两块钱。之后多年，水涨船高，一个班陆续能拿到十元至一百元。钱里有火，让多少年轻汉子好像扑火的飞蛾，把好年纪以至生命丢在了漆黑的煤窑深处。泉儿也不例外，中年时已经弯腰驼背，成了罗圈腿。

分田到户，泉儿又是庄稼行里的能手，风调雨顺时，他地里的麦子亩产有七八百斤。好吃好喝，又有煤窑上挣的大把辛苦钱，家境不比别人差。时势变了，煤窑关闭了，就是不关闭煤窑，泉儿也是干不动了。

儿子大了，书也没念成，回到地里劳动。庄稼又不值钱了，父子二人守在土地上，一年到头的收入不够日常开销。

说是果木产值高，父子二人不种麦子了，几亩地全栽上了核桃树。浇水施肥，除虫剪枝，核桃林子一年年长高了，然而就是不挂果。技术人员说，你心太狠了，一是树苗长得太旺，二是栽种得太稠太密，核桃树只管长了枝条，不结核桃了。有人说树种有问题，有人说你种的核桃树全是公的，不是母的。咋办，砍了个精光。说是收获了一堆柴火，时下柴火又没得用了，家家用起了电磁炉做饭，烧热炕也用上了电褥子。一把火烧了得了，草木灰可以肥田，肥田又有何用，种什么都不值钱。点火烧柴火也不成，影响空气甚至妨碍头顶上的飞机航线，公家来人要罚款。

偏偏这个时候，儿子生了病，说是肝炎。经过中医调理，身体恢复了正常体能，泉儿长出了一口气。眼看别人家同岁的孩子结婚生子，娃都能去小卖部打酱油了，自个的儿子还娶不下媳妇。论人样，小伙子俊朗聪明，待人和气，性格稳重，就是一个曾经的肝炎患者，又不传染，只是肝炎携带者，也让一个个相亲的退避三舍。

为给儿子成家，泉儿两口离开了村子，托人租用了一间街道上的门面，零售日用百货。逢集时，街道上人不少，零七碎八的货物有问的有买的，忙得顾不上吃饭喝水上厕所，一天下来，挣不了多少钱。过去镇上有几个小厂子，人气旺盛，小厂子倒闭了，人也稀少了。之前一个门面能养活一家人，后来一个门面能养活一个人，渐渐地一个人也养活不过了。

这么，泉儿又和儿子找零工干，都是些苦力活儿。在农村时，日子过得艰难，到了镇上同样不好混，日常花销又少不了。车到山前必有路，总不能让活人给尿憋死。终于有了一个转机，一个亲戚在陶瓷厂的生意不错，缺少人手，儿子便加盟进去，有了很好的收入，贷款买了小车，这让泉儿两口为之宽慰。

更让泉儿两口高兴的是，儿子几经曲折，终是找到了媳妇，人家不嫌弃儿子的病史，喜欢上了俊朗诚实的小伙子。仔细一问询，说媳妇有过一次婚姻，为啥离的婚不得而知，还有个拖油瓶的小女孩。泉儿倒没说什么，婆娘觉得自己的儿子怎么娶一个二婚女人，心里不是滋味。可儿子就是认定了这门亲事，认定了这个大自己三岁的女子，不顾母亲的忧虑，成天开车接送女子上下班，带着孩子外出游玩。

看到儿子好像变了个人似的，再不那么忧愁，整天欢天喜地的样子，泉儿两口也满意了，为儿子举办了婚礼。喜上加喜的是，媳妇已经怀上了儿子的孩子，作为老人也就放心了。

他们转让了镇上的门面，重新回到了自己的窑院。平时经管着地里的庄稼，摘椒拾酸枣，与久别的留守老人们谈天说地，又回归属于农家的快乐。

隔不多久，二人又到镇上去了，去伺候媳妇月子，不知生的是孙子还是孙女，都不重要了。

9

二田弟兄仨，大田是父亲当生产队长时安排当了工人，二田和小田一直留在村里，当了一辈子农民。

知青回城时，回乡知青也走了不少，大田能当工人，也是沾了父亲的光。大田后来被推荐上了大学，父亲说，那是娃的本事加运气。

临到恢复高考，在煤窑上做矿长的父亲拿出十块钱，让二田和小田去考试，结果双双落榜。之后，再没有从农村当工人的机会，他俩只得待在乡下，一辈子是农民，村人说的吙牛后半截的命。按他俩的天资，好好复习，是可以上大学的，问题是煤窑上能挣钱，日子过得宽裕了，出去又能咋？再说念书是要吃苦头的，有时候不比出苦力轻省。

高考碰了钉子，二人再不说念书的事。小田身单力薄，进了大队小卖部，吃上了轻省饭。二田人高马大，到煤窑上担炭，从沟底井口担一百斤炭到原上，可以挣到五毛钱。二田心狠，担的分量重，爬坡要歇几歇，一天能挣三块钱。母亲到晚年也说，二田之所以背是驼的，就是那时候不听大人劝，落下了毛病。

二田能下笨苦，账也算得清，在煤窑上当过几年会计，煤窑倒闭了，只好下地种庄稼。庄稼行里干活笨手笨脚，总是落在旁人后边。人体量大，饭量也大，公社化时吃食堂饿肚子，钻进屋里偷吃了几个馍，一家人被罚，少吃了一顿饭。长大娶了媳妇，有了一院地方，生有一儿一女，凑凑合合过日子。

人也笨，还胆小怕事，树叶掉下来怕把头砸着。不学手艺活儿，别说开拖拉机，也不会骑自行车。干活儿节奏缓慢，小心翼翼的，从来不慌不忙。有人说，收麦子天气，遇上雷鸣电闪，他也是慢动作地往避雨处跑，性子凉，凡事总怕有个闪失。

好在女儿大了，从中专毕业，托人去了河南的工厂，成家立业，有了一个小外孙女，丢在家里照管。二田也和婆娘去过那里，他待不住，一个人回来料理庄稼。他的福气是从不动手做饭，饭来张口，衣来伸手，婆娘把他伺候得妥妥的。婆娘去了女儿那里，他享不了清福了，学会了煮面疙瘩糊汤，会蒸了茄子撕碎了调盐调醋吃。没有大钱，小钱也够花，悠悠地过日子。地里的庄稼不成器，草比豆苗长得高，收割时是在草里找豆子。父亲留下的花椒树，他有一晌没一晌地去摘花椒，说也卖不了几个钱，要是把人累病了，卖的花椒钱抵不住看病吃药。

二田也养过猪，政府给养猪专业户有几百元的补贴，技术上不得窍门，结果也赔了老本。村里流转地，二田留下一点地种麦子自己够吃，其余的地每年四百元租费，省得雇用机械耕种收割，免得赔钱。堂弟是个土地的命，种啥成啥，二田便把老宅的庄基地和边角地，千八百元送给了堂弟。人家种了同样的地，向日葵开得黄亮亮的，油菜长得半人高。二田不眼红，也不后悔，说人家是种地的土命。

儿子长得结实，心里有数，大专毕业也是托人到了河南一家国企工作。到外省干了几个月销售，挣了点钱，却打死也不干看人脸的差事了。在厂里下岗后，在西安当过保安，喜欢看书，一心想吃轻省饭。这便托人到当地电视台当临时工。人事变了，儿子被安排上了山上的转播站，一条狗，两个人，一干就是两年才调回来。这么，儿子的婚姻大事又成了二田的心病。说了三五个媒，人家无一不提要房的条件，每每没有结局。

儿子快三十的人了，没有媳妇，二田在人前说不起话，整天愁眉苦脸的样子。终于有一天，儿子领回对象来了，二田高兴也不高兴，他心想找个和儿子一样般配的高高大大的媳妇，能走到人前面去。这女子眉眼秀气，在镇上有工作，唯一不可二田心的是个子低。儿子看上了，对方也没意见，二人都是有一点兴趣的文学青年，娃们说咋办就咋办。末了，还是老问题，没有房不嫁。

二田早就在窑院里盖了一间平房，拾掇得干干净净，只候着给娃娶媳妇。也修了淋浴室，安装了太阳能。上下班有村村通班车，说来也方便。但没过门的媳妇一口咬定，非在新区买一套房才能结婚，不然告吹。儿子迫于无奈，先向媳妇投降了，对对对，没房不结婚。并央求二田，人家啥条件都不谈，就这一个条件，得答应人家，要么一辈子打光棍。二田想，这是个要命的条件，天下乌鸦一般黑，只要是个女子谈婚论嫁，几乎没有一个不要房的。城里房价四十万一套，首付百分之四十，这十五六万哪里去找，除非抢银行。

这一辈子都没遇上这么难的事。二田忧愁得吃不下饭，睡不着觉，怨不得别人，只怨自个没本事，恨不得找一根绳子吊死。老话说，大人欠娃一个媳妇，娃欠大人一副棺材板，自古父子之间的账算如此。说是一辈子不求人的二田，在这个绕不开的难题面前，终于舍得撕下脸面，四处求爷爷告奶奶地借钱，万八千，三百五百，兄弟姐妹和远近亲戚寻了个遍，终于帮儿子凑够了首付。

儿子婚也结了，生了一小子，二田高兴也不高兴，思谋着怎么给人家把钱还上。他起早贪黑，省吃俭用，到建筑工地上干活儿，到公路上栽树，帮邻家盖房搬砖和泥，甚至给人打墓埋人，说挣钱比吃屎还难。甚至卖粮换钱，为凑够给舅家借的一万元，不惜割肉一样把父亲留下的庄基地也变了现钱。先还远亲的，再还近邻的，兄弟姐妹的最后还，这么三年五载下来，孙子快上学了，才基本偿还了债务，一块压在心里的石头总算落了地。

还有一笔债务，大概五六万元，是二田妻姐的钱。妻姐患了脑溢血后遗症，她的女子又在外打工，顾不上照管，二田婆娘把可怜的姐姐接到家里照管，以尽姊妹之情。谁料想，天上掉馅饼，姐姐的女子嫁给了一个南方的生意人，彩礼给了十万八万，而且把姐姐接到了南方去养老。知道妹子的儿子结婚买房缺钱，念及妹子这几年的照看，就拿出一大疙瘩钱交给妹子，可真是救了急。而且说，这钱不用急着偿还，啥时候有了啥时候还，权当是白送的。

六十大几的人了，还一头白毛地奔波在挣钱还账的路上，有苦处说给谁听？二田不抽烟，不喝酒，一个钱想当几个钱用。不是不喝酒，遇到婚丧嫁娶，有人挑逗他，二田能喝一斤不醉。

二田屈指算来，说爷爷在他这般年纪，就下世了。他引着小孙子，在村口沟畔上转悠，旁人问道，孙子几天不见又长高了。二田的脸上有了一丝微笑，不紧不慢地说，有苗不愁长，娃们催人老啊！

10

小田是二田的兄弟。乡人称兄弟，也就是弟弟的意思，二人互称兄与弟。大田是大哥，当了公家人，在外奔走多年，也老之将至了。

母亲生小田时，正逢二十世纪六十年代初的困难时期。母亲当时愁的是，连生三个光葫芦，长大后娶媳妇的三孔土窑洞在哪里？说是把小田送人，却没舍得。二田不小心，踩了小田的肚脐眼，出血不止。父亲在西安至侯马的铁路上当民工，差点儿饿死，走了一年多回来，以为小田早都没了，幸运的是小田还顽强地活了下来。

多年后，二田和小田斗嘴，二田笑着说，当初我的脚上稍微使点劲儿，哪有如今人五人六的你？你哥我再没本事，自小总给你做过伴，没让你被狼吃了。一娘的肠子上下来的，又不是外人。

没有柜台高的时候，小田就当上了大队小卖部的售货员。之后做会计，当村长，村办煤窑的矿长，又合伙办采石场当矿长，直到年近五十才不当村干部了，自个经营农用机械和苗圃，算是村里的一个能行人。如今两儿一女，孙子外孙五个光葫芦，人丁兴旺，还是歇不下，又被国企果业聘请去当代理人，在流转的田地里忙活。

村子的称呼先是生产大队，后是村革命委员会，接着是村民委员会。党支部书记和村长换了几任，小田都是鞍前马后当伺候娃，一是有能力，二是有眼色。终于从媳妇熬成了婆，有朝一日当上了村长。他从历任村干部的经验教训中获益不少，要统领几千人的农民，多个自然村的几十个姓氏的户族，没一点能耐是掌管不了的。对于户族之间或邻里纠纷，他并不事必躬亲，而是权力下放到村民组长。出事了，他把村民组长叫到镇上小饭馆，一盘猪头肉，一斤白酒，一碗驴蹄子面，一盒烟，把事情了解清白，出了主意，让村民组长去摆平。村民组长见村长把自己当人看，又客客气气，便乐乐呵呵屁颠屁颠去处理事了。人说小田会弄事，跟他爷他爸一样，说着笑着就把棘手事办了。

分地时，小田兼任村民小组长，对人口田亩地形了如指掌，公平待人，塬上的好地与凹里的边角地，平摊分配。遇到不讲道理的人，小田也不是软柿子，刚巴硬正。给一个老村干部分的地，除了连接的晒场和机耕路，所分地的面积只多不少，是把前辈放在十八两秤上的。人家不服，骂骂咧咧的，小田好说不行，只得要一次二杆子，唱一回红脸，把个前辈骂了个痛快，给脸不要脸，前辈只好认输了事。有的死狗赖娃，分的地在凹里，按说从面积上占了大便宜，却在村里说小田的坏话。小田趁酒气，进了这家的门，主人明知理短，连连赔不是。小田不依不饶，罚主人喝酒，喝得主人瘫在地上。按辈分小田叫人家碎爷，见惹不起小田，连声叫小田爷，发誓再也不敢胡说八道了。

二田另起家后，小田和父母一起过日子，父亲在煤窑当矿长，挣钱箍了四孔砖窑。村上老煤窑几百年前就开过，重新开张后先富了一批人。论起来，曾祖父就是煤窑上负责上下井绳索的索客，祖父当过煤窑上的经理。父亲当矿长后，按股份分红，收效不错。谁料一次安全事故，死了两个人，父亲按渎职罪被关了十七天看守所。父亲怕了，从此不踏入煤窑半步，到沟里植树去了。小田年轻，近水楼台，承包了村里的煤窑。有人告发地下挖煤，地上居住的窑洞受到安全威胁，其实是占不到利益的人生事，政府下令关闭了煤窑。

小田尝到了办企业的甜头，与人合伙开了村边的采石场。不料财运不佳，半年间连出两起安全事故。头一起，是因手续不全，买炸药的工人让公安关了几天，神志恍惚，上山装炸药时滚落下来摔死了。没多久，一个工人让飞炮的石头砸死了。这两条人命，赔了十几万，公家还要雪上加霜罚款，小田好不容易挣来的钱打了水漂。

日子总得过下去。小田借了五千元，到西原一带贩木料，卖给人家的煤窑上做井下的矿柱，能赚几个经销费。遇上陌生的卖主，热情招呼吃喝，又要陪着打麻将。做生意得充大款，不然人家看不起你，不陪你玩。麻将的玩法十里不同俗，入乡随俗，什么摸张停，什么亮四打一，什么一条龙青一色翻番，小田一夜间输光了木料钱。这不是把人往死路上逼么？天无绝人之路。天亮时，小田终于摸清了当地打法，连续自摸边张，绝处逢生，有惊无险，五千元又回到了手里。这便付款装车，一路狼狈逃窜似的赶了回来。之后，遇到此类陷阱，小田学灵醒了。

靠着多年积累的人脉，小田寻情钻眼，跑贷款置买了几台二手推土机，承包农田基建的活路。雇用司机、油钱、修理费用，花销比收入多，政府的工钱又欠账。废旧推土机在村内外搁了好几台，来人出价一万不卖，就是变卖废铁也会万八千。结果钢铁市场下滑，每台几百元卖给了废品站。接着又贷款买来大型铲车，机械设备不上档次，揽不到项目，只好赌一把。项目招标，中标者多是官员关系户，小田只能吃人家剩下的一点骨头。下苦的不挣钱，挣钱的不下苦，自古世事如此。利益链条密不透风，愈演愈烈。小田不当村长了，没权了，自己庄基背后的一片地的平整项目，也轮不到自己的挖掘机，活儿让几百里外的陌生人干了，你干瞪眼没办法。

当初村委会换届，小田按条件可以连任，却有个堂弟出来竞选。一个爷的孙子，为竞选村长你死我活，小田觉得划算不来。但落选后遭村人笑话，又不甘心服输。正当犹豫不定时，好脸面的岳父大人睡不着觉了，遇到在省城干公家事的大田说，你得帮小田连任，不然这人丢不起。大田说，美国总统刚换届，人家不当总统了，也不觉得丢人，无官一身轻，去经营自己的农场了。村长是多大个官？连芝麻官都够不上，是政府最下层的一个经常拿不到几百元补贴的蚂蚁大个官，有啥舍不得的？有啥丢人的？再说，你总有下台的一天，能把村长当到死？光光堂堂下台，总比被人家撵下台好。小田岳父听大田这么一番话，说自己今晚上能睡着觉了。小田听了大哥的话，退出竞选，让堂弟顺利当选，过一把当村长的瘾。

小田不当村长了，自己寻思着流转地种树苗。请人家有技术的嫁接核桃苗，一株一元保活，几亩地的树苗就得支出上万元。树苗干死了，一架子车的柴火不值一块钱，而要是卖树苗，一车就是几百几千元。总的下来，小田从地里挣到了几万元。农用机械挣钱不少，要不回来，欠人家的钱又不得不还，三角债务把小田箍住了。有一年过年，不是贷了两万元高利贷，年都过不去了。

人说吃一亏长一智，谁知受骗上当，当当不一样。可不是，小田好酒，好交朋友，仗义疏财，遇上一个号称千万富豪的家伙，本乡本土的，却把小田坑惨了。此人找到小田，说要拿下一个大项目，只差三十万投资，知道小田善良，乐于助人，让小田做高利贷担保人。半斤酒下肚，小田豪爽之气冲昏了头脑，签字画押，做了担保人。第二天，此人失踪了，带了三十万潜逃，从此杳无音讯。小田这才知道，这货赌博场上栽了，把千万资产输得一干二净。妻子儿女被赶到了门外，生活无着落，靠亲戚资助度日。你说世界上还有这么丧尽天良的杂种么？

小田悔恨莫及，捶胸顿足，高利贷主是冲着担保人要钱的。于是，一夜之间，人家扣押了小田的挖掘机，抵债三十万。小田刚刚还清挖掘机的贷款，等着挣回本钱，看起来挺阔气，驴粪蛋外面光，不知里面受恓惶。这便托人说情，让挖掘机先干活，挣的钱三一三余一，慢慢还清高利贷。

按说，小田也六十岁的年纪了，儿孙满堂，不染头发和大田二田一样满头白发，出去与人打交道，混世事，还得假装年轻，装嫩。他又沦落为一个地地道道的农夫，每天起早贪黑，戴着草帽，扛着锄头，在自己的苗圃里除草。树苗在长，长大了就能卖钱了。还是土地不亏人。小田想起了爷爷说的话，人没尾巴，是狼是狗认不清。

好在有一家国企规模性流转土地，大面积种植果木，村子里的三五千亩地不种庄稼种苹果。挑来挑去，代理人非小田莫属。小田又时来运转，精神焕发，对生活充满了期望。说是一月三千元，到过年已经干了七个月，三七两万一。临到年前腊月三十，果业集团的人来了，送来了年货，抱歉说工资因走程序，开过年会兑现。

国企是国家的企业，几级政府担保支持，小田相信政府。工资到不了手，不会是白干，把心放在肚子里，馍不吃在笼笼里撂着哩！等到苹果挂了果，有了收益，国家企业总不会亏待庄稼人。

11

全力家的大门锁了好几年了。门框上的对联还是母亲过世三年时贴的，已经残缺不全。秋后，门口的核桃落了一地，也没见主人回来收拾。

全力他人呢？说是去了陕南一个县里，和婆娘一起照看孙子。儿媳从师范毕业后，到一所穷乡僻壤的小学教书，好不容易调到了县城任教，生了孩子得有人帮衬。儿子呢，却在几百里外的一个乡镇扶贫，一个月辗转看一回媳妇和孩子，与父母在异乡团聚一次。为讨生计，一家三代就这么远离家乡，天各一方，把一院曾经温暖的窑舍远远地扔在了老家。

全力的爷爷是民国时代的县城建局长，是个读书人，编写过县志。到了父亲辈，也是识文断字的先生，当过多年村上的会计。上世纪六十年代"四清"运动时，清查出账面上有错，从此当饲养员直至分田到户。全力有四个姐，父母谢天谢地盼来了他这么个小子娃，视为掌上明珠。大姐夫在公家煤矿上当干部，作为内招，全力成为煤矿上的一个司机。那年月，听诊器和方向盘，还有伙夫售货员，是很吃香的职业。全力也顺势把媳妇的户口转到了城里，吃上了商品粮。临到分地时，又把户口折腾回来，可以分到二亩地。加上父母的四亩地，便能养家糊口。

父母是老来得子，父亲活到八十有四，母亲活到九十九，是村里人老几辈最长寿的。父母晚年丧失劳动力，地没人种，全力办了病退，回来伺候老人。母亲睡习惯了热炕，坚持不用电褥子，全力无论春夏秋冬，整天忙于收拾烧炕的秸秆柴草。晚上和母亲睡在一个炕上，端屎接尿，从来没一句怨言。人说像全力这么孝顺的儿子，已经不多见了。

为省吃俭用，全力没有安装村上的自来水，还是自个吃窖里的水，绞水不用抽水机，仍然用辘轳绞水。烧火做饭也不用电动设备，仍然拉风箱烧柴烧炭。一家人电费，只是一个十五瓦的灯泡和电视机的费用。也不全是会过日子，他是对任何新生事物和时尚保持高度的警惕。因循守旧，也是全力骨子里遗传的那么一种怀旧的基因。

送走年迈的父母，自己也一把年纪了。儿子大了，也是所谓沾了内招政策的光，在公家煤矿上做事。娶的媳妇因家贫读了师范，得在偏远小学教几年书，才能调动工作。幸得有了一个孙子，有了香火，人说这是全力前世修来的。全力便锁了家门，远天远地跑到儿媳所在的县城，在孙子身上找到了晚年的寄托。

全力是有一个女子的，人长得灵光，姑姑照看着在城里长大，按说生活条件优裕，嫁人过日子就行。离家也近，能顾上乡下的父母，就是一种亲情的温暖。女子却偏偏爱上了一个外省的小伙子，嫁到了远方，这让全力伤心透顶。每逢节假日，全力看见人家的女子回来，一家人乐乐呵呵的，就两股眼泪，自个的女子在哪里呢？

当初一往情深的土地，也一样被全力抛弃了。荒着也是荒着，不如送个顺水人情，白白给了堂弟家耕种。堂弟早年在村上的煤窑丢了命，为养活儿女，堂弟媳妇续了一个下苦人为夫，是从陕南山里逃出来的光棍。这汉子从早到晚不闲着，种了全力的地，连周边的荒地也种了，全是一镢头一镢头挖出来的。砍了田地边的大树，一个人搬不动，就地解开，等晒干后再用担子挑回家，省了做饭的燃料钱。全力心善，也没收过人家一分钱。

等到孙子上学了，全力也病了，说是肺心病，回来看医生。老两口疲惫地回到家，打扫拾掇久违了的窑院，总算落脚了。

12

村头的一家，主人叫水生。他弟兄四个，水生是老小。三个哥陆续下世了，他这老小也成了村上爷爷辈唯一健在的老人了。

水生出生在旧社会，黎明前的黑暗时期。父亲为给大哥娶媳妇，在扎窑洞隔墙时，隔墙突然倒塌，把父亲的一条腿砸折了，成了村上人称呼的跛子老汉。水生出生不久，母亲病死，水生还趴在尸骨未寒的母亲奶头上吃奶，再也咂不出甜美的奶水了，哇哇地大哭起来。之后，靠米汤一天天长大，鼻涕涎水，衣不遮体，跟乞丐差不多。没娘的孩子像棵草。

该到读书的年龄了，水生放牛割草，只能眼巴巴地看着一般大的小伙伴背着书包上学去。跛子父亲挣扎着给三个哥哥成了家，五十来岁就下世了，把小儿子水生丢给了哥嫂们照看。家境稍有转机，水生断断续续上了几天学，到镇上读高小时遇到三年自然灾害，家里没有馍让他背着寄宿上学，便回来种庄稼。

水生虽然没多少文化，脑子却灵性，怎么悄悄地喜欢上了民间音乐。可能是遇到丧事，那一声声撕心裂肺的唢呐与他孤独无依的心事发生了碰撞，凄凉的音乐让他在精神上得到了一丝抚慰。先是吹柳哨，后是捡了人家的笛子吹，再是琢磨自乐班的板胡的样子，在农闲的雨天里，竟然用葫芦马尾铁丝树枝自制出了一把乐器。心灵手巧的水生，为寂静的村庄送上了一阵阵生涩却悦耳的声响。

音乐并不能当饭吃，混入红白喜事的自乐班时，顶多好吃好喝几天，之后不下苦挣钱只能喝西北风。哥嫂们也有了儿女，日子过得艰难，水生要娶媳妇成家立业，得靠自个儿。自小营养不良，身单力薄的水生，只得下煤窑，钻到几十丈深的炭井黑窟窿里去，牛马一样四蹄撑地拉煤筐，在石头夹肉的黑暗里，凭着头顶一星鸡娃油灯寻找出路。俗话说，有尿没尿撑住尿。水生终于出脱成一个熟练的行话叫脚家娃的拉车能手，在土地的深处骒驹子一样奔跑。

几年工夫，一张张沾满煤屑和汗水泪水的钞票，攒到了八百元的彩礼，一个小他六岁的高高大大的邻村女子，成了水生的媳妇。村头的一个小土窑窝原先是放柴草的，被扩充之后糊了墙皮，成了水生幸福的洞房。结婚后，与哥嫂另开锅灶过日子，分家时的粮食吃光了，煤窑上煤炭积压卖不出去，水生两手空空。米面夫妻，恩爱次之，整整两天没饭吃，稀汤寡水的面糊糊也没有喝的，饿得前胸贴后背，媳妇哭着出门跑了。

水生知道媳妇肯定是要回娘家了，跟脚去撵，跑得满头大汗，上气不接下气，撵到沟畔，见媳妇已经到了沟对岸，叫也不回头。水生蹲下身子，抱住头号啕大哭，比狼叫还吓人。

没了媳妇，水生苦中作乐，反而拉起他的自制板胡，一曲秦腔曲牌的苦音慢板在暮色中随炊烟飘荡。天黑时，水生听见门口有脚步声，是老丈人背了一布袋面，牵着女子回来了。水生给老丈人磕了一个响头，答应好好过日子，不再分离。

煤窑的生意有了好转，水生也从井下拉车的脚家娃晋升为带班。煤窑有四层煤，夹在几丈厚的石矸中，在调整掌子面的作业中，水生不慎从三层井洞掉进了四层，骨折了几条肋子。矿上只给安抚了几百元医药费，与矿主的官司没打赢，水生成了一个残废人，从此结束了多年为之谋生的他的煤炭工生涯。

稍有康复，他又开始打零工，种树种草，一天能拿到一百元。儿子大了，娶妻生子，给老板开大车，收入不少。又箍了新砖窑，扎了院墙，盖了门楼。后院有菜地，自给自足。天气好的时候，坐在门口的石桌上喝茶，与留守老人谈天说地，感叹时光，所钟情的自制乐器再也捡不起来了。

水生的三个哥去世后，他想起多年在天津的姐姐，无论如何，得去看望姐姐一回。姐姐自小给他这没娘的小弟以温暖，没有姐姐的照看，水生恐怕早就没碎命了。姐姐长到十五六岁，与邻村小伙订了婚，小伙日后当了兵，在部队上升了官，就不要这个乡下女子了。姐姐不答应，独自找到在天津部队上的小伙，寻死觅活，终得保住了婚姻，生儿育女，过活了几十年。

姐姐想念家乡和兄弟们，几十年间也只是回来了一两回。水生想着兄弟姊妹们只剩下他和姐姐了，临终前团聚一回，也算了却一个心结。一辈子没出过远门的水生，带着婆娘开一回洋荤，坐火车，乘飞机，直达天津。姐弟重逢，免不了抱头痛哭一场。姐姐要不是当年死缠烂打地跟了当官的姐夫，至今还在乡下当农妇，吃的啥苦，受的啥罪，跟上姐夫算是享了一辈子的福。

接着，水生和婆娘去了北京，天安门，毛主席纪念堂，鸟巢，故宫，逛了个遍。谁知道，乐极生悲，婆娘不小心从台阶上摔了一跤，脚踝骨折了，肿得像发面馒头。这便打道回府，坐飞机回来了。

远天远地地看望了一回姐姐，又把北京浪美啦，不枉其在世上走了一回，活了一回人。于是，在村头留守老人的聚会时，水生婆娘可是有了谈资，翻来覆去谝个没完没了。

水生的孙女胎里受症，生下来总是长不大，愁人得很。政府有残疾人政策，送到社会福利机构去了，让水生心里宽松多了。当初孙女有智障，计划生育政策允许生了二胎，是个小子，成了水生一家人最大的喜事。如今孙子长大了，爷爷儿子孙子三代人从村道上走过，似有了几分心安理得。

13

名字叫豆豆，个儿不高，眉和眼也偏小，也许是命中注定，豆豆凭借做豆腐的手艺，改变了一家人的命运。

豆豆的父亲与豆腐没关联，多年在社办煤矿上当合同工，家境比种庄稼的也好不到哪儿去。只是活路轻松一些，一直负责经管煤矿上的后勤差事，采购灶上需要的粮油肉菜，当然也少不了豆腐。用村里人的话简单点说，就是个喂驴的。父亲把那头毛驴当成了亲密伙伴，一起出行，拉着架子来回去镇上采买东西。晚上就住在驴圈一角的床铺上，也不嫌驴粪尿的腥臊味。与人说的话不多，一个人与驴说的话多，唠唠叨叨，驴只是用响鼻与他对话。

父亲因为人实诚，从未克扣过灶上一分钱，坚持在煤矿上干到一大把年纪。村里人以为他是公家人，有退休工资，其实不然，煤矿临倒闭前裁减用工，他离开时只是结清了当月的薪水，拍拍屁股走人。驴仰头朝他咴咴地叫唤了两声，算是告别。之后，社办煤矿散伙了，那头驴也卖给屠夫，变成了下酒的盘中餐，说是天上的龙肉，地上的驴肉。

豆豆吃了父亲最后从煤矿上带回来的豆腐包子，很香，也许从这个时候起，豆豆萌生了做豆腐的想法。要是天天能吃上豆腐，那不就是过去财东过的日子么。

分田到户后，豆豆娶了媳妇，生了小豆豆。按说粮食够吃，日常花销却缺少钱。小豆豆眼看长大了，上学需要钱，豆豆拿不出来。父亲没收入，除侍弄几亩庄稼外，春夏捡野菜卖，秋冬到沟里割野草的干条子，缚成笤帚到集市上换钱。

有一天，父亲天黑还没回家，就到沟里去寻，寻找到的父亲已经咽气，可能是脑溢血。埋了父亲，家里的土窑洞又塌了，居无定所，成了贫困户。

村上破例让豆豆在自家地里盖了一间草房，得以栖身。为重新修造房子，豆豆不再出外打零工，在邻村一家豆腐坊学了手艺，自个开起了豆腐坊。从野外草房里升起的炊烟里，飘过来一股甜香的豆汁味，村人说，豆豆找到生财的门路了。

留守村庄的老人们，隔三岔五去割豆腐，总是数量有限。豆豆便借钱买了一辆二手农用车，到周边入村串户叫卖豆腐。豆豆脑子灵光，把单打一卖豆腐变成了小商贩，油盐酱醋茶，时令瓜果菜蔬，装满了他的流动农用车。他的小喇叭始终只放一支歌曲，也就是《流浪歌》。流浪的人在外想念你，亲爱的妈妈。村人一听见这熟悉的声音，就知道卖豆腐的豆豆来了。

几年工夫，村人看见豆豆把草房变成了砖瓦房。顺当日子没过几天，母亲有病住进了医院，以为是肝腹水，住了两个多月，又确认为胸膜炎，不停地得抽水。病情危重时，豆豆都给母亲准备后事了，却意外否极泰来，母亲痊愈出院了，捡回了一条命。医药费用三五万元，好在合作医疗加大病报销，豆豆只承担了一成的费用，都说政府好，比亲生儿子管用。

豆豆的儿子是学戏的，艺校毕业后也是四处游走，红白喜事，庆典活动，时闲时忙，能顾住自己的嘴。不几年，总算把媳妇领回来了，在镇上饭店办的酒席。儿子擅长秦腔的生角，婚宴上不唱秦腔，却唱了一曲《流浪歌》：流浪的人在外想念你，亲爱的妈妈。

到场的主宾，都听得落泪了。至于婚宴上丰盛的菜肴，鸡鸭鱼肉一应俱全，唯一少了一盘豆腐。

吃席的人说，豆腐怕让主人吃腻了。

14

大宁打电话给表哥，语气很急促，说他正在派出所，还有他媳妇和他后妈，媳妇已经签字画押，同意被拘留八天。他后妈被拘留十天，还没认账。他问表哥，咋办呀？

表哥是个退休干部，与派出所所长有过一面之交，双方有微信，偶尔在朋友圈点赞，没有深交。大宁是表哥中学同学的儿子，平常在镇上开车拉散客，所谓钓鱼，一月能挣三五千元，表哥常坐他的车，一来二去就熟悉了。大宁他爸说是表哥的同学，那已经是半个世纪前的事了，何况上学毕业后从未联系过。

大宁家里闹了事，打得不可开交，他后妈把媳妇的头打烂了，情急之下报了警。家务纠纷，司空见惯，只要不伤及人命，警察是顾不上搭理的。大宁想到了表哥，好歹当过国家干部，也认识公安上的人，便央求表哥给他排忧解难。之所以叫表哥，大宁说起来还是表哥老舅的孙子，多了一层老亲戚的关系。

也就是说，大宁把表哥的祖母叫老姑。表哥记得小时候，每年黄杏成熟，就去老舅家吃杏，捎带背一些回来。祖母和老舅陆续下世后，来往便不多了。多年后，表哥的父亲去世，按乡俗是要舅家人来盖棺，没有舅家人拿钉锤敲第一颗钉子，是盖不了棺的。埋葬后的七七斋斋，亡人还要吃舅家的馍，不然就落个饿死鬼。这样一来，说是舅家的老鼠比猫大，哪怕来一个三岁小娃也能代表舅家履行礼数。

表哥的父亲下世后，就是大宁来回履行这礼数的，而且不厌其烦，做得很周到，算是给足了表哥面子。大宁家里出了大事，表哥自然不能袖手旁观，给出主意想办法，把事情给摆平了。

至于大宁的父亲，也就是表哥的中学同学，多年没见过面。大宁出生后没几岁，母亲便得病死了，父亲下煤窑养家糊口，把大宁拉扯大。父子二人又结伴下煤窑，从沟畔的土窑搬到原上的砖窑。这期间，大宁有了一个后妈，外带一个拖油瓶的小女子。

问题就出在这儿，大宁的父亲有了婆娘，大宁有了后妈，日子过得顺当了，也过得纠结了。

大宁没读什么书，下煤窑挣钱，后来开大货车，娶妻生子，攒钱买了小车跑散客运输。有了村村通客运，从镇上通往各村，人坐满了才开车，有人等不及，就多掏钱坐没有合法手续的散客车了。大宁也是偷偷摸摸，怕被公家执法罚款，多是拉熟人，打擦边球。媳妇在一家饭店当服务员，儿子上了大学，小日子还算顺当。

后妈的女子也出门了，各过各的日子，按说还有什么家庭纠纷呢？前多年，原上的煤窑陆续倒闭了，大宁父亲也过了半百年纪，便托人在西安找了一个看大门的差事，一混就是十几年过去了。大宁的后妈有时随了去，有时在老家操持庄稼。似乎，一切平安无事。

也就在几个月前，大宁给表哥打电话，说他父亲病了，正在市里医院检查。说是病不好，胃癌，中期。你想，在西安寄人篱下，看大门当保安，报酬微薄，省吃俭用，饥一顿饱一顿，热了冷了，头疼脑热也舍不得花钱吃药，硬是扛不下去了，才打道回府。十几年在城里，混一口饭吃，攒不了几个钱，这一得大病，说是报销大半，也舍不得掏钱给医院。

大宁电话说，他父亲知道自己得的是啥病，不想花冤枉钱，选择保守治疗。表哥说，才六十七岁，动个手术，存活率在三五年，也许命硬，活个十年八年。他父亲执意出院回家，中医治疗，也等于厕所里跌跤——等屎（死）。表哥叹气说，农民可怜，也只好如此了。

过年前后，大宁给表哥打电话。问到病情，说是在吃中药，人瘦了十几斤，饭量小了，只能喝些玉米糁子，行动迟缓，勉强能在院里转一转。这还事小，问题是在这个节骨眼上，后妈提出要离婚。

离婚？人都病成这样了，不床前伺候，还要离婚，这后妈是个啥人么！大宁这才实话告诉表哥，啥人？就不是人。好歹夫妻三十年光景，同家过日子，自己男人得了绝症，没多长时间活头了，等不到人死就要离婚，让自己男人孤苦伶仃死去？

大宁说，人家是想图家产，离了婚还能享受扶贫政策的福利。你不知道，这人一点情分都没有，在医院一查出癌症，就不见人影了。见死不救不说，几个月不回家，一回家就闹离婚，鸡犬不宁。

表哥说，既然不管你父亲了，情分尽了，权当是外人，离了算了。有啥家产么，一孔砖窑，几亩地，再说你父亲不在了，人家作为遗孀也当然优先有住处，有土地。你跟不讲理的人说什么好，宁叫钱财吃亏，不要叫人吃亏。

大宁气不过，说砖窑是他和父亲下煤窑拿命挣下的，咋能给这恶人？

表哥劝他有话好好说，找村上干部调解，人家坚决要离，就协议离婚算了，免得生出事来。

表哥早听村里人说过，这后妈不好惹，不是善茬。改嫁过来前，伙同情夫把本夫杀了，扔到了水窖里，让邻家女人把人捞上来，又把邻家女人吓死了。这又把死人埋在沟里，冰天雪地，等到雪化，死人露出来了，事情败露了。情夫被判了死刑，她坐了几年牢出来，嫁给了大宁的父亲。人说改邪归正，安生了这么多年，终了却来了这一手。

大宁说，人家放话，要不协议离婚就告法院，问表哥，人家要告咋办？表哥说，你又没犯法，怕她告？让法院判就是了。大宁说，她是个杀人犯！大宁有点恐惧，但又不想退让一步，让这个恶人得逞。表哥一再劝说，不要把事弄大，节外生枝。

表哥担心的事情终于发生了。大宁传过来一个微信视频，后妈手持一把三股铁杈，与大宁争吵。接着一个视频，后妈手持一根木棍，追赶大宁媳妇，木棍落在媳妇头上，媳妇抱着头，在旁边捡了一根木棍，进行抵挡还击。大宁父亲从病床上闻讯赶出来，慌忙抱住后妈，媳妇手持木棍乱打，后妈挣脱男人追打媳妇，父亲趴在地上号啕大哭。

视频让表哥看得毛骨悚然。出了人命咋办？后妈可是个杀人犯。息事宁人，有啥舍不得退让的么？大宁说，媳妇报了警，这半天没见动静，让表哥赶紧给想办法。表哥给派出所长发了个微信，链接了大宁微信，就说老亲戚家务闹事伤了人，可否过问一下，妥善处理。所长很客气，回复说知道了。

表哥把信息反馈给大宁，大宁却坚持说不和解。表哥纳闷，问题得让公安出面调解，人家知道怎么妥善处理，不和解？难道要你死我活，还是要让逮了后妈？放了以后还威胁要杀人怎么办？好说好散，不要扩大事态。估计，派出所长安排出了警。后妈先动手打人，媳妇说的防卫不完全成立，属于防卫过当，各打五十大板，后妈多吃两天牢饭。

媳妇在拘留八天的纸上签字画押后，大宁慌了，这么又向表哥求救。表哥无奈，真是清官难断家务事。大宁说，表哥你再给派出所长说一下，不要拘留我媳妇。表哥茫然，回答说，你找一下所长，就说我说的，让你找所长，承认错误，保证不再斗殴，看人家怎么处理，听天由命。不过，拘留证签了字，并未立即戴铐子，说是疫情过后执行。表哥说，那你放心，估计过期就不执行了，是给台阶下，千万别武力解决，也许是给大宁吃了定心丸。

大宁的父亲，也就是表哥的中学同学，表哥应该叫表叔，正在死亡线上挣扎，生不如死。手机视频中，他趴在地上的哀号，在表哥的耳边久久挥之不去。之后，媳妇和继母却被逮了，说是未取得对方谅解？媳妇被关了七天，继母十天。这期间，表叔病危，住进医院三天，一命呜呼。

大宁给表哥电话，说我大老了，也就是走了，去世了。棺材四千元，五天后入土埋人。表哥怅然，写了挽联拍照发送：勤苦一生归安然，但愿来世无忧愁。行了三百元门户，让表弟一定收下。

后事不得其解。

15

我吕家就是沟畔干梁梁上长的一钵酸枣刺，爱死不活，没人搭理。

吕娃说这话的时候，是在表哥家喝了几盅酒，红脖子涨脸说的。眼神里满是委屈，还有那么一点不服气。如今当了村民小组长的他，掌管三几百口村民，一改以往泼皮二赖的做派，俨然一个基层小干部的模样了。

表哥记得，几十年前，结婚后去给姨姨拜年，姨姨炒了猪肉片，表哥头一回知道猪肉不仅能煮了吃，也可以直接生炒，这是姨姨的手艺。用油炒菜，在原上庄稼人看来，还是陌生的。姨父在煤窑上干活，人高马大，一身蛮劲，说话有点结巴，没什么文化。姨姨身材高挑，手脚利落，喜欢唱戏，也是跟社火伞头外爷学的。

这时的吕娃，也就四五岁，四岁五岁，猪狗眼恨，惹人不爱。他把家里唯一的小收音机，拆成了零件，却怎么也重装不到一起。他寻思，这铁盒子怎么能有人说话唱歌，直到把它彻底日塌了完事。为这，吕娃挨了姨姨一顿饱打。吕娃皮实，打得轻了等于挠痒痒，打得皮开肉绽了，也只是号几声就没事了。

表哥还说，这小表弟将来有出息，说不定能当电子工程师。

姨姨嫁到吕家，是个好过活。姨父是养子，独子一个，二老勤劳，爱干净，一个小窑院拾掇得土话说的那叫一个"婑也"，也就是舒适的意思。俗话也说，水清则无鱼，二老没有生养自己的孩子，无奈抱了姨父顶门立户，视如己出，比亲生的还亲。公公先下世，留下婆婆是个厉害人，曾经为拦挡窑背上过往的汽车，不惜睡在地上打滚，说汽车的轰隆声吵得她睡不着觉，再说也妨碍窑洞的安全。这让村人多了闲话，有失乡修。

不巧，姨家五六岁的儿子突然得了脑膜炎，在市医院不治夭折，就埋在沟口大路边的水沟里，被一场暴雨冲走了。村人把吕家的灾难归结为婆婆的胡搅蛮缠，说她挡了官道，是个报应。婆婆失了孙子，还被人这么数落，气不过，也一命呜呼了。

只要青山在，不愁没柴烧。这一年，姨家得了吕娃这么个宝贝，长得光眉花眼，人见人爱。不知是娇生惯养，还是生性使然，吕娃顽皮得要命，自然不好好念书，好吃懒做，成天打架惹事。打得别人满地找牙时，别人叫他爷。轮到他被别人打得鼻子口里血时，他把别人叫爷。为这，没少挨姨父姨姨的暴打，终不奏效。他能打人，先练的是挨打的功夫。

绳到细处断。一天，在煤窑上下井的姨父被巷道塌方撞了，不大要紧，只是让倒下的坑柱撞了一下腰，连说带笑地升了井，都说姨父命硬。回家后，吃了姨姨做的一大老碗软面，还喝了半碗酒，顿时感到腰部剧烈疼痛。料想是内伤，赶快拉到医院，结果是脾脏破裂，引起大出血，没救了。

那么壮实得像一头牛似的汉子，怎么说没就没了。姨姨哭得死去活来，好好的日子，谁料想一夜之间就剩下孤儿寡母，这日后怎么活下去呢？六七岁的吕娃虽然知道他爸没了，家里空落落的，只见母亲成天以泪洗面，也不懂得从此以后他娃的恓惶便开始了。

吕娃论念书，是墙上吊门帘，没门儿。力气不用在庄稼地里，成天混吃混喝，侠客一样四处游荡。姨姨也是打不动儿子了，任其出入无常，不干人事，只是咒骂道，你个挨刀子的，不走正道，迟早得进笼笼，不得好死。可怜的母亲，在吕家先后没了二老，夭折了大儿子，男人又没了，丢下她自己和这不争气的儿子吕娃，恨铁不成钢，咋办呀？

一次，吕娃从小城偷了一辆自行车，埋在地里，还没等到出手换钱，就让人家派出所逮住了，拘留了几天。好吃好喝惯了的吕娃，囊中羞涩，再逼迫可怜的母亲，她也两手空空，能供儿子有粗茶淡饭吃饱，已经不容易了。

趁天刚黑，溜达在马路上的吕娃情急之下，上前拦住了一个菜农的自行车，强行抢走了老汉身上的十几块钱。这便进了馆子，酒足饭饱，活神仙似的逍遥。光见贼娃子吃，没见贼娃子挨打。谁知菜农老汉报了案，派出所警觉起来，临到过年，赶上打击拦路抢劫行动，吕娃逃不脱了。

吕娃得了便宜，第二天天黑仍然如法炮制，在马路边溜达，守株待兔。这时，一个骑自行车的年轻女子迎面而来，长发飘飘，斜背一个小皮包，里头肯定有货。吕娃上前一个箭步，大喝一声站住！急于制服猎物，劫财劫色。

女子刹住车子，趔趄倒地，吕娃上前拉住小皮包，眼看猎物得手。不料，那女子说时迟那时快，从腰间抽出带电的警棍，劈头盖脸，将截道的贼子打翻在地，即刻上了背铐。吕娃劫财劫色不成，反让扮作年轻女子的女警察逮了个正着。

吕娃因犯拦路抢劫罪，被判处有期徒刑五年，押送到马栏监狱服刑。姨姨的话不幸而言中，后悔自己咒骂儿子，终是鸟儿一样被圈进了笼笼，娃该受罪了。终究是娘身上掉下来的一块肉，娘不心疼谁心疼，让政府好好管教儿子，倒也是一个没办法的出路。听说可以探监，姨姨把挖野菜上街卖来的钱积攒起来，油盐酱醋也舍不得吃，给不争气的儿子买了烟酒，背了一口袋馍，徒步几十里，赶到监狱去看望儿子。沦为囚徒的吕娃，见那个咒骂自己的母亲不舍没脸的不孝之子，痛哭流涕，给母亲跪下了。

有一天，姨姨在家给儿子纳鞋底，门外一个女子问道，这是吕娃的家吗？是，是的。你是谁？女子进了门，怀里还抱了个不满一岁的男孩。女子哭声叫了一声妈，可找到家了！咋回事么？原来，女子是儿子吕娃在小城混日子时结交的，没听说结婚生子，这媳妇带着孙子找上家门了。姨姨自然悲喜交加，好好好，这挨刀子的，在外面还惹下这么一档子事，造孽啊！你没本事，还敢勾引人家女娃，又有了孽种，不，不，我的孙子，让老娘如何受得，如何是好？

善良的姨姨，也不打听虚实，便信了这上门媳妇的话，孤儿寡母变成了一家四口，儿子还在牢房里，就这么凑合着过吧。还好，这媳妇人老实，勤快能干，小孙子逗人喜爱，给可怜的姨姨平添了生活的快乐。只是盼望儿子早日出狱，改邪归正，这光景不是就有盼头了吗？

服刑五年日子未满，吕娃实在受不了牢房的罪，更要命的是思念母亲。又听母亲上次探监时说，他喜欢的女娃给他生了一个胖小子，已经寻到家里，落脚下来了。这下子，日夜牵挂的除了母亲，还有妻儿，自己不成器，连累了母亲和未婚先得子的妻儿，真是该千刀万剐。

长得光眉花眼，就像电影演员一样英俊的吕娃，脑子少一根弦，不然不会好吃懒做，偷鸡摸狗，沦为囚犯的。服刑期还未满，吕娃脑子一热，趁监狱管教的漏洞，越狱逃出了牢笼，避开狱警追踪的路径，从北到南的方向，昼伏夜出，奔袭回家。说是脑子不够用，却也灵光，逃跑路上偷了一群羊，装扮成牧羊人，沿途边卖羊边走，一直把羊赶到家门口。最后只剩一只羊，其他变现，计划周密无误，达到了他谋划的目标。

姨姨见儿子吕娃牵一只羊出现在门口，又惊喜，又害怕，刑期未满怎么突然回来了？妻子抱着一岁多的孩子，一下子愣在那里，不知如何是好。只好关了窑院的门，吃了喝了，倒头就睡，啥话没有。

吕娃先说是减刑出狱，经不住姨姨和他媳妇询问，干脆实话实说，逃跑回来的！只要见母亲和妻儿一面，即使被抓回去加刑，也心甘情愿。这货，真是！母亲抱了孩子催眠，儿子做事不计后果，谁知道又会发生什么事，担惊受怕的，昼夜不宁。吕娃和媳妇久别如新婚，如胶似漆，如饥似渴，不知梦中身是客。

不几天，狱警上门了。再三盘问，姨姨和媳妇钢巴硬正，一口咬定没见人回来。尽管狱警觉察出逃犯家人的神情不定，但窑里屋外就这么大的地儿，搜寻遍了也没见个人影，只好悻悻而归。临走，只是在村里布了眼线，一旦发现逃犯踪影，举报有奖。吕娃侥幸躲过了狱警搜查，究竟是躲藏在了哪里？成了一个谜。

要么说吕娃脑子少根弦，这天村里放露天电影，他实在闷不下去了，逃出牢笼又进了另一个牢笼，活受罪。便壮着胆，脖子上架了小儿子出了门，母亲和媳妇硬是没拦住。村里青壮年男女都出外打工了，露天电影是放给留守老人和儿童看的，乡人自嘲剩下些死老汉病娃，场院上人影稀少。吕娃脖子上架了孩子，以为自己是自由人，但也留意了几分，站在远处翘望电影银幕，听个声响。他的这一闪现，被公安布下的眼线瞅见了。

当天夜里，当地派出所突袭吕家，吓坏了姨姨和媳妇，这不，不听老人言，吃亏在眼前。听见动静，吕娃一眨眼消失了。眼线说，刚才还看见人在窑院里，肯定没出门。公安怒气冲冲，怎么窑里院里，连鸡窝和水窖都清查遍了，难道逃犯插翅飞了不成？掘地三尺，不信抓不到逃犯。公安不依不饶了。

难道像地道战似的，有暗道通往外面沟里了？公安无意间打开炕洞盖，猫身用手电筒照了照，又用长把铁杈子往里戳了戳，有绵软的物体在动。公安一惊，大喝一声：出来！雪里藏不住死人，炕洞里能藏住活人？吕娃被阂得咳嗽了两声，乖乖地狗一样爬出了炕洞，浑身的灰，满脸乌黑，鬼一样吓人。面对公安的枪口，他不紧不慢地站了起来，伸出双手，戴上了银镯子，转身出门。有点沮丧，唉地长出了一口气。

听见母亲和媳妇的哭号，吕娃转身坦然地说了一句，甭哭，把娃看好。这么一来，捉鸡不成蚀把米，吕娃加刑一年。回来十几天，与母亲相聚，与妻子缠绵，与小儿子尽了父爱，换来了牢狱生活的一个春夏秋冬。他说，划得来。

终于刑满释放，吕娃心安理得地回到了家里。怎么，不见孩子呢？母亲和媳妇谁也不敢说出实情。死一样的沉寂。他暴跳如雷，从案板上拿起切面刀要杀人，孩子哩？我儿子哩？母亲抱住他的腿，媳妇跪在了面前，说出了孩子的下落。

就在吕娃被公安从炕洞搜出来带走，没过多长时间，有一天，阳光很好，媳妇带孩子在院里玩耍。母亲拾了一大笼野菜，上街去卖。媳妇在水窖里吊了一桶水，在厨房斫柴生火做饭，孩子在院里咿咿呀呀玩得高兴。媳妇把面擀好，锅里水刚开，冒着热气，拧身往院里瞅了瞅，咋不见娃了？慌忙跑出来，见娃的一只鞋丢在水窖边，要命！刚才吊水后忘了盖上窖盖，孩子可能趴在窖边照水里的影子，一下子掉进去了。母亲从街上回来，媳妇说没了孩子，也要跳窖，不活了！母亲说，你不活了，老妈也不活了，咱娘们都不活了！媳妇这又

· 217 ·

拉住母亲，哭成一团。你就杀了我吧！媳妇跪在吕娃面前。又是娘们三个哭成一团。

第二年春暖花开，媳妇生了一女，贫苦的窑院又有了笑声。

表哥再见到吕娃时，他是骑了一辆火红的摩托，正赶往煤窑上去上夜班。他的父亲，也就是表哥的姨父，多年前被塌方要了命，儿子前仆后继，总要养家糊口过日子。

又过了些年，表哥花甲归田，在大路边等村村通班车去城里，一辆白色小轿车突然停在身边。这不是吕娃么？

表哥，坐我的车。我表弟你也有车了，西装革履领带的，像个大明星，发财了？嗨，扛活装水泥哩！一人一天背它十几吨水泥没问题。上班灰头灰脸，下班澡一洗，衣服一换，开个小车回家，村里人还以为当了大老板呢！驴粪蛋外面光，不知道里面受恓惶。

吕娃挣了血汗钱，日子过好了。去年，村里土地流转给果业集团，他回村竞选当上了村民小组长，组织村民回乡就业，植树，修路，个人出资办社火，疫情捐款，村人都说吕娃今非昔比。是活明白了，浪子回头了。

这回见到吕娃，他自豪地说，表哥，你知道我吕家在村里是外来的小户人家，过得不如人，我又走过弯路，被人看不起。当了这个村民小组长，好赖是个最小的官，个人不图啥，为村民办好事，把吕家的名声扳回来，为父母争气哩！

表弟说这话时，院落里盛开的桐花，有一朵从空中悠悠地落了下来。

16

王水的父亲爱牛。

分田到户后，生产队的饲养室解散了，王水父亲当饲养员的活儿也歇了，牵了一头小牛犊回来，同时把合作化时入社的石槽也搬了回来。石槽由七块石板组成，说不定是汉朝时喂养牛马用过的，几千年没走样，拆开或拼在一起，是为了移动便利。

王水的父亲到了晚年，婆娘也下世了，他就守着一头关中品种的犍牛，日常蹲在院畔发呆。犍牛从牛犊长成了老牛，喂得膘肥体壮，黄亮亮的像披了一身绸缎。沿袭了人老几辈甚至几千年的农耕方式，突然在一夜间变了，耕地不用牛了，全用的是拖拉机。牛被世人抛弃了，全村也就王水的父亲视牛如宝。

杀牛差来了，看见的不是一头牛，而是一堆牛肉，垂涎欲滴，出千八百，要买了贩卖牛肉。牛听见了杀牛差的话，泪水流下来了。牛望着它的主人，乞求一样发出一阵凄凉的吼声。王水的父亲犹豫了，也流下了眼泪。杀牛差无趣，悄悄溜了。

王水的父亲一咽气，徒有四壁，王水便唤来杀牛差，三千元卖了大犍牛，葬埋了可怜的父亲。牛随了主人，从人间消失，到了另一个世界去了。那里是不是活得好，不知道，没人说自己去过那里，去了的人都没有回来，说明那里好过活。

没过多年，王水活到了父亲的年纪，也就六七十岁，也是死了婆娘，活脱脱父亲的翻版，没处挖抓，又牵了一头牛犊回来，好像是那头被杀牛差拉走的黄犍牛的再世。王水想婆娘，身边携带的录音机始终播放着一折秦腔戏，是婆娘生前唱的《周仁回府》：见嫂嫂她直哭得悲哀伤痛。还有，就是《寒窑》里的：窑门外拴战马把心疼烂。

牛犊也听哭了，王水不哭了，是把眼泪流干了。流不出眼泪的哭更是肝肠寸断。邻居和儿子都搬上原住了，原畔孤独独留下王水一个人，守着一头牛，把牛犊守成了老黄牛。就像他父亲一样，在春夏秋冬的四季更替中，一幅旧窑、老牛、老农的金黄色油画。美是美，寂寞的旧窑院，没有人来欣赏，只有春花秋果和小鸟们，还有阳光和风来赏识。

那个杀牛差的儿子，秉承家传手艺，又来造访这头黄绸缎一样美丽的大犍牛了。王水始终没理睬他，木头人一样只是望着牛的眼睛，决不出卖伴侣。等到自己老死了，牛的命运就交给儿子处置了。誓不杀生的王水，自己的儿子却在一天夜里让一个醉汉驾车给辗毙了。

王水的儿子人高马大，待人憨厚，笑嘻嘻的模样。种地养活不了庄稼人，也跟风进城打工，学会了修车的手艺，日子一天天好过了。这天夜里，来了生意，坏在半路上的车主央求儿子去抢修，谁知一道电光闪来，不及躲避，醉驾的车子便风驰电掣般冲来，现场顿时一片狼藉。

王水的儿子生有两个儿子，也就是王水的孙子，小孙子也在现场，外加一个学徒娃。横祸临头，三条人命瞬间消失。肇事人逃之夭夭。事故发生三天后，一群族人堵了公路，这才受到处理，算是安抚了噩梦中的王水。葬埋亡人的祭台前，王水气得说，这绝死鬼，他走了，还要带上没长大的孙子，老天爷也把眼瞎啦！

当晚，王水的侄女哭得死去活来，不省人事了。有信奉神鬼的老人，说是死鬼附了身，找来驱鬼的桃条，捻弄了半晚上，误了就医，结果是脑溢血，落下了半身不遂的残疾。

事后，王水拗不过厄运，还是让杀牛差牵走了黄绸缎一样美丽的大犍牛，自己背过身子蹲在墙角，双手抱着白发苍苍的脑袋，一个劲地抽搐。

过了几年，王水缓过神来了，有人撺着给他找个说话的老伴，他倒是有心思，无奈儿媳不悦，只好作罢。儿媳毕竟中年，找了个上门的男人过活。好在王水的大孙子长大成人，娶了媳妇，生了重孙，这才多少让王水从久有的噩梦中解脱出来，心结了了。

没赶上庆贺八十大寿，王水病故，比他父亲少活了几年。从此，牛在这方圆村庄彻底消失了。

牛是农民的朋友，伴随了上千年，拉犁耕地一辈子，直到病死老死。人们饿肚子的年月，也不忍心而又残忍地咽下死牛的肉体，牛皮被剥了挂在树上风干，日后用芒硝熟了，割成一条条的牛皮绳子，供牛的后代拉犁。也做成牛皮鞭子，抽打牛的后辈的脊梁。牛皮坚韧耐用，牛的灵魂早已飘渺无踪影了。

王水的父亲、王水、王水的儿子和夭折的孙子，也消失在农二代三代人的记忆中了。似乎，他们从来就不曾存在过。黄土坟前的石碑，后人只是在清明节时光顾片刻，烧几张火纸，点几根香。

17

有心貌相英俊，当兵时与木女成了亲。论文化程度，木女是师范生，有心只是上到完小，二人经亲戚拉线，成就了一对姻缘。

有心复员后，安排到铝厂当了一名炊事员。村人问他，你怎么到驴场工作，他说是铝厂，金银钢铁锡铝的铝，不是驴。这当儿，听诊器、方向盘、销售员很吃香，炊事员也是人们眼红的差事。挣钱不挣钱，先混个肚儿圆。自行车捎回二斤猪头肉或大肠，媳妇木女嫌腥气不吃，父母兄弟们喜欢，没有油水的瘦肠子，见个肉星星就像过年一样。

媳妇木女好歹是个知识分子，村人有点嫉妒，把知识分子说成是吃屎分子，码子差得大了。村上公办教师调走了，上过师范的木女正好填了这个空缺，当上了记工分的民办教师，在小土窑里带着二三十个娃认字数数，唱少先队队歌，《我们是共产主义接班人》。四个年级四块黑板，轮流给小学生上课。课余时间，还要带着孩子们勤工俭学，捡麦穗、种向日葵，补贴书本和学习用具。

平静而俭朴的日子，随着三个光葫芦陆续上世，过活就不那么松泛了。加上铝厂亏损缩编，有心被划入了下岗工人之列，微薄的社保是养活不了一家五口的。祸不单行，木女的民办教师也在被清退之列，无奈，她又重新复习功课，报考进修大专文凭。这一折腾，几年又过去了，终于被编入公办教师行列，保住了饭碗。

有心回来种着几亩责任田，又挖空心思地把周边沟沟洼洼的荒地开垦出来，一家人算是吃穿不愁了。早年，吃食堂期间的三年自然灾害，备尝了饿肚子的滋味，人们开荒自救，把角角落落的坡地都开垦出来，种上玉米谷子，聊以弥补无米之炊。之后，大多边角地又撂荒了。

这阵子，从乡里进城当了工人又下岗回家的落难分子，又一次向老先人留下的每一寸土地讨生活，也有养猪养羊喂鸡的，在摆脱集体化束缚的自由空间里，使劲地给自己刨食。有心的农活干得在行，除种庄稼外，育了不少花椒和苹果树，还有俗称针金的黄花菜，换了不少钱。当厨师的手艺，把田地作为案板和锅灶，做得得心应手，乐此不疲。

有心的一个弟弟叫顺心，初中毕业当了回乡知青，下煤窑把脊梁磨出血痂，拉粪随架子滚到沟里，让有心和父母操不尽的心。好不容易考上大学，留校当了教师，却命运不济，年纪轻轻患肝癌去世了。有心的父母悲痛不已，骂这绝死鬼丢下老人不管了。父母的养老送终，也就轮到有心和种了一辈子庄稼的大哥了。

有心的三个光葫芦儿子还争气，老大学了中医当大夫，老二上了师范当教师，老三读外语专业。有一回，有心和木女去城里看望读书的老三，那时还用不起手机，硬是在外语学院转悠了几圈，也没找到儿子。老三毕业后上了京城，谈恋爱娶了媳妇，有心夫妇兴致勃勃地去看望，谁知儿子和新媳妇住的地下室，就业不顺利，甚至囊中羞涩，沮丧极了。动情时，儿子竟号啕大哭起来。有心夫妇见此情景，伤心地说，哪里黄土不埋人，回去种地也一样生活。儿子不想丢脸，终于有了机遇，在京城落脚下来。

意外的是，儿子好不容易贷款买了车，却在车祸中永远失去了心爱的媳妇。丢下一个小女儿，只好托付给父母养育。这样，有心的田地和果园随之荒芜，交还给了大自然任其野蛮生长。好在儿子化悲痛为动力，在翻译行当的事业时来运转，领着重续的媳妇满世界游玩，这让当父母的宽了心。

有心的弟弟顺心去世多年，弟媳改嫁给了一个下岗工人，和弟弟留下的孩子一起过活。不料，改嫁的这个男人因非法揽储放高利贷被抓，要债的人威胁到弟媳和孩子。弟媳燃眉之急，向久已疏远了的老家人求救。作为当哥的有心，这又带着儿子们赶到省城，为弟媳解围。一想到早年去世的弟弟顺心，不免肝肠寸断。

这么一晃，有心已经上了七十年纪，孙女长大进城读书了，他和老伴静静地待在村上消磨时光。曾经开垦的荒地，又沦为荒野，他站在荒草中两股眼泪。再年轻十年二十年多好，眼下没有力气种地了，上个坡也喘气。

有心见人家老人捡酸枣卖钱，也和老伴加入了打酸枣的行列。当了一辈子农民的老人说，按说，你老两口是教师和复员军人，退休金够花了，还看上这几个辛苦钱？有心说，不是钱的事，岔心慌哩。

18

速子，学名麻雀，村人习惯叫速子，是人们常见的小鸟。速子不怕人，眼看在你的脚下跳动，你想逮住它，它在一瞬间就嗖地飞走了。孩童们用箩筐支一个小棍，下面撒一点食物，诱惑速子入瓮，也常常逮不住的。饥饿年代，可以用泥巴糊了速子，在火里烧了解馋。

他的外号叫速子，人精明，体态也精干。速子父亲从公家人退休回乡，参与办小煤窑，赚的钱盖了一座二层小平房，想与儿子过活在一起。儿媳却不悦意，搬进了一层居住。二老也只好住在二层。没过多久，二老在二层也住不安宁了，儿媳嫌房顶到半夜有响动，是起夜的尿尿声。二老也只好在旁边另箍了一孔窑住，相处不好时中间扎了篱笆，相处好了就又扒了篱笆。像那句戏词，拆了墙是一家，不拆墙也是一家。打折骨头连着筋。

速子父亲也是个火暴脾气，上了年纪火气减弱了，能忍尽量忍，只是不断地唉声叹气。一次，老汉与儿媳发生口角，年轻时的脾气又上来了，张口骂儿媳：我日你妈！儿媳也不是省油的灯，用同样的脏话撑了回去。老汉咋受得了如此辱骂，动手就是一耳光上去。儿媳没闪开，顺势把老汉推倒在地。老汉不依不饶，抱住儿媳腿脚大声哭号起来。速子是老鼠钻进风箱里，两头受气，对此只是愁眉苦脸，不说父亲和媳妇一个不字。

父亲尽管与儿媳不再搭讪，路人一样陌生，还是起早贪黑，到老宅院子里作务花椒树。老汉留恋过去的时光，在这里长大，又从这里外出当公差，老了回到这里，拆了先人盖的四合院，移居到了新房。按说不愁吃喝了，这日子咋就过得苦不堪言了。一日，老汉被太阳晒得头晕，渐渐地立不起来了，瘫倒在了花椒树下。眼看天黑了，不能待在这儿等死，就一步步向家里爬。老伴差速子来寻，才在半坡里发现奄奄一息的父亲。

父亲下世后，花椒园子自然留给了儿子速子，开始还吃了利，花椒价钱少了，这片曾经作务精细的花椒园也渐次荒芜，杂草比花椒树高了。速子出外打工，媳妇也进城做保姆，儿子到外地读书，家里独独丢下老母亲一人，守着一个偌大的院子。

有一年春节，速子清理父亲留下的一堆字纸，从中找出一本老黄历。中间夹了一张发黄的纸，竟然是二百年前一张分家契约。查阅了一下家谱，是曾祖父的曾祖父与兄弟分家的凭据。人丁过去了十多代，上溯三代的坟茔还在，之上的先人早已化为黄土。

令人惊奇的是，契约上书写的地名，现如今仍未改变。二亩坡，三亩坪，五亩嘴，帽子山，泉底沟，八亩弯弯，崖背上，六亩窝等等地名，依然一辈辈人口传下来。之间的若干祖辈都到哪里去了，田地里的庄稼依然春种秋收，鸟儿还在叫，太阳还在照耀着，草木在清风中点头。

速子平时在外一边揽工，一边入迷地钻研父亲留下的老书，有一本《万事不求人》，神秘莫测。风水，八字，卜卦，面相，手相，看坟地，勘宅舍，子丑寅卯，甲乙丙丁，让速子的心事进入了一个古老而时兴的领域。这些古旧书箱，是速子的爷爷留下来的。爷爷能行了一辈子，身后没有留下子嗣，父亲是给爷爷顶门立户过继的。不曾料到，这份无形的非物质遗产，却赋予后人以精神的寄托。

年节到了，速子在新疆当兵的女儿回来了。老娘说，怎么忍心把女儿送到那么远的地方去，复员了赶快叫回来。速子说，娃爱那个地方，已经复员到了伊犁当公务员了。

速子把发现的契约贴在朋友圈，让媳妇给老娘端去了一碗素饺子。老娘吃斋念佛，不食腥荤。又是一年过去，外边的雪越下越大了。

19

大印自小生得丑，歪瓜裂枣，性格有点怪癖，高中没有考上，就回家种地了。倒是长得人高马大了，神经分分，好像丢了魂一样。高兴了肯出力气干活，毛病犯了便不吃不喝睡在炕上不起来，死狗赖娃一个，抑郁了。

父亲在公家煤矿上做事，家境比一般乡人宽裕，倒是养了一个公子哥，父母打不下骂不下，拿他没办法。长到二十岁，父母给大印订了一房媳妇，心想给娃成个家，娶妻生子，有了责任心，日子就过下去了。没料到，漂漂亮亮个媳妇刚娶回家，让他拳打脚踢，撵回娘家去了。

没办法，父亲办了早退，让大印当了一名顶替工，离开乡下成了煤矿工人。先是下井当采煤工，大印干了几班，说是井下太黑，捂得受不了，死活不干了。这又差人把他调到井上选煤炉，他又嫌弃粉尘太大。毕了调到井下当电工，按说是个好差事，他又要求到机关坐办公室。你没尿一泡尿照一下你自己，你是弄啥的？是个啥东西？你老子假如是矿长，还差不多。

父亲思谋，娃的婚姻不成，是老子的罪过，这又给娶了第二房媳妇，是煤矿附近农村的女子。并且倒腾了一处住舍，让娃安顿下来了。

有一天，媳妇跑来找父亲，说大印半夜把她打了个半死，出门跑了，不知到哪儿去了。在老家和亲戚朋友家找遍了，没有人影，从此杳无音讯。媳妇无趣，也回娘家去了。

过了半年，父亲在老家炕上养病，突然有几个人闯进家门。两个戴大盖帽的人，五花大绑着一个长毛小伙子，站在父亲面前，让老汉一脸蒙逼。长毛小伙子双膝跪倒在地，叫了一声大，救救我！原来是失踪了的儿子大印。说是在外惹了事，让父亲给一万元就能解脱，免得进班房。

父亲怜惜不肖之子，却又不能见死不救。经过一番盘问，大盖帽和儿子终于露了馅，原来是一伙骗子筹划好了，回来诈骗父亲钱的。老汉气红了眼，摸起瓷器凉枕，直朝儿子的脑袋砸去。见机不妙，几个毛贼抱头鼠窜。

羞先人哩，咋养了这么个逆子！

老汉一病不起，叫来自家几个堂侄，说让把逆子逮回来，日塌了算啦！说是弄死后扔到深不见底的老炭井窟窿里去，没人知道。堂侄们面面相觑，谁也不敢下这个手，是犯法的事。老汉说，这是家法，事情暴露了，就说是我杀的，一命抵一命，死了也干净。这话说说而已，难得实施。

大印的堂哥在城里做事，有一天，几个男女混混打将上门。所上演的戏法，和上次在老家的一样。不过这回不是假装的大盖帽羁押的，西服革履的大印被胳臂上刺了蛇的光头押着，身边还有一个搽脂抹粉的女人。大印又给堂哥跪下了，说给来的女人一千元，即可免遭杀身之祸。

堂哥书生一个，且不知大印在老家演过这出戏法，只听说堂弟丢了煤矿上的差事，在城里打工谋生计不易，又惹了男女之事，念及亲情，心软了。妖里妖气的女人说，你弟骗我说他是有钱人，做生意的，睡了我几晚上，不给钱。看他穿的白衬衣领子是黑的，才发现他是个穷光蛋。想白睡老娘，说是爱情，见鬼去吧。

为平息眼前的乱象，堂哥让这一伙不速之客在楼下门口等着，骑车子四处借到一千元，被那女人一把抢了过去，一伙人作鸟兽散。堂哥劝大印回去上班，活出个人样来，不要在外边胡逛荡了，免得丢了小命。

堂哥以为事情过去了，没想到过了不久，又有人上门拜访。

来人说是堂弟大印的朋友，说大印让他取回寄放在堂哥这里的手表。什么手表？堂哥诧异，盘问了一番，来人又说是大印借了他六百块钱还不了，看堂哥能否可怜可怜他，三天都没钱吃饭了。堂哥大怒，我这里又不是民事调解站，也不是救济所，你们这些社会渣子，乌龟王八蛋，不好好出力挣钱，混吃混喝，坑蒙拐骗，不要脸！一边骂着，一边把骗子撵出门，并捡起门口蜂窝煤边的砖头，狠狠地朝着狼狈逃窜的背影砸了下去。你个狗日的，再敢上我的门，非报警不可。

大印从此失踪了，他父亲说权当这儿子死了，不再问寻。一天，多年不来往的一个远坊老亲戚上门了。

说是大印找到她西安的家，声称父亲在省医院动手术交不了钱，她就把存折交给他，剩余的钱再还回来。她去医院看望时，根本没有人，知道是上当受骗了。这便跑回老家，问个究竟。儿子惹了事，还得当父亲的给擦屁股，便给来人还了钱，没脸给旁人说。

过不多久，又有不速之客上门。说是前几天，大印带了一个身怀六甲的女人寻到了她家，说这女人是他媳妇，回家路过，天黑了，到这里歇脚。老亲戚念及旧情，收留了大印和媳妇，好吃好喝了一顿住了下来。一大早，大印客气地说，路上盘缠紧张，借了老亲戚二百元，说是去附近商店给老人买东西，等到天黑也没见他回来。

孕妇等了三天，想着大印可能遭到不测，不然不会把她丢在这陌生处不管的。老亲戚四处打探消息，才知道大印表面上知书达理，其实是个不走正道的货色。回来就对孕妇说，娃呀，你上当受骗了，你男人不是个正经人，估计他想把你带回老家，又怕名分不正，情急之下把你丢在这儿不管了。孕妇哭成了个泪人，寻死觅活。老亲戚怕出了人命，担当不起，心地好，给了她二百元盘缠，送出了村子。

大印父亲听老亲戚讲了这番话，羞愧之极，咒骂了一通逆子，说了些感谢老亲戚的话，从积攒的退休金中拿出几百元，偿还了逆子的欠债。

父债子还，子债父还，乡里是这么个理儿。大印在外游荡多年，把多年不找的父亲的亲戚朋友找遍了，无非是借钱骗钱，维持生计，还要有男女交往，装得好像一个体面的男人似的。这样，就时不时有人上门，找他父亲讨债。父亲快气疯了，逢人便说，成天这儿死人，那儿死人，咋不让雷劈了这逆子！

十年之后的一天，堂哥刚到一个新单位上班，在楼梯口迎面碰上一个似曾相识的中年男人。头发花白，面容显老，一脸的无奈与狡黠。他叫了一声哥，是他，是那个靠坑蒙拐骗活着的大印。你咋知道我调到这里了？他说，打听哩么。你的消息真灵通，比特务还精，这么高的智商不去好好谋生，还活得像鬼一样？

堂哥想到十多年前，大印与同伙打将上门的旧事，还到过他单位借同事的钱，之后完全没了音信。这不，又突然出现在面前，知道他无事不登三宝殿，准没好事，气就不打一处来。

大印憨憨地笑笑，不无机警地说，哥，我这多年跑到山西一带，给人下煤窑，凭借苦力生活，再没骗过任何人。堂哥毫不客气，江山易改，本性难移，狗改不了吃屎。快说，你弄啥来了？都快五十的人了吧，一把年纪的，头发都白了，没家没舍，不说孝敬养活老人，连自己都顾不住，活啥哩，干脆找个绳子吊死算啦！

大印还是笑嘻嘻地说，哥，我现在学好了，这回是实话。这几年我四处打工流浪，还没好日子过，想到了出家，吃个轻省饭。后来到了北山一个庙里，粗茶淡饭，饿是饿不着了，住持却让我从山下往山上背石头，当了修庙的苦力。一起打工的一个老汉，看我有力气，肯下苦，人老实，也有点聪明劲儿，劝说我下山，给一个寡妇当了男人。家里有几亩果园，就没黑没明钻在果园里，学习作务苹果。女人对我不错，两个娃也不嫌弃我，挣钱供娃念书，日子算是安顿下来了。

堂哥听大印这么一说，果然信了浪子回头金不换的说法，气慢慢消了。那你找我有啥事？大印吞吞吐吐地说，哥，借我些钱，我回不去了。那你到城里弄啥来了？大印说，和婆娘卖苹果来了。

堂哥诧异，卖的钱不够回去的路费？你这不是哄鬼哩么。眨眼间，堂哥发现又一次上了当，当当不一样。这货，把人害扎啦！

可以得罪君子，不可以惹了小人。宁叫钱吃亏，不叫人吃亏。堂哥面对这么一个无赖，好言打发了了事。他说，这样，我身上没装钱，你回去的路费多钱？八块。行，他顺手从口袋里摸出十块钱，递给大印，说，看在你我是一个爷的孙子的份儿上，你赶快拿钱去买车票回家。依你说的，回去好好和婆娘务果园，一辈子总算有个好落脚，再不敢在外边胡逛荡了。

大印不是欢喜，而是一脸难堪，磨蹭了片刻。堂哥说，这是最后一次，到死你再不要找我！转身走了。

过了几年，大印父亲八十大寿，堂哥与大印一家人不期而遇。大印成了家，父亲去看望过，总算不再为这个逆子提心吊胆了。大印像变了一个人，勤快孝顺之至，把院子打扫得干干净净，为父母洗脚按摩，真是应验了浪子回头的老话。

大印给人说，这辈子造孽造得多了，快到半百年纪才灵醒过来，得赎罪，偿还欠父母的情债。就是死了，也要把尸骨埋在父母脚下，给父母捏脚。

凭借大印说得天花乱坠，堂哥半信半疑，是不想搭理这个让他烦透了的一个爷的孙子。

回到城里不久，有一天刚上班，大印婆娘带着两个孩子来到堂哥办公室，说是来看望堂哥，扛来了一纸箱自家种的苹果。大印没来，恐怕没脸，差婆娘娃来了。原来是让堂哥帮忙，给娃安排工作。堂哥是个写字的，又没权没势，办不了这号事。就顺手写了一幅字，让去寻能办事的人，也许算是个变通。

大印父亲过世，丢下母亲独自在老家生活。一次，堂哥回家，见到蹲在路口的娘娘，问长问短。说到大印，娘娘说，好几年都没见回来了，听说又跑了，没了踪影。

堂哥想，也许是实在受不了被囚禁的一颗所谓自由浪荡的心，终是出走了。

20

表哥自小常去姑家，姑会从地里剜了野菜回来，和了杂面谷糠，大铁锅蒸了包子，和两个小表弟蘸辣子醋水吃，香得要命。

姑家阿公年轻时死在炭窑，听说是被塌方埋在井底下了，尸首也没刨得出来。也算是死了没装棺材，在土里埋得最深的人。婆婆早年守寡，拉扯大了姑父。

婆婆命强，到头来活了九十几，长寿。从年轻时到七老八十，唱得一口板数，也就是民歌民谣，三天三夜不重样，唱的多是老戏曲里的故事。可能是自比寒窑里活守寡的王宝钏，十八年啊十八年，十八年老了王宝钏，好像窑门外拴战马把心疼烂，是自己的心疼烂了。

墙上贴着梁山伯与祝英台欢天喜地的年画，可自己的梁山伯在炭窑埋了没死，不像战场上的死了没埋，咋不把他的祝英台带到天堂里去呢？哭了笑了，笑了哭了，整夜里灯花爆了几次，用剪刀剪了结，看着身边慢慢长大的儿子，就又穿针引线，给儿子做起越冬的棉袄，窗外的天就渐渐发白了。

婆婆没敢让儿子再下煤窑，走老子的不归路，跟上驮队当了脚夫，驮炭、卖石磨子、贩盐、贩大烟土，上三边、走甘省、下云阳，不觉得长成个大小伙子。这便娶了一房媳妇，再能抱个牛牛娃，婆婆的恓惶日子也就过到头了。可怜媳妇命不长，没开怀生个一男半女，得紧病呜呼哀哉了。

一道儿赶脚的二祖父，器重这个精明憨厚的小伙子，再说在与劫匪的搏斗中救过二祖父一命，也没在意他是不是克夫一个，就把小女嫁给了大十岁八岁的二婚小伙子。于是他就成了姑父，膝下有了两个光葫芦。有了孙子，姑家婆婆拨开乌云见晴天，小脚麻利得带一股风，板数唱得换了调调儿，欢实得很。

大表弟叫大拴，二表弟叫二拴，一个小命拴住了，另一个就相跟上。牛马拴住就跑不了，狗也一样，人丁也得把命拴住，就丢不了了。姑父姑姑一家人的光景，过得顺心了。

大拴长得浓眉大眼，人高马大，念书不行，回家当了庄稼汉。娶了媳妇，生了个小子，算是长子长孙。爷爷奶奶高兴，四世同堂，心里更是滋润得很。在父母和祖母面前，大拴还像是个长不大的孩子，嘴甜，好说笑话，也就占了不少便宜。老人柜子里藏的烟酒吃喝，经不住他三言两语好话，就变成他胳肢窝里的东西，带出门消受了。

大拴的儿子不觉得一天天长大了，又到了娶媳妇的年纪，也没上好学，当了几年兵又被打回原形，守在家里发呆。当父亲的大拴托了人情，把娃送到一家厂子里，没几天就下了岗。大拴媳妇一狠心，丢下他们父子两个，上城里当保姆挣钱去了。大拴就和儿子到父母那里蹭饭吃，吃饱了上村里闲逛，没有什么正经事做。祖母已经下世，父母也到了七老八十的年纪，一年到头没什么收入，这日子过起来也难场。

大拴身强力壮，不是不能干，干起活来一个能顶两个，就是肉懒骨沉，打心眼里不想出力气。但又好吃好喝，酒肉离不了，只是有一副好说嘴，人脉不缺，经常帮人说个事理，说个媒，介绍生意，操持个红白喜事，就不愁肠子上没油水。谁家拾掇窑舍房屋，他尽管拿不起瓦刀，却可以当设计师，指指拨拨，泥瓦匠也服他。媳妇给他置买了一套二手西服，穿起来也人模狗样，不像个下憨苦的人。遇到活路紧，泥瓦匠喊叫搬砖和泥，他也上手，只是轻易不脱下西服，披着衣服吊吊答答地当个帮手。气得泥瓦匠说，你是驴死了架子不倒。

再说大拴的兄弟二拴，自小黑瘦黑瘦，长得不如大拴排场，细眉碎眼，人却精灵，是红萝卜调辣子，吃出没看出，哑巴吃饺子，心里够数。

二拴高中背馍到几十里镇上念书，吃的馍是黑的，是食堂灶上大蒸笼中伙伴们黑白不一的馍中最难看的一个，当然也是最难以下咽的。乡下学生冬天回家背一次馍，夏天得三天背一回，怕坏。馍皮上出了黑斑，掐了黑斑照样吃。在大蒸笼上热了的馍，咬开来是千丝万缕，发霉发酸，也得强咽下去，填补辘辘饥肠。要是能交上三二斤玉麦糁糁，就能喝上一碗热乎乎的米汤味的稀粥。要是能用陶瓷罐或玻璃瓶子装上酸菜，那无疑是最幸福的吃食了。二拴学习用功，想考大学，无奈落榜。

二拴觉得没考上大学，没脸见人，也不到地里去作务庄稼干农活儿，一头钻入几十丈深的煤窑底下，当了拉煤车的脚家娃。四蹄蹬地，头戴鸡娃子油灯，在上下不平又矮又窄的煤巷子里蠕动。煤车是四个胶皮轱辘的铁架子，上面放了长方形荆条筐，里面装了百十斤重的煤。遇到窑巷只有三尺高时，弯腰驼背，一不小心就让顶部的岩石蹭破了脊背。这活路，让身单力薄的二拴委实受不了。看来，还得继续考大学，逃出这魔窟。

父母看娃可怜，劳不下么，在世上活人，想吃一碗轻省饭，只有念书上大学，端上公家的铁饭碗，就不用下惨苦受罪了。这么，二拴又背起馍布袋，到县城去复读。春夏秋冬，一年到头，临到高考结束，运气不好的二拴仅差几分又名落孙山了。

二拴丧气地说，看来还得下煤窑。但一想起在土地深处的地狱里鬼一样地活着，还不如死了算了。苦闷、彷徨、抑郁，折磨着这个乡村少年的心。父母说，那你就再复读一年，再考不上，那就是命，认了。二拴听了父母言，又去参加复读了。

从家里到县城，要路过几个村子，遇见亲戚熟人，二拴就低头避开，好像做贼似的。有亲戚迎面碰上，关心地问道，娃，还没考上？复读哩？二拴不语，仓皇逃脱。之后，他宁可顺沟底走羊肠小道，也不走路过村子的大路了，嫌丢人么。

人都是逼出来的。二拴如愿以偿，终于考取一所师范学院，学校提供学杂费，免费食宿，父母也少了一份供养的负担。毕业后到偏僻山里的小学教书，一晃又是几年。因表现出色，调到镇上当了文教专干，又高升到市教育局，当了副局长。人说大丈夫只患功名不立，何患无妻？二拴把事做成了，期间娶了官员的女子，也不说什么门当户对的老话，农民的儿子照样当了城里当官人家的乘龙快婿。

二拴出息了，父母自然心里滋润，大拴呢，说高兴也高兴，说不高兴也不高兴。家里的事，能指望上兄弟了，但村里人会讥笑他，不如二拴有能耐。同是一娘肠子上下来的，把人活得咋就不一样呢？

大拴的儿子在二拴的关照下，有了一份稳定的工作，也快三十的人了，娶媳妇的事咋办？大拴给儿子说，寻你大大去！二拴无语，把叔父当成父亲了？想着二老在乡下，虽然说不在一个锅里搅勺把，同住一个院落，二老的水电供给和头疼脑热以及衣食住行，总是大拴照应着的。二拴瞒着妻子，给了侄子几万元，又和妻子商量给了几万元，甚至把婚宴的花销也给支付了。侄子媳妇要买房，又打发了几万元。侄子单位面临破产，工资发不出，侄子的房贷断了，大拴还是那句话，寻你大大去！

二拴气不打一处来，寻你娘娘去！二拴妻子一听更是恼火，谁还把侄子的事大包大揽甚至比亲儿子还当事？大拴不着急，转移了目标，对二拴说，你把父母接到城里去养老，我也没能力照应，二老辛苦了一辈子，也应该享享清福了。我的烂摊子我自己收拾。

二老根本没有去城里养老的心思，还能动弹，有二亩地种麦子，吃的不愁，摘花椒拾酸枣还有几个钱的收入，咋说也不去城里住。去二拴那儿住过一段时间，像关监狱似的，哪有乡下空气好，眼界宽展，邻里还有个拉话儿的。

能帮衬还是帮一下，实在为难也就不说了。二老也是可怜大拴，没有力量帮衬孙子，就给二拴下话。老人搭了话，二拴只好借钱，解决侄子还房贷的燃眉之急。

二拴也看着贪官眼红，出手阔绰，但自己心里有底，老先人说过，走正道，甭贪不义之财，是要进班房的。不是还报，时候未到。时候一到，保准就报。侥幸心理是要不得的。但凭借一点工资，是顾全不了家人多少开支的，也只好忍着。

一次给父亲过八十大寿，酒席散了，一家人算账，收了多少礼，花销了多少，由请来的管家和上礼簿的自家人公之于众。谁的亲戚来的人多，谁名下收的礼少，一时成了纠纷。过事过事，一过事，事就来了，会引爆长期积累在各自心里的委屈和不平。公说公有理，婆说婆有理，家庭本不是讲理的地方，只能讲情。

这当儿，自然要说到照应大拴儿子成家的经济事宜，兄弟二人都喝高了，红脖子涨脸，舌头也打不了弯，怎么就叫上了劲。二拴委屈地说，哥，侄子的事你也管管，甭让兄弟再作难了。大拴仰着头吐烟圈，哥没本事么，兄弟有能耐，能者多劳么。二拴没好气，能生不能养，你这大是咋当的？

大拴沉默了一会儿，理直气壮地说，我不生这么个没出息的儿子，哪里轮到你在村里有了个好名声？你甭管，你侄子他哪怕回来下煤窑钻黑窟窿，死活是他的命！这话说的，得了便宜还赖账，二拴只想上前扇哥的一个响亮的耳光。他忍了忍，扭头倒在母亲怀里，呜呜地哭起来。

母亲指着大拴说，你个不要脸的东西！大拴含泪笑了笑说，你儿我就没脸。转身出门去了。羞先人哩，这八十大寿过的，唉！沉默寡言的父亲，气得喘不上气来。毕了，二拴把收的礼一五一十分清，把大拴亲戚送的归大拴，父母的老亲戚送的也分出三分之一归大拴，把自己同学朋友同事随的礼也归父母，全部花销自己承担。如此，似乎相安无事。

过了些日子，表哥上姑家看望患病的姑父，说是糖尿病，夜里得起来十几次，老想尿却只尿几滴。被褥经常换洗晾晒，屋里还是少不了一股子尿臊味，苍蝇赶也赶不离。人说年轻时候，尿尿冲湿墙，到老了不行了，尿尿打湿鞋。二老一辈子都是干净人，到老了遭人讥笑。表哥说，谁都有老的那一天，谁也甭笑话谁。小子们能不能活到姑父的高寿还两可，阴司路上无老少。

姑父一辈子走州过县，经的事多了，儿孙满堂也是福分。添了重孙后，二老更是心里舒坦。大拴媳妇当了祖母，却仍在城里给人家抱孙子，挣钱养家，自己的孙子便丢给了婆婆。姑母这便和孙子媳妇一起管重孙，索性常住在那里。这又苦了姑父，起夜没人伺候，心里着姑的气，也不知道都着谁的气，着自己的气。

表哥宽慰姑父，知道老人的病根子在哪儿。你老说过，人的指头伸出来都长短不一，两个儿一个行一个不行，不行的也没见受法进笼笼，就不错了。其实，你大拴也是个能成人，给我收拾地方时，虽然下不了苦，当的是工程师，多亏了大拴。你说我大儿子能成？能成！你说大拴能成，我心里就坦然了。姑父发自内心地笑了。平时总是脸定得平平的，和善却不失威严。

有一天，表哥接到大拴电话，说你姑父不在了。不在了？咋啦？上地里去看庄稼，跌了一跤，背回来就没气了。表哥赶回老家，送姑父最后一程。

那天，瓢泼大雨，是在泥里水里把亡人埋入土里的。烧纸的大火，也一阵阵让大雨浇灭了。表哥和耄耋之年的姑姑拉话，姑姑心平气和地说，你姑父争气好强了一辈子，死了好，死了就不受罪了，早死早托生。

姑姑悄悄给表哥说，那天一早，他让我给他煮了四个鸡蛋，平时只吃两个鸡蛋，我就说，你不怕把你撑死了？又让取出他的细羊毛背心，披了件新外套，戴了沿沿帽子，围了围巾，说是出门看热闹去。我当是去哪里逛荡，就没细问。毕了，天黑没见人回家来，我慌了，莫不是？咋？他早说过，没脸没皮的，活腻歪了，该上阎王爷那儿报到去了。表哥明白，姑父不想连累任何人，独自上路了。

那里土崖很高很高，他从小在那儿放羊拾柴，一只羊掉下崖，摔成了一包袱血肉，就想过人要是从这儿掉下去，就像升天了。

21

忙大老说要寻死，终了还是一口痰堵在喉咙眼里，闷得直翻白眼，霎时间咽了气。

前几天，忙大还蹲在巷子口的石磨盘上，一边抽旱烟袋，一边要命地咳嗽，还对过路人指着头顶树梢上喳喳叫的喜鹊说，那是我妈叫我哩！路人知道他又在说胡话，不知是脑子出了毛病，还是故意装疯卖傻，谁也不在意。

忙大快八十的人了，一辈子活得不容易。自小就长得丑巴裂怪，加上调皮捣蛋，撞翻了他妈从灶火里端出的油勺子，把脸烫了，半拉脸就一直光溜溜的，走不到人前头。忙大的父亲从不正眼看他的这个儿子，不是相貌丑，而是一身怪毛病，好吃懒做，动不动就张口骂人，经常被人家打得鼻青脸肿。尽管如此，男大当婚，家里还是用几驮子麦外加千把元彩礼，给忙大婆回了一房模样秀气的媳妇。

本来，媳妇打心眼里不悦意这门亲事，她大爱财，经不住重礼的诱惑，硬是连打带骂地把女儿嫁出了门。忙大本应珍惜这个秀气的媳妇，痛改前非，做一个勤劳的男人，谁知他浑得不成器，入洞房的当晚就把新媳妇捶了一顿，还说是打出来的媳妇揉到的面。第二天一早，媳妇就哭鼻子吊涕地跑回娘家去了。

你这不争气的东西！忙大的父亲肯定又捶了这个逆子一顿，让他上门赔个不是，接媳妇回来，日后能生个一男半女，日子就过下去了。什么丑八怪男人配不起漂亮媳妇，那是给旁人看的，男女之事，灯一吹灭，好歹都一样。忙大垂头丧气地吆着毛驴到了丈人家，连磕了几个响头，扇了自己响亮的嘴巴，骂自己不是人，日后一定要待媳妇好。丈人也是下了话，活是人家的人，死是人家的鬼，嫁出的女子泼出去的水，覆水难收。媳妇只好骑上毛驴，回来过日子了。

媳妇不光人长得秀气，也明白事理，农活干得麻利，从不落人后，也做得一手好茶饭。按说忙大是天上掉馅饼，他却是吃了馅饼还不领情，成天骂骂咧咧，只是再也不敢动粗了。媳妇爱干净，他却窝囊透顶，懒得上厕所时就在窑后头撒尿，这让媳妇恨不得用剪刀把他那玩意儿给铰了。

好人不长命，人强命不强，刚当妇女队长的媳妇，贪吃了生产队柿子棚里的冻柿子，得了急症，就呜呼哀哉了。这也怪不得忙大，也没留下个香火，又成了光棍一条。不过，他只要肯下苦，也不是平地里卧的牛，钻进了小煤窑，拉煤车当脚娃子还是一把好手。吃肉喝酒，混个肚儿圆，一有空就到沟底烂窑摇色子赌钱。

有一回，赌博伙里出了人命，一块儿耍钱的一个赢家失踪了，三天三夜没见回家，家人报了案，连忙大几个赌徒抓进了看守所，一关就是一月四十。警察运用了警犬，把他们几个的气味捕捉了，沿那天夜里赌博散了的归路去搜索，结果搜索到了另一个赌徒的家，嗅出了血腥味，找到了窑后埋的带血的镢头。这便顺藤摸瓜，在一口枯井里捞上来了腐烂的尸骨，把凶手枪毙了。

差点被冤枉的忙大，也算捡了一条命。他思量，赌钱输不起血汗钱，赢了会遭人暗算，这行当干不得了，从此金盆洗手。可夜长梦多，没媳妇的夜晚更是漫长得很，便积攒了一些钱交给父亲，给自己再娶一房媳妇。

老兔没在兔窝里卧，像头房媳妇那么秀气的女人不上门，只好娶回来一个有点痴呆症的女人。反正是女人，像买羊一个理儿，揭起尾巴是母的就行。这女人争气，地墒好，撒了种子就发芽，肚子一天天大了起来，忙大的脸上有了笑容，下煤窑的车子拉得更欢实了。要当大的人了，要和旁人一样有婆娘娃了，谁也不敢再小看这个长相丑陋的男人了。

谁知，绳子从细处断。四十大几的人了，越来越想有个后人，老天爷偏偏和忙大过不去。媳妇临产时，血水用脸盆盛不及，一条新生命落草，养育这条新生命的生命随之终结。忙大蹲在地上，脊背靠着土墙，双手抱着沾满煤渣的脑袋，呜呜地哭不出声来，像老牛在吼。

之后，那条新生命托付给老母亲经管，没有奶水吃，渐渐没有了气息。用谷草将小生命的遗体捆扎了，放在沟畔高高的崖顶上，让乌鸦美餐了一顿，也算是天葬。死人死了拉倒，却让活人不得安宁。老母亲受了惊吓，连失儿媳和孙女，痛不欲生。说是鬼上了身，说着死去的儿媳说的话，你把我娃给饿死了吗？你赔我娃！于是连哭带骂，三天三夜不合眼。还是二爷使了法术，用桃条抽打病人的身体，被打得疼了，困了，睡着了，打起了鼾声。醒过来时，恍若隔世，发生过的可怕事情一点儿也不记得了。

起先，忙大的头房媳妇是老宅厦房里娶的，顶棚是用苇子扎了十字格子，上面则是编织精细的芦席，四边糊了蓝色花纹图案的墙纸。炕砖是专制的高丽土制品，容易散热，又坚固耐用。炕面上铺了席子和毛毯，绸缎被褥虎头枕。炕四周是木制炕沿，黑漆明光，边缘嵌有红漆涂的曲线。门窗也是黑板红框，窗户糊了麻纸，贴了十二生肖的红窗花，中间有一块透明的玻璃。这番讲究的卧房，完全是心细爱好的老父亲一手操持的。

可惜了老父亲的指望，尽了一个庄稼人难得的对生活细节的打理，好看、美观，土话说的是个"娓也"人。老人并没有因为儿子相貌丑差，就胡乱应付了事。忙大不论美丑，这一切无非是做给新媳妇看的，秀气的女人必定爱好。谁知这秀气的儿媳却让冻柿子给吃死了。忙大木头人一个，毕竟还是意识到了丧妻意味着什么，滴了几滴干涩的眼泪。倒是把二老难过得厉害，总不能让人戳脊梁说，他们有一个光棍汉儿子。

为避晦气，二老腾出了自己的一孔斜窑，其实古来也是牲口窑，入了合作社，骡马都归集体了，拾掇一下住人也蛮好。为给忙大娶二房媳妇，二老搬到了古来的一孔下梯子草窑安身。盛麦草的烂窑，经老父亲的巧手，变成了一孔舒适温馨的住处，人老几辈都喜欢聚在这儿，喝茶聊天。

老父亲略识文字，请人写了四条屏，裱糊停当，挂在了中堂。毛笔字是用细排笔写的，周周正正，端庄美观。来人有识文断字的，就乐于读一遍。上面写道：春是为了夏，夏是为了秋，秋是为了冬，冬是为了春。啥意思？只可意会，不可言传。说白了，自然界的四季变换，是一个轮回，和人的传宗接代一样一样的。

老父亲一个粗俗人，挂了这幅字，也显得文雅得可以。

日后，二老在原畔打了几孔土窑，搬上去住了，忙大又顺势占了这住处。地方的好与不好，是靠人拾掇哩，忙大就把这里住成了狗窝，要多窝囊有多窝囊。二房媳妇在这儿生娃丢了命，似乎这里的风水也不好了，忙大又死皮赖脸地搬到了原畔二老的斜窑里，等候娶第三房媳妇。

像狗皮膏药一样，忙大把二老给粘住了。光棍一个，就在老人那里蹭吃蹭喝。一到饭时，他就来了，端起碗就吃，别说是自己的儿，就是要饭吃的乞丐，也得打发一口吃的。老父亲经常没好气地骂道，你个折货，要把人害死哩！你不死，我还要死到你头里呢！

那时老父亲的父亲，也就是忙大的爷爷还健在，弯腰驼背，咳嗽气喘，旱烟袋总不离手，难过得声声唤唤，靠麻黄素和止疼片维持一口气。一天能吃到一碗干面，调油泼蒜泥辣子，就是最幸福的了。挨到八十有四，一天晚上睡去，再也没起来。

也就在葬埋完爷爷的当天，酒席还没散，只见忙大趁着酒气，操一把镢头把支在院里的炒菜锅给砸了。丢人现眼，发的什么疯？啥病得的深啦？老父亲上前给了两个耳光子，打得他栽在了墙角。

忙大哭着诉说冤屈，哼，你们婆娘娃吃哩喝哩，我婆娘娃在哪里？没婆娘，娃在腿上转筋哩，你谁管过？忙大鼻涕一把泪一把，最后竟狗一样号叫起来，睡在地上打滚。众人都散了，也没人理睬这死狗烂娃，号叫得没劲了，就悄悄睡着了。

老父亲把大儿二儿叫到一起，先把忙大抬到炕上，然后商量再为这货娶第三房婆娘的事。尽管分家各过各的日子，老父亲一句话说了，大儿二儿答应各自拿出几百元，没有了就借去，总得给忙大拾揽个女人回来，不然谁都不得安宁，说不定还会出人命。

这么，从邻村打听到一个死了男人的女人，脑子也不够成儿，说话咬舌，长相也就不言而喻了。也没办什么婚礼，引进门就算成了家。没想到，这女人是个精灵鬼，一天到晚喜欢串门子，传播各路小道消息。倒没有什么坏心眼，就是闲不下。好在能把生的做成熟的，碗里端的面片是栽在碗里的，忙大爱吃硬面，正好合了脾气。针线活虽说粗糙，总能连缀在一起，就不错了。最大的功劳，是她接连生了一男一女，把忙大和二老高兴得不得了。

男娃叫忙儿，女娃叫闲儿，听说这是老父亲起的名字。人活着忙忙奔奔，先得忙，日后都有清闲日子。与二老同住一窑院，好歹有个照应，二老把孙子孙女当成宝贝，呼来唤去，院落里有了人气。说起来，这一忙一闲两个碎娃，给二老的晚年增添了不少乐趣。忙大和婆娘也相安无事，过上了普通人家的顺心日子。

老父亲不到七十就下世了，老母亲耐活到了八十，得了偏瘫动不了，忙大两口显然伺候不好老太太，咋办？大儿便把老妈接了去，一家大小轮流服侍，炕上吃炕上屙，难为了大儿和婆娘娃。好在忙大有点孝心，每天夜里陪老妈，也没少操心。直到把老妈养老送终，入土为安，一辈人算是成了过往。

老妈临终时，一直没有取下胳膊上缠的柜子钥匙。换寿衣时，怎么不见了钥匙。想必是忙大解了去，打开了柜子，翻到了一个手帕包的钱，装进了自己的口袋。事后，忙大给旁人悄悄说，老妈可怜了一辈子，也就只留下三块七毛钱，再啥也没有。

按说，儿女孙辈几个经常给老人钱，老人也没有什么花销，怎么说也能攒下几百块，钱上哪儿去了呢？原来是老人信了教会，拿着居士证的人员不定期上门服务做法事，老人把舍不得吃喝的仅有的钱倾囊布施给神了，祈求来世有福。

22

原畔的院落没了老人，就剩下忙大和婆娘娃，一个忙儿，一个闲儿，鸡飞狗跳地过日子。

二老在的时候，相互有个照应，二老下世了，院落又成了一片狼藉。少了二老的管教和协调，忙大老毛病又犯了，赌博成瘾，很快把家当败光了。婆娘说不上话，说了也是一顿拳打脚踢，索性不去说，整天串门子说闲话去了。

庄稼地里也没有多少活儿，虽然作务粗放，但舍得上肥，庄稼一枝花，全凭粪当家，忙大懂得这个道理，庄稼不少比别人打粮。吃的不愁，只是缺钱花，整天见他蹲在路口，看人来人往，也不与旁人搭讪，像一尊怪物，不时地吧嗒着旱烟袋，说是坐吃等死。

性格决定命运，忙大的婆娘串门子没人理睬，就拿了针线活坐在路边一家窑洞的崖背上，自说自话。窑崖背有几十丈高，下面住着人家，崖背边缘的土墙有一尺多高，她坐在土墙上像坐在自家的炕上，全然忘记自己是置于悬崖之上。有一天，她坐在悬崖上纳鞋底，抬头见一过路走亲戚的人问路，她是个人来疯，顿时来了精神，与问路的拉呱起来。

说时迟那时快，她一高兴，身子往后一仰，便落空了。重重地落在崖背底下人家的院子里，鲜血渗出衣裳，流了一大摊，命是没了。院子的主人，是个七老八十的小脚女人，听见响声跑出来，当场被眼前惨烈的情景吓晕了。等忙大婆娘入了土，一病不起的小脚老太太也随之而去，村里人说，是让冤魂引上走了，阴司路上好有个伴儿。

忙大没了婆娘，膝下一儿一女尚小，恓惶日子又来了。忙儿的脾性，跟了他大，就像一个模子倒出来的，念书不行，放羊却是一把好手。尤其是庄稼行里，跟着他大尻子后头，种啥成啥，收成比人强。女子闲儿，书念得好，眉眼也好看，上到中学时，常常气出不来，在医院一查，得的是先天性心脏病，辍学回家了。

没妈的娃可怜，闲儿回到家，挣扎着给忙大和忙儿哥做饭洗衣，家务操持得有条不紊，有空就坐炕上纳袜底。乡下少女的心，在一个四邻不靠的孤院里，听着风声雨声，看着洒满院子的阳光，秋风扫落叶，大雪纷纷下，能是一种怎样孤寂的心情。

就这样挨过了一年，闲儿的心脏病维持不下去了，自家人凑合了三几千元，住了一个月院就回家了。本来可以转院到省城，花几万元是能医治好的，哪里来的几万元？好在病情有好转，就这么听天由命吧。再说，忙儿哥也二十出头了，不出去工作的这个年龄的小伙子，一般就开始娶妻生子了。忙儿也不例外，说媒的引来一个老亲戚的女子，长得顺眼，连订带娶得好几万元。是给忙儿娶媳妇，还是给闲儿治病，忙大当然选择了给儿子成婚。

闲儿在炕头窗户下发呆，一阵阵就上不来气，还是把注意力用在纳袜底上。凤凰戏牡丹，喜鹊登枝，多好的人世间啊，村姑闲儿却快要死了。一株含苞欲放的田野草花，无声无息地凋谢了。

埋葬闲儿的那天傍晚，天下大雪。棺木是伐了门口一棵大桐树，临时解成薄板，装殓了一具年幼的如花似玉的遗体。自家人抬着又湿又重的棺材，在雪地里前行，脚下的小路湿滑，用洋钉子连缀在一起的湿木板，发出吱吱呀呀的响声。不成年的子女或未开怀的媳妇死了，是不能入祖坟的，这些孤魂野鬼的归宿，是在村子边缘一处偏僻荒凉的山峁上。送葬路上，哪一个人不是失魂落魄，哀叹人世间还有这么一出苦戏。

雪花在飘落，棺木吱吱呀呀的响声，好像是闲儿的呻吟，或是歌唱，让自家年轻人毛骨悚然，头发根子也立起来了。

为给忙儿成家，又舍弃了这个居住了二三十年的院落。在这里，忙儿送走了老爷、爷、妈、小妹，往事如烟，肝肠寸断。好在还有一处新的住处，开始新的生活。于是，在原畔开阔处建了砖窑，忙儿把新媳妇娶回了家，生一女叫甜儿。

忙大还是那副半死不活的样子，坐吃等死，倒是还有福气，媳妇端吃端喝，有啥可弹嫌的。忙儿却是出息多了，打工挣钱买了一辆五轮农用车，抽空在镇上揽一些拉砖运沙子的活计，回家有一碗热饭吃，再喝上两瓶啤酒，纸烟不离嘴，老婆娃娃热炕头，日子好过。

问题出在忙儿离不了烟酒，时常备了带在身上享用，说是解乏，畅快，攒劲儿。从城里收工回来的路上，趁着酒胆，车子开得像脱缰的野马，风驰电掣，尘土飞扬，路人躲避不及。忙儿娃是个疯子！人都这么说。

　　有一回，沿途没坐过忙儿车的邻村人，从镇上赶集回来，买了一大堆东西，在坡底下随手拦了忙儿的车，图个方便。忙儿说，熟人都不坐我开的车，我开的是飞机，快得日鬼！你不怕？不怕。车上了坡，忙儿的酒劲像烈火一样燃烧起来，开足马力，车子飞起来了。坐车人吓得直哆嗦，连声叫喊，好我的爷哩，你停下。让我下去！忙儿本身是个没大没小的人，也不论班辈，不客气地骂道，日你妈，你说停下就停下，我是老板，我说了算！等到村口车停下来，坐车人尿了一裤裆，直把忙儿叫爷。

　　冬天到了，烧炭的价钱上涨，忙儿叫上媳妇当帮手，到富平一带贩煤。煤价从几十元涨到了几百元一吨，在小煤窑上装货时，熟人好办事，一包烟搞定，多装分量，拉到富平乡下卸货，一天一来回，能赚几百元。钱难挣，屎难吃，起早贪黑，风雨无阻，贩卖煤炭的人哪一个不是乌漆麻黑，人不人鬼不鬼的样子。

　　这一回的生意不错，忙儿有点得意忘形。回程路上，在镇上饭馆要了半斤猪头肉，一瓶白酒下肚，烟扎在嘴角，就上路了。媳妇知道劝不住他喝酒，一路叮咛说，开慢些，开慢些。但还是没能止住疯狂前行的车子，几次差点儿撞了路边行人，忙儿还有理，骂道，日你先人，寻死哩，得是想给你儿省棺材钱哩！

　　车子快到村口时，雪大路滑，忙儿也许鬼迷心窍，丝毫没有放慢车速。一个趔趄，车子从右手的沟里冲了下去。沟深坡陡，忙儿和媳妇还来不及思索，车子像一头疯狂的野兽，翻了几个跟头，冒着一股黑烟，直冲至沟底，燃烧起一团火。似乎是无声的，又似乎惊天动地，一切归于死寂。

　　忙儿被崖上一棵树挂住，醒来时感觉腰断了，疼痛难忍，意识到刚才究竟发生了什么。身边树梢上挂着媳妇的红头巾，飘呀飘的，像是一缕火苗。人呢？车子呢？忙儿晕过去了。

沟畔围了不少人，一片唏嘘。三叔最先下到沟底，在一片黑烟中的草丛中，抱起了忙儿的媳妇，已是一团软绵绵的血肉之躯。可怜的娃呀！三叔老泪纵横，哭出声来。幼小的女儿甜儿，不见了妈，之后看见把妈埋在自家地里了，妈不能回来亲亲女儿甜儿了。

罪孽啊！这个错，比天还大，忙儿等于亲手杀死了自己心疼的媳妇。他住在骨科医院里，想要寻短见，可一想到自己和媳妇的骨肉甜儿，只能把眼泪往肚里咽。日后的光景，还有什么指望？

忙大在丧失儿媳妇这件事上，没有流泪，他经的事太多了，先后送走了三个婆娘，一个女儿，心里结了茧子，麻木得像个活死人。好在小孙女在身边一天天长大，是个精神依赖，至于儿子忙儿，形同路人，甚至是仇人，懒得搭理。

天无绝人之路，忙儿娶回了大几岁的二婚女人，是个精明能干的女人。人强命不强，红颜薄命，这女人也是命苦，男人死在煤窑底下，只好带着尚小的一儿一女，从外乡落脚到忙儿名下。继母待甜儿不薄，三个血缘不同的姊妹，处得还不错，陆续长大成人，到了谈婚论嫁的年龄。

忙大也是活到快八十高寿。一天饭后，忙儿在隔壁窑里听见咆哮声，跑过来一看，父亲的脖子伸得像啼叫的公鸡，喉咙里发出剧烈的声响，已经在翻白眼了。他慌忙出门，唤来了堂叔，使劲捶打后背，呕吐出来的是一股血浆。稍时工夫，人便咽了气。

忙儿也算个孝子，父亲的丧事过得还算排场。在与帮忙的乡邻说到烟酒的花销，忙儿的嗓门很大，拍拍胸脯说，放开了整，有谁敢皮干？我是埋我大哩！知道不？忙儿落了个会过日子又孝顺的好名声。

女子甜儿考学上了大专，毕业后没有一份工作，也该到谈婚论嫁的年龄，忙儿又开始发愁了。

23

水娃他爷一脉单传，娶了婆娘生有一子，得了大肚子鼓症下世了。娶的二房，生了水娃他大。水娃他妈人长得白净，心眼小，身为继母，因与前房的儿媳拌了几句嘴，儿媳跳到窖水里淹死了。人说是继母虐待前房儿媳，落不了恶婆子的骂名，一气之下，疯疯癫癫的，一辈子再也没好过。

对于得了疯病的妈，水娃大耐不住性子，动不动就连踢带打，抱回屋里炕上，锁了门关起来了。也是，疯人失去了正常人的理智，一天到晚唱唱呱呱，有时竟然脱得精光，满村子疯跑，你让当儿子的脸往哪儿搁？

水娃大的光景也过得凄凉，婆娘生了水娃后也得了不治之症下世了，丢下一个疯妈和三岁的水娃，也够毛乱的了。为把水娃养大成人，他发誓不再续弦，当了一辈子鳏夫。书上说，老而无妻曰鳏，老而无夫曰寡，老而无子曰独，幼而无父曰孤，此四者，天下之穷民而无告者。水娃大识文断字，自古以来人的不幸遭遇，怎么就轮到自己头上了呢？

水娃读完初中，回乡当了两年农民，报名当兵到了新疆边防，在冰天雪地里骑马巡逻。水娃不是那种强悍的小伙子，一次骑马摔断了腿，医治好后做炊事员，临到退伍，又打回原形。人家当兵提干，升官发财，你咋就没出息，兵是白当了，水娃大一肚子的不高兴。

由于命运不济，水娃大信了宗教，对西原来传教的巫婆崇尚备至，吃住行伺候得很周全。无非是偷偷地设了道场，十个八个信徒，供上点心香裱，装神弄鬼。你说肚子疼，巫婆就用黄裱垫在你肚皮上，然后用菜刀像在案板上剁肉似的，说是把病除了。现用黄裱包了一撮香灰，让你用凉水吞下。问你肚子还疼不疼，你只好说不疼了，不然再用菜刀剁，你能不怕么？

旁的粗人说不可信，水娃大算是半个文化人，说是不可不信，信了总归能免灾去祸，何乐而不为。也许是修行到了，巫婆见水娃大心诚，心诚则灵，一来二往，便把长得水灵的孙女嫁给水娃当了媳妇，生有一子，也算是福报。水娃大感恩戴德之际，遇到公家煤矿上招工，复员军人优先，水娃一夜之间成了穿工装的煤矿工人。

水娃心灵手巧，经过部队的训练，懂得怎么为人处世，没下井多长时间，就被调到井上机修班，成了技术工人，不再下笨苦了。媳妇把疯病的奶奶伺候得好，虽说久病床前，干净"媵媟"，没有一个苍蝇，直到疯奶奶寿终正寝。水娃大逢人便夸儿媳，说是前世修行来的，帮他把老娘的孝心尽了。水娃每月开了资，一五一十交给父亲，媳妇用钱购买日常使用，再与阿公支付结账。这么混到退休，水娃的卡上每月会有两三千元的进账，日子过得不错。

转眼间，水娃的儿子吉庆长到二十多岁了，没考上大学，外出打工去了。天南海北，京沪广深，几年间浪了个遍，除了糊口和盘缠，仅仅剩下空空的行囊。水娃气得说，出去浪了几年，除了长了几岁，啥也没长进。好在水娃有几个养老金，不沾烟酒，省吃省喝，还种了几亩麦子，几片沟里的坡地，花椒有些收入，攒钱给儿子吉庆把媳妇娶回家。

儿子吉庆领着媳妇到广东一带打工去了，家里剩下水娃和婆娘还有老父亲，起早贪黑，在土里刨食吃。逢年过节，等着吉庆和媳妇回来，一等就是三年，没有音讯。水娃气得说，这折货得是死在外头了不成？婆娘说，看你说的这话，像当大的说的？老父亲在一旁沉默不语，只是唉唉地叹息。

这年腊月，下了一场大雪，只说吉庆又回不来过年了，不知在外边混得咋样，吉庆和媳妇一身雪花从门里进来了。让水娃和婆娘尤其是老父亲高兴的是，抱回来一个刚满月的可爱的胖小子。老爷、爷爷、父亲、儿子，又是四世同堂，这在乡下是天大的福分。这个年，一扫忧虑，过得舒坦。

孙子成了水娃和婆娘的宝贝疙瘩，捧在手里怕掉了，含在嘴里怕化了，疼爱得了得。爷爷更是喜笑颜开，这几辈单传的一脉人，是断不了线了。俗话说，家中添一丁，就得少一丁，就像这村子一百多年来，总是那么三几百口人，冥冥之中不知是哪路神神暗中操持。水娃大走路跌了一跤，就再没拾起来。寿数到了，也应该给重孙辈腾出空间了。还是说走路不小心，跌了跤才犯脑溢血的，通常是脑溢血犯了，脑神经错乱了，腿脚不听使唤了，才跌跤的。

爷爷去世，没见孙子吉庆回来奔丧，水娃也理解儿子成了家，在外混一口饭吃不易，罢了，把孙子带好，一来给儿子减轻生活负担，二来也是老两口晚年的乐趣。虽然不见儿子寄一分钱回来，自己的养老金还足够衣食住行和日常花销。抱怨谁呢，怪自己没出息，养了个照样没出息的儿。希望寄托在孙子身上，将来出人头地，混出个眉眼来。又一想，儿孙自有儿孙福，不给儿孙当马牛，世上没养爷的孙子，是瞎子点灯白费蜡，但孙子不让爷养，爷更难受不是？

水娃大去世不到三年，老天爷挨刀子的，突然间把水娃婆娘给收走了。才五十刚过，正是活人的年纪，就怎么说殁就殁了。自小跟着奶奶来这儿行善布道，想不到日后嫁到了这儿，娘家却在几十里外的地方，跟着水娃过活，没少受阿公的气，自己手头没有过一分钱。阿公也是能行了一辈子，水娃和婆娘不敢在面前说一个不字，孝顺二字消散了心中的所有委屈。阿公成天说她，要么是嫌炕烧得太热了，要么是嫌炕没烧热，洗脚水嫌烫了或嫌凉了，饭菜嫌咸了或淡了，总有个说辞。得了病起不了床，是儿子水娃给擦尻子的，总是骂他没给擦净。把阿公送走了，又伺候水娃和小孙子。

那是一个响晴天，水娃婆娘刚从沟里背了一袋子包谷回来，连忙烧火做饭，一碗捞面端在手上，一筷子没挑，就觉得头像爆炸了似的，一头栽倒到地上。孙子叫不醒奶奶，吓得哇哇直哭，水娃赶忙回窑里来，把婆娘抱在怀里，你咋啦么？顿时见婆娘鼻子口里往外流血，已经不省人事。打了120叫来救护车，医生一看，说是准备后事吧，人没救了。

事后有人说，婆娘患高血压几年了，舍不得看病吃药，硬是把病耽搁了。水娃说，胡说，家里药盒盒子一大堆，都是治高血压的，是命到了。灵位设了，竟找不到一张生前的照片供奉。孙子叫不醒奶奶，哭着不让钉棺材盖子，在场的人无不落泪。办丧事没有积蓄，得等每月打到卡上的养老金，平时来往不多的邻居，拿来一万元，算是让亡人入土为安了。儿子带媳妇星夜奔丧，也没带回来一分钱，愧疚之极，哭得死去活来。

人死不能复活，也就认了，然而一桩让活人活不安宁的事在等待水娃。母亲头七刚过，吉庆说是有事给父亲说，啥事？大事，自己的婚姻大事。水娃说，你妈不在了，不怕，你还和媳妇打工去，娃给我丢下，不让你们操心。媳妇却直截了当说，对不起，大！我和吉庆前些日子把婚离了？

真是祸不单行。咋啦么，就把婚离了？媳妇说，你问你儿。吉庆只好吞吞吐吐地说，让传销的人给害苦了！我和媳妇辛辛苦苦挣几个钱，亲戚娃给介绍了一门赚大钱的生意，把手头的钱和从周围亲戚朋友那儿借的钱，都入进去了，没想到骗子跑了，和媳妇整天躲债，日子过不下去了。

水娃的气不打一处来，脱了婆娘做的布鞋，劈头盖脸地把儿子打了一顿，你这逆子啊！媳妇看不过眼，拉住阿公，流着泪说，大，离了婚我还是你儿媳妇，娃还是我亲娃，我会挣钱养活我娃，至于你儿是指望不上了，不听人劝，是沟是崖也敢往下跳，让他去逛他的去，从此娃权当没他这个大了。

吉庆和媳妇一前一后走了，丢下水娃和孙子守着这个屡遭不幸的家。日后，孙子上学了，水娃经常一个人站在沟畔路边，等待孙子放学回来。儿子吉庆和媳妇，几年了始终没有音讯，也许是等命运有了转机，再回来接儿子进城上学，给父亲养老送终。

但愿如此，也让水娃的晚年不至于太凄凉了。

转眼间，孙子上高中了，个子长得超过了父亲和爷爷，又聪明又帅气。多年不修缮窑院了，上了七十岁的水娃下决心翻修一下窑舍，搭彩钢瓦房檐子，水泥铺设土院，改水茅为玻璃钢新型坐便洗手间，享受一回城里人的生活。

儿子吉庆赶回来帮忙，没见带媳妇回来。村人说，前不久，媳妇一个人坐出租回来，看望了一回儿子，买了不少东西，让水娃高兴了好几天。他不是为自己高兴，而是为孙子高兴。水娃离娘早，知道没娘的孩子心里是啥滋味。

24

水娃的堂弟二水，是村里的能工巧匠。

二水自小也离了妈，屋里人能干的做饭洗衣、缝缝补补的活路，他都会做。力气活也许不擅长，但凡沾点技术的细活，他一学就会，没有能难住他的，人都叫他能尿。

论文化程度不高，只念到初中就辍学了，回家种庄稼。生产队里的犁耧耙耱、收割碾打不在话下，扬场使得左右锨，铡草磨镰摞麦秸，样样难不住他。积麦草时，几把好手往上抛麦草，他站在上面，左右逢源，铁杈飞舞，麦草垛筑得宝塔形是宝塔形，马槽形是马槽形，惟妙惟肖。

自古以来，人们照明用的是麻油灯，后来点煤油灯、罩子灯，一星半点的光明，陪伴庄稼人度过了一个个漫长的夜晚。政府允许村办企业，消停了百年的老炭巢又兴时了，村上有钱栽了电杆，翻山越岭地拉了电线，村上有电了。

自从村上通了电，二水就当了电工，心灵手巧，没出过麻达。不懂电的人知道电会打死人，二水接电时有时火星飞溅，他却不慌不忙，好像电认识他。日后兴了电磨子，二水负责掌管，黑明昼夜，保障三几百口人的吃粮磨面任务。电磨子坏了，只是请了农机站的技术员修了一回，他就从旁边看清了门道，自己会修理了。

分田到户后，牲畜退出了农耕历史舞台，不少人家购置了拖拉机、推土机，甚至收割机，二水也敢把这些铁疙瘩的庞然大物拆成零件，动大手术进行修理。人心细，肯钻研，谁家的缝纫机、电视一类家电出了毛病，都说找二水，准能解决问题。

二水他大自从殁了婆娘，就当了善人，曾是迷信会道门的信徒，不杀生，不吃腥荤，不吃葱蒜芫荽，力图改变自己的命运不济。二水也就随了他大，是个彻底的素食者，说是闻见肉腥味就想吐。但他却出奇地学会了厨师手艺，大鱼大肉，炒得跟酒店里的一个味儿。毕了，他却不尝一口，吃点豆腐青菜，一碗面拉倒。当然也不沾烟酒，别人划拳喝酒，胡说乱骂，醉得死猪一样出洋相，二水只是喝他的茶，在一旁笑。醉汉说，二水，你一辈子不吃烟不喝酒，死了不如狗。二水不言语，只是用鼻子笑。

精明过人的二水，娶的婆娘则是下憨苦的。生的两个儿子，大小子常年在外打工，过了三十岁还没领回个媳妇来，这成了二水和婆娘的心病。二小子是给人开大车的，前四后八的车轮子，像一列火车皮。下的苦重，却来钱快，挣了钱便抽烟喝酒打麻将，有时就输个精光。二水种的果园，技术上归他管，下苦的事丢给婆娘了。摘苹果时，二水给人帮忙装修房子做水电活儿，婆娘一个人连摘带担，二小子公子哥一个，好像是个监工，抽着烟，在一旁当甩手掌柜的，一点不心疼母亲的劳苦。

大小子不成家，在外流浪了多年，二水和婆娘也不指望了。人说大麦比小麦先熟，先得给大小子成家，才轮到二小子娶媳妇。在二水家的地上，小麦偏偏先熟了，二小子凭着开大车的手艺，月入万儿八千，引回来一个装扮入时的城里媳妇，生有一女，当奶的自然高兴，在家围着孙女转。

二水成天给人帮忙，除了吃喝，挣不了几个零花钱。人又实诚老好，从不向主家讨价还价要工钱，给几个算几个。婆娘有时着气，你成天给旁人过日子哩，自家箍了三孔砖窑，房檐子搭不起，大门和院墙扎不起，过的还是贫困户的日子，图个名声好听顶屁用。二小子挣钱不少，落不下几个，也不给父母一分钱花。父母带孙女几年了，也没见支付过一分钱的保姆费，说是理所当然。

不到五十年纪，二水躺倒了，到医院一查已经是癌症晚期。这么好个人，怎么就没好报应呢？医院住不起，只好回家保守治疗，谁知吃了几副中药，又起死回生了。二水一如既往，成天给人帮忙修理农用机械，拾掇住处，自己的院落还是无力收拾得像个家的样子。

只说病好了，却仅仅属于回光返照，不到三年天气，二水彻底病倒了。疼得要命，生不如死，在炕上栽跟头。这时候，大小子闻讯赶回来了。也许是为了给父母一个交代，尤其是给弥留的父亲一个安慰，雇了一个对象回家来了。村里人讥讽说，领回个媳妇一头黄毛，穿的裤子都烂了几个洞，活像个要饭吃的乞丐。人家城里女子有人就讲究这个调调，说是扮酷，狗屎！还有这么装穷的，说是什么范儿。这能是过日子的厚道媳妇么，二水和婆娘有些失望。

大小子假戏真做，在为父亲送葬后，回到了南方，时来运转，与这个一头黄毛穿破洞裤子的姑娘结了婚，生了个龙凤双胞胎。婆娘带着二小子的女子，乘坐飞机到了南方，伺候大小子的一对儿女。海水真蓝，一眼望不到边，在老家天旱得要命，盼望不来风调雨顺的农家日子，这么多水，怎么都跑到这儿来了？

三年后，婆娘带着大孙女回到了老家。二水坟上的草长高了，苹果园也荒废了。二小子两口离了婚又复婚，想起了母亲一直照管的小女儿，该送她到城里上学了。

小孙女一走，婆娘一个人开始收拾荒芜的果园，挖了老树，栽上了花椒苗。她坐在地头，四周悄无一人，手机响了，是在南方的孙子孙女打来的，视频上，孩子吱哩哇啦叫唤，老太太乐了，一脸泪水。

25

三乐也乐不起来，近日感觉后背疼痛难忍，到医院一检查，肺癌，且到了晚期。平时文绉绉的书生一个，身强力壮的，难道刚刚活过六十就走人了？心里实在不甘。

三乐的父亲很严厉，自从生了大乐二乐三乐三个光葫芦，婆娘得病下世了，一直老光棍一个，这辈子能把三个儿子养大，就尽到活人的责任了。早年被国民党抓壮丁，已经临近解放同官县城的时候了，他当兵是迫不得已，为了吃粮，让父母弟兄过安生日子，打仗时谈不上冲锋陷阵，只想找机会当逃兵。向解放军投诚后，部队改编，他不想留下，领了盘缠回家务农了。要是跟上解放军部队走了，说不定进城当了官，端上公家的饭碗了。世上没有卖后悔药的，这辈子在命里是种庄稼的，认了。婆娘死后，他既当爹又当娘，过得恓惶。焦虑中入了地下宗教会道门，说是人有前世今世来世一说，为来世有个好脱生，便不杀生，不吃荤，清心寡欲地聊度时光。

当然也是烟酒不沾，膝下三个儿子在他的管教下，也是没有这方面瞎毛病的好人。上溯人老几辈，论基因遗传也没得这种病的，这三乐不吸烟喝酒，也没有受过煤窑矽肺的糟害，怎么就得了肺病，连自己也想不通。

年轻时，三乐高中毕业，人长得帅气，不擅长农活，当了生产队会计，招工时当了乡镇企业的临时工，属于镇上的干部。办公地点在原下大路口的几间砖瓦房里，旁边是磅房，过路运煤的载重车辆必经此关卡。三乐在这里经管收费，一吨煤收两块钱，是个肥差事。三乐人实诚，每月只领三十元钱工资，结算的万儿八千沾满了煤粉的钞票，都一五一十地如数交到了企业办公室。

按说，三乐工作出色，理应转正，留在镇上当干部，却在乡镇企业一片萧条时被解雇回家了。三乐的正直，加上爱给领导提意见，不会拍马溜须，尤其是爱逞能，同事戏谑他是能不够，自然被挤对出局了。

三乐的逞能，也是性格遗传。父亲种的自留地，精耕细作，地里没有一棵草，没有核桃大的一块土坷垃。不像别人的地里，草把庄稼咬死了，耕种时满地是牛头大的胡基疙瘩，这让他嗤之以鼻。大乐二乐三乐，也跟了父亲，看不上别人种的庄稼。周围乡邻人也背后讥讽，说老的是老能死鬼，大乐是大能死鬼，二乐是二能死鬼，三儿落了个碎能死鬼。

红白喜事，三乐是座上宾，操持礼簿，受乡邻尊重备至。临到事毕，会有一瓶西凤酒一条好猫烟谢承。三乐不动烟酒，要么又送给重要门户行了礼当，有面子也有里子。遇到丧事，大乐掌管祭礼，坐在炕桌边上礼簿的三乐不时插言，灵位的严父慈母称谓，应该写成先父先母，上一支香两支香三支五支香，是代表敬神或敬鬼，敬仙或敬祖，各抒己见，争得面红耳赤。认真，较劲，敬业，艺有专工，有人又在一旁撂凉话说，一对能死鬼。两弟兄听了，也不着气，只是说，啥叫没文化？天不怕，地不怕，就怕没文化。

堂哥过三年，按规矩要和去世送葬时的程序一样，三乐给当司仪。事毕，三乐把在外工作的二侄子美美教训了一顿。说是大侄子在家里提早准备好了酒席，你不提前回来张罗，也不寄钱，当天一回来就坐在桌子上吃哩喝哩，我问你，哪一把菜是你买的，哪一盘肉是你带回来的？二侄子解释说，酒席的花费我全部承担，给老大电话说过，让他先垫上，公家的事当时走不脱。三乐是当叔父的，叫大大，虽说比二侄年纪小，但班辈高，自然有了底气，二侄子得恭敬地听着才是。三乐不依，提高嗓门说，老人殁了，几个当儿子的各尽其责，二一添作五，三一三余一，谁也不多出一分少出一分。你全部承担，你有钱？旁人是穷人，穷得连葬埋自己老人的钱也拿不出来？拿不出来去借，也得出。事情只好按三乐说的办，息事宁人。

父亲当初给三个儿子娶媳妇，没少劳神。人说，活在世上，把小的养大，把老的送走，是顶重要的躲避不过的大事。老的欠娃一个媳妇，小的欠老人一副棺材，天经地义。三个光葫芦，之间相差两三岁，长到二十五六岁还没有把媳妇娶进门，老子儿子脸上都没光。三乐二乐成家，彩礼加起来上千，东挪西借，没把老子的皮活剥了。没等喘一口气，三乐又长得一墙高了，且从镇企业办打回原形，又过二十六岁了，媳妇在哪里呀？

好在三乐长得帅气，人又有文化，有眼光的媒人便想把三乐和朵儿拉到一起，简直是天生的一对姻缘。朵儿在村上长得俏，数一数二的好女子，自小是养母从外面抱回来的，没上几天学，针线茶饭却是顶呱呱的，比一般女子出色。三乐父亲想，大儿二乐成家后，都各自另设炉灶过活了，又剩下他和三乐一双筷子两支光棍，能把朵儿姑娘娶进门，自己的晚年就有了好落脚，就是砸锅卖铁，三颤一抖擞，花个大彩礼也值。

你老尿想得美！媒人上门一说，朵儿的养母动了肝火，说我的朵儿是要找个上门女婿，我一把屎一把尿把个一鞋吊的胎娃子挖抓大，容易么？我还等着女婿上门，生个孙子姓我的姓，流传香火哩！看来，这门亲事是墙上吊门帘，没门儿。

三乐和朵儿，一对俊男美女，本来处得客客气气，听说有人说媒，各自心里有兔娃子在跳，睡梦中都笑醒了。要是二人能成婚，自小没有亲娘温暖的孤苦孩子，老天爷终于没有亏待他们。朵儿的养母待女儿也不薄，视为己出，男人死得早，自己没开过怀，也是命苦啊！一辈子守这么一个宝贝蛋蛋，怎么能白白送与他人呢？

事情不成了，三乐与朵儿都得遵从父母之命，媒妁之言，绝无可能私奔，去寻找二人的幸福。如此，路途偶尔遇见，反而相视无语，平添忧伤。之后干脆远远地瞅见，就绕开了道儿，低头走过，免得好了伤疤又想起痛来。

三乐遭遇了母亲死后多年又一次感情撞击，尤其是男女之情，他死的心都有了。父亲看娃心里吃了大亏，整天不言语，有时睡三天三夜不吃不喝，娃要是寻了短见，到时自己到阴司底下怎么给他妈交代？这便央求媒人，在方圆为儿子瞅一个合适媳妇。

人说天下姻缘一线牵，是命中注定，是缘分，但往往产生于偶然之间。三乐上学时对英儿有好感，但觉得人家是镇上吃商品粮的娃，要成就爱情，他是痴心妄想。没想到，英儿下乡到了邻村，一次赶集路上遇了面，三乐替她背着东西到了知青点，谈得很投机。这么一来二去，婚事就这么成了，且为父亲省了几百元的彩礼，只是花钱买了头巾鞋袜衣物，和一块蝴蝶牌手表，便把新媳妇带回了家。

婚后，英儿有机会回了城，在镇上商店当售货员。三乐虽然还在乡下，总算当了一名民办小学教师。育有一女，长得一朵花似的，全靠爷爷照管，一家人的日子有苦有乐。

谁知人算不如天算，有一天，三乐接到了一纸通知，民办教师在撤并小学的时势下，也一刀切地被裁掉了。父亲气得叫骂，新中国成立前是私塾，我几辈人是到几十里外念书，新中国成立后共产党毛主席为我们自然村也办了小学，娃娃能在家门口念书了，过了这么几十年，是哪个断子绝孙的把咱们小学关闭了，不得好死！

父亲一气之下，得病死了。三乐没了当教师的收入，只好到煤窑上干体力活，支撑不下来又当了看门人。媳妇英儿买下了一间经营农用产品的商店，以前可以养活一家人，后来一月仅收入一千元，养活不了一个人。终于找到一条致富的门道，二人回乡承包了几十亩桃园，一年收入几万元。

就在这当儿，三乐病了，且是不治之症，来日不多。

三乐还在医院靠呼吸机维持一口气时，媳妇英儿无奈地说，都是命，差人为三乐制棺箍墓。在桃花盛开的桃园一角，起了一个新坟。

有人说，三乐咽气的时候，那天风和日丽，箍墓的人被一阵突如其来的龙卷风刮得惊慌失措，四散逃命。说是三乐的魂，乘风回来了。

26

三乐的新坟不远处，有一座旧煤窑的井架，孤独地矗立在沟畔。

煤窑已经关闭几年了，产权的遗留纠纷还没有了结。起初是由几家入股开办的，牵头的法人是丁牛，也就是这个合资股份煤窑，整得丁牛连祖宗八辈子的人都让人骂遍了。

丁牛经常蹲在老宅门前，回想起往事，也有一百年了。曾祖父从南山逃难到这儿，引个小脚婆娘，前后两个箩筐挑了丁大丁二，落脚在这儿给财东家拉长工。

财东是陈炉瓷镇的梁大，靠祖上炮制蓝花大老碗的手艺发家致富，大老碗卖到耀州城，以至省城八仙庵，流传一十三省。以瓷器为龙头，在方圆几十里广置良田。佃户们多是丁家这样从南山逃荒来的难民，麦子收成后，便有骡马队尘土飞扬地来收租子，一串串的铜铃震天价响。丁家收入囤的麦子，留下的仅够一家人糊口，其余大都交了租子。这便省吃俭用，三五年才置买齐了农具，牲口是和乡邻合伙使唤的。

初来乍到时，丁家收拾了一孔沟畔的烂窑，还不知是几百年前谁人留下来的。住了十几年，一场暴雨把烂窑冲塌了，得另行拾掇住处。好在丁大丁二长成了半大小伙子，一起在沟顶的背阴处借崖势打了几孔窑洞，这才算安顿下来。人家都在阳面打窑，冬天阳光充足，但地界所限，丁家只能在自己租地的边缘动土。这么到了开春，对岸阳坡的黄地花都开得黄灿灿的，丁家的窑背和院落拐角还有残雪。

丁大和丁二陆续成家后，老人也下世了，院落中间扎一堵墙，各开一小土门洞，分家过日子。丁大身材魁梧，黑脸，粗喉咙大嗓子，喜欢拳脚，不识字，干农活是一把好手。丁二瘦高个子，白白净净，虽然力气不如人，庄稼活做得细法，上过几天学，晴耕雨读，喜欢看些杂书。这兄弟俩一文一武，各有各的活法，到了孙子辈，也各自继承了父辈的德行。

丁二膝下一双儿女，待人客气，安分守己，见风使舵，从不惹是生非，平常的光景也过得悠然自得，似乎没有什么大起大落的悲欢故事。丁大就不同了，可谓风云变幻，一代比一代出人头地，悲喜交加。

新中国成立后，穷人翻身做了主人，丁大租种的地成了自己的地，日后又带头入了合作社，入了党，当上了贫农协会主席。依靠贫农下中农，团结中农，打击富农地主，阶级出身的划分，让丁大过上了耀武扬威的日子。不过，丁大还算是厚道人，没有忘记从南山逃难落脚此地的历史，念及村上老户曾经的照应，又怕自己的过激言行惹怒了其他大户家族，他这丁姓的独门独户，毕竟势单力薄。

到了动乱年月，丁大已经是花甲老人了，大户家族的造反派批斗他，老汉不认这一套，睁大牛眼睛呵斥道，你娃吃了豹子胆，敢打党？造反派小子笑了，你是党？你是党内走资本主义的当权派！老汉的拳脚派上了用场，三五个小伙子近不了身。

丁大膝下育有一子叫丁羊，接了父亲的班，当上了村里的保管。从小受大户家族的挤对，见人似乎矮三分，眼睛总是笑成一条线，没有丁大的刚巴硬正，但也精明过人。在几个家族势力之间，丁羊装扮成了一只绵羊，暗地里的手腕却灵活诡秘，游刃有余。

斗争老队长时，找不到罪行，丁羊突然想起，老队长曾经拿走了保管室里一把旧扫帚，便揭发出来。主持批斗会的下乡知识青年，六亲不认，也没有六亲，让老队长交代思想动机。狠斗私字一闪念，平常威风八面的老队长，站在凳子上久了，栽倒在了地上，下乡知青说是抵赖，连踢带打。老队长哀求要尿尿，一出门，就直接扑向门前的断崖。幸亏被随从一把拉住，又是一顿拳打脚踢，你还寻死，给革命群众栽赃呀？

面对如此情景，丁羊躲在人群里，头低着，心里在偷偷地笑。借刀杀人，给人递了刀子，丁羊终于报了多年积压在心里受人欺负的一箭之仇。也就是老队长唆使家族中的人，把下乡学生当打手，企图打倒贫农协会主席丁大的。斗争形势在逆转，谁知道下一个阶下囚是谁。

遇到落实计划生育政策，丁家的灾难到了。

丁羊先后生了八女一男，和丁家不对劲的人说，生了一窝母的，终了生了一个公的，一群羊娃子。丁羊和婆娘的年龄，还在生育年龄边缘。开始给婆娘上了节育环，不料劳动强度大，环掉了，又怀上一胎。强行打胎，如若不依，上房揭瓦，拉牛抢粮，让你日子过不成。婆娘不悦意，硬是捆绑在门板上，杀猪似的动了手术。

这还不上算，说是防止丁羊再犯错误，硬是逼迫他做了绝育手术。这在方圆还是罕见的一例。世世代代，人老几辈，只眼见有劁猪阉羊的，没经过阉人的。丁羊成了阉人，这简直是丁家的奇耻大辱。从此，丁羊伤口久久不愈合，走路是叉开腿向前挪的，也就丧失了劳动能力，坐吃等死。

丁羊的儿子丁牛眨眼长大了，心里积蓄了对父亲委屈的记忆，发誓出人头地，发家致富，别让人看不起。这时，他从铝厂下岗了，正值煤炭生意红火，看到村里沟沟岔岔开了好几家小煤窑，有的是重新在废弃百年的煤窑遗址开张，有的新打煤窑，日进斗金，就下势开办煤窑。

村里的煤窑开了几百年，断断续续，七十年代前后又重新启动。一些钻过窑巷的老人，说地下的岩石走势和地上的沟沟凹凹是一致的，起伏跌宕。煤有四层，每层六尺多高。中间夹了八九尺的石头层。早年，从牛拉辘轳提升到八人扳动的大辘轳，到通电之后的绞车提升，效率提高了几十倍。煤炭价格也从几块钱一吨猛增到贩几十百元一吨。谁能不眼红？村与村合办的小煤窑红火了几年，之后兴起私营股份制，以往靠土地养活的庄稼人，一个个都瞅上了地下的宝藏。

丁牛赶上了这一拨风潮，请人勘探好了沟畔的穴位，动手打井。手头没有几个钱，便寻人贷款，与大户家族的人合股，以法人身份进入了煤炭竞争的博彩。

还好，新井出炭了。煤场上排队拉煤的大卡车，等着从鸡尻子里掏蛋，崭新的百元大钞塞不到发货人的手里。丁牛得意忘形，这一回要当大财东了，再也不过曾祖父给人当佃户的穷酸日子，也不过爷爷丁大穷光荣的日子，也把父亲丁羊的屈辱日子彻底翻过了一页。丁家独门独户受大户家族排挤的百年历史，将一去不复返了。

说是新井，只是在早年挖掘过的井巷里左右穿梭，安全系数不高。下煤窑的人，是在四块石头夹一块肉的空间寻钱，可谓人间地狱。政府安全部门，强制性检查诸如机械通风防水等方面的条件，这又花费大量资金增加设备，成本越来越高。

这时候，发生了井底的一场矿工集体械斗。新井的巷道掘进到二里外，越过了本村的地下村界，双方的井壁洞穿了。双方争执不下，说不清理的时候，解决问题的办法只能爆发武力。好在没有出人命，官司没有打赢，井被查封了。

丁牛顿时被讨要工钱的矿工包围，也被吃了红利但还没有收回投资的股东挤兑，差点没把他撕的吃了。为了躲债，丁牛隐姓埋名，远走他乡，没有了音讯。

跑了和尚跑不了庙，父亲丁羊在贫病交加中去世，丁牛不得不露面回来送葬。

起灵的前一天，等了好几年没拿到工钱的矿工，和没有收回股份成本的合伙人，放出话来，如果丁牛不偿还债务，这人埋不成！

有天大的理，阻碍红白喜事之举是不得人心的。棺材抬到坟地畔，一群扛镢头的人拦住了去路。活人活不安宁，死人也不能入土为安，这到底是啥世道！丁牛尽管怨气冲天，也是自己理亏。他只好报了警，骑摩托的警车一阵鸣叫，风驰电掣般到了现场。

警察手里有枪，手铐提在手里哗啦作响，说是啥事也得先让埋人。丁牛趴在棺材前，哭成了泪人，把事先预备好的一万元打工挣来的血汗钱，分给了拦挡丧事的人群。

过不多久，煤炭生意暴涨，一吨煤涨到了六百元。距离一里不远处的一家煤窑升级，找到丁牛收购他的废井为风井。丁牛没客气，张口一百万，对方爽快地答应了。岂不知，这家升级扩大再生产的煤窑，以一千万被一陕北煤老板收购，又以三千万转手卖给了韩城一大煤老板。煤窑升级换代，上下人用旋转梯，巷道加宽，铺设轨道，用翻斗车运输。同时，又在寻找另一个下家。

想得美，简直是胡日鬼！当地了解地下煤炭资源的老人手说，尻子大一块煤田，哪能这么大动静？

反正，丁牛拿到了投资，结算了欠债，算是无债一身轻了。他在自己的几亩地里种了花椒树，已经结果能卖钱了。他路过价值炒到三千万的煤矿，已经关闭并填了井口，复耕的那片土地，麦子正返青，迎风吹来一缕草腥味。

27

景山也算是大户家族之外的独姓人家，却在村里是数得上的有脸面的人物。

按说，景山父亲与大户家族同姓，只是在家谱中没有记载，也许是二百年前修家谱时，父亲的一支已经远离族亲了。父亲也并未住在大户家族的圈子，而是在村外的偏僻处打了两孔土窑安家，与同姓的家族说亲也亲，说不亲也不亲，多少有点生分。二十来岁娶了婆娘，没有生一男半女，婆娘就得病殁了。之后，续了景山母亲为妻。

景山母亲的娘家是有钱人，生父是炭窠的矿主，被人暗算了，在炭窠当经营也就是工程师的拜把子兄弟便做了养父。当初进门时，母亲只说了一个条件，说好儿子不改姓，是景家的骨血，仍然姓景名山，景家的香火不能断。再生了子女，当然跟养父姓，那没说的。两全其美，养父没有二话。炭窠易主，养父回到了庄稼地里。过门时，带过来一骒骡马三十亩地，家具衣物也是应有尽有。

养父早年在炭窠上结交过地下党的人，曾经冒着杀头的风险，在国民党追杀共产党组织要员时，把人藏在自家麦衣子窑里，送吃送喝，躲避了几个月。新中国成立后，被搭救的人当了县长，让他去政府做事，他觉得还是二亩地一头牛、老婆娃娃热炕头的日子稳实，便谢绝了。

日后土地牲畜归了合作社，困难时期老婆娃娃饿得哇哇叫，养父想不通这个世道，说了几句风凉话，遭受到了批判，脸上挂不住，从此与凡人不搭话，变成了一个沉默寡言的人。随之悄悄混入了封建会道门，一头长发，胡须任其生长，不像一个庄稼汉了。生产队长敬重他，不让他参加集体劳动，一个人独独管理一处桃园，也悠闲自在。

养父得了一亲生子后，心里宽展了许多。但自从景山三岁进门，养父从未嫌弃过这么个拖来的油瓶子，好生供养，读完了高中，出脱成了一个英俊干练的小伙子。遇到上山下乡运动，景山回来当了农民。

村上几大户族之间争权夺利，鹬蚌相争，渔人得利，在家族势力平衡中，权当第三者，景山这个外姓小子成了宗法斗争中各自争取的对象，当上了生产队会计。

他脚踩两只船，不偏向谁，也不得罪谁，办事公道，账目一清二楚，很快赢得群众的信赖。继而当副队长、队长，掌管几百口人的生产和生活，农田基建，开办小煤窑，干得风生水起。待人和气归和气，遇到难缠的人难缠的事，也是刚巴硬正，以理服人。

动乱中，清理阶级队伍，有人出于报复，揭发了景山养父封建会道门所谓坛主的事，要把平时沉默寡言似乎神神秘秘的老汉揪上批斗台。

养父愈是无话了，着一身白衣，背着手，披着长发，戴一顶旧式瓜皮帽，胡须飘散，早晚站在山峁上的一支笔柏树下，朝天上望。天空云起云落，遇到天阴下雨，也一任风雨吹打。

有人说，这老汉得是想寻死哩？

养父经的事多了，心宽着哩。景山开始还提心吊胆，与养父一说，寻找到当年搭救过的老革命，证明他是地下党组织的联络员，为革命做出过贡献。只是没有履行过入党手续，新中国成立后也不愿意进城做事，当了农民，理应受到保护。这么，参加过地下党是有功，一时糊涂入了封建会道门，至于坛主的身份，也只是传闻，查无实据。

在错综复杂的户族和帮派斗争中，一派组织穷凶极恶，想出了一个馊主意，让一个光棍跛子写了反动标语的纸条，在雪夜里丢在景山的门口，第二天清早又报告给下乡学生，企图把对立面组织的头头景山置于死地。

一阵急促的敲门声。景山一开门，便被不明真相的下乡学生按倒在地，五花大绑，关进了牛棚。说他庇护封建会道门的养父，生不亲养亲，实质上想颠覆无产阶级专政。景山被打得皮开肉绽，死也不承认，一口咬定是有人陷害他。

雪后的冻脚印还在，下乡学生有个明白人，死不承认，莫非举报人有假？便从雪地上的脚印查起，光棍跛子拉拉撒撒的脚印，果然露出了马脚。瓜尿一个，咋不让腿脚灵便的人去丢纸条，又是在雪夜里，雪又停了。

光棍跛子成了替罪羊，被实行群众专政，被群起而攻之，打得丢了性命。

景山顺势当上了村革委会主任，与部队转业的老团长搭班子，掌控村上的政权多年。分田到户后，景山退居二线，村上拿事的年轻人是个草扎的人，站在田里吓唬麻雀，老主任的威严不减。

靠山吃山，靠水吃水。而后，一个陕北煤老板在村地界上打井，景山入了股份，占的是干股，负责租地和处置村民由此引起的纠纷。烟酒吃喝自有人供就，成天像养父的派头一样，手背后，优哉游哉地在村头大路口观景。

地界上的煤窑一阵红火，一阵冰凉，起了落了，在景山眼里好像与己无关。在不断易主的折腾中，有人说他取了利，有人说早赔进去了，是赔是赚，只有他心里知道。

过了七十，心脏搭了支架，烟是戒了，酒还能喝上几口。说到过往，在任上的时候，曾经给村里各家各户免费发放过一台黑白电视机，老年人都记那份恩德。眼下，怎么就成了贫困村，脱贫攻坚？

英雄不提当年。只说过五关斩六将，咋不说曾经的喝米汤巴一炕？

儿女大了，都到城里生活去了。留守在村里的年轻人当了村长，逢年过节还上门来慰问，有几百元的慰问金。再说，他也归入资格之内的老党员老干部，每月银行卡上还有不多的养老金，够花了。

28

郭家沟是自然村的一处偏僻的庄子，其实也就住着郭家一户人家，也是独姓，远离了熙熙攘攘的村庄。

早先是陈炉瓷镇大户郭家置买的田地，沟不深，有几十亩薄地，坐北面南，一年四季阳光充足。平地种麦子，坡地种谷子，沟凹崖畔遍植桃树。也不与旁人连畔种地，少了地界纠纷，日子过得清静，好一处世外桃源。

以前是佃农租种，郭家陶瓷生意败落之后，后裔郭明便躲藏到这偏僻角落来安生。败落的原由是遇到了土匪，主人是让浸泡在菜油缸里，然后吊起来点了天灯。后裔郭明醒悟到了一个流传久远的道理，房要小，地要少，养个老牛慢慢搞，日子才过得安稳。

郭明带着婆娘娃在此自食其力，来了土匪，屋里没值钱的物什，一头老牛也杀不了多少肉，也就不惦记了。老牛没有牛圈，四处放养，脖子上的铜铃在哪儿响，耕种时就去哪儿牵了来使唤。

合作化时，郭明坚持不入社，这荒坡野洼的也没人来打理。再说入社后要参加集体劳动，郭明来回得翻过大沟跑十几里地，才能跟上村里的活计。让村里人远天远地来这儿种植收割，也是不划算的事。于是，郭明就一直游离于人民公社集体所有制之外，生产队与他没关系，其身份是单干户，人称一家庄。

儿子郭春大了，从上小学到中学，孤零零地奔波在学校与一家庄的山路上，没少受苦。日后上了煤技校，在公家矿上做事。娶的媳妇是村里学校的同学，性情内向，过门以后喜欢上了一家庄的生活环境，生有二男，一个在外工作一个守家的所谓一头沉的日子，就这么过了大半辈子。

郭春在煤矿上做事时，厚待村上男女老少，凡是在矿上遇见卖柿子的，拉炭的，知道是村上人，就要拉去在食堂买了肉夹馍给吃。村上的红白喜事，他一个不错过，随礼行了门户，还要帮忙端饭抹桌子洗碗。有人不明白，一个公家干部，没有一点架子，勤快地打下手，为啥？积德哩么。这便落了个好名声。

临到父亲郭明去世，全村人都加入了送葬的队伍。儿子郭春明白，尽管父亲是单干户，各过各的光景，万事不求人，但到百年之后抬埋棺材，总得至少八个壮劳力来扛，才能入土为安，算是过完了一世。

父亲的墓地离家二里地，在沟畔山峁的一片地里。起灵这天清早，不巧遇上一场大暴雨，山路上泥泞不堪。赶东山发白，灵棺要上路，是等不得的。百十号人便冒着倾盆大雨，跌跌撞撞地赶往墓地。有人说，遇见雨天，是亡人积德行善，老天爷也落泪了。终是在泥里水里，把人埋葬了。

待承送葬乡亲的酒席，也是搭了篷布，白馍条子肉，照例也得吃饸饹。猪油葱花汪汪的，只是不换汤，人称涎水席。

郭春披麻戴孝，和给乡邻过事帮忙一样，老大不小的年纪了，给乡亲们上菜端吃喝。事毕，带着孝子们，在泥水地上长跪不起，磕头再磕头，感谢众乡亲。

一家庄的郭家，这样兴师动众的场面，几十年才遇到一回。郭春退休回家，和婆娘娃一起种庄稼，务桃园，沿袭了多年不变的生产生活方式，直到终老。只是在动乱年月，父亲被揪斗了一回，说他反对社会主义，坚持走资本主义道路，这才把田地归了集体。之后，又归了单干户，自给自足。

郭春的大儿子上了大学，毕业后在省城工作。二儿子留在一家庄上，娶妻生子，先是外出打工当了包工头，回家盖了二层楼，俨然是一座乡间别墅。好景不长，工程包烂了，为躲债大年三十也不敢回家，上门讨要工钱的人搬走了家里的物件，媳妇娃也躲到城里去了。

人去楼空的一家庄，从此归于荒凉。桃花开了，映照着郭家沟这一片寂静的山野。

有一天，离家多年的郭家二儿子，回到了一家庄，开始收拾院落，耕种撂荒的田地。年纪不饶人，农活干起来有些吃力。

29

村路边有一片田地，少说也有二三十亩，是赵老五租种的。

分地时，他全家三口人，分到六亩地，婆娘女子遭了横祸殁了，他也得活下去，又租了连畔伯叔家人的撂荒地，收成还不错。人家都进城了，要么是接送孙子外孙上学，要么找了看大门的差事，远离了生活过大半辈子的村庄。

赵老五命苦，面相丑差，日后下煤窑挣钱，叔伯们帮忙给成了家。娶的媳妇却长得妖冶，倒是个过日子人，也是个精灵不厚憨的女人，村里的闲言碎语，多半来源她的三寸不烂之舌。手脚也不干净，人说她从地里回来，没有一回是空手的。或是扳了一枝干树股牵着，或是从旁人果园里摘了果子揣着，要么就顺手从路边谁家菜地里拔一把菜回来，反正是百亏不吃。

老实巴交的赵老五，在家说不起话，像是自家的长工，经常端一碗面蹲在门口吃。要养家糊口，除了作务庄稼，挣钱得钻煤窑。

膝下的女子粉帘眼看长大成人了，模样俊秀，却不爱念书，就跟着母亲做家务，学点针线活，轧缝纫机子，也是个过家常日子的好苗子。受到父亲的影响，为人老实，不耍奸溜滑，尤其见不得当妈的嘴快得像刀子，没事就串门子嚼舌头，又爱占别人便宜。人说有其母必有其女，粉帘却不像是她妈亲生的，谁要娶了她当媳妇，是烧高香了。

话说赵老五在煤窑上成了老把式，打眼装药点炮，带出个叫黑子的徒弟娃，很快亲如父子。黑子是从南山来的，说他是个孤儿，跑到煤窑上讨一口饭吃。人长得黑，嘴甜，跟在赵老五屁股后面，叔长叔短，递水点烟，一个服服帖帖的伺候娃。黑子平时睡在煤窑的烂窑里，整天吃的是方便面，攒了钱经常给赵老五孝敬烟酒，深得师父喜爱。

有一年过年，黑子无亲无故，留存煤窑上看门。赵老五看见娃可怜，就带回了家一起吃住，黑子一下子感到了家的温暖。更要命的是，黑子与主家女子粉帘对上了眼，羞涩归羞涩，不言不语中的目光里有欲望的火星。干柴烈火，青春燃烧的男女，不意中黏在了一起。

赵老五搭眼看出了这层意思，一天晚上酒足饭饱，有点醉意的他悄悄问黑子，给我当个儿，成不？黑子不语，半晌工夫才说，我早就是你半个儿了。赵老五干脆把话摞明白了，打开窗子说亮话，一个女婿半个儿，我想让你上门，当个实实在在的儿，咋相？黑子心里乐，只是吞吞吐吐地说，就看你粉帘悦意不？赵老五说，你去问么。黑子说，我咋问？

二人的对话，让进门端洗脚水的粉帘听见了，差点儿没把脚盆的水泼在地上。赵老五就势说，女子，我刚才跟黑子说的话你也听到了，回头给大说。粉帘扭头出了门，一脸的羞怯，丢下一句话，你问我妈去！是的，这么大的事，肯定得由婆娘做主。赵老五是想转个弯弯，把周围的情形打探清了，再与能行得不得了的婆娘言语。

炕头上，赵老五问婆娘，你看黑子这娃咋相？婆娘说，好着哩，好娃。不过，我是看这客伙娃过年了，离乡背井地没处去，又孝敬了你好烟好酒好茶叶，还给我和女子一人二百块红包，留他在家住几天，不然，谁招他？你这人啥都好，就是这嘴不值钱，啥话难听你说啥，心底里不吃亏。赵老五说，你看出来了没有，这黑子和咱粉帘眉来眼去，是不是？

是不是啥？恋爱上啦？婆娘那么精明的一个人，能不察言观色，意识到这一点，只是卖了个关子，想等机会探个究竟。男人这么一说，她倒有了话，怪不得你把他引到家里来过年，心里打的啥主意，咋不给我说一声？赵老五老实说，起先没这意思，你看事情撺到这儿了，好事么。

好事是好事，得让这客伙娃把挣的钱一五一十都交到老娘这儿，不然，想娶我女子，你看他的脸黑得跟驴锤子一样，能配上我如花似玉的女子，门儿都没有！婆娘来劲了。赵老五知道婆娘女人的裹脚难缠，没想到还有这一手，无奈地说，也成，我给黑子说，你就是爱钱不要脸。你要脸？当初我娶过来，过的啥日子？还有脸说这话。婆娘不依不饶，关灯睡觉，给了男人一个脊背，还狠狠地蹬了一脚。

没想到，赵老五把婆娘说的条件一说，黑子满口答应，我能娶粉帘这好的媳妇，上门给二老当儿，是老天爷开眼了。挣的钱理应交给丈母娘，不，交给妈料理家事，我情愿。

至于粉帘，也喜欢黑子的能下苦，能养家，男人么，黑是黑，是本色，她也不嫌弃。既然黑子在南山的父母早就下世了，在外游落了这多年，婚姻之事也就不父母之命媒妁之言了，这么一说，权当订婚了。

从此，黑子从煤窑上干完活，就跟着赵老五住到家里来。婆娘和女子睡在一个窑里，赵老五和黑子睡在另一个窑里，相安无事。说到扯结婚证，婆娘说，得让黑子挣够五万元再办事。黑子忍着，一年后上交给丈母娘五万，之后却说十万，二十万，层层加码。黑子无语，应承下来。赵老五也说，把人家娃当成摇钱树了。粉帘呢，也脸上挂不住，让乡邻话来话去，在村里躲着人走，但对黑子一如既往，关爱加安慰。她看着黑子辛苦又委屈的样子说，我妈就是这号人，也是为咱以后的日子好，没啥坏心，你不要到心里去。

时间一久，男女之情的干柴烈火偷偷燃烧了。每当发觉女子和黑子有亲近的举动，就大骂女子死不要脸，得是想男人想疯啦！又大声训斥黑子，再不守规矩，就滚远！赵老五气得咬牙切齿，只是蹲在地上，大声地唉！唉！羞先人哩！婆娘怒气冲冲地问道，你骂谁哩？男人违心地说，我骂我哩，还不成？

等到粉帘的肚子微微鼓了起来，只好向妈磕头求饶，我的亲妈，你就让我和黑子把婚事办了吧！黑子也跪在旁边，一把鼻涕一把泪。婆娘不知哪根筋搭错了，说黑子的彩礼没交够，就不能结婚。还威胁说，让女子把胎打掉，另给女子寻过活，找个百万富翁嫁人，让没本事的黑子滚远，滚得越远越好！

话是这么说，没过几天，果然有一个开着假牌子宝马的中年人，光头亮得落不住蝇子，一老瓮高两老瓮壮，提着厚礼登门提亲。说是在新区有别墅，生意上日进斗金，富得流油，婆娘死了，留下一个女子，想娶个黄花闺女，生个胖小子续香火。粉帘拗不过老娘，也是逼迫她点了头的，内心喜欢的男人还是黑子。但事情已经是铁板上钉钉子的了。

眼看死娃娃抬出了南门，毕了！黑子死心了。私下与粉帘说过，要带她私奔，远走高飞，到一个没有人认识的地方过男欢女爱的日子，她哭得泪人一样，说怎能忍心离别这个尽管糊涂却总是亲娘的家呢？黑子无奈，只好提出让未婚生下亲骨肉来，他自己带走了事。婆娘还是不依，发誓说就是生下孩子来，也不会认黑子叫大，让他赶快滚远！

黑子无路可走，最后提出同意解除婚约，归还他这几年的血汗钱，他就离开，一了百了。婆娘仍不答应，恶狠狠地说，钱让你吃了喝了用了，别想从我这儿拿走一分钱。你再不走，我让人打折你的腿，把你日塌了，信不！

粉帘哀求黑子，我妈是疯了，你就死了心走吧，我下辈子再做你的媳妇。天底下好女子多得是，不要再挂牵我了，免得惹出事来，你快走吧！赵老五赌气，一甩手下煤窑去了。黑子呆呆地立在院子里，眼前一片漆黑，冒出一粒粒金星。他出了门，渐渐消失在一片夜幕里。

清早，婆娘打着喷嚏上厕所，忽然觉得后脑勺子被什么撞击了一下，用手一摸，是血！惊恐之极，便倒下去，不省人事。粉帘被噩梦惊醒，一睁眼，看见一把镢头迎面落下来，便昏死过去。黑子在晨雾中溜出了村子，在赶回南山老家的公共汽车上被公安逮捕。黑子被枪毙时，说他原来并不是孤儿，年迈的父亲为他收的尸。他是早年在老家非故意犯了人命案，是个隐姓埋名的通缉犯。

那天，赵老五从煤窑上还没有回家，躲过了一劫。埋葬了婆娘和女子，日后到外村找了一个寡妇过活。收时种时，他便赶回来经管田地，也不去看看荒废的老屋和母女的坟地。他见人不搭话，成了哑巴。

30

宁家四兄弟，一个娘肠子上下来的，长相各不相似，也各有各的命运。

宁大书生气十足，性情孤僻，没事喜欢看看三侠五义之类老书，果园却作务得比人强。尤其早年跟人学了一手种西瓜的好把式，生产队对他很器重。西瓜地专挑半坡地，向阳，光照充足，只上羊粪和老油坊的油渣。从瓜子入土到最后提蔓，他黑明昼夜就守在瓜庵子里，整天佝偻着腰侍弄瓜苗。瓜熟蒂落，来人吃瓜不用刀，轻轻一拳头，瓜裂为八瓣，血红的瓤子又脆又甜，来不及吐瓜子，就下肚了。

宁大去世后，村上人再也没吃过那么好的西瓜。宁大的儿子在分田到户后，开了旧有的一间油坊。榨油用的是古法，菜籽用大锅猛火蒸了，冷却成磨盘大的油饼，夹在巨大的木篾中，用吊在空中的大铁锤将木楔子一点一点揳入，压榨出的黄亮亮的菜油就一滴滴流出来。二里路外，都能闻见香气。

日后有人购置了机器榨油，一边灌入菜籽，一边就用桶子像自来水一样接油了。宁大儿子的老油坊让挤对垮了，手工压榨的菜油香是香，但人力成本高，价钱也贵。到老来成了贫困户，整天穿着黑棉袄，腰里扎一根草绳，蹲在老油坊门口望天兴叹。

宁二可能在娘胎里就受了症，长得歪瓜裂枣一个，人又日鬼捣棒槌，活得没脸没皮，打了一辈子的光棍。老人不在了，弟兄们分家过日子，他一直蜷曲在一孔低矮的小土窑里。出门就是找吃食，进门就是睡懒觉，人说他是个睡死鬼托生的。今日有酒今日醉，不管明日喝凉水。人在外游逛，不怕把窑里的板凳腿饿死了。

从合作社到分田到户，宁二一直是历任生产队干部的跟班，踢都踢不利，就像屎巴牛趴在粪堆上，扣住了行哩。谁在任上，他恨不得把谁叫爷，处处维护队长的威信。让他护庄稼，看客下菜，要是碰到干部的猪羊权当没看见，要是遇到平头百姓的猪羊进了庄稼地，他就用鞭杆打断猪羊的腿。谁下了台，他就顺势踢响尻子。为啥？不是向队长借粮，就是借款，粮吃完了，钱花光了，说是再借，从来就没还过。

宁二以老五保户为荣，被并入鳏寡孤独军烈属之列，从来没有脸红过。他的二亩地种啥不长啥，干脆撂荒了。出外打工，谁都看不上他，简直就是个饭桶。给他捉了猪崽羊羔，他杀的吃了，分的树苗晒干当柴火烧了。他虽然穷屄一个，却乐呵呵地给人说，穷富贵贱都是一世，生不带来，死不带走。

人说，一团破棉絮，塞老鼠窟窿也许用得上。宁二受人尊重的本事，是但凡遇到有人横死的事，就不得不寻宁二。煤窑上被塌死的，路上被车撞死的，就连夭折的孩子，也是请宁二整理尸骨，装殓入棺。他说自己从来不信神不怕鬼，遇到打鬼除殃驱魔一类的事，他是首当其冲，受人款待。

宁二活到七十出头，睡死在了他的破窑里。路过的人闻见异味，才知道他死了。有人说，就势在烂窑口扎堵墙，当坟算了。有人还念及他生前的好处和可怜，凑钱给置买了一副薄棺材，埋在他名下的田地里了。

清明上坟时，路过的人念及他身后没有儿女香火，也给他坟头上挂几绺长牵纸条，免得他在地狱里仍然孤独无依。

宁家老三，是个杀猪匠，谁家要杀猪，必定请宁老三上门，好烟好酒伺候。

搬一口大瓷瓮，斜置于土坎上，盛了滚烫的煎水。将猪从圈里揪住耳朵拉出来，猪知道自己死期到了，死命地嚎叫挣扎。宁三在强壮小伙子协助下，口噙一把明闪闪的刀子，单腿跪在猪脖子上，从口中取下刀子，直插入猪的心口，引出一股鲜红的血，冒着泡儿流入脸盆。等猪没有了呼吸，身子一点儿也不动弹了，方才罢手。

这便揪住猪的后腿，用滚烫的煎水给猪洗澡，其实是脱毛。直到白白净净了，便吆喝着，在猪的后蹄子上扎了小口，穿过麻绳，把死猪颠倒着悬挂在事先绑好的木架子上。用备好的空心竹筒，在猪身上扎一小口，鼓起腮帮子向里吹气。直至吹得浑圆，用刀刮净上面的茸毛，才下手开膛破肚。

跟上皇上当娘子，跟上杀猪的翻肠子。宁三到四十岁也没娶上婆娘，光棍一条，谁来跟着他翻肠子？只好自个儿翻，指拨手下细心人翻。猪肉大卸八块后，猪头上坑坑洼洼的地方，是用烫红了的铁棍除毛的，宁二不会马虎任何一个细节，让人说坏了手艺。

宁三杀猪，从来不向主家要一分钱报酬，毕了只落个猪心，带回去炒了吃，很香。

除了杀人，宁三能杀猪，就能杀狗杀羊杀牛杀马杀驴杀骡子，杀鸡则不用牛刀。猪羊一道菜，生来就是让吃肉的，毫不吝惜。杀狗通常杀的是野狗，不用动刀子，用绳子吊起来，灌上几碗凉水就毕了。牛马骡驴一类家畜，是庄稼人的朋友，除非老弱病残了，就该挨刀子了。

宁三提着明晃晃的长刀，跪在四蹄被捆绑的老牲口面前，望着牲口最后一滴眼泪，嘴里念叨着：不怪我，不怪你，怪老天爷要我杀了你。然后瞄准牲口脖子通往心口的方向，猛地直捅进去，再用力一抵，麻利地拔出利刃，转身离去。有时会飞溅了一脸的血，用手胡乱抹一把，迅速逃离作案现场。剥皮剔肉剁骨头的活路，则让徒弟处置。

年轻时，宁三也称得上俊男一个，光眉花眼，人利洒，在煤窑上是一把好手。只是喜好吃喝嫖赌，一醉酒，把钱都送给火车站旁边的窑姐儿了。毕了娶回一窑姐当婆娘，养活不起，人家跑了，谁肯跟一个穷光蛋过活。

困难时期，宁三用几个白蒸馍引来了河南母女俩讨饭的，没有过活多长时间，人家也出门走了。为啥？跟上他照样饿肚子。那河南女人找过生产队长诉苦，说宁三弄来几斤白面，他自己捞捞调调吃吃，给俺和闺女只喝点儿汤。

动乱年月，宁三根正苗红，当了贫农协会的头儿，也张狂了一阵子。可惜不识字，让人当枪使，差点送了命。

分田到户后，宁三已经半百过了，有人给穿说了一对安徽母子，在废弃了的知识青年窑院里成了家。从此，宁三除了杀猪手艺，基本上不下地干活，全凭母子俩经营庄稼，租用了一面坡地种植花椒。宁二算是到了晚年，过了几年安稳日子，死后也可以瞑目了。

至于宁家老四，聪明伶俐，自幼给人顶了门户，老人不在了以后，多少年没见回过老家。村里人说，那宁四怕早把老家忘了。

31

大锁与二锁年龄只差一岁，二锁上世来不久，母亲不知为啥就出走了，一直没回来，两个光葫芦便跟着爷爷父亲生活。自小吃不饱，你争我夺，就尿不到一个壶里，从小打到大，谁也不让谁，天生的一对冤家。

大麦比小麦先熟，爷爷和父亲先给大锁把媳妇娶回家，二锁也订了婚。乡俗说，一年里一个门忌讳进两个媳妇，二锁的媳妇要等到来年一到，才能进门。老话说，好事成双，祸不单行。但为啥又有在一个门里一年不进两个新媳妇的讲究，没人说得明白。

爷爷当过民国时期的保长，新中国成立后吃不开了，经常躲在人背后，翘着山羊胡子抽闷烟，遇事屁也不放一个。父亲是出身地富反坏右家庭的可教好子女，也是说不起话，显得窝窝囊囊，却连续生了两把锁子，在人前理直气壮得多了。大锁二锁争胜好强，因出身受人欺负的日子过去了，越发张扬，要把家道多年的屈辱洗刷干净，重新活人。

土地承包后，粮食够吃了，却缺钱花，要挣钱就得下煤窑。大锁二锁互不服气，双双下煤窑挣钱，一月能拿到二三百元，订婚娶媳妇的彩礼酒席花销，几年就挣到手了。爷爷和父亲自然也扬眉吐气，这光景好像到了冰消雪化的季节，一河水哗啦啦地开了。

只见贼娃子喝酒吃肉，没见贼娃子被打得满地找牙。瓦罐不离井口破。还没有洋铁桶时，乡人从井里打水用的是木桶，再之前用的是瓦罐打水的。瓦罐说不定哪一天碰了井沿儿，也就碎了。这一天，大锁在煤窑底下遇上塌方，就没有再活着见到天日。

身怀六甲的大锁媳妇，哭得死去活来。腹中的孩子，被叫作暮生子，等待她的是孤儿寡母的恓惶日子。她是个性情和气的女子，平日里，遇到弟兄俩相互逞能赌气，她总是偏向小叔子说话，惹得自己男人不高兴。二锁也羡慕大锁，娶了这么能干又善解人意的好嫂子，自己未过门的媳妇能像嫂子这么好就烧高香了。

爷爷和父亲犯了愁，这大锁一走，媳妇肯定得另嫁人，可她肚子里怀的是咱家的种，怎么能当成拖的油瓶离家给旁人呢？乡俗有姊妹易嫁一说，人生无常，姐妹们如果姐姐出嫁期间遭遇不测，妹妹可以接续前缘，促成婚事。肥水不流外人田，肉烂在锅里。这么一来，也顺势有了兄弟易娶的风俗。

想到这一着，在爷爷父亲嫂子和二锁参加的家庭会上，不出意外地达成了共识，二锁娶了嫂子，退了未过门的婚事，彩礼也没理向人家要回了。

嫂子，不，是媳妇，生下一子，把小叔子叫爸。二锁没有再下煤窑，但怕掉入大锁曾经的陷阱，买了一台五轮农用车，开始往富平一带贩煤。他驾车，媳妇押车，一起装卸，冰天雪地，满脸乌黑，苦中作乐地过日子。

爷爷去世后，父亲一人料理庄稼，留下口粮，还能卖余粮赚几个钱。二锁夫妇贩煤攒钱，不几年盖了阔气的新院落，像爷爷当保长那阵子的四合院，成了富人。继而成立运煤公司，成了大老板。

村上人老几辈，很少有出门给人打工的，那是因为没有田地，是穷人干的营生，是被人瞧不起的。如今土地养不了人，庄稼人也纷纷进城，哪怕给人当保姆，护理病人，挖屎淘尿，只要能挣钱，也不丢人了。村上干部无利可图，也不抓计划生育了，不催款纳粮了，谁也不愿意当村长。自从有了退耕还林和扶贫政策，村长的权柄值钱了，又趋之若鹜，甚至花钱买选票，也要竞选村长。

二锁不是闷尿一个，觉察到时机成熟了，一边经营他的运煤公司，一边打回老家，要过一把当村长的瘾。他把改装牌子的宝马车停在门口，召唤自家哥们儿兄弟和杂姓人丁，摆开流水酒席，策划施政纲领。村上有几个自然村，共上千口人，一百年来基本没有变。另一家族的人说，胡汉三又回来了！可不，民国时代二锁的爷爷就是保长，倒腾了几十年，保长的孙子又要掌权了。

选举时，因自然村居住分散，到场参加选举的村民寥寥无几，只好请外出打工的村民找人代理，又下派人员带着票箱挨家挨户去画勾，或代理画勾。有人看出其中破绽，气愤不过，用脚踏了票箱，被当作破坏选举，予以拘留。后来干脆私自做了画过勾的票箱，在从自然村回来的路途，将村民投了票的纸箱扔到了枯井里。二锁用钱开路，已经疏通了镇上监管选举的关系，对举报违反村民选举法的掉包把戏，只是睁一只眼闭一只眼，宣布二锁成功当选村长。

大权在握，二锁忘记自己姓甚名谁了，老大说了算，根本不把村委会其他成员放在眼里，一意孤行。村道旁边绿化，有美丽乡村专款，得让亲戚沾光，高价收购树苗子。先修自家门前的水泥路，武装到了牙齿。修路有专款，让明白人承揽，有回扣，或让承揽人写了几万元收条，现金还在自己腰包里。有残疾人扶助款，自家人一夜之间都当成了瓜子或缺胳膊少腿的，名誉上不好听，只要领到钱就行。有权不用，过期作废。

媳妇怕出事，一再劝说，他把媳妇的话当成耳边风。

人张没好事，狗张一泡屎。如此胡来，村民一下子看清了二锁的面目，他是把村长的权力当贩煤的生意做了。没有得到好处的穷人，不怕二锁的威胁，已经穷得叮当响了，就是把举报人逮到号子里，也给管饭吃。上边来人查了，遇上了真正为民做主的硬茬，把二锁逮到监狱里了，以贪污罪治了三年刑，没收了非法所得。

媳妇是好媳妇，带了吃的穿的，搭乘长途班车，定期去服刑的地方探视，给了二锁以安慰。替他埋葬了久病不愈的父亲，把儿子供养到高中毕业。儿子长大了，知道自己是墓生子，同学说他是把他爸克死的，心里吃了亏，也不好学，考了驾照给人开出租车。

从监狱里出来，媳妇还是那么贤惠地待二锁，儿子却冷眼看他。也许毕竟不是亲生的，二锁也就认了。服刑期间，得了风湿病，走起路来摇摇晃晃，也就只好给媳妇搭个帮手，在自个儿的果园里忙活。

村口围了一堆留守的老汉老婆和娃，在看什么热闹。一阵鞭炮齐鸣，一辆红色超大型货车开了过来，比一节火车皮还长，比前四后八车轱辘的货车还多几排子车轱辘。突然一声，车喇叭响了，比过去村口牛马骡驴的叫声大多了，也与二锁当初发家时开的五轮农用车阔气多了，二者简直不可同日而语。

谁家小伙子这么能行？从驾驶室跳下来的正是二锁的儿子。有伙伴说，是贷款开回来的，交一万元，就能开回来价值三十五万的超大型货车。有了这车，听说一天能挣八百，二锁的小子，硬气，有能耐。

媳妇高兴了，二锁却没高兴起来，他操心儿子啥时候才能还清贷款赚到钱呢？

也好，总是比争着当那个村长好。那村长真不是人干的。二锁说。

32

陇海铁路咸铜支线，是抗日战争年代修筑的，在黄堡镇设了车站。为防止下行的火车刹不住闸，在旁边修了一条坡度很陡的铁轨，火车像骡马一样惊了的时候，陡坡可以让它停止前行。两边的土崖下是河南逃难者挖的窑洞，低矮得可怜。一度成了窑子，也就是嫖娼卖淫的场所。凤儿的父亲，无缘无故让国民党镇长杀了，母亲改嫁，她只好流落到了这里当了窑姐儿。

凤儿人长得漂亮，且是个烈倔女子，一次接客时结交了地方军的团长，就给团长做了小妾。她借用团长的枪，在酒席上毙了镇长，报了杀父之仇，在方圆传为美谈。解放铜官时，团长战死在军台岭，她流离失所，遇上下煤窑的春生，成了春生的婆娘，落脚到了这偏僻的村子。

凤儿怕与邻家惹是生非，和春生在远离村庄的背凹里打了一孔土窑，开垦了周围十几亩荒坡，放了一群羊，日子安稳下来。

春生彪形大汉，与风月场上过来的凤儿男欢女爱，劳苦之余，夜夜都有老牛一样的大喘气和快活的尖叫声，在背凹里回荡。反正村人也听不见，不丢人。问题是凤儿有过窑姐儿的痛苦经历，下身见红的时间，老鸨也逼她接客，怀了孕得打掉，三番五次，凤儿失去了做母亲的条件。这一点，春生并不嫌弃，抱了一个亲戚家的男娃，夫妻俩视如己出，好吃好喝拉扯成人。临到给娃娶媳妇的当儿，没良心的养子却跑回生父生母那里去了。原来，辛辛苦苦养的是一只白眼狼。人没尾巴，比狼都难认。

入了合作社，二人参加集体劳动，凭工分分粮，门前自留地的果木也能偷偷换点钱使唤。春生给生产队放羊，在沟对岸的山坡上，到了晌午饭时，凤儿就站在自家门口，大声喊叫，春生！回家吃饭喽！春生回应着，噢，就回来咧！隔沟招一招手，心里舒坦着哩。

有时凤儿顶替春生放羊，在合适时节，捋着羊毛，合成毛线编织毛衣。凤儿和春生里外都穿着一身毛衣，与羊群混在一起，远远地分辨不出人和羊。也常是在搪瓷缸子里挤了羊奶，捡了柴草点燃，煮熟了喝，那个香味，顺风飘散。

到了六十年代清理阶级队伍，凤儿和春生的好日子过到头了。春生的罪名是隐瞒生产队的羊数，借机贩卖，从中贪污钱财。凤儿不光彩的风流事，也揭发出来了，说她是烂鞋。双双被挂牌子批斗，还拉到镇上去游街。春生脸皮薄，觉得往后没脸见人了，就在游街回来的当天夜里，在家门口的一棵柏树上吊死了。经过事的凤儿胆正，在人前没掉一滴泪，把男人的长舌头拢入嘴里，用手替男人合上眼皮，伐了门前春生由十年前栽的一棵桐树做棺，草草地入土了。

春生的坟就在沟畔的坡地里，凤儿站在门前一眼就能望见。你走了，丢下凤儿难活呀！她开始捡起年轻时的做派，长旱烟袋抽烟，端着大碗喝酒，走路风风火火，下田干活不比男人差。她一肚子的冤枉，向谁诉说，向自己养的一条大黄狗说。谁害死了自己的男人，不比杀了父亲的镇长那么有名有姓，到哪里去报仇雪恨？

罢了，自己总得活下去，守住春生和她辛辛苦苦经营的这个家，这片土地和田园，把坏事都忘了吧！说是不再领养旁人孩子了，还是耐不住寂寞清冷，又抱回一个亲戚家的女娃娃，起名桃儿，精心照料长大。

家里没个男人，孤儿寡母的常受人欺负，越是到上了年纪，越来越备感苍凉。经人介绍，凤儿迎来了一个丧失妻子的老煤矿工人，有养老金可以维持生活，就这么搭伴度过余生。

桃儿已经出脱得美人一样，上完高中就回家了，做农活和家务也是一把好手。凤儿寻思着招一个上门女婿，成婚生子，姓春生的姓氏，续这门香火，这辈子也好给春生一个交代。谁知老矿工心里起了窍，回陕北老家探亲时带来了一个侄子，论貌相歪瓜一个，说要给桃儿当上门女婿。

亲上加亲，不是不可以，问题是桃儿眼头高，压根儿就看不上这个后生。凤儿想，只要后生老实厚道，也有商量的余地，但她桃儿想得更多，强扭的瓜不甜，这事看来办不成。更要命的是，老矿工吃着锅里看着碗里，坚持侄子与养女生了后代，要姓他老矿工家的姓氏。得寸进尺，这还了得？凤儿气极了，将老矿工和他侄子撵出了门。

老矿工恼羞成怒，灰溜溜地走了，侄子的事没成，连自己的晚年姻缘也一风吹了。

早先，凤儿让狼心狗肺的养子伤透了心，好不容易把养女桃儿拉扯大，上门女婿的事，三番五次说不拢，又让她雪上加霜。罢罢罢，也顾不上死鬼春生的香火了，一个孤老婆子非要个顶门立户的男人做啥，就让桃儿找个称心如意的对象，嫁出门得了。

人说嫁出门的女，泼出去的水，桃儿却是个知恩图报的好女子，嫁给了邻村一个师范毕业的小学教师，三天两头不离娘家。生了一儿一女，少不了接娘过去伺候月子，三年五载，娘等于常住在女儿家。女婿一表人才，文质彬彬，不叫妈不开口，亲儿子似的。

害怕违反计划生育政策被罚款，桃儿第三胎生了个女子，当外婆的凤儿便偷偷把孩子抱回家抚养。有人遇见了，问是谁家的孩子，凤儿就说，是我从路边捡回来的。年过半百的凤儿，又像多年前抚养桃儿一样，带着外孙女在世外桃源的背凹里悄悄地生活着。婆孙俩相依为命，一个春天过去了，又一个春天来到了。

多年过去，凤儿闻讯曾经和她生活过几年的老矿工，孤苦伶仃，得了绝症等死。一日夫妻百日恩，尽管半路上各奔东西了，凤儿还是不念他的不好，只念他的好，忘记了坏事，记住了好事，带着外孙女，到城里伺候老矿工。这让老矿工又羞愧又感激，度过了痛苦而又温暖的弥留时光。

老矿工的墓地也就在凤儿的自留地里，左边埋的是春生，右边是老矿工，中间给自个儿留下了一片空隙。

33

解放是共和国的同龄人，上世来的那一天，正赶上同官县解放，当镇长的父亲给娃起了这么个好名字。

解放的父亲曾在县高小教书，加入了地下党组织，国民党统治时期，组织安排他出任镇长。所谓红白两道，给国民党进攻延安的军队催过粮纳过款，也给共产党的队伍提供过枪支弹药。新中国成立后，也顺势继续当镇长。

因为家庭出身地主，又纳过妾，解放就是小老婆生的，社会的变化让他一步步成了所谓坏人。父亲重拾教书的行当，后来又成了右派，丢了公家的饭碗，回家种地。到老了没力气了，一直给生产队当饲养员，没等到分田到户的日子，就病死了。

解放和母亲成了孤儿寡母，在村人斜视的目光下，小心翼翼地过日子。解放身体强壮，脑瓜子灵光，以优异的成绩考取了县城中学。时值动乱年月，解放自然成了地富反坏右的狗崽子，戴不上红袖章，被排斥在轰轰烈烈的社会生活之外，从心底里痛恨自己为什么生在这么个家庭里。父亲既然是地下党，又为什么在国民党政府里当镇长？父亲埋到土里了，不能告诉儿子，母亲也讲不清楚，怎么可以当小老婆？过去嫌贫爱富，如今曾经富裕的人有罪，只能说世事不一样了。

有点文武双全的特长，解放在同学中的威信不小，尽管是"黑五类"子弟，没有戴红袖章，还是被吸收到了大串联的小分队，作为可教育好的子女，步行到了革命圣地延安。这让解放真正体会到了解放的滋味，可以和别人一样，站在宝塔山下延水河边照相留念了。

然后，无论出身好与不好，统一成了下乡知识青年或回乡知识青年，接受贫下中农再教育。解放回到家，挣工分吃粮，不比旁人差。村上办起了小煤窑，下井挖煤，一个昼夜可以拿到两块钱，在庄稼地里干活一天十分工，价值三毛钱。

解放自然是小煤窑上的一把好手，从井下拉煤车的脚家娃，干到当班的地下经营，也就是工程师，和母亲过上了白馍细面的富裕生活。母亲说，过去当地主，也是起早贪黑，吃得了苦才能置下田地，盖起大房，娶得妻妾，是靠勤劳致富的。还有节俭，地主也都不是一身绫罗绸缎，长袍马褂，解放他爸始终就是一身自家婆娘织的粗布，而且是白的。为啥？舍不得颜料染么。不管到了啥社会，娃娃勤，爱死人，娃娃懒，狼叼去没人管。

眼看着同村年轻人都当兵当工人上大学了，解放连想都不敢想。地主的儿子，国民党镇长的子女，被戴上了紧箍咒，所谓的政审过不了关，解放成了打入另册的扫帚星。他只好放弃了非分之想，死心塌地在煤窑上干苦力，结婚生子，反正手头有钱，不必看别人的眉高眼低，照样活人。

就这样，一直干到煤窑倒闭，解放又回到了庄稼地里。也许是解放命好，不能什么倒霉事都摊在自己头上，多年间煤窑上的矿难死了伤了不少汉子，他却毫发未损，也算是人中奇人。适逢实行承包责任制，地里的活儿更难不倒他，同样的土地，若论庄稼长势，粮食打多少，解放往往是拔头筹的。

种粮食不值钱了，解放脑瓜灵活，跟着果农种起了水蜜桃。从栽树到剪枝，从疏花到疏果，浇水施肥除虫，他很快成了行家里手。除了自己的地，又租用了外出打工族顾不上种的地，作务了几十亩桃园。一年到头，果园的收入有十万八万，让外出打工族眼馋。闲暇之余，他捡起多年撂下的书本，不仅琢磨果树栽培技艺，还写了一本顺口溜的旧体诗，结集为《桃园诗选》，自费印刷，自娱自乐。

一儿一女也已长大成家，有了孙子外孙，解放该到含饴弄孙的晚年了。不料，祸从天降。儿子在基建公司供职，带队在非洲搞工程，一天快收工时，不慎从脚手架上踩空，不治身亡。

这简直是晴天霹雳！不是解放心硬，人死不能复活，他在人前装得坦然，背后偷偷哭泣。婆娘抱着孙子，泪流满面，怎么给孙子说呢？媳妇不可能不另嫁人，爷爷奶奶舍不得孙子，但母亲作为第一监护人，要带孙子出门，谁也拦不住。上百万的赔偿，怎么抵得上一条年轻的生命呢？

解放和婆娘无心也无力经营桃园了，转让给了别人照管。女儿女婿把老两口接到了城里，好吃好喝，住了一个多月四十天，解放说是像坐监狱，出门谁也不认识，连个说话人都没有，决意带婆娘回老家。金窝银窝，不如自家的狗窝。

在田野的清风中，在日出日落的时光中，解放终于活明白了，从老年丧子的悲痛中醒悟过来，又精神焕发地出现在村人面前。

村子建成度假村，从事文化旅游业，盖了小吃一条街，农耕博物馆，桃园采摘的生意很红火，还设了跑马场。解放背着手，这儿看看，那儿走走，突然动了心思，上跑马场报名，当了一名喂马的马夫。

解放骑着一匹白马，从乡间大路上飞驰而过，身后是一股尘土。他想，早年当镇长的父亲，恐怕也是这般神气，当儿子的尽管受了大半辈子的苦，黄土已经拥到脖子了，也要刚巴硬正地活下去。

自从让马咬了一回胳膊，老板劝解放离职，年纪不饶人，得服老。他还是不依，守着马厩不肯离开。

34

戏娃是他的绰号，人长得排场，是当演员的料，十来岁被招到县剧团，因尿床被辞退回家，再也与戏无缘。

但骨子里有戏，一口金牙的缝隙间哼出的调调，有秦腔，有眉户，有碗碗腔，在生产队的田间地头，为庄稼人带来了不少乐子。大队开社员大会，戏娃照例要吼一折子样板戏，唱得慷慨激昂，或如泣如诉。

戏娃借人家的灵堂，哭自个儿的恓惶。父亲当过国民党政府的甲长，新中国成立后是封建会道门的坛主，病死在监狱里。母亲哭瞎了眼睛，孤儿寡母地把戏娃拉扯大。总是说进了县剧团，就不愁没媳妇，都是成千上万人中的人精，人尖尖，成双成对，是自然而然的事。书房戏房，瞎娃的地方，男欢女爱，风流事扎堆的地方。戏娃个闷尿，怎么喜欢尿床印地图，人家嫌弃他的尿臊气，也没对上个象，就灰溜溜被打回老家了。

瞎子老娘下世后，戏娃光棍一个，方圆没人把女子嫁给他，说他是戏子出身，油腔滑调的，不是正经过日子的人。

有一天，院子里进来一对母女，女子长得出奇地漂亮，怎么是讨饭的呢？说是安徽遭了灾，没法活下去，想到这里给女子找个人家嫁了，能把老娘养老送终就成。戏娃摸摸自己脑门，这莫不是做梦吧？老天爷给送媳妇来了，而且是一个仙女。有土窑两孔，厨房里有柴，面缸里有面，油壶里有油，问想吃啥？女子说，想吃油饼。好，那就吃油饼。这便让母女俩动手，烙了油饼子，三人吃了个美。

当晚，戏娃便与名叫巧儿的女子同房，平生头一回尝到了女人的滋味。每天夜里能搂着这女子睡觉，世上还有啥苦吃不得，有啥罪受不得？

戏娃安顿母女俩住下，收拾院落，拆洗被褥，自己背着馍布袋下煤窑去了。村人说，戏娃捡了个讨饭的花媳妇，交了桃花运，知道过光景了，好！

煤窑底下的巷道又窄又长，拉脚的头顶一个鸡娃子灯，每人一班发放四两菜子油，用来照明拉车。戏娃把油灯压得眯眯的，每班能省二两菜油，带回家给媳妇和丈母娘烙油饼吃，讨得喜欢。

人说过去的财东家，天天过的是油搌面的日子。戏娃攒了几斤菜油，这一天，让媳妇巧儿不要用水和面了，就用油和面，尝一尝地主老财油搌面的味道。吃起来香是香，却把戏娃吃腻了，又全吐了出来，惹得巧儿差点笑死。

巧儿生下一子，欢天喜地地过了百天，丈母娘想念老家，戏娃给足了盘缠，打发老人回安徽老家了。生产队分了柿子，自己吃不完，会过日子的巧儿就挑了担子，到城边的劳改场去换钱。一来二去，长相出众的巧儿，被一个刑满就业的浪荡男人迷上了。

母狗不翘尾巴，公狗也没辙。巧儿也不回避，拿了这野汉一块蝴蝶牌手表，就让人家诱到青纱帐里野合了。从此，巧儿注重打扮，除了应付钻煤窑的戏娃之外，把娃丢给邻家照看，三天两头跑到外边去会野汉。

一天夜里，已经三岁的儿子半夜醒来，不见了妈，就哇哇大哭。邻家被吵醒了，过来一看，家里像是被贼偷了。戏娃闻讯升井，回到家不见了巧儿，缝纫机头也被卸跑了，衣柜被翻得乱七八糟。戏娃一下子呆在那里，村里有传言说媳妇外头偷汉，他还不信，巧儿那么心疼自己，又有一个亲生儿子拴着，怎么可能？

邻家说，还不赶快找生产队长，动员全村人去追？戏娃这才灵醒过来，撒腿就跑到队长家，把门砸得震天响。队长起身，在喇叭上一喊叫，全村人都起来了，兵分四路，堵截追赶巧儿和野汉。

那天晚上的月光很明，像水洗过的一样，对岸沟里的小路也清晰可见。村里几十号人顺路赶到汽车站，也没见人影。戏娃完全失望了，这个喂不熟的没良心的东西！

从此，戏娃带着儿子，一双筷子两个光棍，没有女人的家哪还是家？

之后人们才知晓，那天夜里，巧儿和野汉避开大路，走的是门前沟里的羊肠小道，在一处破窑洞里躲藏到天亮，翻过山峁到了邻县地界，搭长途汽车远走高飞了。

过了两年，戏娃意外地收到寄自安徽农村的一封信，是巧儿托人写的。信上说，她吃了迷惑药，跟人跑了，日夜想儿子，也该上学了吧！那个社会渣子，半路上又把她扔了，没脸回来，只得回到老家，寄人篱下。

戏娃动了心思，想把巧儿接回来，破镜重圆，好好过光景。这便准备了盘缠，按照信封上的地址，千里去寻妻。谁知螳螂捕蝉，黄雀在后，戏娃一进丈母娘的村子，就让几个壮汉给控制起来了。原来，巧儿有一个杀猪匠的本夫，还生有一女儿，穷得过不下去，还要挨打受气，就偷偷和老娘出门讨饭，辗转到了同官，安顿下来。巧儿鬼迷心窍，跟着社会渣子混了一阵子，命运却把她打回老家。

被关在异乡屋里的戏娃，反倒被杀猪匠说成是贩卖妇女的贼人。是的，有结婚证书，但属于重婚，也是有罪的。那就私了吧，让戏娃托人寄来三千元钱，把巧儿领走。老家村人得知戏娃的遭遇，凑够了钱，戏娃领着巧儿回来了。

也就在这时候，那个社会渣子，浪荡野汉子，因拐骗多名妇女，甚至有人命案在身，街上贴出公告，吃了枪子。

分田到户多年，戏娃也老了，一声"十八年老了王宝钏"，吼得声嘶力竭。儿子外出打工，娶妻生子，巧儿跟着到城里看孩子，花销不够，就在街上捡垃圾卖钱。儿子也还孝顺，每星期给患脑溢血的戏娃捎回一袋子馍。

戏娃也无力生火做饭，有馍吃就饿不死。自己的罪得自己受，自己给自己演了一辈子的戏，也该收场了。

35

芳儿嫁给对岸沟畔上的来利，是她同学说的媒，一见钟情，来利一双笑眯眯的眼睛很花，透着机灵，又是个下苦人，成就了一对好姻缘。

芳儿争胜好强，和来利一个心思，把父母养老送终，轮到把儿女养大成人了。头胎生的一个女娃，叫芹儿，白白胖胖，性情腼腆。二胎又生一个女娃，问题就来了，没男娃的日子不好过了。怀上三胎，生了个大胖小子叫明儿，拨开乌云见晴天了。

为逃避计划生育政策的惩罚，芳儿把小女豆儿给了丁家抚养。但还是没有躲过去，公家来人把家里的手扶拖拉机开走了，来利上前拦挡，还被撞伤了腿。来利只好买了一头瘦驴，拉着架子车到城里贩卖蔬菜水果。

芳儿听说丁家待小女豆儿不好，一天和来利去探望，见豆儿哭鼻流涕的，认为娃一定受欺负了。其实未必，人家生了一男娃，领了独生子女证，抱来一个女娃当亲生女儿，一儿一女活神仙，心疼都心疼不过来，怎么舍得虐待娃呢？芳儿执拗，来利也倔，硬是要带豆儿回去，就是吃糠咽菜，也要自己把亲生的女娃养大。豆儿在丁家好吃好喝，舍不得离开，芳儿和来利一个在前头拉扯，一个在娃屁股上踢，终了把娃带回家了。

大女儿芹儿是宝贝蛋，儿子明儿是掌上明珠，唯独豆儿是多余的。三个娃养活不过，又把豆儿托付给娘家嫂子，话来话去的，又由老大老妈照管。豆儿知道自己是多余的娃，不受人待见，从这家送到那家，谁都可怜娃，但也经管不周，自小心里受了症。

在村上，芳儿为了与邻家地界上的一棵碗口粗的树，也闹得不可开交。受老亲戚的欺负，把坟头埋在家门口边上的地里。村长冒领了她家承包荒地的退耕还林款，告到镇上区上，也没打赢官司。

眼看三个娃都大了，要吃要喝要上学，哪里来的钱供养。芳儿整天骂来利没本事，挣不来大钱，日子过得穷，让人看不起，愁得晚上睡不着觉。思来想去，得下决心进城打工，把娃们养活大，供给上大学，不枉活人。

来利眼看给自己丢下三个正上学的孩子，愁得没法说，拦挡不住决心进城打工的芳儿，独自抱着脑袋发瓷。三个娃哭成一团，离不了妈呀！

芳儿手里拎着几只挣扎着的鸡进城，算是见面礼，突然出现在哥哥的办公室里。芳儿一把鼻涕一把泪，说穷日子过不下去了，得投靠哥哥，在城里找个活干，挣几个钱养家糊口。哥哥无奈，领芳儿回到家里，嫂子也理解小妹的难处，一家人，能帮尽量帮。住处无法养鸡，只好杀了吃。鸡是芳儿从鸡娃子养大的，吃不下一口鸡肉。

嫂子让芳儿帮工作室学打字，咋都学不会。早先进城学过裁缝，回到农村没市场，手艺慢慢丢光了。学打字，比在田里抢镰头还费劲，电脑不听使唤，她就强行关机再开机，结果丢了资料。哥哥说了她，她还委屈地哭了。晚上失眠，是想三个娃在老家咋办哩！半夜上厕所也不拉灯，顺墙摸索，却把墙上的镜框撞碎了，惊醒了哥嫂，连声说对不起。

芳儿不是吃轻省饭的料，只好给楼下一个饭铺子打工。天寒地冻，从早到晚洗碗刷盘子，手冻裂了血口子，干了两个月不开工钱。芳儿为证明自己在城里能挣钱，每月开口给哥嫂借三百元寄回家，好安抚照看三个娃的男人的心。说好一月三百元工钱，黑心小老板只给了一半工钱，就把芳儿打发了。

好在认识一个工友，在隔壁酒店跳槽后，去了一家台湾老板开的酒店当电工，介绍芳儿去当清洁工。拖地，擦玻璃，清理垃圾，要求把毛巾洗得白白净净的，跪在地上把每一角落擦干净，不得有一丝污垢，不然就罚款。芳儿不怕吃苦，被正式聘用了。拿到第一个月工钱，就还了哥嫂一百元，说是不连累哥嫂，搬出去找地方住。哥嫂没拦住，芳儿哭着硬出了门，好像受了莫大的委屈。

芳儿无力租房，就住在酒店的地下室里，水泥地上铺一张草席，蜷曲在那里过夜。她的活儿干得出色，受到老板奖励，有个清洁工姐妹眼红，故意在芳儿清扫干净的地方扔了垃圾，让监管人员罚芳儿的款。同是天涯沦落人，世上还有这么坏的人，芳儿忍了。这就是城市的丛林法则，竞争把人变成了鬼。

手头稍微宽展一些，芳儿把上中学的大女儿丢给来利，自己把小女和儿子带到了城里，租了一间拆迁区的房子住下来，在附近上学。不够花销，时常从酒店食堂里捡了剩余的馒头和肉菜，带给孩子们吃。有个工友揭发了她，监管人员找她谈话，说这是偷盗行为。她不认账，怎么宁可把好好的饭菜扔掉，也不让穷人填饱肚子？监管人员说，你认错就继续干，不然就滚蛋！

人在屋檐下，不得不低头。芳儿认了错。出了门，芳儿满脸泪水，在心里痛骂道，我认错，日你妈，我恨不得把你狗日的杀了！农民种粮食容易吗？真是伤天害理，啥世道？她只好备了锅灶，捡菜叶子做饭吃。一间转不开身子的斗室，支了床睡觉，捡来了破桌子让孩子学习，出门是一片废墟。

之后，芳儿找到了当钟点工的差事，城南城北挤公共汽车，一天跑四五家，一月能挣到两千块钱。她发疯似的奔波，竟然不知什么是劳累，心情好的时候，也哼起不成调的歌儿来。

不知不觉，芳儿在城里打工已经有十个年头了。她带孩子一起上门帮忙打扫卫生，让孩子知道挣钱的不容易，好好学习，考上大学，再也不像妈这样给人当奴仆。如此，孩子们知道父母的辛苦，也努力学习，芹儿考上了外语学院，豆儿读了理工学院，明儿也到上海读大学了。

按说，芳儿应该歇息下来了，但孩子们的学费和生活费谁来供给，还得拼命挣钱。芳儿听了哥哥的主意，回家收拾了住处，开始养羊。在买一家人的头羊时，怎么也拉不走，那家伙立起身子往墙上撞，好像宁可自杀也不离开主人家。家是什么，畜生尚可如此，人何以堪？毕了，还是被捆绑了四蹄，死命地叫唤着，被拉走了。

退耕还林，不允许放养，羊群只能圈起来。芳儿和来利动手盖了羊圈，因为太窄卡，空气稀薄，下了一茬羊羔，全得了痤疮。加上羊价跌了，眼看着赔进去几千元，一咬牙，贱卖了拉倒。怎么办，还得进城打工。

这回，芳儿结交的工友介绍了看护病人的差事，每月工钱三千元，何乐不为。第一个雇主是植物人，老爷子的儿子是大学教授，女儿女婿是大老板，伺候老人却要雇人料理。一星期来探视一回，也算是尽孝心了。几个月后，植物人去世，芳儿又找到一个生活不能自理的老太太，得喂吃喂喝，擦屎擦尿。老太太有毛病，认为花了钱就应该当皇后一样，百般挑剔用人，已经换了几个保姆了。芳儿为了挣钱，忍气吞声，干了几个月，实在忍受不了，偷偷逃跑了。

芳儿最终被招聘到一家企业的养老院，才算安稳下来。养老院缺人手，她把在老家种地的来利勾引来了，田地让给人白种，不撂荒就成，在这儿管吃管住，一月三千五，比在乡下好多了。来利每天三顿饭，伺候人的事只是耐得性子，受得了落怜，病人骂不还口，打不还手，不嫌屎臭尿臊，挣到钱就是真本事。有钱就是爷，没钱就是孙子，这个无处不拿钱说事的社会，你能怎么着？

来利在养老院干了二年多，吃得白白胖胖，西服领带，倒像个城里的老板了。芳儿受得了病人的呵斥，受不了护工之间的倾轧和管理者的辱骂，想要离开养老院回家种地，早先打死也不出来打工的来利，似乎尝到了城里生活的滋味，尽管是一个可怜的护工，怎么也不愿意离开养老院。

每天看着生老病死的轮番上演，想到自己也过了知天命的年纪，进城打工近二十年，挣钱让儿女跳出农门成了城里人，成了家，买了房，自己落了一身病，该是回到当初出发的地方那孔窑洞里去了。芳儿有点不甘心，却也无可奈何，端着养老院护工的饭碗，哪天是个头呢？

36

绸儿在复读考大学的时候，患上了精神病。

运气不好，她的一个舍友家庭困难，是靠小偷小摸补贴生活费用的。一天，她发现自己仅有的五块钱不见了，这是父母用十几天的工分才能换来的，是自己一个月的伙食费，急得她哇哇大哭。她跑去报告老师时，那个小偷舍友连忙把钱还回了原处。老师前来破案，小偷反咬一口，说绸儿是栽赃陷害。绸儿委屈不过，气出病来了。

考大学的梦破灭了，绸儿回到家，歇斯底里地又哭又闹，三天水米不进。母亲埋怨父亲，好好个女娃，嫁个人过日子，非让复习考大学，这下把娃给毁了。这便带了绸儿，急忙坐长途汽车赶到省城，来到大哥的办公室，寻医院治病。

绸儿已经完全疯了，不是平常那个懂事灵巧的女娃，破口大骂大哥和父母，稍微清醒一些，又后悔自己刚才的言行。她似乎变成了两个人，一个是好人，一个是魔鬼。送到精神病院，手脚被铐在病床上，一针下去，浑身痉挛，渐渐昏迷过去。清醒后，意识又和好人一样，但没有了一点儿气力。

大哥背着软瘫的她，父母带着行李跟在后边，在漆黑的雨夜里，涉过田间泥路，寻找住宿的地方。一星灯火处，出租房屋的房东收留了他们，在潮湿的麦草地铺上，绸儿香甜地睡了。大哥和父母买了点面粉，做了面条，填了辘辘饥肠。

第二天醒来，绸儿又犯病了，背到医院打了针又回来。连续七天，时好时坏，病情得不到控制。

院里住着一对父女，女子也是得了精神病，说是让人用绳子捆绑了送来的。老家在蒲城乡下，女子受了继母的气，不知怎么就变成狂躁型的疯女子。一旦犯病，就脱光了衣服满村子跑，又哭又笑，不然怎么会用绳子捆绑了呢？这几年，病情反反复复，一直往返于乡下和省城医院的路上。家里已经是砸锅卖铁在为女子看病了，父亲愁苦得不得了，女子却没事儿似的，乐呵呵地哼着小曲。

母亲看到这种情形，同病相怜，哭着说，得了这种病怕是治不好了。一辈子是个疯子，嫁不出去，还不如让她死了，就不受罪了。邻家的疯老婆，实在可怜，活得人鬼不是。有个女疯子嫁了人，婆家送回娘家，没几年死了。绸儿就是这个命，没办法。

话虽这么说，病还得治。个把月后，病情渐渐好转，并不像之前想的那么严重，就回到了家里。大哥托在工厂当采购员的邻家每月捎了药回来，绸儿知道药有副作用，是抑制神经系统的，慢慢会把人吃成呆子，就偷偷把药扔了。

绸儿嫁给了外出打工的社儿，小伙子精明能干，却也耍奸溜滑，不好好过日子。绸儿再说也是半病子人，家务毛毛草草，生了一儿一女，娃们自小缺吃少穿，在贫寒的家境中顽强地长大了。娃们有时埋怨父母，社儿理直气壮地说，把你们没有饿死，拉扯大就不容易了。

儿子不爱念书，早早进城打工，在饭馆端盘子，不到二十岁领回个同事女娃。绸儿高兴地说，我娃有媳妇了。在一起混搭了大半年，儿子不要人家女娃了，女娃纠缠了一阵也不再来往了。儿子挣了钱，就上游戏厅，玩到天亮回家，睡一天觉，到街上买的吃了，又去打游戏。钱花完了，就去打工，干喷砂工的活儿又脏又累，一天二百元，挣得差不多了，又回到了游戏厅。周而复始，这么混到了三十岁了。

有一天，儿子昏倒在了游戏厅，到医院一检查，得了肺病，是长期受喷砂的化学有害体污染所致。凭借年轻，上工时怕闷热，也不戴防护面罩。跟着包工头干活挣钱，也不懂签订劳保合同，得了职业病也不知去找谁。钱花光了，病情有所好转，但没气力再去打工，生活来源没有了。

这娃咋办呀？绸儿只是愁，没办法。社儿四处打工，吃了喝了，抽烟喝酒，几乎没有剩余。一次亲戚过事，父子俩坐在一起，儿子还懂礼节，挨个儿给长辈敬酒。旁人说了，你咋不给你爸敬酒？儿子也是气不打一处来，趁机说，我三十的人了还没媳妇，没脸给我爸敬酒。他爸脸挺得平平的，没有言语。旁人说，你早先把那个媳妇娶回家，如今娃都能打酱油了。儿子接着说，我没本事，但村上哪一个娃的媳妇不是他爸给娶回来的？众人无语。

绸儿好在有一个出息了的女儿。上学时中午回家吃饭，要上一道二里陡坡，来回都是小跑。穷人的孩子早当家。女儿看清了前途，唯有好好读书才能跳出农门，终于考入省城大学。因家境困难，无力支持费用，享用了上海一个慈善老人的资助，加之奖学金，才完成了学业。又靠打工，曾因营养不良晕倒在地，坚持读完了研究生，在一家医院就业。随之嫁给一位在企业做软件的同学，生下一子。

做了外婆的绸儿，觉得大半辈子的罪受到头了，尽管丈夫和儿子的日子不如意，总算在女儿这里得到了精神上的补偿和安慰。女儿女婿有了房有了车，绸儿来给带孩子，虽辛苦但乐此不疲。

儿子的病未痊愈，也只好来姐姐这里有吃有住。给他找了一家做保安的差事，收入可观，但嫌弃上班不让带手机，怏怏地辞职了。绸儿求助大哥，说去一家文化公司学习，儿子也不情愿，说自己没文化，不会写也不会说，不去。

绸儿一时再没了主意。

37

芸儿自小聪明伶俐，在姊妹们中父亲偏爱她，说这娃是吃汤水看戏的娃，带上有面子。唯一一次带姊妹到城里工作的大哥那儿，只有芸儿。嫌大哥说她在墙上乱画，还委屈地哭了。留下一张照片，还是之后成为电影大师的师傅给拍的，珍藏了许多年。

芸儿也跟着姊妹们上学了，交学费时，父亲给的钱却少了两块，芸儿说不去了，从此辍学在家，帮母亲做家务活。

女大当嫁，芸儿与一个当赤脚医生的同学要好，心想要嫁人就嫁给他。父亲却受到戴石头眼镜的媒人劝说，把芸儿许配给了下煤窑的成儿，说是当赤脚医生的娃靠不住，还是能下苦的老实娃会过日子。芸儿拗不过父亲，哭哭啼啼地嫁给了成儿。

过了多年，芸儿和母亲伺候弥留之际的父亲，说起往事，芸儿还伤心地诉说当初的婚事，大骂那个已经故去的戴石头眼镜的媒人。父亲意识尚存，听见了芸儿在说什么，脸上毫无表情。

婚后的日子还算如意，成儿下煤窑挣钱，一五一十地交给了芸儿。生下一子，被芸儿管教得实诚听话，儿子做错了事，是要挨脚踢的。煤窑关闭了，成儿便外出打工，不是搬砖头，就是挖土方，反正都是些重体力活。一年到头，最愁的是工钱迟迟要不到手。按说一起长大的小伙子，有学了泥水匠的，有学了木匠的，成儿心里简单，只知道踏踏实实地干好粗活，这让芸儿有点恨铁不成钢。

芸儿经常照看娘家，父亲有病，又要帮母亲摘花椒，也一直没有外出打工。在村旁一个单位找了个做饭的差事，一月几百元，又在村里挂搭个妇女干部，几年了没开一块钱，还忙得不可开交。她本是个热心人，谁家的红白喜事都是她出头管事，母亲埋怨说，你整天说帮忙帮忙没个完。她说，活人哩么。

儿子上城里读中学，芸儿跟着去陪读，租了房，在一家饭馆打工。直到儿子到省城读书，她才回到村里恢复原来的生活状态。儿子毕业后，聘用到一家私企，干的是与铁疙瘩打交道的活，又跳槽到一个影视企业打杂，最后落脚在传播单位。这一晃，都快三十了，还没领回家一个媳妇，成了芸儿的心病。儿子总说，谈着哩，好女娃在尻子后头排队哩。谈了一个教师，按说条件挺好，女娃本身是乡下穷人出身，操心嫁给一个没车没房的小伙子受累，这使儿子的自尊心受了伤，只好拉倒。

芸儿凑钱交了房贷，儿子住上了房，还不见领个媳妇回来，气就不打一处来。儿子的堂弟没上几天学，母亲病逝，父亲也有病不能劳动，早早出外打工，在饭馆端盘子洗碗的同事中找了一个女娃成婚，生了个儿子，已经能打酱油了。芸儿埋怨儿子不如人，儿子却说，那都是些没尻相的。芸儿急了，你有尻相，就是个轻省饭碗，却连个媳妇也没有。

芸儿嫌成儿不管，成儿说，儿子的事儿子做主，我就是操心多挣些钱，把房贷早早还上。儿子从写新闻稿入手，爱上了文学，渐渐有了些小名气，还离名利二字的利尚须努力。啥时候能领个城里媳妇回来，抱上孙子，是芸儿的最大心愿。

她当初二十二岁出嫁，次年就有了儿子，叹惜一代不如一代。

38

春儿勤快能干，嫁给了邻村农技校毕业生明儿，不嫌弃他有一个瓜子哥，同家过日子。早先母亲改嫁过来时，继父就抱养了瓜子哥，也是非亲非故。经管瓜子哥病逝，夫妻俩也算尽到了亲情。春儿生下一子，三口小家，按说是好光景，却从此备受波折。

明儿性格外向，干脆利落，力气活也是一把好手。学了农科技术，却无施展本事的机遇，试种过药材一类作物，也一败涂地，只好下煤窑挣钱，来得实在。农民娃有了钱，没有几个不抽烟喝酒打麻将的，上了瘾，亲娘老子也不认。酒喝醉了，麻将输了钱，回家打老婆，是常有的事。这就该媳妇春儿遭罪了，言语间不合，明儿就拳打脚踢，直至闹到要离婚的程度。

春儿想离婚，娘家父母劝说将就着过，明儿在丈母娘的严厉呵斥下，也连连磕头，表白悔改之心。这时候，儿子还小，看着父母打捶闹仗，只是躲在一边哭啼。有个一而再，再而三，时间一长，春儿便有了离家出走的心思。出去也能挣几个钱，不见不着气，自个儿清闲一些，婚姻之事先撂着不管。

恰好有个机遇，在北京打工的表妹回家探亲，春儿便缠着要跟上去打工，在饭馆端盘子帮厨的事，肯定会干好。这便瞒着明儿和孩子，偷偷离家上京城了。

这可苦了明儿，又得下煤窑挣钱养家糊口，又得照管尚小的儿子，没有女人操持的家还是个家的样子么？想去京城寻找春儿，表示忏悔，但无论如何找不到春儿的联系方式，知情的人谁也不会告诉他确切地址。再说，平日里三天打鱼两天晒网，今日有酒今日醉，哪怕明日喝凉水，两手空空，没有上路的盘缠。

一时气急了，明儿酒后发了飙，寻到春儿娘家门上，哭哭啼啼，威胁说不把春儿找回来，就要杀人放火。看来是破罐子破摔了。事情过去后，又悔恨自己的酒后丧德，求爷爷告奶奶，想方设法破镜重圆。

春儿在京城饭馆打工，只知卖力地干活，对主管服服帖帖，对谁都客客气气，内心的焦虑只有自己知道。她挣了钱，托人寄给正上小学的儿子，给儿子写了长长的信，让儿子学好，长大成人。自己对不住儿子，常常在夜里哭醒了，有苦无处诉说。她省吃俭用，给自己舍不得多花一分钱，在京城苦苦挣扎了一年多，甚至没去过天安门，一直封闭在京郊一处偏僻的小镇饭馆里。人有心思，胃口却大增，吃成了一个胖子。

终于有一天，思儿心切，决定回心转意，回老家解决婚姻问题。她知道明儿打死也不离婚，这一年多的隔离，明儿也许有了自省，期望浪子回头金不换，重新过日子。火车到达省城的前一站，陪同她的表妹下了车，害怕在目的地车站遭遇不测。她知道明儿带着儿子在车站出站口等候，却在站台冒险过了几道车轨，从入站口死缠硬磨出站，躲开明儿和儿子，径直乘坐长途班车回到了娘家。

春儿的本意，不想面对久别重逢的尴尬场面，再说也与明儿没有沟通破镜重圆的条件，只是给儿子捎了话，由儿子起到桥梁的作用。明儿和儿子在出站口等到天黑，一趟又一趟列车到站，从人头攒动到空无一人，只好沮丧地打道回府。猜想春儿一定先回了娘家，就连夜赶了过去。

母子相见，相拥在一起，大哭一场。明儿也哭了，顺势赔罪道歉，表示痛下决心，改邪归正，再也不敢欺负媳妇，一起抚养儿子长大。

回到家里，托亲戚在公家煤矿上找到了一个基建的活路，二人带上儿子在那儿寄读，租了房子，早出晚归，条件再差，一家人总是高高兴兴地在一起生活了。时来运转，两三年下来，挣了一笔钱，回家拾掇了门窗院落，摆脱了贫困的面貌。

遇到村里选举，明儿当上了副村长，成了人事上的人了。村长因贪污扶贫资金被判了几年刑，明儿又接替当上了村长。他从早忙到晚，处理各种村务和民事纠纷，自己顾不上挣钱，就凭一月两千多元的政府补贴生活。也心想，这出力费神的公差，收入太少，但想从权力中谋取钱财，前任村长的命运就是前辙，是要进笼笼哩。好在春儿借助村长夫人的身份，笼络了不少人气，整天磨破嘴皮子跑保险，挣一点收入回来。

等到儿子上了中学，租房读书。儿子情窦初开，结识了一个家里姊妹多的同学，人长得出众，把儿子的魂勾走了。儿子做好人好事，竟然把自己租的房让给这女子住，自己挤回集体宿舍。甚至自己省吃俭用，把父母给的生活费补贴给初恋人。上大学后，二人不在同一城市，现代网络的鸿雁传书，使其爱情熊熊燃烧起来。

有一个年节，儿子带准媳妇回到家，父母自然高兴，逢人便说，我儿子有媳妇啦！现代年轻人，未婚同居的现象普遍，要在他们父母的年代，不仅受到法律的制约，在道德上也是受谴责的，是丢人现眼的事。社会变了，坏事变成好事了。春儿一早做好饭，等到大中午了，儿子和儿媳才起床。虽然心里有微词，仍乐此不疲。

儿子聪明，有闯劲，毕业后没进所学专业的化工行业，却搭建起一个推送美文的自媒体平台，结果血本无归。又进入外卖行业，从业务员做到区域管理者，前景可观。但不再省吃俭用，工资支付租房费用，并大度地承担准媳妇姐妹一家的生活费用，进大馆子，吃名牌菜，穿名牌衣。临到买房，仍无积蓄，父母拿出一笔血汗钱，支出了首付。新房出租，父亲收了租金，以免儿子胡乱花钱。

问题来了，维系几年的爱情发生变故，钟情的儿子苦不堪言。鸡飞蛋打，山盟海誓的爱情原来是一场梦，梦醒时分，儿子得慎重对待婚姻大事了。

明儿尽管小心翼翼地对待村务事宜，最后还是被人举报，说他把花椒苗多分给了亲属，背了一个处分。临到推行村长书记一肩挑，重新选举，他因处分在身，被排除在候选人之外。那就老老实实当好普通村民，种了几亩柴胡药材，让人意外着火烧了。这又承包了几十亩桃园中插种药材，待出苗时遇到天大旱，眼看赔本，下了一场透雨，心里宽展多了。

春儿和明儿，着急儿子的婚事，都快三十的人了，还远天远地在异城谋事，啥时候能带媳妇回来。

春儿在保险公司的同事中打听，有一个合适对象，离儿子工作的城市不远，也是打工的，就沟通了联系方式，让两个孩子见面处对象。如今的照片，有滤镜美颜功能，儿子应允见面的女子，真人与照片判若两人。尽管大不如意，儿子还是客客气气地请女子吃了饭，送走了事。

春儿高兴地问儿子，还满意不？儿子眼头高了，搭眼没有看得上，反而抱怨了一通。我的青春我做主，我的爱情我做主。皇上不急太监急，什么事么？

39

已经是久远的事了，也是娶媳妇的事，家谱有记载。

祖上一脉单传，这位先人年轻时娶的媳妇，没留下后人便病逝了。娶了二房，一直患病，年届四十也不开怀，眼看断了香火。无奈之下，先人上了北山，趁兵荒马乱讨个女人回来，能生一男半女也成。

遇到媒人，说一个寡妇无牵无挂，生过一男孩饿死了，男人也殁了，仅剩一老母亲，走投无路，正寻嫁人过活。先人见过这个女人，三十出头，长得一表人才。人说女人三十如狼，四十如虎，生育没问题。先人便给了这女人银两，交给老母亲养老，自己领着女人回程。

临出门时，女人却泪水涟涟，似有心思。原来是急于寻找一家人活路，自卖自身，她的男人没有死，只是有病。孩子也有十多岁了，心想瞒过客官，讨几个银两留给男人和孩子，自己随人远走高飞。

人心都是肉长的，生死离别，不免难过落泪。

先人得知实情，惭愧不已。自己为了讨媳妇生子，却活活拆散了人家母子，定无好报。先人劝说女人回家，银两也不用退还了，自己再寻觅合适对象。临别时，女人和她男人带孩子跪送先人，媒人也拱手送别，说好人有好报。

先人也没心思再找女人，操心在家养病的媳妇，加之盘缠也不多了，急忙打马回程，星夜赶回老家。

患病在床的媳妇日思夜盼，期待男人带回一个能生养的女人回来做小，也不负在公婆家做了一回媳妇。自己不能养育了，亏欠了男人，实心实意指望有人丁续上香火。她时不时伏下身子，用耳朵贴着炕边的席子，在捕捉从远处传来的隐隐的马蹄声。

嗒嗒嗒！一阵马蹄声由远而近，这是自家的大白马独有的敏捷而有力的蹄声，不过有点疲惫。她忘记了自己瘫痪的身子，跃下炕沿，三寸金莲的小脚来不及穿鞋，就噔噔噔地迈出门槛，出了院落，站在了村口的老槐树下，翘首望着眼前弯弯曲曲伸向山峁的土路。

随着一阵温暖的白马的咴咴叫声由远及近，男人翻身下马，惊奇于眼前站着的小脚女人不是别人，而是自己瘫痪多年的女人。

是的，就是的，没错。你怎么自己能下炕跑出来的？是的，我也不知道怎么灵机一动，听见了马蹄声，就出门迎你了。

我的老天爷！我的媳妇病好了，怎么就神奇地好了呢？夫妇二人你搀我扶，回了院子，双双进屋，倒在了热炕上。

你领回的女人哩？媳妇有点诧异。男人说，再不领女人回来了，你就是我终身的女人。我又不能给你生一男半女，香火无继呀！不了，不说香火的事了，家家有本难念的经，都活得不容易，这辈子只求你好我好，过到头就是了。命里有就有，命里没有也枉然。

二人难得云雨一场，双双打起了久已陌生了的鼾声。白马没有拴，在院落里咴咴地叫了几声，自个儿回马厩吃喝去了。

许是天意所赐，媳妇十月怀胎，生下了一个大胖小子，起名叫义儿。

多年后，这一支人繁衍生息，有了一百多人丁，门楣兴旺发达。

40

遇到民国十八年年馑，这位先人无奈又走了一回北山。

先人虽然中了秀才，但多年无缺让他赴任，就一边种庄稼，一边读书写字。一日里三百小楷，多年从未间断。乡里红白喜事，写对联，上礼簿，总少不了他。邻村盖关公庙，他撰文并书丹，文采斐然，柳体真书风骨犹存。

民以食为天，连年大旱，庄稼颗粒无收，读书有什么用，饿不死就算福大命大。他烧毁了别人租赁他的地契，将仅有的粮食救济了灾民，没有一粒米可以活命了，自己带着老婆娃走上讨饭的漫漫长路。

到了甘省盘马原，一家郭姓财东收留了他一家三口，靠扛活混一口饭吃。大旱过后，他操心老家的田地，故土难离，竟然狠心把自己的婆娘典给了郭家财东，换了盘缠和银两，带着小儿回了老家，赶在白露前后种麦子。

本来说好，等他到麦子成熟时节，打了粮食，换了银两，再来盘马原赎回婆娘。当他满怀欣喜地去赎婆娘的时候，谁知郭家财东强迫婆娘生下了一子，不管什么条件，也不让婆娘离开。

先人是个读书人，也兼得一身好武功，软的不行，就只好来硬的。他将婆娘扶上那匹老白马，打马逃出村子，自己一个人赤手空拳与几个追赶上来的家丁周旋，终于逃脱出来，回到了老家。只是丢下了婆娘生下的郭家种，是死是活，让婆娘愧疚不已，悔恨终生。

日后多年，郭家财东下世，姓郭的后人娶妻生子，想起了他的亲娘，又千里迢迢问寻到了老家。此时，老娘和那位先人已经归天，坟头的柏树已经一把粗了。同母异父的兄弟，也已经到了花甲之年，儿孙满堂。

如此一来，民国十八年年馑留给这一支人的离别之苦，一直持续在他们子子孙孙的心中。一个在南，一个在北，同一血脉却更改了姓氏，好像两棵远远眺望的树，根系相连，却永远不能相拥。

家谱中记载了这一笔旧账，一百多年间，始终挂在这位先人后裔的念叨中。祖父说要去寻亲，到死也未能如愿。到了父亲辈，也惦记着先辈的叮咛，始终没有等到出发的那一天。再到了孙子辈，续写家谱时，说一定抽空去一趟北山盘马原，找到郭氏后裔，道一声，你们的根在我们的老家。

孙子也年近古稀，看见了电视上的寻亲节目，叫"等着我"，就按照联系方式登记了信息。过了几天，有回复了，编号在上万数之内，他有点失望，仍然相信那三个字：等着我。

孙子的孙子在网上搜寻了，甘省的建制没变，陇东若干个县，叫盘马原的村子倒是有几个，哪个盘马原的村子有郭姓人家，始终没有查找到确切的信息。

民国十八年年馑，已经过去了近一百年。故园的土窑洞已经荒废了三十年，人们迁移到了距离公路近的原上住了，或箍了砖窑洞，或盖了水泥平房，把祖辈曾经生活的风水宝地，丢给了几百年的老槐树照看。

说是活人重要，死人业已化为泥土，经过几次平坟运动，三代之前祖辈的葬身之地已无处寻觅。每到清明时节，后人只是凭借前人交代的大体位置，一辈传一辈，在返青的绿油油的麦田里插上五颜六色的纸条，烧一撮香，点燃一沓子黄纸，以寄祭奠之情。所谓香火，没有断后，大概指的是这层意思吧。路过没有后人的老坟，好心人也会上前挂几绺纸条，以示同情。

有老人说，那位秀才先人，这支人的起根发苗的前辈，在老槐树的精灵里。风摆动枝条，是在招手。清风中的槐花苦香，是呼吸。

在寂静的旷野里，老槐树的庞大树冠间，不时传出清脆的有节奏的响声。那是啄木鸟在用坚硬的喙敲击出的音乐，随风飘荡。

村人土话把鸡打架叫鸡鹆仗，也就叫它鹆梆梆，是在吃树洞里的小虫子，堪称树的医生。

41

据家谱的说法，叫作严儿的祖辈，在闹饥荒的年月，把婆娘和两个儿卖到了北山，回来给同父异母的弟弟介儿娶了媳妇，自己才成家。

灾情过后，一个儿子落脚在北山，另一个儿子一路讨饭回到了老家。正赶上麦收时节，新麦面蒸了大白蒸馍，香气喷鼻，父亲严儿给曾经丢弃的儿子手里塞了一个热蒸馍，儿子狼吞虎咽，顿时翻白眼，噎死了。后人知道，埋在梁上地头的孤坟，就是那个饿死鬼、撑死鬼的。

严儿明白，卖到北山的婆娘回不来了，给人家传宗接代了，自己这儿又成家，生下二子一女。严儿的弟弟介儿则连生六子二女，在老宅南边打了几孔土窑，从老屋挪了出去，但还在一个锅里搅勺把，同家过日子。

弟弟介儿待哥严儿恭敬如父，每次收工回来，弟弟介儿都要上前迎接，从哥严儿的肩上拿下农具，拍打哥身上的泥土。铜脸盆里已盛好不热不凉的温水，洁白的粗布手巾搭在脸盆沿上，哥擦了手脸，坐在了方桌上。哥不动筷子，一家老小不敢先吃。

家大业大了，婆媳妯娌之间七嘴八舌，你给你娃碗里舀得稠了，给我娃盛得稀了，整天淘气，严和介二兄弟商量。干脆另了家各过各的日子。没有了利害冲突，相互反而客客气气，我做了好吃的先给你娃盛上一碗，你做了好吃的也礼尚往来，给我娃盛一碗尝鲜。在一起过日子时，勺子碰锅沿儿，叮叮撞撞，盐咸了淡了，面软了硬了，辣子醋多了少了，很难合乎人人胃口。这么单另过活，倒是常有个帮衬。

有一年收麦子，大槐树边的晒场一人一半，临到收割碾打完毕，严和介老兄弟，和子侄一伙人等待好风扬场。月在中天，晚风习习，红豆米汤，白蒸馍夹油泼辣子，吃得人打嗝时，一起说起往事。回顾过往，不由念及老兄弟之骨肉情分，都沉默了。还是人丁兴旺的弟弟介儿开了口，说是要和老哥合家，报答早年对弟弟的体恤之恩。老哥严儿二话没说，拿起木锨，把两家人的麦堆子扬到了一起。

分分合合，合合分分，自古的世事都一个理儿。大到国家，小到家庭，有分有合，有合有分，风水轮流转，四季有轮回，谁也预料不到明天会发生什么事，自己的归宿到底在哪儿？

直到老哥严儿下世，才又分开家各自过活。老哥的老屋称西院，弟弟的新院叫东院。西院的一半，还是上一辈的堂兄弟居住。早年与堂兄弟分家，写的地契，几百年之后地名没有任何改变，是一辈人一辈人口口相传下来的，一辈辈人却陆续消失了。

那张纸质的地契，一直保留了下来，在现代网络时代的自媒体上流传。可见，一张薄薄的纸，能够耐过光阴的洗刷存留下来，而人，单个的人，个体的生命，也就那么七老八十，命好的能够活到百岁，命运不济者，也许早早撂在半路上了。

严儿续弦的长子茂儿，婚后有一子一女，婆娘不幸患病去世，儿子才六岁，只好跟着姑姑吃穿。茂儿讨了一个拖油瓶的寡妇过活，又生下二女。这么一个血缘交错的农家，日子过得屃烦，一家之主的茂儿还是忍受下来了。

先后两房婆娘去世，儿女成家的成家，出门的出门，孙子都一大堆了，自己也老迈了，便讨了个上门要饭吃的河南女人，好歹有个老伴儿。待了不长时间，因家务纠纷鸡毛蒜皮的事，闹得不可开交，那女人也走了。丢下茂儿一个孤老头，还在喘着气帮着儿孙干农活。

入了人民公社后，老人跟着长孙过日子，有一口热饭吃。种了几分旱烟，用草帽端牛粪，自给自足。顶多要求每天吃一碗捞面，油泼蒜，每晚吃一片麻黄素止痛，活到了八十有四。

跟着长孙过活，是因与独子的婆娘处不到一起，相互毫不谦让，独子夹在中间受气。村长带着长辈命令的口气对孙媳妇说，就让你爷跟你过。孙媳妇一向恭敬老人，但爷爷不跟阿公阿婆家过活，却要跟孙子孙媳妇过活，方圆很少有这个先例。她怕伺候不好爷爷，孩子又多，不肯接受。村长眼睛一瞪，呵斥道，行也行，不行也得行！

乡村官员，又是长辈，其间使了家法，孙媳妇低下了头。多了一双筷子的事，孙媳妇总是先盛了饭给爷爷，一家人吃了，自己在剩余的饭菜里加一勺子水，勉强填饱肚子。爷爷也不是吃闲饭的，长孙的几个儿女，都是老爷抱大的，他常把娃夹在胳肢窝里，一边编荆条笼，一边抽旱烟，娃身上全是旱烟味。

重孙们听说老爷自年轻时，一直在炭窠上编缆索，见识了老爷的一双手，表筋暴露，像铁钳子一样。可它是温热的，尽管不怎么清洁。

42

三爷是独生子，六岁离娘，是他姑姑照看大的。

自小受到继母的呵斥，吃不饱穿不暖，放牛割草，没上过一天私塾。稍大一些，就跟上大人吆骡子到北山换粮。骡子又瘦又矮，去时骡子驮一百斤，人背五十斤，回程路上骡子裸走，他还要替骡子扛上鞍子，怕骡子太累。

十五六岁上，娶了大他两岁的三婆，高挑个子，精明过人。手脚很麻利，有力气，虽然是三寸金莲，并不妨碍下田犁地，晒麦子可以用胳膊夹住百十斤重的粮口袋，上下粮囤。女大三，抱金砖，这老话应验了。生得六男一女，儿孙满堂。

三爷个头不高，力气不大，但农活做得细法，一个核桃大的土坷垃也要捏碎了，怕顶住了出土的庄稼苗。院子屋里的角角落落拾掇得井井有条，就是一根纤细的柴棍棍，也要弯腰捡起来。一天到晚，这儿摸摸，那儿揣揣，没有清闲的空儿。院中的一棵杏树，年年花繁果盛。鸡窝牛圈，也收拾得干干净净。

不论丰年灾年，三爷都把吃食盘算得周到，粗粮细做，辅以瓜菜，尤其是种在荒地边上的芝麻和茴香，为饭桌上添了美妙的味道。哪怕辣子和盐算上两盘，每顿少不了四个菜盘，有时高兴了，也喝上几口烧酒。其中的杏仁，就是院中的杏树赐给的。也抽烟，旱烟锅还算勤，偶尔吸上几口。早先抽烟点火，用的火镰，粘上芒硝棉絮，飞溅着火星，把旱烟燃着。后来用火柴，乡人叫作洋火，这一辈人一直不肯使用打火机，毕竟花钱么。

半百年纪，三爷接过家族接续炭窠井绳的手艺，当了索客，负责生产队联办小煤窑上的安全。吃的喝的有了，算是享了几天福。长孙读到中学，回乡当了农民，十六岁在煤窑上摇辘轳，八人合扳的大辘轳，一边四人，一上一下，前三步，后三步，类似跳舞的步点节奏。扳辘轳的汉子，俯仰着身子，黑水汗流，完全没有悠闲娱乐的感觉，是一种繁重苦茬的劳动。

三爷在编绳索之余，在进口与煤堆之间过秤。他心疼长孙，在轮流抬杠子时，半截汽油桶的煤筐有二百斤重，就和长孙换位，替长孙抬杠子。

小煤窑关闭了，三爷给生产队放羊，有集体的羊，也有给个人捎带的羊，一天给记七分半工。每个劳动日十分工，合人民币一毛八分钱，一年到头能包住口粮钱就算持平了，分不到几块钱。

人家强壮劳力一天十分工，三爷心里有点不乐，对放羊老汉不公，说是不下重苦，是个轻省的活儿。他就编了一段顺口溜，说是放羊这事没人干，提起放羊最意见，衣服剐扯鞋跑烂，一晌挣着二分半，羊生尿蛆细细看，晌午加班把圈垫，谢谢恩人把我换。还编了一串串说长道短的顺口溜，在方圆流传，算是乡音娱乐的谈资。

刚分田到户，说是要为自己好好干了，三爷却过了花甲之年，干不动了。儿孙满堂，各人有各人的过活，谁也顾不上操心老人处境。老了老了，三婆常给三爷吊脸，三爷也从来是主人，不听三婆的唠叨。

长孙日后上了大学，在省城当公差，生下一子，三爷偕三婆去了一回省城，把油糕、油茶、羊肉泡、麻花、锅贴、粽子、凉皮样样种种小吃尝了个遍，主要是与长孙重孙在大雁塔下照了一张相，四世同堂，总算心满意足，这辈子没白活，披了一张人皮，知足了。

若干年后，长孙找出这张陈旧的照片，用微信发送给远在美国的儿子。在美国生活了二十年的儿子，认出了老爷老婆，却没有认出三岁的自己，问道，那个小孩是谁？父亲苦笑了，回复说，那个鼻涕涎水的小孩是你，小子！老爷已经长眠于故乡四十年了，化作了泥土。坟园荒芜，周围的冬小麦，一年一度秋种夏收，景色壮美。

鬼使神差似的，三爷从省城回来，感觉吃不进去饭了，肚里似乎有个硬疙瘩。他没有给任何人说，就自个儿搭长途车去了四子那里看病。四子是公家煤矿上的干部，矿上有医院，打针吃药不顶事，一天早晨起来，突然吐了半脸盆血。急忙送到市里医院，挂上吊针，一辈子没打过针的三爷，受不了这种外力的特刺激，拔了针头，在半昏迷中喊叫要回家。

可能是胃癌多年，老人一直忍着，自个儿受着，不告诉别人。胃里的硬疙瘩，终于在某一天坚守到了极点，突然爆裂了。它像苦涩的石榴皮，包藏了甜蜜的晶莹籽实，有一天便成熟了，开裂了，鲜红如血。

当晚，三爷长眠于自家的土炕上，享年六十有七。长孙和三婆守候在身边，用手轻轻为爷爷合上不肯闭上的眼帘。这当儿，三爷的几个儿子正在隔壁窑里商量后事，谁出钱，出多少，谁出粮，出多少。穷日子，埋葬老人，也掏不出多少钱粮，岂不悲哀！

没料到这突如其来的变故，老伴说没就没了，三婆哀叹着说，人家的老汉都还活着，我老汉咋就没个人影影了呢？

43

大山是三爷长子，在六十六岁上吃不下饭，便动了恻隐之心，是不是也和父亲一样得了胃上的绝症，昼夜不宁。儿子带他到了西安，在省城大医院诊疗，喝了一大杯雪白的石膏一样的液体，说是做钡餐透视，没发现什么毛病，他也就能吃上饭了，安心回了家。

其实，在过了半百年纪时，按照乡里旧俗，坦然面对无常的生命，大山就和老伴双双做了棺材，柏木的上好木材。并在省城置买了老衣，仍然是长袍马褂的传统样式，布料是绸子的，而不能是断子绝孙的缎子，还有一顶乡绅的礼帽。有生就有死，尽管爱钱怕死没瞌睡，也得无奈地活着。

说是身体没有了毛病，大山这又精神焕发，当了多年生产队长的劲儿又上来了。适时，分田到户，兴起农民股份办小煤窑，大山被推选为矿长。打了一孔从沟底通往原上的提升井，安装了大型绞车，煤堆旁是等待运煤的各式车辆，煤价飞涨，票子像雪片一样飞来。大山从来没有这么扬眉吐气，在世人跟前也活出了个人样儿。

大山自小跟着父辈吆骡子驮炭，远走陇东和富平泾阳一带，是赶牲灵出身。年轻时，可以站在骡马背上，一边赶路一边高唱乱弹。当然，对煤窑也不陌生。生活困难时，和刚从学校回乡的儿子拉架子车，装上千斤煤炭，风里雨里跑百十里路，换得半口袋玉米回来。路途断了车轴，哭都没眼泪。雨雪天，躲避在异乡的麦草垛里过夜，啃冰冷的杂面馍，一口热汤也喝不上。每次拉煤，还得看人家矿主的眉高眼低。自己有了煤窑，挣的是大钱，该发家致富了。

老炭窑是清朝遗留下来的小煤窑，直径六尺，四十多丈深，井筒是用砖头箍了的。紧挨着是一口风井，像人的另一个鼻孔，是换气用的。周围崖畔上是一排排没有门墙的土窑洞，是八辈子之前的先祖挖的，住过数百个窑工。过几十年兴一次，又过几十年衰一回，兴兴衰衰，世事变幻无常。无论人间发生多么惊天动地的事，一辈辈人庄稼一样生死轮回，在土崖上挖个洞，朝地下打的窟窿，是永久存在的。除非窑洞塌陷了，井口用土填了或让水漫了。

大山年轻时，公家要勘探老炭窑，测量煤炭储存的地质情况，雇用了大山一伙身强力壮的庄稼汉，拿着手电筒，头顶菜油点燃的鸡娃灯，钻入漆黑的井下，采集矿石样本。挣了一笔钱，一分不少地交给了父亲，说是给兄弟彩礼用的。大山跟着同伙上集看热闹，人家给媳妇买的红头巾，大山也想给媳妇买一条，可口袋里没钱，羞愧难当。媳妇理解大山，长子如父，得体恤兄弟，给父亲排忧解难。

到了当生产队长时，为解决群众吃水问题，大山和狗娃子一起，冒险拆了一个老炭窑的方井木板，用来箍水井的井筒。这都是石头夹人肉的操心活儿，井筒如果滑坡，人肉就会让石头和泥沙吃了。

村人平时吃的是窖水，老天爷下了雨水，积蓄在水窖里。冬天下了雪，也积蓄雪水饮用。遇到天大旱，窖水吃光了，人们就下到沟底找水。沟是开天辟地时洪水冲刷而成的，而后变成了干沟，学名叫季节河。遇到暴雨时节，四周的水便汇聚到深沟里，吼声震天，浊浪翻卷，像一条苍龙从沟底盘旋而下。水朝低处流，一两日的洪水过去，沟底的河床又干涸了。仅仅剩下一些河床的低凹处，积淀了一汪汪的清水，供农妇洗衣服，或给牛马羊群饮水。

天上会下雨，地下也有潜在的水，山高水高，这是千真万确的。干涸的河床边，通常有从石缝泥沙中渗出的水滴，汩汩地洇湿了周边的地皮，草木异常茂盛。再抬头看几十丈高的土崖下边，小山似的土坡是在不经意间悄悄向下滑动的，几十年推进一两米，于是这处的河床愈来愈狭窄。人们依据先人留下的经验，在河床边缘掏开一个个坑，就成了泉，泉水也就咕咕地冒出来。开始是一碗水，随着泉的大小深浅，会流出几桶水来。神奇的是，泉水从来不会溢出来。蜉蝣的小虫子，在泉水里伸着腿脚，剪刀似的漂荡在水面上，快活极了。

大山常是带了儿子，错过白天和傍晚，夜深人静时来到泉边，滤去上面漂浮的羊粪蛋，汲了泉水，挑担上坡，回家倒入缸，供一天的饮用水。人们惜水如油，洗脸的脸盆从来都是斜放在墙角，掬起一捧水洗净手脸的。

大山这便想到了要有足够的水，得打出一眼深井来。祖先们也打过井，日后被山崖倒下的土填埋了，留下带井字的沟道的名字。新井打成了，打水人伏在井口，摇动辘轳，往井里探望，人影儿映在晃动黑白波纹的水面上，实在美妙。

只是使用了一半年，日后下了大暴雨，水井也被淹了，这里很快也就复原为一处荒坡。

对于水井或炭井，大山像是交道打久了的对手，是敌人，又是朋友。他当上了股份煤矿的矿长，一呼百应，掏了旧炭井的淤泥，开始向先辈吃剩下的煤层挺进。这时也有了电，再也不是八人扳的铁木大辘轳了，而是装置了电动绞车，出煤量翻了几番。煤场上车水马龙，生意兴隆。

在庄稼地里只能刨吃食，要想富，有钱花，就得从这黑窟窿深处掏。村人分了红，家家有了黑白电视机，村子成了致富的典型。

也就在这个节骨眼上，百年砖箍的井筒塌陷了。而且是在换班时上人下人的时间。人坐的是五环，也就是绳索挽成的五个环，分别套在脖子和四肢根部，从胸前的中枢起吊，应该说万无一失。问题是井筒塌陷了，劈头盖脸地砸下去，血肉之躯，哪能承受得了。被伤的堂兄弟二人，已面目全非，不成人样。大山心惊肉跳，冒险下到井底，你矿长不下去谁下去，你不下地狱谁下地狱？大山把伤者救上来，已经不出气了。

大山蹲在井口，抱着头发呆。埋葬了死者，等待他的是事故渎职罪名，坐了十七天牢。从此煤矿关闭，他也回到家治疗心理创伤，之后加入退耕还林的队伍，自己和老伴守着一座小山，早出晚归，栽种花椒树，度过了花甲之年。

老伴乐于在这座小山上干活，隔沟可以望见对岸的村庄，那里是自己的娘家。早年，也就是从眼前这沟道里骑骡子嫁过来的，一眨眼四十多年过去了，长子已经过了不惑之年，孙子也上大学了。

大山累了，放下了锄头，上儿子供职的省城住了一些日子，早晚接着孙女上学，上楼梯也有点吃力了。日后回家修身养性，却也清闲不下来，在果园里忙活。一日，跟着香客去朝拜菩萨，路途因天热困乏，患了脑溢血，抢救及时保住了性命。疗养期间，每年住一次医院，度过了一次次鬼门关。

老村干部来看望，刚强了一辈子的大山，总是泪流不止。来人说，其实死亡如同睡着了，在梦里不再醒来罢了，不必担忧，它迟早总是要来的。人比人，活不成，骡子比马驮不成，人世间没有公平，只有生和死对每个人都是公平的，皇帝老儿也得死。大山感到悲哀，年轻时那么像骡子马一样能踢能咬，眼下怎么活得这么窝囊，心不甘。

好在长子提前退休，拾掇了村上的小学堂，种植果木花草的院里修建了一个亭子，是个清静的去处。大山挪动着不够利落的腿脚，每天出了家门，走过巷子，推开小学堂的大门，坐在小亭子里假寐。听小鸟叫，听亭子边泡桐树在风中的响声，紫红的桐花在落，黄了的叶子在落。

弥留之际，大山让儿子找出当年的拘留证，让儿子保存，说一辈子唯一做的亏心事，是吃了一回官司，对不起先人和后人。其他的事，他都似乎忘记了。

44

十二爷和六爷是亲弟兄，还有一个老妹子，都是民国初年前后生人。

六爷是长子，十二爷是次子，在整个家族中排行六和十二。老弟兄俩相伴了八十余载，同居一个二进的四合院，兄弟之情自然没说的，也少不了锅碗撞磕，生一些闲气。各自儿孙大了，分家过日子，一人半边院，出出入入，断断续续发生了不少变故，也就有了不软不硬的顶撞，但好在没有伤了和气。

六爷先娶了婆娘，生有一子名寿，娃六岁时离了娘，是姑姑照看大的。后续了一房婆娘，是拖油瓶子的二婚，生下两个女子。也就是说，六爷到老就寿一个独苗。

寿长到十四岁，有了一个大他两岁的童养媳，之后陆续生了六子一女，可谓人丁兴旺。

姑姑由掌柜的堂兄做主，嫁给了长她八岁的二婚男人，姑姑死活不嫁也不成，因堂兄在民国政府供职，与这个当镇长的姑父算是政治结盟。姑父在外当他的官，小脚姑姑种地，吆牛犁田，甚至背粪笼撒麦种，干的是男人的活。

十二爷当初也是三子三女，日子顺当。可惜长子在崖畔上拾柴时跌到沟底里，一枝柴棍偏偏戳进了鼻孔，十几岁就殁了。二子在镇上念书，突然患头疼，可能是脑膜炎，栽倒在地便没有了气息。三子也是没长到几岁，就夭折了。大女嫁的也是二婚男人，没活到半百。三女脑子有毛病，嫁人后被送回娘家，待十二婆不在了，也随之而去了阴司。唯独二女，个子不高，温柔和气，嫁给了一个上世纪三十年代跟随贺龙打仗摔伤腿的教书先生，儿孙满堂，九十高龄仍然硬朗，步行数十里回娘家，翻沟越岭也不歇脚。

传说是十二爷为盖厦子，锯了门前几百年老槐树的壮股做了房梁，厦子盖起了，几年间陆续折了三子。从来不信邪门歪道的十二爷，断肠之际，赎罪到了省城卧龙寺出家，几年后又还俗回家。

寺院不啻是一个学校，十二爷识了字，念经之余掌握了医书上的看病手艺，学了一些中医的偏方验方，尤其是动刀子割乳疮，噙酒喷火消毒，是一个绝活儿。甚至人工呼吸他也会，搭救了不少突发急症口吐白沫翻白眼的老小的命。也能开药方治疗其他疑难杂症，末了总是少不了红枣为引，真是应了乡人的口头禅，偏方异方，气死中郎。

艺多不拿人，十二爷没有了老婆娃，孤单单一人，也不用下重苦，凭借手艺也能吃香的喝辣的。能人是天生的，他除了医术，木匠、石匠、泥瓦匠的活，一看就会，样样在行。在生产队，他又负责调教牲口，当起了兽医，时常把牲畜的头部吊在高高的树股上，手持牛角给灌渣药。

牲畜的配种，得有人操持，十二爷常是在发情的牛马驴性交时，帮扶公的将生殖器引入母的穴孔，甚至用手掬了牲畜流出来的精液抹入其内，像是把种子点入湿润的泥土。猪配种叫打圈，羊配种叫打羔，其间的窍门他也如数家珍。鸡性交叫踏蛋，不经踏蛋母鸡下的蛋是软蛋，没有硬壳。

生产队养的公牛叫牴货，膘肥体壮，狮子一样勇猛。公羊则叫梢虎，领头的羊，硕大的弯弯的抵角，可以与狼搏斗，妻妾成群，母羊发情期它想日谁就日谁。公猪也如野猪一般，丑陋凶猛。配种是要交费的，母的主人交给公的主人，一两元三五元不等。不像人的皮肉市场，嫖妓是要掬精液和钞票的。这大概也是人与牲畜的区别之处。

要让家畜家禽没有生殖能力，阉割不是十二爷干的营生。阉割也称去势，完全出于非医疗目的破坏动物的生殖器官，使其丧失生殖功能。人们普遍认为，阉割是一种非常不人道的手段，包括对人。牲畜失去了性交的快乐，只能任凭人摆弄劳役。往往有走乡串户的阉猪匠人，自行车前有一根摇晃的红絮子，通常是阉小公猪小母猪娃的，养猪的乡人离不了他，却也从来看不起这门营生。计划生育对男性的节育手术，则是专业医疗机构的资质，做的是断子绝孙的缺德事。

一匹养得浑身像缎子一样光滑闪亮的骒驹子，连饲养员也拢不住了，已经是花甲之年的十二爷，上前挽住笼头，用胳肘紧紧顶住骒驹子的脖子，与其转圈子。等骒驹子累得一身汗水时，他翻身跃上骒驹子光滑的背，双腿一夹，用脚不断地夹击其腹部，一溜烟上了土坡。周围看热闹的人惊魂失魄，这老汉不要命了，却是虚惊一场，十二爷牵了缰绳，骒驹子跟随其后，绵羊一样温驯。

再说，十二爷是时兴物件的引领者，钟表、手表、怀表、铝制水桶、自行车、收音机、电视机，每一样都是他最先在村子里使用的。有手艺在身，不缺零花钱，农闲时用废旧木料做几件案板、蒸笼、箆箕、小娃车车，也能换几个钱吃喝。但他从来不喝酒，不吸烟，不吃肉，说是不杀生，只吃鸡蛋。有调皮的年轻人开玩笑，十二爷是善人，那你吃的鸡蛋不也是杀生么？他无语，只是斜一眼年轻人，知道娃们是在糟怪。年轻人说的善人，意思不是善良的善，而是土话闽的意思，恶作剧。

有过省城卧龙寺出家的历史，信奉封建会道门的善男善女，便时不时围拢在十二爷的身边，农闲时做个法事，权当是乡村娱乐。动乱年月，他便遭罪了，批斗游街戴高帽子，被下乡学生打得鼻子口里都是血，只能忍着。心字头上一把刀，得忍。命里造下的，避也避不过。

亲生的儿子一个个殁了，作为一支人得有个香火。六爷是同胞兄弟，只有寿一个独苗，是不能过继给十二爷的。这就按照乡俗，在孙子辈找过继的香火，长子不过继，也就轮到次子了。一辈子大字不识一个的六爷，下的是憨苦，只有在煤窑上编缆索的手艺，老了整天的营生是割荆条编笼编囤。十二爷精明，有点看不起粗笨的六爷，到头来要让六爷孙子过继到十二爷门下，六爷终于有气长的话了，但还是应了这门子嗣之事。

六爷之子寿的次子吃的是公家饭，过继之事因十二爷的历史污点，耽误了次子的前程，入不了党，升不了官，气不打一处来。十二爷给继孙拾掇住处，打点彩礼娶了媳妇，说是给十二爷顶门立户，媳妇有时在关照老人，作为公家人的继孙却从不与继爷来往，连一句问候的话也没有。继爷明知自己理亏，也并不在意，反正你孙子是我的继孙，有字据为证。

过了半百之年，十二爷早早给自己做了棺材，土话说得吉祥，叫盖房，盖阴司底下的房。他还乐呵呵地爬进棺木，平躺着仰面朝天，说笑话害怕腿伸不展。又在祖坟一角画了方位，将来死了就在此安身。上了八旬，还很硬朗，攒够了米面油，备好了后事需要的孝布一类所有物件，只欠蹬腿走人。

继孙也终于理解了十二爷的苦衷，尽到了唯一的责任，在起灵时把纸盆儿摔得响亮，跪在地上号啕起来。

收拾十二爷老屋时，继孙发现炕壁上那张经年的年画还完好如初。上面画的是梁山伯与祝英台，是人间至死不渝的男欢女爱。十二爷所爱的十二婆，五十岁左右就下世了，孤孤一个人守候到八旬。临到弥留之际，有个时常来往的神婆子与他同床共枕了一些日子，村人也怜惜老人的命运，不去说什么伤风败俗一类闲话。在十二爷看来，拘束了一辈子，死到临头还要什么脸做甚？

老宅被遗弃后，推土机轰轰隆隆推倒了它，要进行复耕。窑洞背后发现了一处庞大的化石，经送考古专家鉴定，是远古的恐龙化石。十二爷的继孙的儿子，由此得了一笔文物保护的资金。十二爷留下的几百年前的分家契约，就是后人在一本《万事不求人》的旧书中发现的。发布在网上，点击过万。

45

别看如今不怎么起眼，年轻人甚至不知道他是谁，其实，兴旺年轻时也风光过。

说到村里的能行人，是绕不过兴旺的，在镇上也曾以首富称之。煤窑红火的时候，兴旺是好几家的矿主，那时的几百万顶得上后来的几个亿。

眼下镇上号称的新首富，说到兴旺，也不得不肃然起敬。那时候，新首富只是个拉架子车贩煤的苦力，兴旺已经方圆驰名，当上了市里的人大代表、政协委员，是带领乡亲们发家致富的典型。新首富看兴旺老了，整天用轮椅推着患病的婆娘在新城广场转悠，自夸说，我现在的资产已经是兴旺的几十倍了，当初羡慕过的几百万，现在看来只不过是几个馍渣子。

好大的口气，是物品涨价了，今非昔比，不是谁比谁更能行。风水轮流转，新首富从贩煤起家，又伺机进入汽车驾驶培训行当，转而从事现代农业规模化的葡萄基地产业，从市场和政府补贴获取利益，越做越大了。并思谋弄点文化上的事，兴建农耕博物馆，知道兴旺有值钱的宝物，又求到老首富的门下了。

兴旺的祖上几代，是方圆几十里的大户人家，人物辈出，享誉久长。村上在大搞农田基本建设时，用推土机平了他家的祖坟，兴旺是有文化的后裔，将散乱在地畔的几代祖先的墓志铭保存起来，逐一做成拓片收藏。上溯到明清王朝，都是著称一方的贡生秀才，尤其是碑文的文采和书丹，让今人望尘莫及，羞愧难言。今人写不好汉字了，胡涂乱抹狂狗爬的丑字，号称书法家招摇过市，如乡人所言，连老先人脚后跟也撵不上。写的狗字还想卖钱，永远是那么几幅笔墨，什么室雅人和，什么观海听涛，什么上善若水，别的字一概写不了，羞先人。

文化基因，是一脉相传的，不是凭空一蹴而就的。兴旺自小念书不多，顶多是个初中生，还遇上动乱，没学多少知识，就成了回乡青年。再唱高调的乡村，人总是少不了衣食住行，不能吃风屙屁，兴旺就从泥水匠学徒做起，手提一把闪亮的瓦刀，走乡串户混饭吃，还能挣几个油盐酱醋钱。招工招生，因先人太风光，落了个地主成分，只得在乡下待着，哪儿也别想去。这便认命，娶妻生子，日子还算顺当。

小煤窑在沉寂数十年之后，突然在一夜之间复活了。门前的哪一条沟里都有老先人挖过的炭井，沟的名字叫炭窠沟、新井沟、老鸡窝等沟道里，都无一不留下先辈开采煤炭的遗迹。兴旺先是放下瓦刀，钻到来钱快的窑巷底下当拉车的脚家娃，后当打眼放炮挖崖的，再当地经营，也就是工程师。有了实战经验，自个儿凑钱新开一井，巷道近，煤层高，距离地面近，日进斗金。

兴旺依靠设备和人力成本及煤炭价格的优势，很快挤垮了周边的诸多小煤窑作坊，趁机以白菜价收购关闭的小煤窑，投入资金扩大再生产，成为一方煤业霸主。在融资扩充煤炭产业的浪潮中，兴旺觉察到了风险，见好就收，以高价将诸多小煤窑脱手，转让给不明地头蛇心思的南方投资者。这一方地下煤炭资源接近枯竭，大规模投资硬件设施以求回报，显然是一个陷阱。后来的结局，也不出兴旺之预料。这就明白，什么叫强龙压不住地头蛇。

见好就收。先人家训，给了兴旺不可示人的秘密良方，功成身退，华丽转身为一个文化收藏家。钱是贬值的，藏品是升值的，他知道这个道理。于是，在靠近公路边修建了一幢二层小别墅，无所事事一样，坐下来喝茶。并开始结交人脉，由镇上到县上到市里到省城，大凡所谓文化名人，都试图一网打尽。字画名人，文物贩子，盗墓贼，民间古董客，人来人往，门庭若市。

民间收藏的交易，真真假假，灵人哄闷人，内行蒙外行，泥沙俱下，难辨真伪。兴旺喜好读书，寻觅古董渊源线索，成了一个精明的民间古董鉴赏家。各行有各行的道儿，有卖什么的就有买什么的，反过来讲，有买什么的就有卖什么的，也就是狗屎也恐怕有买卖可做。一块烂石头，兴旺看了掏一万元到手，过几天出手，赚了三万元，比捡钱还顺当。一块唐朝墓志铭原件，三千元拾了个漏儿，他小心打成拓片，价值连城。

日子正过得优哉游哉，整天给他做捞面吃的婆娘却患了脑梗，半身不遂。这让兴旺的心理受到前所未有的打击，人生祸福相随，还是知足常乐，不再折腾什么事了。有钱，没病，就是福。

偏偏自己也得了病，心口疼得厉害，汗水淋漓，上不来气，呼吸困难，眼看要了命。送到医院，医生说是心肌梗死，得搭支架，二三十万元。花钱是小，救了命就行，要紧的是每天还得服用抗过敏药，心里老是感觉心口有个什么异物在折磨着，生不如死。

兴旺的好日子似乎过到头了。看家的狼狗凶猛极了，驮着铁笼子满院跑，陌生人来了不由得毛骨悚然。有一天，狼狗让人用药毒死了。兴旺害怕了，莫不是有人盯上了自己收藏的宝物，说不定有恶人要对自己下手，以致丢了性命。这便慌忙联络了几个一直对他的藏品垂涎三尺的古董客，以最低价位出手，让人家用大卡车拉走了。望着空空如也的藏品库，这才放下心来，长长地出了一口气。

折腾了一辈子的家财，一瞬间，白茫茫大地一片真干净，像是做了一个梦。梦醒时分，用轮椅推着婆娘，相依为命，恬淡地活着。

好在老同学办起书院，邀兴旺加盟修建了家族馆，将剩余不多的老石头、先祖的墓志铭、地契、家谱、坛坛罐罐、门墩石、马车、碌碡、石碾子等多种农具布置其中。观赏者络绎不绝，算是留下了一点可怜的作念。

46

增强大高个儿，精瘦，吊长脸，大嘴，目光敏锐，被村人誉为领头羊。

要说也没有什么显赫的家世，人都知道增强人老几辈穷娃一个，在财东家看来是扛长工做短工的好劳力，踏实能干，也有点狡黠，尤其是嘴能说，谝闲传一个能顶两个。

增强是动乱年月稍后一点的回乡知青，干力气活儿是数一数二的小伙。招工时，他运气不佳，没有进入国营工厂矿山，只是在公社的乡镇企业办当了一名跑腿的办事员。乡镇所辖的小煤窑有几十个，安全堪忧，三天两头发生矿难，他便忙前忙后，脚后跟踢后脑勺。埋人、逮人、罚款、关停并转，按程序办事。

在通往公路的出入口，搭建了一间临时工棚，门前设了路障。乡人说，朝朝代代一个理儿，都得纳税缴皇粮。拉煤的车辆每路过此鬼门关，丢下买路钱，名目繁多的苛捐杂税，得从下苦人的血汗钱里支出。不然，乡镇编制内外的工资和补贴就断了来源。增强鞍前马后，晒得黑不溜秋的，跟着一批批走马灯一样换来换去的镇长当马仔，自己却连个副手的名分也捞不上。论级别，也就是个副股级，屁股的股字，增强也没摸得上。

论能力，给增强一个县长的角色，也未必当不了，人太能行反而驰不开。问题是他的脑瓜子灵，正的歪的主意不少，张口就来，好的主意实施了，领导得以晋升，歪的主意实施了，责任归出主意的人，被打板子的肯定是增强。好人落不下好，反而落个绰号，叫能尿。

四十不惑年纪，终于捞了个相当于副镇长副科待遇的镇人民代表大会副主任，便来了精神。他口口声声人民当家做主，尽管是最低一级人民代表机构的负责人，参政议政，点子一个比一个出奇，说是代表民意，为一方群众谋利益，给县上领导出了不少难题。县长背后说，沐猴而冠，真把自己当回事了，大庭广众当面，县长却扮作笑脸，欢迎人民代表提意见。合适采纳，不如意的撂下，权当放屁，没有响声的酸溜溜的臭屁。

像是古代仗剑江湖的侠义之士，一身武艺无处施展，在官场有点无用武之地的增强，感到了从未有过的寂寞。思来想去，罢罢罢，辞职回家了。得保留一份公家的工资待遇，不然回到村上已经没有了承包地，吃啥喝啥。挂名兼了个镇人大委员，毅然回到了生他养他的穷村子，准备大干一番事业。

村子的土原沟壑纵横，靠天吃饭，风调雨顺年月有粮食吃，遇到灾年就只能吃糠咽菜了。承包后粮食增产，但一斤麦子只值几毛一块钱，人均年收入几百元，日常使用的花销从何处来？增强发现，村上民办教师生华是个精明人，有知识，有文化，从农林大学果木试验基地买回了几十株桃树苗，三年挂果，收入上万元。这还了得，要是把全村几百上千亩地变成桃园，不就发家致富了。

人说桃三杏四梨五年，枣子当年就赚钱。人老几辈的柿子不易储藏，做柿饼用工成本高，一时找不到销路。花椒和黄花菜，也是价格浮动，不好琢磨。既然生华种的桃树品质优良，一盒桃子八九个，拳头那么大，红是红白是白，在网上卖到一百元一盒，供不应求。增强从这里入手，找到了改变家乡面貌的灵丹妙药。

头上没顶个官帽，说话权当放屁，没人听增强的。这便通过村民选举，竞争村长的位置。村上几个大户人家，多年来形成家族势力，不论是非曲直，只说血缘远近，凡事勾心斗角，闹得跟联合国常任理事国一样，有一方投反对票，决议则被否决。好在增强是小户姓氏，张三与李四斗得头破血流，两败俱伤，就轮到王麻子出来说话了。增强便是渔人得利者，当上了在公家拿工资回乡做志愿者的村长了。

不贪不拿，义务为村民做事，还不成么？成。村民拥护增强村长，增强也不负众望，利用多年积累的人脉，申请果木基地政府扶持资金，桃园在两三年之间初成规模，村民得了实惠。接着帮投资的企业家贷款，兴建果品贮藏冷库，形成果木交易中心，又兴修大路，广招客商，村子一下子红火了。

增强一有空闲，就吆喝上村干部出外学习参观，扩大眼界，看人家怎么种地，怎么发家致富，过的是人上人的日子，咱们一不缺腿二不缺胳膊，同样两个肩膀扛一个脑袋，怎么就甘心过穷日子？

于是，利用现代观光旅游，发展采摘农业，兴办桃花节，使穷乡僻壤的村子变成了旅游景地。第二年的桃花节，气候春暖乍寒，桃花只是含苞欲放。广告已经打出去了，增强出了一个点子，给接待中心门前的桃树扎上塑料桃花，供游客留影。事后，有媒体发表举报消息，说桃花节造假。不明事理的昏官，指令层层追究责任。怕丢乌纱帽的芝麻官人人自危，推卸责任，明明是县级批准的项目，却谎称不知情。

增强作为当事人，受到了严厉的批评，还要给处分。其缘由搞清楚了，那个媒体的临时工记者来到桃花节，接待人员漏发了他们的车马费，伺机报复，事后也受到处罚。要么怎么有防火防盗防记者的说辞。脾性未改的增强，在检讨会上理直气壮，扎几枝塑料桃花也犯法了不成？要杀要打，随便。之后也不了了之。

坏事变成了好事，连省城也流传假桃花的传闻，好事不出门，坏事传千里，来村子参观的游客有增无减。增强乘势而为，拉上品质优良的鲜桃，到省城——拜访各路专家学者，出谋划策，与政府沟通，投资上亿元策划桃园旅游景地项目，居然弄成功了。

有学者调侃增强，你凭借三寸不烂之舌，真会忽悠，直把一个穷乡僻壤忽悠成了旅游名胜。增强笑眯眯地说，顺势而为么。

当村长不多吃多占，谁也把他咋不了，唯一爱好是嗜酒，半斤八两不在话下。当然，买单的不是他，往往是村上的企业家掏银子，人家帮你发了财，请吃几顿酒为村上拉关系办事，谁能说上什么呢？无论官人商人专家，一律称兄道弟，几杯酒下肚，面红耳赤，脑子一热，事就说成了。

如今，七十岁上下的增强，遇饭局也还能消受七八两白酒，从来没见他喝醉过。他说，能吃能喝，证明肚子里没毛病，不能吃喝了就是病入膏肓，离死近了。能吃能喝，能屙能尿，能跑能走，能说能笑，就是福分。

47

安娃子的水蜜桃销售中心，就设在游客接待站路口，近水楼台先得月。

脑瓜子精明的安娃子，以包工头起家，见村上种桃比种粮食值钱，就租种了百十亩地，雇用了几十号劳力，作务桃产业。租种的地分为三类，一类的平地每年费用 400 元，二类坡地 300 元，三类边角地 200 元，论收入比种粮食划算。劳力分轻重活，每天 60～80 元不等，农闲好雇人，农忙时得 100～120 元也雇不到人。

安娃子的水蜜桃，红得艳丽，白得鲜净，薄皮轻轻一剥，水汪汪的蜜汁会喷一脸。疏花，疏果，一棵树上结多少颗桃子是有数的。在地头的收购价，论个儿一颗 5 元，论斤 20 元，装箱 9 个桃子一箱 50 元，卖到省城也就是 100 元了。

不知谁出的主意，安娃子跑到省城商标机构，一次花两万元注册了好几个商标。不同桃的叫法，柿子杏子梨子甚至花椒黄花菜，拾到篮篮都是菜，起了名字先归属于自己名下，谁要是侵犯了商标权，就可以索赔。名字是人叫出来的，你会起名字，人家也会起名字，谁家生的娃的名字也不愿意重复。可占先的商标，一直闲置，没人掏钱来要求他转让，似乎上了一当，让人忽悠了。

在桃产业的竞争中，安娃子率先兴办桃王大赛，自己花钱张罗活动。市场交易中，少不了说东道西，甚至勾心斗角，有人说他自己想争桃王，结果让别人利用这个平台唱了戏，桃王落在了人家手里。一颗桃王，卖了寿桃，价值 600 元。人家的桃子明显比他的桃子大，味道比他的好，想给自己搽脂抹粉，结果把粉搽在人家脸上，抹在了自己尻蛋子上。他嘿嘿一笑说，凑烘别人就也就是凑烘自己么。原来被人看不起，能行人能来参加桃王大赛，就是看得起你了。

安娃子没什么祖业的资本可谈，穷娃一个，背馍上学，也没念出个名堂。但争胜好强，割草放羊是一把好手，浑身有使不完的劲儿。他和同伴比赛，看谁先跑到沟对岸，便兔子似的下坡到沟底，再攀援羊肠小道，向沟顶上冲去，谁也比不过他。

那么在生活的道路上，自己怎么老让人说是穷尿一个？安娃子不服。他起先跟上师傅搬砖头和泥沙，慢慢学会提瓦刀做墙抹泥，被师傅扇耳光，踢响尻子，是家常便饭的事。翅膀硬了，就胆敢包工承揽泥水匠的生意，从挖渠垒墙到盖厕所，再到盖房，自己设计施工，俨然成了一个大师傅。

为能承揽到活路，自己先垫钱，工程验收后再结账。有的账结清了，有的账已经过了猴年马月也结不了，只好放弃。给学校建房，工钱迟迟要不到，权当做慈善资助教育事业了。有个别村干部欺负他，让他打了收款的条子，实际上没兑现，过了好久去讨债，别人反而说已经结清了，有条子为凭证，你就是打官司也是输。做的这闷尿事，都没脸给人说。

有权就是爷，有权就有钱，安娃子心里明镜似的。大小是个官，有什么帮得上的小忙，泥水活什么的，只要给安娃子说一声，他跑得快得很。甚至要搭上工料，也在所不辞。有了兄弟哥们之交往，就不愁没生意可做。

人生地不熟，别想做生意。有一年冬天，安娃子带工队上了一趟陕北煤炭基地，承揽了一桩盖房的活路。临到过年了，还没有讨到工钱。欠债的老板跑得没影儿了，他和十几个民工差点儿冻死在冰天雪地里，哭都没眼泪，只是干号。从老家贷款寄来盘缠，回到家后，他把多年积蓄准备自己盖房的箱子底也腾空了，分发给手下民工过年，还欠了一屁股烂账。

从此，安娃子安心在自己的根据地做活，再也不外出下冤枉苦了。挣了钱又揽活，垫钱包工程，常是拆了东墙补西墙。一边欠着手下民工的工钱，一边还得顾及自己所谓大老板的面子，拿出一万两万甚至十万八万去做慈善，帮扶留守老人儿童，落了个好人的名声。村人说他，是死要面子活受罪，屎巴牛支桌子，有尿没尿撑着尿。这又当上县人民代表，披红戴花，走州过县，上省城京城开会，一时风光无限。

论挣钱，安娃子能挣几百万，而别人又欠他几百万，整天去讨三角债，除了给车加油钱和吃饭钱，经常账面空空，甚至靠贷款过日子。驴粪蛋，外面光，不知道里面受恓惶。碌碡已经拉到半坡上，拉上坡就顺当了，放弃的话，碌碡会一直滚到坡底下，前功尽弃。

安娃子不服，就这么硬撑着。时来运转，是拿下了一个村的美丽乡村建设工程，五百万呀，他高兴得一夜没合眼。贵人相助，是少不了的，这都是平时维持人得到的回报。他亲自设计，从道路到村容村貌，改修厕所，自来水到户，花草树木，牌楼标语，碌碡碾子石磨的摆设，俨然成了大工匠。

施工的费用、材料和人工，都是自己东拼西凑先垫付，工程到一个阶段验收，款项一点一点到位。这一笔钱到账，就能还清贷款，不再欠手下民工的血汗钱了。

租种的桃园，还在十年期限内，包工和种桃两不误，安娃子脚踩两只船，稳当。

48

石头是从穷人家抱养来的，继承了富农四爷的一份家业。四爷娶的头房婆娘生有二女，得了一场病后不能再生育，就纳了小妾，也未能生下一男半女。四爷着急之下，抱养了石头。

民国年代土匪成灾，四爷家也是高墙门楼，还有高窑，以防土匪抢劫。家里雇用的一个长工娃好吃懒做，被主人辞掉，便引了土匪前来报复。夜黑风高，大门被砸得咚咚响，四爷知道没好事，让家眷和石头上了高窑躲藏，自己操起铳子枪上了门楼。在乱枪中，四爷中弹倒下了，小妾把小石头塞到大老婆怀里，冲到了门楼上。她操起枪，瞄准了那个叛徒长工的脑袋，大喝一声，日你妈的屄，见鬼去！那小子的脑袋开了花，为四爷报了仇。双方子弹打光了，小妾就用瓷器做的手雷，甚至砸了老瓮拾起瓷瓦片往下扔，直把一群土匪驱散。

土改时，石头已经长大成人。他的脑子灵活，说自己的生父母是穷人，养活不过才投靠富农人家的。他积极拥护政府政策，带头把百亩良田分给了贫雇农，紧跟时势，深得土改工作组的信任，并加入了共产党组织，当上了村干部。

到了成家的年纪，娶了中医世家的女子为妻，人长得好，又贤惠温和，做得一手好茶饭，上炕剪子下炕镰，能纺线织布做衣裳，家务料理得有条不紊。陆续生有二男三女，日子过得很顺心。

到了半百年纪，石头不再当村干部，主动要求当了一个生产队的饲养员。他想活出个名分，爱社如家，甚至看着娃们饿肚子，却把自家的粮食偷偷拿到饲养室，喂给那头红骡子。社员都饿得没有精神，石头喂的那头红骡子却像一头火龙，在饲养室门前的槐树下咴咴鸣叫，浑身像披了红绸缎，闪闪发亮。谁要使唤它，除非有九牛二虎之力。于是，它就成了村头一道美丽的风景。

这头红骡子，在钉掌时，因胡踢乱咬，被钉掌匠人在削蹄子时，误将锋利的铲刀戳进了骡子的肚子里，交代了它的性命。石头悲伤不已，叫人把掌匠揍打了一顿，拿命抵制要将骡子扒皮吃肉的主意，把它埋在了坟地里。

从此，石头一病不起。不几年，也得病下世了。

石头的长子当归在动乱中回乡当农民，给饲养室挑水供水。娶了漂亮的民办教师为妻，生二男一女。妻子领着学生娃娃们从山路上走过，上学或放学，一路唱着蓝蓝的天上白云飘的歌儿，是一幅诗意的画儿。当归挑着水桶，到沟底泉边担水，下坡时快步如飞，上坡时一步一个脚印。来回三里地，一个早晨要跑七个来回，才能把饲养室的大老瓮盛满，人都说他能吃苦。

当归的名字是一味常见的中药，补气养神。闲暇时，当归跟着外爷学医，抱着中医之类的书籍不放，不厌其烦地背诵《汤头歌》，在自己身上试验针灸。有机会上了两年中医学校，回到村上当了赤脚医生。

这是当归命里该有的。他的父亲石头尽管大字不识几个，母亲却是大家闺秀，外爷是镇上有名的老中医。当归小时候常去外爷家，家里的药柜黑漆发亮，一个又一个蜂巢似的抽屉，装着形形色色的中草药，味道也是五花八门，就像在春天的山野里闻到的花的清香。白胡子外爷坐在窗前，眯着眼睛，气定神闲地给病人号脉，然后开处方抓药。当归觉得，中药的气息是世界上最好闻的香味。救死扶伤，从事医生的职业，是他的理想和向往。

外爷也说了，世上只有两种职业被人看得起，乡人称的先生，一个是教书先生，一个是医生。世为农人好，种地养家糊口，不惹官司，可以平平安安过一生。当官发财人人羡慕，不是济世为民，就是祸国殃民，改朝换代，遇到风险便不得善终。

不管天阴下雨，也就是冰天雪地，深更半夜，只要有人上门求医，当归没有二话，背起药箱就出发。谁能没有个头疼脑热，当归的脚印几乎留在了方圆几十里家家户户。他脾性好，总是耐心地望闻问切，笑眯眯地宽慰病人。

之后，当归转到了镇上医院，又被调到县上医院坐诊。他的专家门诊人满为患，每天得看一百多病人，不看完当天排队的患者不回家吃饭。在这样日复一日、年复一年的日子里，他的头发白了。

凡是村上有邻家或亲戚住院，他总是在下班后带着妻子去探望，每天一次，从不空缺。每次回到村上，人们知道消息，前来看病的乡邻能把门槛踏烂，论报酬他分文不取。

乡人都说，这么一个积德行善的人，修得老母亲活到了九十多高龄，姊妹们却过得不大顺心，有的中年丧夫，有的子女不敏。有人请了风水先生来捻弄，当归这个相信科学的人，碍着姊妹们面子，也不阻拦，兴许能顶事。原来，先人的坟埋在原畔的平地里，背靠疙瘩峁，眼前是一马平川，是富贵人的美穴地。只是后来平了坟，原地又修建了小学校，清明节时上坟，是在小学校的院落里烧纸上香的，妨碍了好风水。

怎么办？以风水先生所云，迁坟，兴许能时来运转。找人掘开墓地，棺材已经半朽，只是捡起先人的骨殖，还有零碎的金银首饰，迁移到一处避风的好穴地。果不其然，家中姊妹再也没有出过什么不测的变故，日子过顺了。

当归退休后，在医院返聘坐诊十多年才离开，在儿孙办的私人诊所当顾问。长子也步其后尘，当了医生。次子在公家金融机构上班，女子随其母做了教师。

富农四爷，有了石头、当归一脉相传的香火，九泉之下应该安然了。续写家谱时，在石头的名下，并没有写清是抱养的子嗣，血缘的秘密从此无人知晓。

所以说，天下的任何历史，包括家史、方志甚或国史，都是人写的或改写的。褒贬不一，是非曲直，任凭后人评说，它的真相已经随风飘零。

49

　　乔老汉不是本地人，是解放初从山东逃难来的，落户到了村上。

　　他婆娘是公家煤矿上的河南籍女人，上一辈是抗日战争时期沿陇海线转咸铜支线逃难来的。此地人把山东来的人叫卒子，把河南人叫河南旦。其实原意是挑担子讨饭来的，两头各挑着锅灶和孩子，是担，不是骂人的旦或蛋。河南人则回一个绰号，把此地人叫猴儿，顺口溜说，此地猴，推车车，尻子一拧一节节。族群对峙，也算是扯平了。

　　老实巴交的乔老汉的婆娘，生了一对双胞胎，都是男娃，分别叫乔大、乔二。也许应验了乡人说庄稼行里的一句话，远缘杂交的麦子比老种子强。乔家两个小子，长得一文一武，大的外向，二的腼腆，脑子都够用。

　　乔家没有祖业，在人口聚集的村子里插不进去，就在沟边老炭窝窠矿工住过的破窑里安家，有点离群索居。不在一搭里住，也逃不过老庄户的挤对。乔老汉壮实，憨厚有加，只知道下笨苦，三板子打不出个屁来。婆娘长得妖冶，无怪乎生的娃灵光，精得要命，人说种子好也要地好。

　　乔家受人下眼看了半辈子，想在村里出人头地，全是指望两个小子的能耐了。苦水里生，艰难中长，干农活也没的说，却是念书的苗子。乔二考取了名牌大学，腼腆的性格成就了一个理工男，一直读到博士，娶妻生子，当了大学教授。龙生龙，凤生凤，老鼠生儿会打洞。缘于教养，孩子也上了名牌大学，日后出国留学，娶了洋媳妇，生了混血儿，成了美国人。随后，乔二也被接到了美国养老。至于仍在土地里刨食的爷爷乔老汉，早被孙子辈忘到九霄云外了。

　　有关乔二，除此之外，再似乎没有多少值得提说的故事。

　　乔大光眉花眼，一眨牛眼一个鬼主意，聪明反被聪明误，高考名落孙山，前途堪忧。

遇到附近公家煤矿招工，乔大一脸委屈地进了煤矿，当了一名井底下的掘进工。心比天高，命比纸薄，说的好像是理想远大的乔大。从矿井升上来，照照镜子，整个一个非洲黑人，只有眼白和牙齿是白的。眼看弟弟乔二戴上了名牌大学校徽，在明媚的阳光下读书，自己却黑脸一张，黑不溜秋地在地狱般的井下流臭汗，怎么也想不开。同是一个娘肠子上下来的一块肉，咋就天壤之别么？

乔大不屑于一辈子干苦力，得想方设法逃出煤矿，寻一个轻省的饭碗。一天，乔大在矿部偷了一张报纸回来，上面登载的一首诗引起了他的注意，说煤炭是昨日森林的梦想，期待生命的燃烧。多好的文字，一下子唤醒了他曾经从课本得到的一种向往，立志要当一个诗人。他对自己悄悄说，就这么定了！

也巧，乔大无意中打听到，发表这首诗的作者就是矿长的侄子，在省城当编辑。这便脱下肮脏的工装，把安全帽重重地摔在地上，大吼一声，老子不干了，老子要当诗人了！

乔大不顾三七二十一，带着当月的工资，一路扒煤车，来到了省城。我的天哪，世界上还有这样的地方，灯火通明，车水马龙，不像自己待的那个偏僻的山沟，只有绞车轰隆隆响，满世界的黑人。他没脸去找在名牌大学读书的胞弟，自己盘缠拮据，只在小饭店吃一碗最便宜的面，在城门洞与讨饭的搭讪，度过了在城里的第一个夜晚。

乔大打听到一个寻亲线索，同村的一个异姓老者曾在省上文化部门任职，已经退休，便找上门。他狠了狠心，一块钱买了一个大西瓜，满头大汗地敲开了老者的门。老者闲暇无事，见有陌生乡党上门，可聊聊乡间旧事，再说有理不打上门客，便热情款待了乔大。茶余饭后，乔大启动了他唯一的随身宝贝，一部世界上最便宜的海鸥牌照相机，让小保姆帮忙，为他和老者留影一张。乔大哭诉了自己酷爱写诗的遭遇，想在省城有一番作为，感动了恋乡的老者。

要想在省城落脚得拜码头，老者又介绍了一位文化界的在职领导，乔大带着洗印好的照片，又是用一个大西瓜敲开了对方的门。他拿出一厚本子写的分行文字请教，对方礼貌地翻阅了一下，说是你去找报社的某某编辑，看能否发表一二首。临别时，乔大照例与对方留影一张，作为接下来的行动路条。

大雨滂沱，乔大被淋得水鸡娃子似的，撞开了报社编辑的门。编辑见来人持有乔大与二位文化前辈的合影，不敢怠慢，正遇饭时请乔大在门口饭馆吃了一碗羊肉泡，说留下一二首诗送审，就把乔大打发走了。他临别没有忘记，与编辑合了一张影。

几天过去，乔大觉得在省城落脚不易，干脆一不做二不休，怀揣三张合影权当介绍信，奔了京城。热情有加，憨厚老实，笑容可掬，给京城一家报纸的乡党编辑印象不错。乡党见乡党，两眼泪汪汪，殊不知背后打一枪。

乔大在乡党的办公室下榻，死缠硬磨，乡党将乔大的诗修改压缩到八句，发表在报纸补白处。乡党以为乔大会感激涕零，乔大在感谢之余却不无抱怨，这让乡党觉得这小子有点掮着碌碡打月亮，不知天高地厚。看着乡党脸色不好，便知趣地快快走人。

乔大不服，这么大的京城，人来人往，竟没有自己的立足之地？这便四处打听，找乡党，寻诗友，搅动三寸不烂之舌，连煽带簸，说谎不脸红，借钱过日子。经常露宿街头，就着路灯写诗，一把鼻涕一把泪。

娃运气不错，终于拜见到了一位原籍的大领导，又寻访到了顶尖级大诗人，题词合影，如此结交文化界名人，兵不厌诈，屡屡得手。这便无衣食之虑，混得风生水起，甚至恋到了一个浪漫的女诗人。

乔大的诗作虽然没发表几首，却突然自费出版了一部诗集，号称世界级大诗人。内行看门道，外行看热闹，竟然把一些大官员和商人哄得一愣一愣，乔大财路大开，如鱼得水，所谓风流才子得逞了。

有钱能使鬼推磨，甚至让磨推鬼也行，乔大认为用钱开路，没有办不成的事情。问题是大官和商人们每每让这位世界级大诗人蒙了，乔大也自得于自己一个乡下穷屄，居然用一张张合影玩京城显贵于股掌之中，背地里哈哈大笑起来。

依仗合影中的大人物，乔大回到省城耀武扬威，打电话给厅级官员，口气威武，经常的一句话是你还想进步不？对方惊魂未定，让乔大使唤自己马仔一样吆来喝去，吃喝嫖赌样样满足。

乔大财大气粗了，买来那些没有生活自理能力的书呆子，什么教授博士的专著版权，署上乔大自己的名字，买书号出版甚至于翻译版本。皇帝的新衣，畅通无阻。

当然，乔大不忘家乡养育之恩，掏钱给家乡修建了希望小学，修路筑桥，做了不少善事，有了一些民望。老实巴交的乔老汉，有这么一个能行的儿子，脸上也有了光。至于骗子一说，故事版本多多，莫衷一是。

那个同胞兄弟乔二，理工教授一个，被视为书呆子，反而不被乡人知晓。

不料，在京城最早收留乔大的老编辑，知其底细，揭露了乔大的来龙去脉。乔大对人说，我得感谢他的知遇之恩，但这么踩踏人就不地道了。我是世界级的大诗人，是诺贝尔奖候选人，著作等身，他当了一辈子编辑，为他人做嫁衣裳，可怜得连一本筷子厚的书也没出过，还皮干啥哩？皮干，在当地是骂人的话，意思是胡咋呼，胡说八道。

也有知情人不屑，说这货是个人才，怪才，鬼才，千年出一个。乔大对非议一个耳朵入，一个耳朵出，全不放在心上。

乔大自信地说，世人误读了我。我本是穷厐一个，在地狱般的煤井底下挖煤的苦力，凭借写诗改变了人生的命运，有人羡慕嫉妒恨，说我是文坛巨骗，公安怎么不来逮我？在京城有车有房，过得滋润，气死你老朽没商量，不是？

乔老汉还是那个老实巴交的乔老汉，在村里揽了一份扫路的活计，孤独地享受晚年。他妖冶的老伴，前几年患病下世了。乔二去了美国，杳无音信。乔大逢年过节回来一趟，前呼后拥，给乔老汉脸上贴了金。

有关乔大的闲言碎语，乔老汉有点担忧，常常失眠。村人说，老了，爱钱怕死没瞌睡。

50

墩子自小离了娘，跟着哥哥过活，长到七八岁还没有一条裤子穿。自家九爷是财东，看见这娃还机灵，就收留过来，当了放羊娃。

无论寒冬酷暑，墩子都要把羊群赶到沟里吃草，冬天烧一堆火取暖，夏天找个背阴处避暑，看见羊的肚子鼓圆了，天擦黑时才赶羊回圈。一天只带一个冷馍，渴了喝沟底的泉水。空旷的山沟，经常没有一个人影，遇上狼袭击羊群，墩子就挥舞羊铲拼命保护羊群。有一回，狼叼走了一只小羊羔，东家罚他一天没吃饭。

还有一回，一只跛腿老羊掉进了深窟窿里，墩子怕回家又要挨饿，想方设法要把羊捞出来。浓厚的黄土层经多年雨水冲刷，形成了地理上说的漏斗，乡人叫作窟窿。里边长了树和藤萝，有毛老鼠和蛇，阴森森的望不到底。多个窟窿之间是串通的暗道，极少有人敢去探个究竟。

墩子胆大，从沟口的洞穴摸黑钻进去，爬了好久，终于看见了一丝光亮，正是羊掉下去的窟窿。羊已经摔死了，他把羊拖出来，背回了家，还是被东家大骂了一顿。

在东家长到十几岁，墩子也能牵高大的骡马了，就又当了喂马牧马的，也跟上贩炭的脚夫队走甘省，去见世面。听说蒋介石让张学良和杨虎城在西安逮了，贺龙的红军队伍到了陈炉，是穷人的队伍，他兴奋得一夜没合眼。

村上来了几个红军，那位大首长莫非就是传说中的贺龙。说是来征用马匹的，当然也给费用，让主人说个价钱，卖给红军队伍，准备渡过黄河上抗日前线。红军看上的一匹大白马，不愿跟着走，连踢带跃，墩子接过缰绳，翻身跃上马背，在门前土路上飞奔了一圈。

大首长问道，小鬼，你愿意当红军吗？墩子喜出望外，兴奋地说，你要我吗？当然，去当红军，到抗日前线去。

于是，墩子告别东家，牵着大白马参加了红军队伍，成了中国工农红军二方面军的一名战士。以后随部队参加了抗日战争、解放战争和抗美援朝战争，为人民当了几十年的公仆。

和墩子一起当兵的，有同村的大明，在中条山战役中被日军追赶，被迫跳下黄河，在西岸淤泥中被人救起，一路讨饭回到老家，种了一辈子庄稼。还有振发、天水等六个小伙子，都牺牲在了黄河岸边，连骨头也没留下，在这个世界上完全消失了。

参加红军后，墩子被编入红二方面军独立十六团二连。开始驻防在陈炉镇立地坡，他的排长是郭仁贵，湖北人，多年后也失联了。

独立团驻防在陈炉镇立地坡时，红二方面军司令部驻在陈炉镇同官县立第二高级学校，贺龙司令员、关向应政委就住在这个学校里。驻防期间，墩子随同连队一起，从立地坡到司令部驻地参加过三次大会。二高学校的操场边有一个戏楼子，叫清凉寺。

墩子听过贺龙司令员和关向应政委的讲话。贺龙司令员讲话的主要内容，是团结抗日，军队建设和军民关系。关向应政委讲话的主要内容，是我们共产党和红军的宗旨，抗日统一战线。

随着西安事变和平解决后时局的发展，全国团结抗日的浪潮逐渐兴起。红二方面军直属机关，包括墩子所在的独立团，于1937年4月中旬，从陈炉镇移驻富平庄里一带。移防后，独立团驻扎在富平底店，改编为红二方面军第六师，师长贺炳炎，政委廖汉生。

自墩子参军后，部队一直在进行紧张的军政训练，同时还在努力学习文化知识。当时，部队多数成员的文化水平很低。从陈炉镇移驻底店后的不长时间，贺龙司令员到各部队视察，到连队时，他拍着墩子的肩膀说，小鬼，识字吗？墩子说，能认得几个字。

贺龙让墩子写打倒日本鬼子，"倒"字他写不出来，贺龙司令员笑着说，光打不倒怎么行？

1937 年 7 月 20 日，抗日民族统一战线形成后，红二方面军改编为国民革命军第十八集团军第八路军一二〇师，贺龙任师长，关向应任政委，周士第任参谋长，甘泗淇任政治部主任。9 月，墩子随部队奉命从富平出发，经韩城东渡黄河到山西，开赴抗日前线。

墩子在战火中冲锋陷阵，九死一生，是从死人堆里爬出来的。

当年青梅竹马的妻子，一直守候在老家，为墩子生有一儿一女。妻子病逝后，把儿女托付给哥哥抚养，由墩子负担一家人的生活费用。墩子续弦后，又有子女出生，随墩子在吉林生活。

离休前，墩子任解放军吉林某军事基地主任。村上人说，他曾带着警卫员回到村里，在老槐树下与幼年伙伴忆旧，还恭恭敬敬地向当年的老东家九爷敬了一个礼。

51

后村的罗明是和墩子一起参加红军队伍的，抗战爆发后，所在部队改编为八路军一二〇师独立团，开赴抗日前线。

开始，罗明在团部当传令兵，也就是通信兵，后来当了班长、排长、侦察队长。贺龙指挥一二〇师收复了河曲，王震的三五九旅又围困了宁武守敌。罗明所在团奉命进至同蒲路西的斗沟，倚托复杂地势，数次打垮下马冲锋的日军。后来，敌军以重机枪扰乱射击，掩护日军偷袭八路军阵地。

枪声中，罗明隐约听到有咚咚的响声，是谁在附近挖掘泥土，经请示班长，即匍匐至约三丈高的土崖畔观察。他偷偷向下一看，有三个日本兵，一个用镐挖脚窝，两个观察警戒，旁边架着歪把子轻机枪。

罗明眼尖手快，从腰里掏出两颗手榴弹，揭盖拉弦，顺崖壁扔了下去。炸死了敌人。随后，班长绕到崖下，机敏地避过日军的重机枪射击，缴回了歪把子轻机枪。

那年冬天，雪下得很大，罗明跟随部队冒雪挺进冀中平原。跨过平汉铁路后，与二百多名日军打了一场遭遇战。

团长让他去传达命令，返回途中遇见二十多具日军尸体，大皮鞋都没有了，他发现旁边的一个穿着鞋，便上前去扒皮鞋，却被尸体踹了一脚！他吓坏了，原来那家伙是个装死的伤兵，还恶狠狠地瞪着他。罗明一阵慌乱，担心手中膛线都快磨光了的老比利时枪打不死人，一拉枪栓，却把日本兵脑袋打得开了花。

罗明使劲扒下日本兵脚上的皮鞋，用草擦了擦上面的血迹，换掉了脚上的烂布鞋，还挺合脚。他又向前搜索，在不远处河边芦苇丛里，一个日本兵尸体旁边发现一支三八式步枪。他高兴地捡了起来，正好团长走过来，惊喜之余，当即批准罗明以三八式换下老比利时步枪。

后来，在张骞寺战斗中，罗明又缴获了一支崭新的德国造快慢机冲锋手枪，俗称二十响驳壳。在他的请求下，团长批准由他佩戴使用。

那年4月初，日军吉田大队二千日军向齐会村压来。团部通讯员罗明奉命，向七连传令增援齐会。在传达命令途经距火线不足五华里的屯庄，罗明看到一位洋大夫，从加拿大来的白求恩，正在一座小破庙里救治伤员。而庙墙外三十米，就有炮弹轰炸的痕迹。

到了9月，一二〇师奉命回师晋西北，此时罗明担任了旅部警卫班长。日伪军千余人，向灵寿县陈庄镇突袭。罗明想到很少有机会上前线，安全护送首长后，他想上阵地放两枪，被参谋长揪着耳朵赶了回来。

百团大战打响，罗明快马加鞭，奉命送文件至四十里外的某团，面交团长后返回旅部。人马驰骋到旅部驻地附近，暮色已深，天气寒冷，要经过日军把守的村庄。他随机换上事先准备的日制军用风衣，拉上风帽，冒险冲进村庄。

至村口未遇哨兵喝问。正诧异，马已进村，忽见满村日本兵正拆老乡门窗，生火热饭。他强抑紧张，暗中备好枪弹，控辔缓行，若无其事的样子。出村时，哨兵也没看出破绽。行进百米后，忽闻身后日军大声喝问，罗明迅即放马疾奔，虽闻枪声，却毫发未损。

此后三日，因找不到转移的部队旅部，罗明仅靠马料充饥，夜与马同倚崖露宿。其间遇到老乡数人，询问部队下落。乡亲看他人乏马困，送他几个小米白饼，他推辞半晌，拿下一个缓解饥饿。

又遇日军纵队，罗明看地形有利，便开枪投弹扰敌，随即迅速离开。第四天后，与旅部的侦察员相遇，这才顺利归队。原来日军扫荡提前开始，紧急转移后，旅部被日军占领，多亏他穿的日军服装无意蒙蔽了敌人，保全了自己的性命。

旅部西渡黄河，至陕北绥德保卫边区，罗明时任旅部侦察队长，因患疾病赴延安医治。途中与一个同乡同宿一室，从同乡言语中得知，旅部手枪排一名班长纠集四五人，阴谋杀害首长，抢劫船只东渡黄河投敌。同乡作为叛逃者联络对象，心中恐惧不愿参与，他动员罗明和他一起跑回老家，罗明表面答应，待康复后再说。

夜深人静，同乡熟睡后，罗明起身骑马疾速返回旅部。一路上催马扬鞭，直至把马累倒，他抱着马的脖子，泪流满面，看着相依为命的战马，死在了他的怀里。

罗明丢下马，只好急步前行，又遇到雷暴雨，且病情发作，处境极为窘迫。他想，自己这回快要死了，遗憾不能把情报送到旅部。他挣扎着爬行到目的地，把险情报告特派员，使叛逃者阴谋败露。

日寇战败，阎锡山为扩充势力，收编日军数千人。旅部东渡黄河，返晋迎敌。在郑家营战斗紧急关头，罗明受命率突击队攻城，冲至寨墙攀梯而上。一个日本兵端着机枪向下射击，一弹射入罗明右后肩，崩掉胸骨，复从左胸壁穿出，重伤下了火线，导致三等甲级残废。

从此，罗明退居二线，仍然在部队长期服役，直至离休，解甲归田，颐养天年。

52

占娃人高马大，是赶脚客里的头儿。

农忙时节，占娃侍弄沟畔那几亩薄地，农闲时便吆上骡马，驮上炭到北山一带换粮食。

一次北上途中，遇到几个拦道的土匪，占娃不想碰硬，以免伤了一行五六个脚夫，拿出几个银元，丢下买路钱。回程时，又遇上那几个土匪，不认旧识，强行要夺下粮食。占娃翻了脸，拳打脚踢之下，迅速掏出利器，杀了土匪头子，其余作鸟兽散。

不吃敬酒吃罚酒，占娃不到万不得已，是轻易不动手的。

凭借驯服烈倔牲口的手艺，占娃低价买入，高价卖出，赢得了不愁吃穿的顺当日子。在骡马交易市上，他是官方认可的经纪人，在草帽或衣襟下，与买卖双方捏着指头，在诡秘地讨价还价。生意凑成了，经纪人从中取二成利，是一个人人羡慕的差事。

经纪人角色，占娃一直从旧社会做到新中国成立后。生产队的时候，割资本主义尾巴，不许投机倒把，占娃一度成了走歪门邪道的典型受到批斗。下乡知青让他认罪，他不服，年轻娃娃看他上了年纪，想用武力让他屈服。岂料三五个小伙子，也制伏不了他。这便用小学校里的桌子拼起来，把他夹在其间，囚禁起来收拾，打得头破血流。

占娃的力气大，是远近闻名的。赶脚路上，遇到道路狭窄处，来往脚客经常相互不让，就厮打起来。厮打完毕，两队骡马还是僵持着。这时，只见占娃挥舞了几下子胳膊腿脚，直接上前架起稍瘦弱的骡马，连同驮子一起扛到一边去，疏散拥挤的驮队。

农闲时，知青娃们挑衅，说占娃吹牛，能把几百斤重的碌碡立起来。这把戏，是他年轻时经常玩的，虽然上了年纪，料定也没有忘记路数。只见他弯下腰，背过身子，几乎是趴在地上，用背部贴住碌碡侧面，双手背后扒住底部，大吼一声，起！一点点地让卧着的碌碡立了起来。

知青娃们看出窍门，说来试试，却一个一个累个狗吃屎，也没有谁能把碌碡立起来。之后，知青们都服了占娃，凡事让他三分。

一个炎热的午后，社员们和知青们准备上工，到地里锄玉米，陆续在知青窑洞边的土崖下集合。土崖背对午后初秋的太阳，有一丝凉意，人们便在此一边纳凉，一边等待人到齐后一齐出工。

谁也不曾料到，神不知鬼不觉，几丈高的土崖突然塌了下来。也不是久雨时节，土崖依然是干的，没有一点湿土，怎么就在这一时刻扑倒下来呢？也是饲养室取垫圈的干土，把这里挖成了悬崖。

说时迟那时快，随着一声闷响，一股尘土腾空而起，有几十吨的土块猛虎一样扑下来，把几个知青扇到了一边。大伙猛醒过来，好像不见刚才坐在土崖下面的占娃了。只见一处浮土表面在动，大伙上前扒拉，露出了占娃的脑袋。

人们手忙脚乱，怎么使劲也拉不出占娃的身子。等到扒开周围的土块拉出占娃时，他已奄奄一息了。

眼前一座小山似的土堆，上亿年竖立在那里，丝纹不去，就在这个秋天的午后某时某分某秒倒下了。也只是几秒钟的工夫，默默不语的黄土就张开血盆大口，吞食了一个活生生的人，一个五大三粗的壮汉的性命。

什么报应呢？没人知晓。曾经戏弄过占娃的知青娃，也不禁心生怜悯，甚至流下了眼泪。

占娃身后留下两儿一女，均未成年，这便让占娃的婆娘吃尽了苦头，才把儿女抚养成人。先后给两个儿子把媳妇娶进门，为鸡毛蒜皮的家务事闹得不可开交，甚至大打出手。大媳妇用纳布鞋的锥子戳碎媳妇，碎媳妇也不是好惹的，拿起瓷凉枕头砸大媳妇。二人两败俱伤，双双倒在了地上。医好伤痛，从此妯娌间互不搭话，视若仇人。

多年后，大媳妇病逝，大儿子上了寡妇门，日子过得恓惶。小儿子儿女有成，女儿读了外语学院，给外籍人孩子当家教，常寄回钱来。儿子却不幸，年纪轻轻得了脑溢血，好在恢复尚好，娶了媳妇，在村上幼儿园谋了一份差事。

提起占娃，上了年纪的老人，还能记起他的模样，都说可惜那人的坯子和年纪了。

53

妹妹一出生，父亲便出意外去世了，说他额颅头发上有一个圈儿，这是克父的标志，乡人叫玄，便在人背后叫他玄儿了。

母亲拉扯玄儿和妹妹长大不容易，二十岁上就给儿子娶了个漂亮媳妇，生下一儿一女，不幸的是媳妇得了暴病，撒手去了。这便求神拜佛，请来了西原上的神婆子，摆了道场，扭转厄运的唯一办法，是让玄儿九十九天不得出窑门半步，不然就会有灭顶之灾。

母亲和玄儿信了，信则灵，于是把玄儿关在窑里，吃喝拉撒不得出门。玄儿又不喜欢念书，这不把人闷死？两眼盯着窑里的桌椅板凳，玄儿茅塞顿开，请来了一个木匠师傅，跟着学习做木活儿。九十九天禁闭到点，玄儿出脱成了一个熟练的木匠，坏事变成了好事。就是整天不见太阳，人被捂成了豆芽菜，白净得让人害怕。

该到续弦的时候了，方圆人都说玄儿是克父克妻的硬命，一般人不愿上门。寻来找去，物色上了对岸村里一个十八岁的女子，说是愿意上门，唯一条件是拿玄儿的妹妹换亲，给三十多岁的光棍哥哥当媳妇。玄儿母亲和玄儿情愿，可妹妹寻死觅活不愿意，这由不得妹妹，得使家法，妹妹只好委曲求全。

玄儿把十八岁的女子娶回家，妹妹也按条件嫁了出去。续弦又生一子，聪明可人，善待前妻儿女，日子就这么过下去。

过了多年，妹妹的儿子长大了，开着手扶拖拉机来给舅家送煤。不料，从窑崖背边的陡坡上失控，冲到了院落里，当场就没命了。这又应验了幸灾乐祸的乡人所说的，玄儿命硬，又把外甥给克死了。

玄儿得了心病，卧床不起，说是不治之症。来人看望，他总是乐呵呵的，说没啥，歇一歇就好了。有人推荐他喝羊奶强身健体，他便买了两只奶羊，整天牵着在沟里转悠，一天喝一斤羊奶，果然没病了。

玄儿信了老中医的话，羊吃百草，经过有机物熔炉的炮制，产生的乳汁就是世界上最好的良方，包治百病。传说乡党药王孙思邈，当年学医治死了人，沦为牧羊人，路遇得了绝症的人，他随手抓了一把羊粪蛋给病人服下，没想到病人起死回生了。这羊粪蛋，不就是现在的中药丸子么。

玄儿以身试法，再说活动活动，要活着就得动，不动也就活不成了。他牵着羊，翻沟过岭，空气中弥漫着花草的清香，氧气充足，一天徒步二三十里，锻炼筋骨，活血化瘀，聚神养神，心情舒畅，啥病也就不治自愈了。

人说癌症活不过三年，玄儿六十上得的病，到了八十还活得好好的。开始的两只羊，陆续繁殖了一窝一窝羊羔子，倒是成了玄儿的生财之道。那些留守老人给打工在外的儿女看管孩子，就订了玄儿的羊奶，供不应求。

玄儿把母亲送终养老，儿女的婚嫁任务也完成了，四世同堂，当了老爷。

54

吴家窝，是一个沟顶上形成的半圆土崖，借势打了一圈窑洞，住着吴姓人家。

早先是从西原上迁移来的，后裔断文识字者无几，也没有留下吴氏家谱。上溯到清末民初，遇到兵荒马乱，长毛贼来犯，先祖是武举人，不服气，拼命抵抗，让盗贼压在碾盘上，直接把头砍了。

身后一个儿子尚幼，躲藏在悬崖的窨子里，没有梯子和绳索是上不去的。盗贼从悬崖上端垂直放下绳索吊人，都被守在一米见方的窨子口的婆娘用大刀砍死了。盗贼向窨子里扔火把，婆娘带着儿子从暗道里逃走了，才把命保住。

盗贼撤走后，婆娘在碾盘边找到了男人的尸骨，用针线把头和身子缝合到一起，含泪埋了。

等到儿子玉山长大，能吆骡子驮炭换粮了，便娶了镇上吕姓女子。吕女从镇上嫁到原上，可谓下嫁。父亲逃荒回来，遇上收麦子，新麦面蒸馍下肚，瘦肠子受不了，被撑死了。刘志丹的红军四十二师从北边过来，攻打了镇堡子，枪毙了恶霸地主。返乡团回来，又收拾接济过红军的平民。吕女怕受连累，离开交通要道的镇子，躲避到了原上吴家窝，安生下来。

玉山和吕女先是生下二女，一家人缺吃少穿，日子过得艰难。租种的几亩坡地，到了收麦子，是一撮一撮拔的，打不了多少粮食。玉山吆着一头瘦骡子，驮一百多斤炭，到泾河川一带换吃的，来回要走七天。到了春荒时节，两个幼小的女子，便搭伴挖野菜，吃下去肚子发胀，拉的是青水水。只等父亲换粮食回来，掺上野菜，才能填饱肚子。

人没吃的，狼却要吃人。周围好多地方的名字，就叫狼咀、狼窝、狼凹，一到日头落山，狼群就出动了，小孩啼哭一样发出嗥叫。玉山赶脚出外了，吕女守着两个女儿，害怕不是被饿死，就是让狼给吃了。每听到狼嗥，就吓得尿裤子，拿着铁杈守在家门口。

饿狼心眼比人多，防不胜防。大女儿正在灶火前拉风箱烧水，猛然觉得有一个毛乎乎的东西搭在了肩上，利爪子刺入了脖子的肉里。不等得她扭头，已经让恶狼按倒在地上。本能的尖叫声，召唤来手持铁杈的母亲，生死搏斗中，狼被撵跑了。

娃娃勤，爱死人，娃娃懒，狼叼去没人管。这童谣一直流传了几百年。

这天傍晚，两个女儿在门口玩耍，在唱母亲教给的板数，也就是顺口溜。高高山上一堆灰，姊妹两个坐一堆，大姐放了一个屁，吹了小妹一脸灰。正在嬉嬉闹闹，突然看见有一对晃晃悠悠的绿光由远而近。是狼！

大姐忙喊叫，狼来了！这声音却从嗓子里出不来。她拉起小妹就往窑里跑，小妹也吓瘫了，倒在地上起不来。狼把小妹叼走了。好在父母都在，父亲操起铁权，追出院子，狼正叼着小妹上坡。狼拖着小妹上坡很吃力，觉得身后有尖锐的东西在戳，疼得叫出声来，便丢下小妹溜走了。

小妹脖子上留下的两个血窟窿，是狼的牙印子，好了后也留下了伤疤。事后，小妹子开玩笑埋怨大姐，你前头跑了，丢下我让狼叼走了。大姐说，要不是我去叫父亲，你早就让狼叼去吃了。

沟道的岔路口。常见有一堆堆发白的野兽粪便，硬硬的，是嚼碎的骨头和毛发包裹的屎团子。人们凭借粪便的软硬，辨别狼群的动静。之后，民国政府运用警力和民团扫除狼祸，才渐渐少了狼的踪影。

玉山门前有棵老皂角树，是那个被盗贼砍了头的父亲栽的，树心已经空了，树冠不大，仍然一年一度出叶结果。弯弯的皂角，像是月亮，又像是女子的眉毛。那时候，人们用不起肥皂，就把皂角用棒槌砸碎了，在洗衣板上洗涤衣裳，村姑也用它洗头，光洁明亮。

一年四季在外赶脚的玉山，苦中作乐，学了不少民歌，自己也编了不少，经常挂在嘴边吟唱。遇到农时节庆，他是方圆有名的伞头，摇晃着伞领头，在晒场上扭秧歌。

之后，有一个音乐家登门拜访，用录音机记录下玉山唱的二三十首民歌。有《十唱姐》《摘花椒》《小货郎》《扬燕麦》，收入地方史志文艺卷。

玉山与吕女，一生先后有五女三男，都能唱几句父亲留下的民歌。

到了孙子外孙辈，有当农民的，当教师的，端公家饭碗的，做装修生意的，遍布京城省城，集合起来有百十号人，好不兴旺。

人们在原上修建了水泥平房后，便丢弃了吴家窝的一圈土窑洞。旧宅复耕时，轰隆隆的推土机几天工夫就把老窑洞铲平了。面对百年的老皂角树，钢铁铸造的庞然大物，发出怒吼，喘着粗气，想连根拔掉它，终是败下阵来。

老皂角树，像一尊神，仍然蹲在那里。它盘根错节，岿然不动，一年一度，在不多的枝条上生长新叶，结出弯月般的皂角来。

55

成英自小没读几天书，是兄弟中的老小，父母亲给一个个成家单另过日子后，心思全在成英身上。

本来已经给成英订了乡下媳妇，五百元的彩礼都给了，结婚生子，伺候老人，算是好前景。偏偏遇到知青返城，回乡学生也能招工进城，村上的年轻人走了不少，成英不甘心当农民，硬是缠着父母给三哥说情，把他招工到了公家煤矿上。三哥在煤矿上管人事，填表说成英是自己的儿子，直系亲属，弄虚作假，事情也办成了。

成英披上了矿工的皮，看不上乡下媳妇了，就退了婚，五百元彩礼也不要了，是自己对不住人家。先在矿井下挖煤，继而当了井下电工学徒，又调到井上做后勤服务，都是沾了三哥的光。

三哥受父母之托，又给成英在矿上找媳妇，安排住房。这当儿，成英与一个工友结为朋友，认识了工友的妹妹，对上眼了。他注重一点，对象是师范毕业生，在乡下教书，听起来好听。他本身没读几天书，偏偏看得起有墨水的女子，也好。

岂不知，成英在煤矿上班，距离媳妇教书的地方有四五十里，结婚后每星期跑一回也够呛。问题出在媳妇连生两胎女娃，成英不甘心，一定要生出一个男娃才罢休。这便不听三哥的劝说，辞职回家和媳妇一起生养孩子。

上媳妇家过活，等于倒插门当了上门女婿，在晒场的旧仓房临时安身。没有家当，便回老家搬了父母早先给他备好的结婚用具，甚至拆了厦房，连木头砖瓦也运走了。父母眼看这个托付晚年的小儿子走了，不免心里空落落的，后悔当初让他当了矿工，又退了乡下的婚事。

成英完全让上门女婿的家务整得焦头烂额。寄人篱下，凭借媳妇教书的工资也养活不了一家人，他便在周围打工，什么苦力也不在话下。到了这个份儿上，留恋煤矿上的工作，却再也回不去了，想到老家父母的指望也落空了，难免伤心落泪。找一个文化人过日子没错，也就是一心要生男孩的思想在作怪，自找苦吃。

一不做二不休，媳妇一边教书，一边偷偷摸摸地连续生了三胎女娃，实在太辛苦了她。养不过咋办，无奈将老三老四送人。老天有眼，终于在招娣、来娣、转娣、胜男之后，生下一男孩，了却了成英和媳妇的心愿。

那年头，计划生育卡得很紧，违反政策要开除公职，上房揭瓦，进屋拉牛牵羊抢粮食，直逼得家破人亡不可。好在媳妇家的亲戚在当地有过硬关系，但也掏光了穷人口袋里的最后一块铜板，总算过了一个大坎。

为藏匿这个宝贝男孩，一个乡人说的长着茶壶嘴的香火种子，成英和媳妇真是费了周折。男孩名字叫巴儿，即是长鸡巴的巴巴娃，也是到此为止的尾巴，听起来也还顺口。乡人有老人在村头转悠，遇到能开玩笑的老者搭讪说，听说你儿子生了个巴巴娃？老人也不回避生了女娃的难堪，苦笑说，是夹人家娃巴巴的娃。这话绕口，说得通俗又巧妙，有点自虐。

这个巴儿，是偷偷生的，媳妇学校和村上人毫不知情，这便想到了老家，是最好的藏身之地。可惜父母已经下世，照料不了这个最小的孙子了。再说，成英疲惫于生计，没有尽到奉养老人的责任，甚至在母亲去世时他也没闪面，回到村子外绕了三圈，号啕大哭着离开了。

清明节，成英回到老家给父母上坟，心如刀绞地绕到一座坟前。那是儿子巴儿的坟。

儿子巴儿怎么就死了呢？儿子是白养了。当父亲的竟然没有掉一滴眼泪。他的面孔抽搐着，扭曲得怕人，当父亲的却给二十岁时死去的儿子巴儿下跪了。

　　成英的侄子拉起叔父说，哪有白发人给黑发人下跪的，起来。成英喃喃道，死者为大。巴儿下葬时，侄子曾站在这片荒坡上，等待小堂弟归来。这一辈十几个堂弟兄，是一个爷的孙子，侄子是老大，年过花甲，小堂弟年仅二十岁。

　　侄子第一次见小堂弟，是在老家过年的窑洞里。天下着雪，叔父从川道里领着三岁的巴儿回来，半天工夫，巴儿原地不动戳在土炕前，泥脚周围浸开一片雪水。递一个馍过去，巴儿竟饿狼扑食一样抢到手，吃得噎住了。叔父说，娃是超生的，一出世就送给山里一个孤老头领养，没见过世面，长瓜了。之后便将娃留在老家，由大哥大嫂、侄女侄媳妇及亲戚轮番看管。一次，家人以为把娃跑丢了，满世界寻了一晚上，原来他淘气地躲藏在猪圈一角睡着了。

　　第二次见巴儿还是过年时，大概有十多岁了，性情有点执拗，站在沟畔上不肯回来吃饭，临了还是送了肉夹馍。

　　再之后，侄子在家族微信圈看到巴儿，完全出息了。巴儿说，我是在老家长大的，忘记不了养育之恩。听说他变聪明了，就是不好好念书，整天上网打游戏，上了一所铁路中专，又离校漂泊于福建、北京、海南、浙江一带打工。终于在一个影视城落脚，当群众演员，还出演了几个马仔、士卒的小角色。

　　侄子给家人说，这娃说不定还能成为王宝强一样的影帝呢！过年发红包，侄子操作手机失误，发了一个一百元的，竟然被小堂弟巴儿秒杀了。侄子说，娃运气来了。圈内人眼红，让巴儿吐出来，巴儿扛不住众声喧哗，又全吐了。侄子说，娃老实，善良。

　　之后有一天，侄子在城里接到三弟电话，说小堂弟巴儿出事了。侄子惊恐地浏览朋友圈，发现巴儿发送了一曲张震岳的《再见》，说看不到生存的希望，再不想给家人惹事了。又粘贴了海子的图片和几首诗，其中有两句诗：热爱着空虚而寒冷的乡村，那里的谷物高高堆起。侄子落泪了。

　　小堂弟巴儿回来了。在老家荒坡上入土为安。

56

林娃的父亲早先被招为临时工，在公家水库上有一份差事，干了好几年，眼看转正没门儿，索性回家做庄稼，娶妻生子。

父亲高个子，人长得慓悍，娶的媳妇也是俊模样。所生一儿一女，均是电影明星的材料，可惜学业不成，长大后出外打工。父亲到花甲之年，放了几只羊，捎带收拾老树上的枯枝，背回家烧火做饭，省了煤和电。

林娃不像父亲那么一副打扮，成年戴一顶皮礼帽，完全是美国西部牛仔的形象，而是在胳膊上文了一条龙，让村人生畏。在外揽一些背水泥袋子的苦力活，抽烟喝酒打麻将，过得很是洒脱。

林娃的妹子叫林女，秉承了父母的基因，要个子有个子，要模样有模样，脾性也泼辣。开始在饭馆洗碗端盘子，后来当了前台总管。人长得出众，难免招有钱人勾搭，便进入了娱乐圈。论唱歌跳舞不行，但窈窕的身材正适合做业余模特，吃喝玩乐，不愁没钱花。

问题出在刚出去打工那阵子，还是村姑的眼界，订了邻村一门婚事，父亲花了人家几千元的彩礼。对方是个老实巴交的小伙子，一直在小煤窑上干苦力。在省城花花世界闯荡了几年的林女，自然看对象不顺眼，慢慢不来往了。对方也死了心，只求讨回彩礼，婚事一笔勾销。因这笔账未了，双方一直是一个过节，纠缠不清。

一日，天气晴朗，便在村口发生了一起骇人听闻的殴斗。

未婚夫雇用了两个闲人，要在村口等待对手。一队人马从大路上不紧不慢地走来，是刚从亲戚家过完白事，个个一身白色孝服，很有点仪式感。也是酒足饭饱，有些惬意。一行人走到村口，被两个闲人突如其来地挡住了去路，讨要彩礼。

走在前头的林娃，已经屡屡被讨彩礼的对方缠巨烦了，三两句话不对路，就动起了手脚。两个闲人吃了人家的嘴软，拿了人家的理短，收人钱财，替人消灾，便依仗江湖上学来的套路开始比划起来。一行人慌忙躲开，作鸟兽散。

林娃不懂武功，尽管胳膊上刺了龙纹，是拿大锤子吓唬瓜女子的。此时，遇上两个打手，心里也不免有点胆怯。一不做二不休，林娃是个吃软不吃硬的汉子。他回身看见路边停着一辆农用车，便取来一把锄头，大喝一声日你妈，朝着对手的脑袋胡乱抡了起来。

动用了家伙，这是来真格的了。闲人一看不妙，夺路而逃。软的怕硬的，硬的怕不要命的，这回碰到不要命的了。林娃心火刚刚点燃，酒席上灌的一肚子液体燃烧起来，吼叫着追杀对手。

一个跑得慢的被锄头击中脑袋，鲜血喷涌，像一根木头倒在了地畔上。另一个奔跑在麦子地里，一边逃命，一边打手机报信，也被林娃抛出的锄头击倒，没有爬起来。

一行人吓得丢魂丧胆，这下要是出了人命，是要林娃用命来偿还的，这怎么了得？有人便拨打了110和120，以免事态扩大，不可收拾。

林娃可能是酒醒了，或是精神恍惚，慌乱中扬长而去，逃离了现场。

多亏救护车来得及时，公安人员也赶到现场，被伤及的两个讨债的闲人，算是保住了性命。公安发布了通缉令，却没有跟踪捉拿行凶者，毕竟没有构成人命要案，林娃便从此消失了。

走了和尚走不了庙，林娃父亲受了惊怕，一病不起，很快归了西天。林女远在天涯海角当模特，听说哥哥逃匿，赶回来埋葬了父亲，又出门讨生活去了。也许已经成家，过上花天酒地的上等人的生活，不得而知。至于未婚夫家的彩礼，对方再也不敢提及，一风吹了。

父亲死后三年，林娃潜逃回到家，在坟上号啕了一场，又消失了。

林娃的媳妇出外打工，几年没回来，不知是否与林娃一起躲官司。林娃母亲可怜，带着小孙子过活，期待一家人团圆。

57

爱书从师范毕业，当了多年民办教师，一直没有机会转正。每天从家到学校，得翻一道沟，工资少得可怜，根本无法养家糊口。业余购置了一辆三轮车，抽空揽点零碎活，补贴家用。

爱书父亲求到一个在外工作的亲戚，说是谁能帮忙把我儿转正，我给谁磕头，把谁叫爷。亲戚找到交情不错的教育局长，人家说，现在正在清退民办教师，先让干着，不被清退就算给面子了。

实在不得法，爱书索性丢弃了教书的差事，另谋出路。他听信了一个同学的承诺，卖掉了仅有的家当三轮车做盘缠，带着媳妇南下广州，交了一笔费用，做商品推销代理，说是一月收入可达万元。结果误入传销黑社会，生活没有着落，一时陷入困境。

万般无奈之下，爱书给在海南岛做事的亲戚打电话，让给他和媳妇找一差事。亲戚说，海南看似淘金热，但有风险，劝他不如回老家打工，如无盘缠可接济他。电话中，媳妇在一边说，咱不要人家钱，看来打道回府的路费还是有的。

这么，爱书又捡起了教书的老本行，再谋转正。动用了种种关系，将学历和档案转入异地，利用打擦边球的变通空间，终于在两三年后变成了一名正式教师。

日子稍微顺当一些，爱书不用翻一道沟走来回了，购置了一辆摩托车，绕路上下班。

谁知祸从天降，一日回家路上，摩托车鬼使神差地撞到了路边树上，把一大把粗的杨树齐茬撞断了，车和人撞成什么样子，可想而知。

多亏路过的车辆发现，把爱书送到了医院抢救，保住了性命。有人推断他喝了酒，甚至喝醉了酒，飞一样驾驶着摩托车在村路上狂奔，得意忘形，才导致车祸事故的。旁边没有证人，他是唯一的见证者，一口咬定是鬼使神差。不然，公休病假和医疗保险，就得后果自负。

爱书几天后从急救室的病床上苏醒过来，好像在阴司走了一圈，阎王爷没收，又返回人间。他一动也不能动，浑身不听自己使唤，命是保住了，但会在床上躺一辈子，想哭也没眼泪。目光呆滞，望着天花板，一句话也没有。

来人劝说，等伤病好了，再也不敢喝酒了，爱书坚持说那天真的滴酒未沾。好好好，滴酒未沾。哄鬼去，不知鬼信不信。起码，不敢再骑摩托车了，那不是摩托车，那是奔跑着的棺材，随时有可能去阎王爷那里报到。他连点头的能力都没有，心想自己还能站立起来，就是天大的幸运了。

经历两三年时间，爱书在痛苦的折磨中创造了奇迹。破碎的骨头愈合了，撕裂的神经系统通畅了，一个等死的人又活过来了。他重新走进课堂，给孩子们讲课，好像从来没有经历过粉身碎骨的车祸，噩梦一样醒了。

好了伤疤忘了痛。爱书仍然喝酒，仍然骑摩托车，酒喝得少多了，摩托车骑得慢多了。媳妇埋怨地说，你不让他喝酒，就像不让狗吃屎。酒后驾驶的事，却再也不敢了。

遇到撤并学校，中学变成了小学，小学降低为幼儿园，爱书当了幼儿园园长。村上大多孩子进城借读，家长在城里租房陪读，学生跑了，教师也跑了，只有学校跑不了，路断人稀，草木茂盛。

他坚守阵地，到小学三个教师带一个贫困户的孩子，这教师当得彻底悲催了。家境不好的年轻人到外地打工，生了孩子带不走，城里消费高，只好把孩子丢给爷爷奶奶，当留守老人和孩子，守望着空寂的村庄。好在幼儿园公费，有了时兴的校车接送孩子，还有一点人气。

爱书的父母跟着妹子进了城，给妹子带孩子。妹子妹夫有本事，开了装修公司，挣钱不少，有车子有房子。几年后，父亲患了脑梗，回到老家做棺材打墓，预备来日终归要到来的那一天。老家房屋多年不住人，交通又不便，妹子便给老人买了镇上的二手房，有暖气煤气，离医院近，就在那里养老了。既然父母跟了妹子，爱书也顺水推舟，不过也不失孝子的名分。

爱书生有一女孩，也大学毕业了，又远走高飞，到新疆支教去了。

58

巧儿有三个哥罩着，自小受父母疼爱，没吃过什么苦。乡人说男娃是香火，女娃早晚是人家的人，泼出去的水。生了一大堆女娃，没有男娃，在人前都抬不起头。反之，生几个光葫芦，没一个女娃也同样觉得没面子，起码在老了百年之后没有孝子哭天抢地，灵魂也遗憾。旧观念说，女娃是油包子、糖包子，嫁出了门走娘家会带好吃的回来。

巧儿就是父母的油包子、糖包子，背馍到镇上念书时，别人吃的是玉米馍，她吃的是白馍。人也长得白，性格温和，与谁都合得来。动乱年月，男生同学静坐武斗，巧儿在灶上帮厨，给乡下父母带回了肉夹馍，算是孝顺的女儿。

回乡当了农民，巧儿遇到了一场灾难。

一天劳动回家，肚子疼得厉害，在炕上直打滚，打针吃药不管用，急得父母火烧眉毛。找来神婆子，说是鬼捏住了，盛了一碗凉水，碗沿上搁了一双筷子，然后把一支筷子夹在其中，说是让鬼骑马走开，又把三支筷子并拢，上下蘸了凉水，在病人身上淋了，在碗中央立了起来。突然，大喝一声，一把将筷子朝门口的方向打翻。

但鬼还没走，巧儿肚子疼得更厉害了。

毕了，还是大哥用架子车拉着，小脚母亲跟在后边，泥里水里把巧儿送到了县医院。医生一看，患的是急性阑尾炎，已经化脓溃烂，急忙开刀动手术，才挽救了巧儿的性命。

也都到了谈婚论嫁的年龄，上门提亲的不少，巧儿有主意，嫁给了上中学时高她一级的邻村同学。女婿高高大大，模样俊朗，可惜家里成分高，是地主，更要命的是公公当过民国政府的镇长。这么，巧儿一过门，就成了"黑五类"的可教育好的子女。巧儿不嫌弃，毕竟是书香门第，日子过得还算有趣。

子女因家庭出身低人一等，招工当兵上学政审不过关，公公委屈不过，说自己当过民国政府的镇长不假，也同时是共产党的地下镇长，解放初让他当官，他留恋家中的土地，由此一直当农民。情急之下，公公上省城找当年的上级联络人，写了证明材料，这才给予平反，挂了一个县政协委员的名分。

时来运转，女婿在省城上了大学，分配到城里工作。巧儿招工进纺织厂的名额却让人顶替了，只好在镇上找了个临时妇联干部的差事，与女婿天各一方。平时回到家里，一个人冷冷清清，还得伺候公婆。日后有了孩子，也只好托付给母亲照管。男孩子淘气，稍大一些满世界乱跑，甚至躲在衣柜里捉迷藏，整得外婆成天到处找外孙，担心丢了孩子给女儿没法交代。

巧儿从娘家到婆家，要翻过一道深沟，荒无人烟，有时带着孩子来回，又累又担惊受怕。女婿远在省城，只是写信问长问短，巧儿深感孤独无依。有时，翻沟时已经黄昏，巧儿坐在沟畔上号啕大哭，说怎么不来一个狼把我吃了算了。

终于有一个机会，女婿单位需要一名会计，巧儿费了九牛二虎之力，凭借人情，送礼打点，好不容易调到了省城女婿身边。

老娘唯一的女儿，远离了老家，只是在逢年过节才能见上一面，匆匆来去。父亲去世，巧儿带女婿和孩子回家奔丧，从此把老母亲丢在了老家，由阿嫂照管。

老娘实在想女儿了，就让儿子带她去找巧儿。毕竟上了年纪，车马劳顿，病在了路途，又无奈返回老家。之后瘫痪几年，也没有享受女儿多少床前的尽孝，死后才等到女儿归来，哭得死去活来。

正如民谣唱的：老娘盼女来，女不来，说是过了收麦看娘来。到了收秋女没来，说是腊月初八送节来，老娘等到过罢年，还没见女看娘来。正月二月到三月，老娘蹬腿闭了眼，才见女儿奔丧来，眼泪流了一河滩。

多年过去，巧儿也过了花甲之年，在异乡的睡梦里突然梦到了七双布鞋。

站在老家门前的麦地边，一眼就看见了东边高高的山梁，那一片绿树点缀的村庄叫枣园。巧儿从小知道这个村子，枣树很多，跟着母亲去姨妈家吃过枣，尽饱吃。平时只是在母亲倒掉的中药渣中捡枣吃，有股苦味，老中医的处方上常写有四个字：红枣为引。多年漂泊在外，母亲和姨妈那两双小脚一前一后扭捏着，慢慢走出土院的影子早已消失了，巧儿也再没机会重访枣园了。

凌晨时分，巧儿用手机发短信给老家的侄子，打听枣园姨妈的儿子春良哥的近况。索要春良哥的通信地址、手机号码、身份证号、准确姓名，每个字都要准确。巧儿想起结婚那年，没给人家一分钱，姨妈给她做了七双鞋，这些年想报答，但又不知通过什么途径才能找到，很愧疚。

老家有个习俗，嫁女时要给婆家大人小娃每人做一双布鞋，以示礼数。母亲多病，姨妈手巧，点灯熬油地帮母亲做了七双鞋，好打发女子出门。巧儿和姨妈家的春良哥是自小的玩伴，成人后天各一方，再没见过面。

侄子在镇上读高小时，姑姑巧儿在一墙之隔的中学读书。侄子下课后去找姑姑，她总是给他拍打衣帽上的灰尘，把他的脸洗干净。姑姑刚结婚时，是回乡知青，姑父参加工作远走高飞，她孤寂无靠。爷爷奶奶只是叹气。之后，姑姑随姑父去了省城当会计，日子过顺当了。奶奶去世时，姑姑回来送葬，多年再没回过老家。

巧儿给阿嫂寄回一件外套，信中说，好嫂子为老母亲养老送终，恩情难忘。这又想起了姨妈做的嫁妆，那七双一针一线缝制的布鞋，打听姨妈之子春良哥的境况。她是梦见了姨妈和春良哥了吗？是姨妈和春良哥的灵魂找到了远在异乡的外甥女和表妹了吗？是量子什么的纠缠吗？

侄子即通过邻村人打听，春良姓燕，前几年七十七岁时去世了。他老伴现在住新区儿子家。至于巧儿说的侄子平时用石头儿子的车，是她误记了，侄子是常用的石头哥哥三娃儿子的车。三娃是老舅的三子，曾经嫌民办教师待遇低，坐火车南下广州，当搬运工挣了路费，乘船到了海南岛打工。在海岸修了几个月堤没得到工钱，穷困潦倒，便到海南报找侄子。

三娃说这是他出发时就想好的后路，万不得已才找表侄接济。小时候去他家吃过杏，表侄开玩笑说，海岛没有黄杏，劝他还是回家做教师的好。表侄替工头给他付了工钱，给买了船票和食品衣物，送他过了琼州海峡返回老家。三娃回归教师队伍后，待遇好了，却逢撤并小学之风，他只带一个学生，后提前退休，前几年也去世了。

侄子如实告诉了情况，巧儿回短信说，关爱我的姨妈和春良哥已离开了人世，我实在是太悲痛啦！那七双鞋子，是很能干的姨妈一针一线做的，太不容易了。我只能终生悼念，送天堂钱币给姨妈和春良哥，让他们在另一个世界生活得好一些。

侄子顿时怅然起来，独自站在老家门前的麦地边，朝着南边的方向，遥祝姑姑姑父健康，安度晚年！

老家枣的滋味，杏子的滋味，饱含了远近故人无限的亲情与思念。巧儿惦记的七双布鞋，曾经在怎样的乡间土路上，在几度春种秋收的庄稼地里，在漫漫人生路上，留下怎样的印迹呢？

59

解放初，巧儿的哥哥春生在镇上读过几年书，日后上了煤技校，一直在公家煤矿做事。

春生性情温和，做事勤勉，无论在井下还是井上干技术活，都赢得师傅和工友的信赖。到了成家的年纪，经媒人介绍，娶了隔沟崔家一女子菊芹。这女子人长得聪慧，师范学校毕业，分配到公社做妇女工作。春生每周从矿上坐小火车，再徒步十几里路，赶到公社与菊芹聚会，情投意合，充满温馨。

几百年前，春生的一个先辈姑奶嫁到崔家，老爷在外做官，为民做主，勤于职守，受腐败势力诬陷被贬回老家。老爷并不气馁，潜心研究地域文化，写诗著文，行书尤其精湛。临终给儿女们没有留下田地和钱财，只留下几箱子字纸。朝廷更换了皇上，老爷被平反昭雪，出了大名，这字纸便值了大钱。

到春生的爷爷手里，还留有崔家老爷的墨宝，一直中堂悬挂于窑洞中央。动乱年代，所有的古物都被视为封资修文化，连先人的照片也被不肖之子孙一把火烧了。爷爷预料时势不妙，将这幅墨宝用报纸包了，再用泥糊在了墙壁里，躲过了一劫。动乱过后，崔家老爷的墨宝才重见天日。

多少辈人的婚配斑驳，崔家后人的女子菊芹又嫁与春生，应该是前世结下的缘分。

春生侄子上小学时，割草滚下沟，伤了胳膊，菊芹娘娘接了去，在公社医院换药医治。侄子第一回吃到凉皮，是没有洗过面筋的懒面皮，调了芥末，好吃得不得了。之后侄子上了大学，回家路过县城，还专门去寻找菊芹娘娘叙旧，吃了娘娘做的臊子面。

菊芹人长得出众，少不了引起男人们带有色情的目光，闲话便传说她与公社书记有染，便与春生有了感情隔膜。加上在老家结婚住的窑洞，被兄长抢占了去，将结婚时的花瓶也摔得粉碎，二人回老家无处下榻，只能与老人挤在一个炕上。春生宽宏大量，不愿意伤了弟兄和气，菊芹不依，埋怨春生软弱无能。这么一气之下，互不相让，话不投机，不如分手了事。

菊芹被调到县城，按说已有一子一女，却因感情纠葛与春生离婚了。而且，让子女改姓为崔，更是伤了春生和父老的心。老人安慰春生，改姓不要紧，反正是咱们家族的骨血，到哪儿也跑不掉。

二人离婚后，各自又组建了新的家庭。菊芹操心寄放在娘家的儿女，二婚男人也得照料自己的孩子，油盐酱醋，亲疏远近，没过几年就分手了。春生不带孩子，光棍一个，又在矿上升职为科室干部，续弦的对象一大串。邻近矿区的一个村姑亚儿，不嫌春生年长十几岁，嫁给了吃公家饭的春生，生下一子。

村姑亚儿当了矿区家属，总得有一个差事，但看不上打扫卫生一类又不体面报酬又低的活计，独自创业，做起了贩卖服装的生意。从省城县城采买货物，尽是喇叭裤连衣裙一类时兴服装，背着大包袱，去赶周围几十里乡镇的集会。价钱由人说，十块钱的连衣裙也能卖到百十元钱，利润空间大。精明的买主，通常拦腰砍价，以为占了便宜，但只要你张口说了价，卖主就依了你，不买都不行，走不利身。买主没有卖主精，赔钱的事瓜子才干。

天长日久，亚儿发了财，交通工具从自行车、摩托车、三轮车到小汽车，批发零售一条龙，服装生意越做越大。曾几何时，这一行当不赚钱了，亚儿寻思着开一个砖厂，供给周边农民盖房用。自己干不动了，又承包给别人，没想到人家一年又一年不交给承包费，这又开始到法院打官司。贴钱请律师找门子，好不容易官司打赢了，对方破产，无法追回债务，人也失踪了。

儿子长大了，从专科毕业分配了工作，单位发不出工资，眼看家庭状况如此，只身下海到了南方打工。春生也到了退休年纪，亚儿空忙了一场，也没攒下多少钱，心里空落落的，又像有猫爪子挠心。

这时候，春生和前妻菊芹的儿子结婚要买房，想到了父亲。毕竟是亲生儿子，春生在养老金里偷偷支给了五千元。亚儿知道后，说借给可以，得还。等到亚儿手头缺钱，给自己生的儿子结婚拿不出钱时，就硬拉着春生去找前妻之子还钱。谁知其子不依，父母离婚后在外婆家长大，跟着母亲在再婚家庭受气，自己的亲生父亲给了五千元买房，说是借，不是给，天下公理何在？

如此窘境，只能不欢而散。春生是老鼠钻到风箱里，两头受气，只能沉默无语。春生改姓的女子出嫁，与多年不联系的父亲想找回亲情，邀请父亲参加婚礼，却被后娘亚儿阻拦。春生伤心不已，但为了维持家庭，忍气吞声，一时患了脑梗，住进了医院。好在康复良好，又随妻子亚儿奔了南方，给儿子照管孙子。

春生本想在老家准备墓地，回归祖坟，据说即使自家兄弟侄子出让承包地，也得一两万元的交易。父母已经去世多年，兄弟也走了，下一辈的侄子也半百年纪，拿事的孙子辈，谁还认得你这个爷？早年父母置买的私有土地，应该有儿子春生一份，合作化后田地归公，你成了公家人，老家已经没有你的立锥之地了，童年的窑洞已经荒废，岂不悲伤。

罢了，春生在矿区附近荒坡上买了一对墓地，已经用青砖箍好的，价值六千元。矿区棚户区改造，分了新房，但煤矿枯竭关闭，路断人稀。

矿区是解放初苏联专家设计建造的，那时，蒸汽机时代刚刚来到这个游牧向农业过渡的土地上。也就这么近百年，电气时代和信息时代一晃而过。据说要在矿区建造煤炭工业博物馆景区，猴年马月，不得而知。

为追逐城市的光怪陆离，春生和亚儿又把房子倒腾到新区，说将来留给儿子孙子。

60

春生的侄子大麦，在知天命之年，从南方蔚蓝的大海边丢掉差事，重返年轻时生活工作过的古城，在文化机关混了个能拿养老金的资格，不到花甲便主动退职归园田居。他不想像陶渊明那样，田园诗写得前无古人，后无来者，毕竟草盛豆苗稀，整天讨酒喝，有失文人的尊严。养老金领取者的身份，衣食无忧，让那些当了一辈子农民的少年伙伴羡慕得要死。

大麦回到了少年时出发的地方，不由得想起唐朝贺知章的诗句：

少小离家老大回，乡音无改鬓毛衰。儿童相见不相识，笑问客从何处来。自古以来，离开故乡外出做事的人，成事不成事，官当得是大是小，钱挣得是多是少，总归有老迈的一天，叶落归根。

童年的窑洞前，有明代先祖栽下的古槐。历代秀才举人辈出，却也是在兵荒马乱的年月把妻儿卖到北山，寄以香火。曾祖在炭窑当索客，家有良田百亩，骡马被红军征用，小马夫上了抗日前线，日后成了将军。堂曾祖编撰县志，为地方煤业利益，据说死于非命。到了祖父父亲辈，一边种庄稼，一边吆骡马驮炭做生意，家境甚好。

大麦出生于新中国天亮时分，一孔老槐树掩映的小砖窑里。院落有大门楼，二进的院子，大正窑一孔，斜窑两孔，高屋顶厨房，小砖窑连着三间厦房。大门楼里另一自家，属于早年分家的堂曾祖后人。在院落的东边，有七八孔窑洞，是曾祖辈分支的后人居所。

大麦上小学了，是在坡上的两孔窑洞里。读的课文是：秋天来了，一群大雁向南方飞去，一会儿变成一字，一会儿变成人字。读高小得到二十里外的镇上寄宿，三天回家背一次馍，经常饿肚子。读到隔壁的中学，动乱开始，串联上北京去见毛主席，静坐武斗，之后成了回乡知识青年。

在来去县城的路上，留下了大麦赶骡子拉大粪的汗水。在小煤窑的井场，也留下他扳八人大辘轳的脚印。也去砖瓦厂挖地基，也去北山割枣刺编糖，跟父亲拉着千斤煤炭到百里外的云阳一带换红苕。在回乡当农民的日子里，把一辈子的苦力都使唤尽了。

为出行交通便利，人们纷纷搬离了老槐树下的数百年老宅，迁移到了原畔距离公路近的地方。父亲打的窑洞，因崖土松散，屡屡倒塌，这便修了几孔小砖窑安居下来。这时，大麦被招工到了水泥厂矿山，打眼放炮砸石头，一月三十块五角钱。他自己除了买几包八分钱的羊群烟扎势，都交给了父亲打发家中日常使用。家里给大麦订了一门亲事，彩礼七百二十元，乡俗如此，是个天价，压得一家人喘不过气儿。大麦骑一辆旧自行车，奔波于矿山与家里的坡路上。

也许是文化基因的影响，大麦崇敬家谱中出过的文化人，又受祖父的顺口溜和外爷唱的民谣的潜移默化，喜好读书，给矿山办黑板报，写了小诗登在上面。时来运转，招录工农兵学员，大麦成了省城大学学中文的学生。他实习时练习写诗，给报刊投稿被发表了，从此便走上文学写作的不归之路。

　　毕业后，大麦被分配到省城筹办青年刊物，喜欢外出采访，诗文发表于各大报纸杂志，成了青年作家。随即调到文学刊物，诗文获得全国大奖，改编电视剧上了中央电视台，可谓出了名。遇到挫折，所主编的刊物停刊后，大麦离开省城，远走高飞，落脚在南方海岛上，从事报刊和文化传播工作。

　　历时八载，大麦已经到了近五十知天命之际，重返故城，在文化部门供职。一边著书立说，一边替他人做嫁衣裳，又是十年过去，有了归园田居的念头，索性提前退休，回到了四十年前出发的地方。

　　大麦的安身之处，选在了被废弃的小学校，经过简单修缮，院落种植花草树木，住了下来。父亲因患脑溢血后遗症，他陪父亲在小园子里溜达，一边在电脑上敲字。写归园札记，陆续刊于京城大报，潜入唐朝历史写柳公权传，做田野考察写照金红色历史，写地域陶瓷影视剧，又时而回到省城，采写时代重大事件人物。还客串了一把舞剧，在京城公演。一个似乎隐居了的花甲老人，真正成了职业作家，著作等身，聊以自慰。

　　一日，大麦被请去给镇工业园区讲座，建议以文化园区为方向，打造丝路瓷都，被政府明智者采纳。随之，由大麦倡导，利用一处搁置多年的专科学校，办起了书院。有文学、史志、陶瓷及藏书种种场所，读书开坛，成了一所小有影响的文化坐标。

　　老槐树下的槐花诗会，连办多届，寂寥已久的老宅由后人大麦而惊醒。吟咏诗文，放声歌唱，琴声悠扬，是与大自然的草木对话，与庄稼地对话，呈现着从游牧到农耕到现代文明人们的精神处境。

　　大麦搜集整理的民间传说，演绎为舞剧，在省城公演。由此派生出的古村落景地，也初具规模。他牵线策划的流转土地规模经营项目，已经上路。梦想中的玻璃桥，将横跨纵横的沟壑，迎来远方客人，欣赏家乡黄土高原的地理和人文奇观。

大麦的儿孙，远走太平洋彼岸已有二十余载，女儿在京城读书，他携带画家妻子居住在小园子里，写写画画，粗茶淡饭，乐此不疲。

村史在续写，谁也预料不到这个变幻莫测的世界明天的模样，包括这个渭河北岸的小村落。

老槐树鸟巢中的喜鹊在鸣叫，啄木鸟在伴奏打击乐。

秋日的清风扑面，大麦默默无言，深深地吸了一口气，仰面朝天，有云朵缓缓飘过。

云朵飘来了，又飘去了。大麦怎么突然想起了自己16岁时，曾经仰头望着天空飘过的那一朵云彩。

那一年，大麦结束了十年寒窗的学生时代，回乡当了农民。于是，所谓的成家立业，生儿育女，养老送终，传统农民的生存套路在眼前渐次展现开来。祖父16岁时已经成婚，父亲有大麦时也还不足20岁。大麦是长子长孙，赶紧问个媳妇，成了当务之急。

一个冬月里的晴天，正赶镇上集市，逢的是农历二五八，乡人称集市叫过会。会散之后，大麦像一只小羊跟在祖父和媒人身后，去相媳妇。沿着长长的铁路走了十多里，又爬上羊肠小道，翻过高高的山梁。再登上山塬，浑身汗淥淥地进了一家长着洋槐树的小土院。

午后的阳光照在窑背上，洋槐枝沙沙地响，踏入寂静的土院时，大麦感觉到了心跳，有点冷也有点暖和。未来的丈母娘亲热地让客人坐在热炕上，她喊大媒叫舅，张罗茶饭中不时打量她未来的的女婿娃。稍时工夫，大麦透过贴满窗花的玻璃看见了走进土院的一个秀溜的女娃，小辫齐肩，悠悠地抖擞着，叫声妈，利落地进了土窑。她浓眉大眼，鸭蛋脸盘，红扑扑的，笑得好看。问过老舅和祖父，便坐在炕前的灶火旁拉风箱。大麦和女娃小辫对视着，捉迷藏似的交换着眼神，彼此羞怯而友好，看来该是中意的未来的夫妻。

之后，小辫随母亲来到大麦家看家境，不嫌穷家当，不挑人模样。大麦也看中她的相貌，只是她幼年辍学，没文化，他想农家媳妇只要认得钱和粮票、布证，算得清工分账，不就行了吗？身体健康，劳动好，尤其人品谦和，晓得事理，就是好媳妇。

过了几天，两家人到城里吃酒席，订婚谢媒，照相扯衣服。大麦有生第一次吃到糖醋里脊这道菜，酸甜交融，世界上还有这么好吃的东西。后来婚事蹉跎，大麦和她说到那天的订婚照未拍成，可能是一个不吉利的兆头。走到照相馆门口，他和她不约而同地甩开家人，一起赶上前去推门，迎迓幸福的定格。门却未开，二人被关在门外，于是爱情与幸运之门便拒绝了他和她，之后也不曾与她拍过一张合影。当时，她甩着小辫，一脸的沮丧。至此，大麦还没和她对过一句话，不曾单独在一起处一刻钟。

大麦懊悔那时候，自己是多么封建多么愚昧又多么无知。用一句流行的话说，那时我们不懂得爱情。订婚后的每年正月，二人礼尚往来，相互拜年，是仅有的公开会面机会。礼品无非是白皮点心、鸡蛋糕、苹果罐头、芝麻糖一类，所谓的四色彩礼是手帕、袜子、鞋和头巾。相聚时，二人很少说话，只是在你送我一程我送你一程的离别时，才有一句没一句地搭讪些客套话。也似乎不去正视对方的眼神，但心里头还是滋润的。二人循规蹈矩，正儿八经的，在身体上始终保持一定距离。亲口口拉手手，两人山屹崂里走的情形只是民歌里唱的，谁也不敢那么放肆，那么奢华和浪漫。

最困扰家人的是这桩婚事的彩礼，720元，得在嫁娶前交割清，当时的彩礼少则500元，多则1000元，大麦订的媳妇价码居中。冰天雪地大麦挑一担百十斤重的柿子去20里外的城里叫卖，一毛钱4个，鸡叫出门，赶黑回家，得款3元左右。一口猪，母亲从春喂到冬，赚钱百元不到。一个劳动日10分工，每个劳动日3毛7分钱，年底分红时扣除口粮钱剩不了百八十块。算算这笔账，彩礼便是一个天文数字。但千人一理，行情在市上，谁也怨不得规矩，大人欠娃的是一个媳妇一间房，孩子欠老人的是一副棺木，这是乡里人的规矩。大麦明白其间事理，但受心理压力的影响，难免有迁怨对方的时候。

乡人有恶作剧的污秽说词，女娃下身二指宽的细皮嫩肉，竟然值千儿八百元，这是啥世道？传宗接代续香火，可全凭它哩。

而后大麦当了一家水泥厂的开山矿工，月薪34元，省吃俭用，两年下来总算还清了彩礼。之后，大麦到西安上了大学，一餐饭想多吃一个五分钱的馍也成了不可企及的奢望。他过年去给丈人拜年，想讨个费用，每次得到的不过一二十元，觉得很扫兴。这又难免迁怨于无辜的女娃小辫，甚至在他幼稚的心态上有一种抵触买卖婚姻的冲动。一年土，二年洋，三年不认爹和娘，大麦认为不是说自己，但他还是心虚。如何了却这桩婚事，成了他的心病。老实说，此时的大麦并无外遇，来往的女子中，他不奢望与她们发展关系，主要是自卑，只为自己不是城里人。同学中，谁的爸是个股长，都敢来吓唬他。于是，他们这些乡巴佬也就穷则思变，誓死改变人生的命运。

这时候，女娃小辫在老家高高的山原上修地送肥，拉着架子车疯跑。她期待着当了大学生的女婿娃来信，但信是愈来愈少，使她的心事愈来愈重。后来大麦才知道，她是读不懂自己的信，甚至许多字不认识。她写给他的情书，也是她的一个上中学的堂弟代写的。这简直让大麦蒙了。有次过年见面，她妈抹着泪对大麦说，真后悔当初没让娃念书，一个穷字把娃害了，害一辈子。起先大麦在农村时，几个自然村在一起搞农田基建誓师大会，好在能照一照面，但拉话话也难。之后一年顶多见一面，就越来越尴尬。

此时，早已过了花甲之年的大麦，跌坐在老槐树下的土坎上，点燃了一支烟。

他依稀记得最后一次在女娃小辫家，看到了她的一张照片，四寸大，很好看。尽管自己已心猿意马，还是想得到这幅照片。她不给，大麦伸手去夺，她的小辫麻酥酥痒痒地扫在他的脸上，同时他奇异地感触到彼此手臂贴肤的温存。然后彼此触电般分开，像犯了错误似的不敢碰撞视线。在他们订婚的六年里，唯独这一次的亲昵，深刻而难忘。

大麦和女娃小辫分手在麦穗扬花的季节，他送她回家，也顺路去赶火车回城上学。他和她都默默地走，各自揣摩心事。黄土路弯弯曲曲，藏在半人高的麦海里。走累了，二人在一棵大柿树的庇荫里歇息，坐下来，依然保持一定距离。感伤，叹息，怨艾，无奈，各自心底悄悄流淌的是一条无名的河。她玩弄着辫梢，始终一言不发。他挪动一下身子，想靠近她，她羞怯地朝一边挪动。他说，城里谈恋爱都拥抱亲吻哩，心里有鬼，她脸红得像苹果一样，说那是城里，咱是乡下人么。大麦知趣，压抑住了内心欲将燃烧的火焰。

就在临分手的三岔路口，大麦和女娃小辫驻足，她说，去我家吧！她在乞求他，神色凄美无限。大麦还是硬着头皮拿定主意说，不了，赶火车哩。她泪如泉涌，掩面回头，甩了一下小辫，快步踏上回家的路。大麦木在风里，她未回首，消失在小路的尽头。他的脚很沉，一碗凉水一张纸，卖了良心的是自己，负心郎是自己，伪君子还是自己。

大学毕业后，大麦被分配在西安当记者，数九寒天上陕北采访。返程路过老家，在小城郊野的铁路旁，又奇迹般地遭遇了女娃小辫。他头发很长，胡子好久也未刮过，裹着个棉大衣，一副流浪汉的样子。过铁道时，一位留剪发头抱小孩的媳妇在他面前站住了。她望着他，他不认识她，便端直走过去。不对！大麦的心怦然碎了！她不就是自己曾经未过门的媳妇小辫吗？

后来听家里人说，女娃小辫在退婚后一病不起，几次想自杀，然后闪电般嫁给了三十里外前原村的一个小伙子。大麦也在二十五岁时娶了一个同样从乡下上大学的女干部，生有一子。

大麦站住脚，回首望去，不可名其状。这一次，是她驻足守望，而大麦却走开了。走好远了，他回头望望，她还立在风中。

她已经不是若干年前那个立在村口风中的小辫了。

眼下，时光过去了将近半个世纪，那个小辫或许已经做了奶奶，她还记得那个背叛了初恋的白面书生吗？

大麦一脸苦逼，突然又仰天大笑，捋了捋发白的胡须，想起了儿时嘲弄村上一位白胡子老爷的儿歌：柿子熟了，麦子黄了，白胡子爷爷活不长了。

2020 年 5—10 月 19 日初稿于南凹

2021 年 1 月 16 日修改于三爻

2022 年 8 月 31 日校改

后　记

二十世纪九十年代初，我四十郎当岁，客居海南岛八年有余，在那里创办法制报刊、文化传播公司，不是采风或深入体验生活，而是真真切切地作为一个闯海者，度过了漫长而短暂的生存和生活的不平常的日子。《海岛》正是我回望这一段爱恨情仇、悲欢离合往事的文字，当然，既真实可信，又纯属虚构。

新世纪伊始，知天命年纪，我从海南岛重返故都。做了几个文化部门的官差，提前三年申请退休，归园田居。苏东坡如果没有晚年投荒海岛，便不称其为苏东坡。卑微之我，不远行岂知家山与心的距离，得感激那段匆促而漫长的异乡之旅。人生何尝不是寄居人世间，现实而梦幻，走得越远也是离灵魂归宿越近，从而化为生生不息的泥土。不然，终将是游荡八荒的孤魂野鬼一个。

在乡间，写一部类似村史的设想一直沉重地压在心头。终其一生，既然选择了写作的生活方式和精神依存，无论如何是要为生我养我的那一片故土有所回报，如鲠在喉，一吐为快，那就是写一部沉淀在血液中的书。《故里》释然了一桩花甲之年后的心结。

我笔下的小说，欲以新的目光透视旧景，以自白往事的诗意情调，阐述现实生活现象中的人性本源与道德价值。英国作家托马斯·哈代的《还乡》，讲述了克莱姆·约布赖特厌倦了奢华之都巴黎的生活，回到故乡爱敦荒原，希望通过教育乡亲实现自己的理想，而尤苔莎寄望于通过与克莱姆的结合逃离荒原前往都市的故事。时空变幻，此故里非彼还乡也。鲁迅对阿Q正是用哀其不幸，怒其不争。我用的是忧而不伤，坦然以待。

中国小说起源于上古神话传说，晚于诗歌散文。到了唐代"始有意为小说"。多年来，涉足过诗歌、散文、报告纪实传记文学，以及舞剧及影视剧、书画艺术，偏爱于《诗经》《史记》、唐宋明清散文小品和西方随笔，以及除文学之外的音乐舞蹈绘画，从中校正自己的价值观和审美意趣。我写《柳公权传》时，传主是当朝状元，全才一个，书法开宗立派，遮蔽了他的诗歌才能，也竟然还写过《小说旧闻记》。以往以为，小说么，道听途说，小道消息是也。时过境迁，它以对人物、情节和环境的具体描绘，借助于虚构与想象，广泛地多方面地反映社会生活的基本特征，优势于某种真人真事的局限，再造故事，以表达更深刻的人文蕴意。《海岛与故里》则依据生活和故事原型，做了必要的移花接木，从非虚构原貌借助小说虚构形式，写起来少有顾忌，陶醉其间，与人物一起歌哭，得心应手多了。

无论诗歌、散文、小说或其他形式写作，生活积累和艺术修为之两翼，关键在于天分与见识的高下，贵在艺术发现，锲而不舍、持之以恒的耐性。文学写作，不懂诗性是什么，连一篇千字散文也写不好，勿论皇皇大著，多为平庸字纸。所谓跨界，只须稍有悟性也非难事，木匠能做桌子也能做板凳，杀猪宰羊屠牛都是屠夫的手艺。书画同源，艺文同趣，也并非隔行如隔山。多种艺术形式，多元体裁，多媒体表现手段的融合，正是足以借鉴的资源。也许我是戏称的驾驭多种形式的所谓多面手，不专一，见异思迁，万金油，兴趣所致罢了。当然，文运使然，听天由命，竭尽精力便是。

什么是好小说？众说纷纭，莫衷一是。不同的文化立场和审美趣味，产生不同的小说作家作品和读者，时政、精英和民间叙述各异，吃瓜者多，皇帝新衣不少，清醒者有之。莫去纠结概念与标准的不同诠释，被那些整天讲作文作法、小说原理和新潮的说道所困扰，硬译的西方术语满天飞，不知道在说什么。我手写我心，写出来了就了却一桩古稀之年的心结，至于喧嚣文坛云云，且当身外之事，一笑了之。

五十年前的 1972 年秋天，我二十岁，从一个采石场的农民工变成了就读汉语言文学的工农兵大学生。我写了六首《实习小诗》，在《西北大学》校报印成铅字，自这篇处女作始，凭着青春朝气，潜入了文学写作的汪洋大海，风吹浪打，击水到了年逾古稀的人生岸边。顺时势而为，上下求索，思想境界与美学追求渐进，构成了自己杂花生树的文学艺术世界文学写作，一直是安身立命的手艺，生存与理想的寄托，在如此生活方式中不曾懈怠过。在还乡的十多年里，记叙当下农村的乡愁记忆和风情物语，偶尔也游走京沪深或丝路大漠，或踏勘周秦汉唐遗踪和红色根据地，采访杰出人物和草根平民，敬畏生生不息的土地和大自然，书写历史长河与现实社会中的人与事。出自游子良知，参与打理书院，挖掘地域宝藏，竭力做一个知行合一的新乡土文化的实践者，可谓疲马三嘶，志存千里。

你是谁？你从哪里来？你到哪里去？梦回海岛，老死故里，不失为在世上走了一回。生命的意义，还有什么？

和　谷

2022 年 8 月 31 日于西安三爻

图书在版编目（CIP）数据

海岛与故里 / 和谷著 .—北京：作家出版社，2022.11
ISBN 978-7-5212-2086-5

Ⅰ．①海⋯ Ⅱ．①和⋯ Ⅲ．①长篇小说—中国—当代
Ⅳ．① I247.5

中国版本图书馆 CIP 数据核字（2022）第 202259 号

海岛与故里

作　　者：和　谷
责任编辑：史佳丽
美术编辑：周思陶
插　　图：王　薪
封面题字：和　谷
出版发行：作家出版社有限公司
社　　址：北京农展馆南里 10 号　　　邮　　编：100125
电话传真：86-10-65067186（发行中心及邮购部）
　　　　　86-10-65004079（总编室）
E-mail:zuojia @ zuojia.net.cn
http://www.zuojiachubanshe.com
印　　刷：北京盛通印刷股份有限公司
成品尺寸：152×230
字　　数：310 千字
印　　张：23
版　　次：2022 年 11 月第 1 版
印　　次：2022 年 11 月第 1 次印刷
ISBN 978-7-5212-2086-5
定　　价：58.00 元